Zum Buch:

Erst seit Kurzem ist Erica in Chesapeake Bay zu Hause. In dem kleinen, gemütlichen Ort an der Küste erfüllt sie sich gemeinsam mit ihrer Schwester den Traum, einmal in ihrem Leben am Meer zu wohnen. Hier hat sie außerdem einen Job gefunden, den sie liebt. Als Sozialarbeiterin soll sie ein Projekt begleiten, das schwierigen Jugendlichen die Chance gibt, sich wieder in die Gemeinschaft zu integrieren. Dass der frustrierte und unmotivierte Polizist Trey sie jetzt bei ihrer Arbeit mit ihren Kids unterstützen soll, um nach einem Unfall wieder ins Leben zurückzufinden, droht das ganze Projekt zu gefährden. Doch je länger sie zusammenarbeiten, desto mehr scheint Trey sich für die Kinder und vor allem für Erica zu interessieren …

Zur Autorin:

USA Today-Bestsellerautorin Lee Tobin McClain war noch viel zu jung, als sie das erste Mal *Doktor Schiwago* gesehen hat – es hat eine lebenslange Leidenschaft für Romantik in ihr ausgelöst. In ihren Liebesgeschichten stecken immer auch Probleme aus dem wahren Leben, doch sie sind auch voller herzerwärmender Gemeinschaft, Familie und Happy Ends – und Hunde! Jeder Menge Hunde! Wenn sie nicht schreibt, telefoniert sie viel mit ihrer Tochter, spielt mit ihren Haustieren oder unterrichtet an der Seton Hill University kreatives Schreiben.

Lee Tobin McClain

Das Cottage in den Dünen

Roman

Aus dem Englischen von
Carina Obster

HarperCollins

Die Originalausgabe erschien 2020 unter dem Titel
Cottage at the Beach bei Harlequin Books, Toronto.

1. Auflage 2022

Deutsche Erstausgabe

Umschlaggestaltung von Zero Werbeagentur, München
Umschlagabbildung von Sandra Cunningham / Trevillion Images,
Shutterstock / Iryna_Kolesova, tomertu
Gesetzt aus der Stempel Garamond
von GGP Media GmbH, Pößneck
Druck und Bindung von GGP Media GmbH, Pößneck
Printed in Germany
ISBN 978-3-7499-0103-6
www.harpercollins.de

Klimaneutral
Druckprodukt
ClimatePartner.com/15109-2009-1001

MIX
Papier
FSC FSC® C014496

1. Kapitel

Trey Harrison rutschte auf dem Sitz seines 2009er-Chevy-Pick-ups weiter nach unten und starrte auf das blau-weiße Cottage am Ende der Straße. Dabei entspannte er bewusst seine Hände, die sich um das Lenkrad gekrampft hatten. »Das kann es nicht sein«, sagte er zu seinem Hund King.

Auf dem Rücksitz schlug Kings Schwanz rhythmisch gegen die Wand seines Käfigs. Er bellte einmal kurz.

Schuldgefühle plagten Treys bereits schmerzenden Kopf, weil er wusste, was dieses Bellen bedeutete. King wollte sich an die Arbeit machen.

Doch wegen Trey war das jetzt für beide vorbei. Keine Polizeiarbeit mehr. Für eine ganze Weile nicht, vielleicht auch nie mehr.

Seine eigene Dummheit und Rücksichtslosigkeit hatten nicht nur seine Karriere, sondern auch die von King zerstört. Er schob seinen Sitz zurück und öffnete die Tür von Kings Käfig. Der große Schäferhund sprang auf den Beifahrersitz und schmiegte sich an seinen Arm. Er bot Vertrauen und Vergebung an, die Trey nicht verdient hatte.

Trey blickte erneut auf das hübsche kleine Cottage, das mit der Vorderseite zur Straße, mit der Rückseite zur Chesapeake-Bucht stand. Er hatte etwas Anstaltsmäßiges, Unpersönliches erwartet. Es sollte ja kein Urlaub sein. Sicherheitshalber prüfte er noch mal die Adresse in seinem Handy und drehte dann vorsichtig den Kopf, um die kleinen, malerischen Häuser zu betrachten, die nebeneinander auf dieser Seite der Straße standen. Weiße Lattenzäune, Blumen in jedem Garten. Von jenseits der Häuser waren das Schreien der Möwen und die Wellen zu hören, die gegen die Felsen schlugen.

Vor einigen der Cottages, darunter auch das blau-weiße, hingen kleine Schilder an Torpfosten oder mit Weinreben überwucherten Lauben. Von seinem Parkplatz aus konnte er manche von ihnen lesen: *Hawthorne Cottage, Escape on the Water, Bailey's Hideaway.*

Trey schielte auf das Schild, das an der mit Weinreben bedeckten Laube vor seiner Unterkunft hing. *Healing Heroes.*

Seine Hände krampften sich erneut um das Lenkrad. Wie ein Held fühlte er sich sicher nicht.

Am liebsten wäre er einfach wieder weggefahren.

Leider ging das nicht. Finanziell gesehen hatte er keine andere Möglichkeit, und aus irgendeinem Grund wollte sein Chef, dass er an diesem neuen Programm für arbeitsunfähige Polizeibeamte teilnahm. Er bestand sogar darauf. »Du hast es sowohl geistig als auch körperlich nötig«, hatte er gesagt und angedeutet, dass dies die einzige Möglichkeit sei, wie Trey seine alte Arbeitsstelle zurückbekommen könnte.

Es war Treys eigene Schuld. Selbst wenn er nicht verletzt worden wäre, hätte man ihm wegen seines impulsiven Verhaltens im Dienst über kurz oder lang einen Schreibtischjob gegeben.

Er stieg aus dem Wagen, ließ King raus und ging zur Tür des Cottages. Er bückte sich und versuchte den altmodischen Schlüssel, den sie ihm geschickt hatten, ins Schloss zu stecken. Dabei fuhr der Schmerz von seinem unteren Rücken in den Rest des Körpers und er zuckte zusammen.

Es wollte nicht klappen; der Schlüssel war rostig und ein wenig verbogen. Er passte nicht, genau wie Trey selbst nicht passte. Genau wie King nicht passte.

Sie sollten vermisste Personen ausfindig machen, nach Drogen fahnden, böse Jungs jagen. Oder zumindest ihre monatlichen Trainingseinheiten absolvieren, um ihre Fähigkeiten zu verbessern.

Stattdessen befanden sie sich in einer Zwangsreha in einer winzigen Stadt in der südlichen Küstenregion Marylands.

Trey wischte sich den Schweiß aus dem Gesicht. Eigentlich sollte es im April hier nicht so heiß sein. Warum war keine Brise vom Atlantik her zu spüren?

»Nur drei Monate, Kumpel«, sagte er zu King. »Vielleicht sogar weniger.«

King sah zu ihm auf und hechelte, auf seinem Hundegesicht war ein Lächeln zu erkennen. Trey straffte sich. Er musste aufhören, sich selbst zu bemitleiden und seine verdammte Physiotherapie durchziehen – auch wenn sie ihm bisher mehr wehzutun als zu helfen schien. Außerdem musste er seine ungute Einstellung verbergen. Nur so konnte er zu dem zurückkehren, was ihn bisher nie enttäuscht hatte: die Arbeit.

Das Aufheulen eines Staubsaugers im Inneren des Hauses erschreckte ihn. Er klopfte an, hämmerte schließlich an die

Tür. Als niemand öffnete, hämmerte er erneut, so heftig, dass King bellte.

Beherrsch dich. Er musste sich in den Griff bekommen – und zwar dauerhaft.

Das Heulen des Staubsaugers verstummte, dann ging die Tür auf. Die Frau, die sie geöffnet hatte, war in ihren Fünfzigern und hatte Kurven, die eines alten Filmstars würdig waren. Er mochte kurvige Frauen, oder besser gesagt, er hatte sie gemocht, als er sich noch für die Liebe interessiert hatte.

»Kann ich Ihnen helfen?«, fragte die Frau.

»Ähm, ja. Trey Harrison. Ich soll hier eine Weile wohnen.«

»Richtig.« Die Frau fuhr sich mit den Fingern durch ihr rötliches, grau gesträhntes Haar und schenkte ihm ein trauriges Lächeln. »Ich bin Julie White. Ich manage den Laden hier. Aber wir sind noch nicht ganz bereit für Sie.«

»Bis zur Check-in-Zeit werden wir's sein.« Hinter der älteren Frau ertönte eine freundlich pragmatische Stimme. »Fünfzehn Uhr. Machen Sie einfach einen Spaziergang am Ufer entlang, oder essen Sie bei Goody's zu Mittag, das ist nur eine Straße weiter. Sie können Ihre Sachen schon hierlassen.«

»Okay.« Er erhaschte einen Blick auf eine jüngere Version der Dame, die ihm aufgemacht hatte. Ein Bild von einer Frau, wie er mit einem alarmierenden Mangel an Interesse feststellte.

Als er sich umdrehte und dabei wegen des Schmerzes in seinem Rücken zusammenzuckte, hörte er die jüngere Frau sprechen. »Du darfst jetzt nicht schlappmachen, Mama. Wir sind fast fertig.«

»Warum denkst du immer, dass ich gleich zusammenbreche? Mir geht's gut!«

Als er den Bürgersteig erreichte und die Straße hinaufschaute, war das Gespräch nicht mehr so leicht zu verstehen. Er fragte sich, ob er einen Strandspaziergang machen, zu Mittag essen oder dorthin zurückkehren sollte, wo er hergekommen war.

Das ist keine Option, erinnerst du dich? Das Haus, das er und seine Ex-Frau vor fünf Jahren gekauft hatten, als Trey von einer Norman-Rockwell-Bilderbuchfamilie geträumt hatte, war gerade verkauft worden. Irgendwann, wahrscheinlich morgen, musste er dorthin zurückkehren, um es für die neuen Besitzer zu säubern – nicht, um dort zu übernachten.

Er sollte tun, was die Frau vorgeschlagen hatte, und an den Strand gehen. Wegen seiner Verletzung waren ihm leichte Spaziergänge empfohlen worden, und vielleicht würde der Rundgang bewirken, dass sich etwas von der grauen Wolke, die sich immer wieder über ihm zusammenbraute, auflöste. Auch King konnte ein bisschen Auslauf gebrauchen. Er ging in Richtung des Küstenpfads, den er zuvor gesehen hatte, und stieß fast mit einem kleinen Polizisten zusammen, der rund wie ein Fass und ebenfalls über fünfzig war. »Entschuldigung«, sagte Trey und wollte an ihm vorbei auf den Pfad treten.

Der Mann streckte eine Hand aus. »Sie müssen der Teilnehmer unseres neuen Programms sein. Willkommen. Ich bin Earl Greene.«

War es so offensichtlich, dass er ein sogenannter *healing hero*, »ein heilender Held«, war, oder war das einfach nur eine sehr kleine Stadt? Trey zwang seine Lippen zu einem höflichen Lächeln. »Schön, Sie kennenzulernen«, log er. Dieser Typ würde den Bericht schreiben, der seinen Chef überzeugen könnte, ihm seinen alten Job zurückzugeben. Wie deprimierend, der Gnade eines Kleinstadtpolizisten ausgeliefert zu sein, der seine besten Jahre schon hinter sich hatte. Er starrte die Polizeimarke des Kerls an.

Officer Greene schaute an ihm vorbei in Richtung des blau-weißen Cottages und hob eine Hand zum Gruß. »Hallo, Julie. Hey, Ria.«

Der Gesichtsausdruck des Mannes sah genauso aus wie der von Kindern, wenn sie ein Spielzeug sehen, das sie unbedingt haben wollen, was Trey dazu brachte, ebenfalls in Richtung Cottage zu schauen. Es gab nichts zu sehen, nur die Tür seines neuen Zuhauses, die sich schloss.

Officer Greene hob das Kinn und blickte Trey an. »Ihr Auftritt als Ehrenamtler ist in Vorbereitung«, sagte er. »Wenn Sie sich eingerichtet haben, kommen Sie mal aufs Revier, dann besprechen wir das.«

»Ehrenamtler? Ah ja, richtig.« Trey erinnerte sich daran, in den Unterlagen über das Healing-Heroes-Programm etwas darüber gelesen zu haben, aber er hatte nicht wirklich darauf geachtet. Am meisten hatte er sich für die Gelegenheit interessiert, die Stadt verlassen zu können, sich auszukurieren und dabei noch nicht mal Miete zahlen zu müssen. Er schnippte imaginären Schmutz von Kings Kopf, um seine

Unwissenheit zu verbergen. »Ich freue mich schon darauf, mit Ihnen darüber zu reden, Sir.«

Officer Greenes Augen verengten sich, nur ein wenig, doch Trey merkte, dass er nicht überzeugend geklungen hatte. »Ich hoffe, Sie arbeiten gerne mit gefährdeten Jugendlichen, denn das ist ein großer Teil des Programms«, sagte der Mann. »Sie werden ab Montag bei einem Förderprogramm aushelfen, das sich um solche Jungen und Mädchen kümmert.« Er nickte Trey zu und ging dann weiter die Straße entlang.

Trey schaute ihm nach und dachte darüber nach, was ihn mehr schockierte: die Tatsache, dass in diesem malerischen Städtchen tatsächlich ein Polizist auf Patrouille war, oder die Vorstellung, dass Trey in Schwierigkeiten geratenen Jugendlichen weiterhelfen sollte. Ja, er war selbst mal einer gewesen, aber das bedeutete nicht, dass er auch nur die leiseste Ahnung hatte, wie er ihnen anders denn als Polizist begegnen konnte.

»Komm schon, Ziggy! Na los!« Erica Rowe klatschte in die Hände, während sie die Treppe hinunterlief, die von dem kleinen Haus, in dem sie zur Miete wohnte, zum Wasser führte. Ihr Goldendoodle sprang hysterisch im Kreis um sie herum. Es war kurz nach Mittag an einem Dienstag; sie war ungewöhnlich früh von ihrer Arbeit als Lehrerin nach Hause gekommen.

Der schmale kleine Strand war leer. Gut. Mit elf Monaten war Ziggy noch ein Welpe, aber aufgrund seiner Größe – er wog bereits fünfundsiebzig Pfund – erwarteten die Menschen verständlicherweise, dass er sich gut benahm. Das war wahrscheinlicher, wenn man ihm die Chance gab, etwas Energie abzulassen.

Sie joggte neben dem Hund her, beobachtete ihn, wie er auf die Wellen zusprang, einen Satz zurück machte und dann im Zickzack davonlief, um eine Möwe zu jagen.

Sie müsse auch ihren eigenen Stress wegjoggen, hatte ihre Schwester gemeint; offenbar hatte sie Falten zwischen den Augenbrauen und war zu dünn geworden.

Das sagte gerade die Richtige: Amber hatte überhaupt keine Augenbrauen, war abgemagert und von Ängsten geplagt. Bei dem Gedanken daran tat ihr das Herz weh. Ihr Umzug in diesen Ort an der Küste sollte Amber helfen, sich von ihrer letzten Chemo zu erholen. Oder ihr zumindest dabei helfen, sich einen Traum zu erfüllen.

Nach drei Monaten schien das mit der Traumerfüllung wahrscheinlicher als die Genesung.

Um ihrer Schwester weiterhin ihren Traum vom Leben am Meer zu erfüllen, hatte Erica dafür zu sorgen, dass das Verhaltensunterstützungsprogramm der Schule ein Erfolg wurde. Es war der einzige Job, der genug Geld einbrachte, damit Amber, Ambers Tochter und sie selbst hier in der kleinen Stadt leben konnten, in der sie die Sommer ihrer Kindheit verbracht hatten.

Erica musste sich bei dem frauenfeindlichen Schulleiter einschleimen, der sie eingestellt hatte, und ihn davon überzeugen, dass das Förderprogramm für gefährdete Jugendliche fortgesetzt und nicht auf Wunsch einiger der neueren Bewohner von Pleasant Shores am Ende des Schuljahres beendet wurde.

Kein Wunder, dass sie gestresst war.

Ziggy begann schneller und entschlossener zu laufen, und in der Ferne konnte Erica zwei Gestalten ausmachen: einen Mann und einen Hund.

Großartig. Sie sprintete ihrem außer Kontrolle geratenen Vierbeiner hinterher. »Ziggy! Komm zurück!«

Als sie bei dem Typen und seinem wild aussehenden Schäferhund angekommen war, war Ziggy bereits im vollen Angriffsmodus, was bedeutete, dass er dem Schäferhund eins auf die Nase gab und dann rückwärtstänzelte und sich spielerisch duckte. Sein großer buschiger Schwanz wedelte.

Der Schäferhund saß stoisch neben seinem Herrchen, das … *wow.*

War er irgendein Filmstar, den sie nicht kannte? Der Typ war muskulös, hatte blaue Augen, Fältchen in den Augenwinkeln und einen quadratischen Kiefer, der von einem dichten Dreitagebart bedeckt war.

Erica wollte keine Beziehung, ja nicht mal eine heiße Nacht, aber sie war auch nicht tot. Sie atmete tief ein und konzentrierte sich dann darauf, Ziggy am Halsband zu packen. »Entschuldigung!«, sagte sie. »Er ist noch jung. Hör auf, Zig«, fügte sie hinzu, als ihr Hund sich noch einmal spielerisch auf den Schäferhund stürzen wollte.

Der Schäferhund zog die Lippen zurück und fletschte die Zähne.

Der Filmstar grunzte einen Befehl, was den Schäferhund

dazu veranlasste, damit aufzuhören und zu ihm aufzuschauen. Auf einen weiteren von Ziggys Sprüngen reagierte er mit einem tiefen Knurren, das Ziggy dazu brachte, wegzuspringen und sich winselnd hinter Erica zu verstecken.

»Ihr Hund macht einem ja Angst«, platzte sie heraus und kniete sich hin, um Ziggy zu beruhigen. »Ist schon gut, Kumpel. Mami lässt nicht zu, dass er dir wehtut.«

Der Mann blaffte dem Hund einen weiteren Befehl zu, worauf dieser sich hinlegte und beschämt die Nase auf die Pfoten legte. »Sie sollten mit Ihrem Hund nicht in Babysprache sprechen«, sagte der Mann zu Erica. »Er wird sich nur noch schlechter benehmen.«

Sie hob eine Augenbraue. »Wie bitte?«

Er deutete auf Ziggy; ein leichtes Stirnrunzeln verunzierte sein wunderschönes Gesicht. »Sie machen ihn nur ängstlicher, wenn Sie so tun, als gäbe es Grund für seine Angst. Sie sollten ihn auch nicht am Strand von der Leine lassen, wenn Sie ihn nicht unter Kontrolle haben.«

Sie bekam vom Schulleiter ihrer Schule schon genug Herrklärungen vorgesetzt, jeden Tag, da brauchte sie in ihrer Freizeit nicht noch mehr davon. »Dieser Küstenabschnitt ist Privatbesitz«, erwiderte sie. »Gibt es einen Grund, warum Sie mit Ihrem, äh, top trainierten Hund hier spazieren gehen?«

»Ich wohne da oben.« Er wies in Richtung der Reihe von Cottages hinter ihm.

Sie bezweifelte das. »Wo genau?«

Er warf ihr einen Blick zu, der ausdrücken sollte, dass sie etwas Unhöfliches gefragt hatte.

»Sehen Sie«, sagte sie, »ich möchte ja niemanden diskriminieren, aber Ihr Hund sieht aus, als ob er bereit wäre, jemanden zu töten, und Sie selbst scheinen auch nicht viel freundlicher zu sein. Hier in Pleasant Shores gibt es viele kleine Hunde und kleine Kinder, die wir schützen müssen. Deshalb …« Sie zog ihr Handy heraus. »… haben sich alle hier bereit erklärt, die Polizei anzurufen, wenn sie jemanden Verdächtigen sehen.«

»Warten Sie.« Er hielt eine Hand hoch und zog die Augenbrauen zusammen. »Tun Sie das nicht. Mein Name ist Trey Harrison, und die Adresse des Hauses, in dem ich zurzeit wohne, ist …« Er scrollte in seinem Handy und schaute dann hoch. »Fifteen Shoreline Way, das Häuschen am Ende der Straße. Julie White verwaltet es. Sie ist diejenige, die mir gesagt hat, ich solle zum Strand runtergehen, bis sie mit der Reinigung fertig sind.«

Währenddessen hatten sich Ziggy und der Schäferhund hingesetzt und einander in respektvoller Hundemanier begrüßt. Beide wedelten nun mit dem Schwanz.

»Sie wohnen bei Julie?«

»Mhm-hm.«

Erica wusste nicht viel über Julie. Sie hatte die Frau nur kurz kennengelernt, als sie und Amber vor drei Monaten ins Nachbarhaus eingezogen waren, und den Eindruck gehabt, dass sie ganz nett war. Dann hatten sie ein paar Tage lang viel Geschrei aus Julies Haus gehört, und danach war es leer und still geworden. Gerüchten zufolge war das Haus verkauft worden, obwohl Erica nie ein Verkaufsschild gesehen hatte.

Wenn sie es sich recht überlegte, war in dieser Woche dort aber einiges los gewesen. Womöglich sagte der Filmstar also die Wahrheit. Dann wäre er tatsächlich ihr neuer Nachbar.

Sie war vielleicht ein wenig schroff gewesen. »Es tut mir leid, dass Ziggy Ihren Hund angesprungen hat«, sagte sie, »und dass ich Sie so angefahren habe.« Sie streckte eine Hand aus. »Willkommen in Pleasant Shores.«

»Danke.« Er schüttelte ihre Hand mit seiner eigenen großen, schwieligen Pranke und hob seine Augenbrauen, nur ein wenig, während sein Blick auf ihrem Gesicht verweilte.

Sie atmete tief ein. Nein, tot war sie definitiv nicht. *Also gut.* »Haben Sie vor, eine Weile zu bleiben, oder machen Sie nur Urlaub?«

»Wie es aussieht, werde ich ein paar Monate hier sein.« Er blickte auf Ziggy hinunter, der wieder dabei war, seinem Hund Pfotenhiebe auf die Nase zu verpassen. »Wenn Sie also am selben Strandabschnitt wohnen, wäre es gut, wenn unsere Hunde sich vertragen würden.«

»Wäre gut, ja.« Sie drehte sich um, um den Weg zurückzugehen, den sie gekommen war. »Komm, Zig.«

Zu ihrer Überraschung war Mister Hübsch-aber-griesgrämig plötzlich neben ihr. Sein Hund trottete neben ihm her.

Ziggy sprang und zerrte, bis sie ihn wieder von der Leine ließ, sodass er Vögel jagen und an Austernschalen schnuppern konnte.

Irgendwann wurde die Stille unangenehm. Erica blickte zu ihrem neuen Nachbarn hinüber. »Darf Ihr Hund auch mal spielen?«

»Er ist ein Arbeitshund«, sagte Trey.

»Oh!« Sie blickte wieder auf den Schäferhund. »Sollte er dann nicht eine Schutzhundweste oder so was tragen?«

»Er ist kein Schutzhund. Er ist ein Polizeihund.«

»Oh! Dann sind Sie also Polizist.« Und trotzdem wollte er ein paar Monate hierbleiben?

Plötzlich überkam sie die Erkenntnis. »Moment mal. Sie sind doch nicht etwa der Freiwillige für das Förderprogramm, oder?« Sie wusste, dass sie einen Ehrenamtler von der Polizei bekommen sollte, aber nicht, wer es war oder wo er leben würde.

Er nickte verdrießlich.

»Sie fangen Montag an, nicht wahr?«

Er nickte erneut. »Ja. Ich hab's gerade erst erfahren. Nicht gerade mein Ding, aber es war eine Bedingung dafür, dass ich in dem Haus wohnen kann, bis ich meine Invalidenrente bekomme.«

»Sie haben also keinerlei Erfahrung mit Teenagern?«

Er schüttelte den Kopf. »Nein.«

»Großartig.« Sie fragte sich, ob es zu spät war, um einen anderen Freiwilligen für den Job zu finden.

»Ich meine«, fuhr er fort, »ich hab schon mit kleinen Kindern gearbeitet und ihnen was über Polizeiarbeit erzählt. Aber Teenager habe ich meistens nur verhaftet. Bin aus Philadelphia«, stellte er klar, wahrscheinlich als Reaktion auf Ericas Stirnrunzeln.

Sie schaute zu ihm hinüber, ohne ein Wort zu sagen, während ihre Gedanken und Gefühle ganz durcheinander gerieten. Die Operation, die ihren Traum von eigenen Kindern zerstört hatte, lag noch nicht lang zurück. Seitdem hatte sie sich ihren Schülern noch mehr gewidmet, besonders jetzt, wo sie eingestellt worden war, um das Schuljahr im Verhaltensunterstützungsprogramm hier in Pleasant Shores zu beenden.

Einen ehrenamtlichen Assistenten zu haben, der Teenager als Kriminelle betrachtete, war nicht gerade ideal.

Er – Trey war sein Name, hatte er gesagt – schaute zu ihr rüber, und ihr Gesicht musste irgendetwas verraten haben. »Warum interessiert Sie dieses Programm?«

»Ich bin die zuständige Lehrerin«, sagte sie langsam. »Ich werde eng mit Ihnen zusammenarbeiten … mit demjenigen, den Officer Greene als meinen Assistenten für das Programm ausgewählt hat.« Sie würde mit Officer Greene reden, sobald sie wieder zu Hause war. Vielleicht war noch Zeit, den Filmstar durch jemanden zu ersetzen, der tatsächlich mit Kindern arbeiten wollte.

Sie hatte Officer Greene bei der Organisation des Programms geholfen, das einigen verhaltensauffälligen Teenagern, die in ihrem Klassenzimmer saßen, die dringend benötigte Hilfe bieten sollte. Das sollte die Sorgen, die Pleasant Shores' wohlhabendste Bewohner bezüglich ihrer privaten Highschool hatten – der einzigen Schule der Stadt –, größtenteils zerstreuen: ein Programm für gefährdete Teenies. Es gefiel ihnen nicht, aber sie wollten ihre Kinder auch nicht mit dem Bus in weiter entfernte öffentliche Schulen die Küste hochkarren lassen.

Sie musste alles in ihrer Macht Stehende tun, damit das Programm ein Erfolg wurde. Für die Kinder natürlich. Für ihre Nichte Hannah, die Stabilität und eine gute Schule brauchte. Und vor allem für ihre Schwester Amber, die es verdient hatte, dass sich zumindest einer ihrer Träume erfüllte.

Wenn das bedeutete, dass sie den hübschen Filmstar den Wölfen zum Fraß vorwerfen musste, nun, dann musste sie das eben tun.

2. Kapitel

»Ich kann nicht glauben, dass du den armen Kerl verraten hast!« Amber johlte vor Lachen und schüttelte gleichzeitig den Kopf.

»Seine Einstellung ist schlimmer als die der Kinder«, sagte Erica, während sie sich ein zweites Stück Pizza aus der Schachtel nahm und auf ihren Teller legte. »Ich meine«, sie wandte sich an ihre siebzehnjährige Nichte Hannah, »du würdest doch nicht wollen, dass ein riesenhafter, mürrischer Polizist in deiner Klasse hospitiert, oder?«

Hannah hob eine Augenbraue. »Kommt drauf an, wie er aussieht.«

»Das ist Teil des Problems!«, sagte Erica. »Er sieht aus wie ein Filmstar. Wie dieser Typ, der Thor gespielt hat.«

»Chris Hemsworth?« Hannah lachte. »Also der könnte jederzeit in meiner Klasse hospitieren.«

»Auf keinen Fall. Sein Aussehen sorgt dafür, dass man seine Einstellung nur noch schwerer ertragen kann.«

»Warum?«, fragte Amber. »Gegen einen Augenschmaus im Klassenzimmer ist doch nichts einzuwenden, auch wenn er nicht viel tut.«

Erica stand auf, um noch mehr mit Mineralien angereichertes Wasser in Ambers Glas zu gießen, dann in Hannahs.

Es war ein Balanceakt, zwei wählerische Esserinnen zufriedenzustellen und gleichzeitig die Mahlzeiten so nahrhaft wie möglich zu gestalten. »Ich kann mir direkt vorstellen, wie er dahinten im Raum sitzt, in seiner ganzen Schönheit und Griesgrämigkeit. Es ist schon schwer genug, die Kinder zu motivieren, ohne dass ein männliches ›Vorbild‹ sich da hinfläzt und so tut, als sei alles, was wir machen, dumm.«

»Vielleicht kannst du ihn dazu bringen, dass er seine Einstellung ändert«, sagte Amber und wackelte mit ihren aufgemalten Augenbrauen. »Oder es zumindest versuchen. Das macht bestimmt Spaß. Du musst mehr aus dir rauskommen.«

»Und Direktor O'Neil vor den Kopf stoßen? Erinnere dich, er mag es nicht, wenn seine Lehrerschaft miteinander ausgeht. Er hat Angst, dass es irgendwie dem Ruf der Schule schaden könnte.«

»Das ist nicht in Ordnung!« Hannah riss den Rand von ihrem Pizzastück ab. »Ist das nicht eine Verletzung der Privatsphäre?«

»Ja, ist es. Und obendrein flippt er jedes Mal aus, wenn eine seiner Lehrerinnen schwanger wird.« Erica blickte aus dem Fenster in Richtung Bucht, und sofort senkte sich ihr hoher Blutdruck ein wenig. Die goldene Sonne stand tief; sie ließ die vereinzelten Wolken rosa und violett schimmern und verwandelte die Bucht in einen leuchtenden Spiegel. Dadurch, dass sich Pleasant Shores an der Spitze einer Halbinsel in Maryland befand, waren sowohl die Sonnenauf- als auch die Sonnenuntergänge spektakulär.

»Hat O'Neil nicht selbst gerade Nachwuchs bekommen?«, fragte Amber. »Dass seine eigene Frau schwanger wurde, hat ihm also offensichtlich nichts ausgemacht.«

»Sie arbeitet nicht, soweit ich gehört habe, und so meint er, solle es auch in Familien zugehen. Er sei noch von der alten Schule, sagt er immer.«

Amber schnaubte. »Realitätsfremd, das ist er.«

Sie lehnte sich in ihrem Stuhl zurück und steckte Ziggy heimlich ein Stück Pizzarand zu.

»Scheint 'n komischer Typ zu sein«, sagte Hannah im abschätzigen Ton eines Teenagers.

Erica lehnte sich ebenfalls zurück. »Im Nachhinein kann ich gar nicht fassen, dass er mich eingestellt hat, aber seinerzeit hat er verzweifelt nach jemandem gesucht, der bereit war, den Unterricht für die letzten paar Monate des Schuljahrs zu übernehmen.«

»Und jemanden, den er glaubte, herumschubsen zu können«, sagte Amber.

»Genau. Aber das Verhaltensunterstützungsprogramm der Schule ist superwichtig, und die Kinder sind toll. Wenn ich weiter hart arbeite, hoffe ich, dass ich O'Neil – und den Vorstand – davon überzeugen kann, es weiterhin zu finanzieren.«

»Ich denke, du solltest dem heißen Typen noch eine Chance geben. Flirte mit ihm«, sagte Amber.

»Nein. Auf keinen Fall. Officer Greene wird versuchen, jemand anderen zu finden.« Immer sagte ihre Schwester, sie müsse sich verabreden, Spaß haben, Männer kennenlernen ... Erica wollte das nicht hören. Das stand nicht auf ihrer

Agenda, und sie wollte mit ihrer großen Schwester nicht über die Gründe diskutieren. »Hannah, wie ist deine Mathearbeit gelaufen?«

Sie sprachen eine Weile über die Schule und aßen nur wenig Pizza. Hannah machte sich ständig Sorgen zuzunehmen, während Amber, die tatsächlich zunehmen sollte, oft behauptete, dass das Essen nicht ganz so schmecke, wie es schmecken sollte. Erica war schon immer jemand gewesen, deren Appetit von ihren Emotionen beeinflusst wurde, und die kochten heute Abend ein bisschen über.

Nach ein paar Minuten nahm Hannah den Teller ihrer Mutter und ihren eigenen und trug sie in die Küche. Das Mädchen ließ die Schultern hängen.

Erica schaute schnell zu Amber hinüber, um zu sehen, ob sie es bemerkt hatte.

Hatte sie. Sie schaute ihrer Tochter nach und biss sich auf die Lippe.

Das Klappern von Geschirr verriet ihnen, dass Hannah die Spülmaschine belud. Erica hob eine Augenbraue und sah Amber an. »Sie erledigt die Hausarbeit viel verantwortungsbewusster, als wir es je getan haben«, sagte sie.

»Sie hatte nie groß eine Wahl.« Amber klang entmutigt, und wer konnte es ihr verdenken? Ihr erster Kampf mit dem Brustkrebs – da war Hannah gerade zehn Jahre alt –, war schwierig gewesen, aber Erica und ein paar Freunde hatten sich zusammengetan und für die Familie gekocht, sich um Hannah gekümmert und eine Party geschmissen, als Amber offiziell krebsfrei war.

Nun, da er wiedergekommen war und gestreut hatte, nun, da Hannah alt genug war, um ihrer Mutter zu helfen – und auch, um die Folgen eines Krebsrezidivs zu verstehen –, lagen die Dinge anders. Es war eine größere Herausforderung. Die Wahrscheinlichkeit, dass das Ganze gut ausging, war geringer.

Ein Blick auf Amber ließ vermuten, dass ihre Gedankengänge ähnlich waren. Zeit für einen weiteren Themenwechsel. »Wir sollten mal über die Vorhänge und Volants reden, die wir machen wollten.«

»Ach, ich weiß nicht.«

»Wenn du zu müde bist …«

»Mir geht es gut! Nicht jedes Mal, wenn ich etwas nicht tun will, liegt es daran, dass ich …« Als Hannah den Raum betrat, verstummte sie. »Es liegt nicht daran, dass ich krank bin. Und natürlich helfe ich bei den Vorhängen, nur verstehe ich nicht ganz, warum wir sie für ein Haus nähen, in dem wir nur zur Miete wohnen.«

Weil es ein Projekt ist, etwas, das uns beschäftigt hält. »Weil wir hier langfristig bleiben werden«, erwiderte Erica.

»Hoffen wir es.« Sie blickte zu Hannah auf und fügte schnell hinzu: »Ich meine nur, dass wir uns dieses Haus in der Hochsaison vielleicht nicht mehr leisten können.«

»Es wird schon alles gut gehen, Mom.« Hannahs Lächeln wirkte gezwungen.

»Willst du mithelfen?«, fragte Erica ihre Nichte. »Du bist doch so geschickt.«

»Ähm, nein danke. Ich hab noch Hausaufgaben.« Ihr Handy klingelte; sie schaute aufs Display und eilte dann aus dem Raum.

Damit Amber nicht mehr so besorgt dreinsah, holte Erica den mit kleinen blauen und grünen Muscheln bestickten Ballen aus hauchdünnem Stoff und begann ihn auf dem Tisch auszurollen. »Ich messe, du schneidest«, sagte sie.

»Gut.« Amber hievte sich aus dem Stuhl hoch und ging langsam in die Küche. »Wo hast du die Schere hingetan?«, rief sie.

Erica krampfte die Hände um eine Stuhllehne, um sich daran zu hindern, ihrer Schwester zu Hilfe zu eilen und die Schere selbst zu holen. »In die Schublade neben dem Ofen, glaub ich. Siehst du dadrin ein Maßband liegen?«

»Ja.« Amber kam zurück in den Raum, in der Hand eine Schere schwenkend, die sie zusammen mit dem Maßband Erica gab, und ließ sich dann wieder auf einem Stuhl nieder. Sie fragte: »Was war da wirklich mit dem Polizisten, den du gemeldet hast?« Sie klang etwas außer Atem.

Erica maß die Breite des Esszimmerfensters und notierte sie auf einem Zettel. »Ich will einfach unbedingt, dass das Förderprogramm weitergeführt wird, damit ich noch mehr Kindern helfen kann.«

»Weil du keine haben kannst«, sagte Amber rundheraus.

»Es ist nicht nur deswegen, aber auch ... ja.« Erica seufzte. Sie wollte nicht über ihre eigenen Probleme sprechen, weil die von Amber doch viel ernster waren. »Ich schätze, das ist ein Teil des Grundes.«

»Du machst dich ganz schön von diesen Problemkindern abhängig, wenn du versuchst, mit ihnen deine enttäuschten Träume zu kompensieren«, sagte Amber.

»Sie haben in ihrem Leben so viel verloren. Ich möchte ihnen wirklich helfen.«

»*Du* hast viel verloren. Und war dieser Typ möglicherweise zu gut aussehend?«

»Hör auf.« Sie wollte nicht über ihre Entscheidung diskutieren, um jede Art von echter Beziehung zu ihrer Schwester zu vermeiden – sie würden sich nur streiten. Es war ein alter Streitpunkt, älter als der Krebs und ihr kürzlicher Entschluss. Amber war als Teenager verrückt nach Jungs gewesen und hatte ein ziemlich wildes Leben geführt. Sie hatte versucht, Erica dazu zu bringen, die Tatsache auszunutzen, dass ihre Mutter normalerweise zu viel arbeitete, um sie genau im Blick zu haben. Aber Erica war die Verantwortungsbewusste gewesen, die versucht hatte, Amber im Zaum zu halten, und sich selten auf irgendetwas eingelassen hatte, nicht mal auf eine einfache Verabredung.

Jetzt, da sie wusste, welche Zukunft ihr bevorstand, wünschte sie sich irgendwie, sie hätte es Amber gleichgetan.

Von oben dröhnte laute Musik herunter. Erica rümpfte die Nase. »Oh Gott«, sagte sie.

»Ja. Die ›Ich hasse Frauen‹-Musik.«

»Na ja, fairerweise muss man sagen, dass das alle Kinder hören.«

»Versprich mir, ihr zu sagen, dass sie nicht so von sich selbst denken soll, wenn ich mal …« Das letzte Wort blieb Amber im Hals stecken.

Ericas Kehle schnürte sich zu. »Natürlich, aber du wirst auch hier sein und ihr das selbst sagen können.«

»Ja.« Amber räusperte sich. »Ich glaube, ich bin heute ein bisschen zu müde, um dir zu helfen. Ein andermal?« Sie schob ihren Stuhl zurück, während sie sprach, und stand gebückt da, wie eine ausgehöhlte Muschel.

Erica wollte sie umarmen und ihr versichern, dass alles gut werden würde. Aber wie konnte sie das wissen? Als sie sah, wie Amber die Treppe zu ihrem Schlafzimmer im ersten Stock hinaufstarrte, wurde ihr bewusst, dass sie sich nicht einmal richtig vorstellen konnte, was ihre Schwester fühlte.

Die stampfenden Rhythmen von Metallica und das Pulsieren seiner Muskeln beim Schrubben der Böden und Tragen der Kisten hielten Trey davon ab, darüber nachzudenken, wie deprimierend das war, was er gerade tat: das Haus, das er mit seiner Frau geteilt hatte, zu räumen und zu putzen.

Morgen würde er dafür bezahlen. Er sollte eigentlich nicht schwerer als zehn Pfund heben. Aber wie konnte er das, was von seiner Ehe übrig geblieben war, aus dem Haus schaffen, ohne ein paar Kisten zu heben? Außerdem hatte sich sein Freund Denny von der Polizei bereit erklärt, ihm zu helfen, da konnte er doch nicht einfach herumsitzen und den Mann allein arbeiten lassen, oder?

Der Geruch des Reinigungsmittels stieg ihm in den Kopf, also ließ er Denny den Küchenboden fertig machen und ging nach oben, langsam eine Stufe nach der anderen. Dabei presste er die Zähne gegen den Schmerz zusammen, der von seinem unteren Rücken in seine Hüfte und sein Bein ausstrahlte.

King, der neben der Haustür lag, erhob sich und folgte ihm pflichtbewusst.

Als er mit dem Staubsauger über den Teppich im Schlafzimmer fuhr und versuchte, seinen Oberkörper nicht zu drehen oder plötzliche Bewegungen zu machen, sah Trey die hellen Quadrate an den Wänden, an denen ihre Fotos gehangen hatten. In einer Ecke hing noch eines, das sie vergessen hatten abzunehmen. Eine gerahmte Karikatur von ihm und Michelle, die sie auf irgendeinem Straßenfest hatten machen lassen: Er sah aus wie ein riesiger Polizist aus einem Cartoon, Michelle wie eine winzige, süße Schurkin, die um Gnade bettelte.

Sie hatte während ihrer Ehe viel gebettelt, darum, dass er seine Vorstellungen von einer Bilderbuchfamilie aufgab und mit ihr feiern ging – bis das Betteln in Schreien umgeschlagen war und sie irgendwann ganz aufgehört hatte zu reden. In der Zwischenzeit hatte seine Polizistenkarriere immer mehr Raum eingenommen, bis sie ihre Ehe völlig überschattet hatte. Es war die Sache mit der Henne und dem Ei: Er wusste nicht wirklich, wer sich zuerst zurückgezogen hatte, Michelle oder er.

Die Wahrheit war, dass sie von Anfang an nicht gut zueinandergepasst hatten. Sein wachsender Wunsch, eine Familie zu gründen, und Michelles nachlassendes Bedürfnis danach hatten ihr Schicksal nur besiegelt.

Er stopfte die Karikatur in den Müllsack, den er von Zimmer zu Zimmer geschleppt hatte, und ging durch den Flur, um die anderen beiden Zimmer zu überprüfen. Eines war rosa und eines blau gestrichen, ein Relikt der früheren Bewohner, die einen Sohn und eine Tochter gehabt hatten und dem kleinen Haus dann entwachsen waren.

Er hatte sich einen Jungen gewünscht, wegen der etwas antiquierten Vorstellung, dass man die Familienlinie weiterführen müsse. Aber ein Mädchen wäre auch in Ordnung gewesen. Oder noch besser, einen Jungen und ein Mädchen. Er überprüfte die beiden Zimmer kurz und fand einen von Michelles Strings und einen BH hinten im Schrank des blau gestrichenen Zimmers. Seltsam, wenn man bedachte, dass keiner von ihnen beiden viel Zeit in diesem Zimmer verbracht hatte, es sei denn, sie hatten Gäste gehabt, was seit ein paar Jahren nicht mehr vorgekommen war.

King vergrub seine Nase in Treys Hand, was diesen davon abhielt, weiter darüber nachzudenken, was die Dessous zu bedeuten hatten. Er stopfte sie in den Müllbeutel und schleppte ihn die Treppe runter, wobei er sich fest an das Geländer lehnte, King an seiner Seite. Unten angekommen, sah er auf die Uhr, überlegte sich, ob er nicht doch schon eine Schmerztablette nehmen solle, und schob den Gedanken dann beiseite.

In der Küche wusch Denny gerade den Mopp aus und stellte ihn neben die Hintertür. Er schaute auf sein Handy.

»Danke, Mann«, sagte Trey. »Mach ’ne Pause. Es ist kaltes Bier im Kühlschrank, und ich bestelle uns gleich Pizza.«

»Ich hole mir ein Bier, aber dann muss ich gehen. Milo hat gerade mit dem Tee-Ball-Training angefangen. Normalerweise würde Laura ihn hinfahren, aber sie verlässt sich da in letzter Zeit ein wenig mehr auf mich.« Denny sah überhaupt nicht verärgert aus.

»Hast du Stress mit ihr?« Denny war ein großer Frauenheld gewesen, bevor er sich in Laura verliebt und gelernt hatte, sich zusammenzureißen.

»Nein, aber … Sie ist wieder schwanger«, platzte Denny heraus und kniete sich hin, um King zu streicheln.

Trey, der gerade dabei war, zwei Bierflaschen aus dem Kühlschrank zu holen, hielt inne und starrte seinen Freund an. Er ignorierte das Ziehen in seinem Bauch. »Das ist großartig, Mann. Wann ist sie so weit?«

»In sechs Monaten, also Ende Oktober.« Denny wischte sich mit einem Ärmel über die Stirn. »Ich hab ein paar Extraschichten übernommen, damit ein bisschen mehr Geld reinkommt. Wenn ich freihabe, versuche ich bei ihr zu sein und mich um Milo zu kümmern, damit sie sich etwas ausruhen kann.«

»Ja, das solltest du. Ich weiß es zu schätzen, dass du heute hergekommen bist. Ich hätte gern eine Reinigungsfirma engagiert, aber das Geld ist knapp.«

»Kein Problem. Du würdest dasselbe für mich tun.«

Das stimmte. Schon bevor Trey ein K-9-Officer geworden war, waren sie Kollegen gewesen, hatten zusammen einige brenzlige Situationen überlebt, hatten bei Bier über die Vorgänge im Revier, Frauen und das Leben geschimpft. Aber ihre Verbindung ging viel weiter zurück. Da sie in derselben Pflegefamilie gewohnt hatten, waren sie praktisch Brüder. »Gib Laura einen Kuss von mir und sag ihr, dass es mir leidtut, dass ich dich für heute entführt habe.«

»Mach ich. Ich soll dir von ihr sagen, dass sie bereits damit rechnet, dass du für uns den Babysitter spielst.«

»Jederzeit.« Obwohl Denny das sonnigere Gemüt hatte und in der Pflegefamilie beliebter gewesen war, war es Trey gewesen, der mit den Babys geholfen hatte, der dafür sorgen konnte, dass sie mit dem Weinen aufhörten, der geschickt Windeln wechseln und Flaschen erwärmen konnte. Denny hatte ihm Milo bereits so oft anvertraut, dass dieser ihn mittlerweile Onkel Trey nannte.

Trey vermutete, dass er vielleicht auch deshalb Babys mochte und Vater sein wollte, um der Welt zu zeigen, dass er nicht die gleiche Art von Taugenichts war wie sein eigener Vater.

»Hast wohl ziemlich schnell ein Angebot für das Haus bekommen, was?«

Denny machte sich ein kaltes Bier auf und kippte die Hälfte davon in einem Zug runter.

»Morgen ist die Besichtigung. Sollte gut laufen. Nächste Woche wird der Vertrag unterzeichnet.« Und das war's dann.

»Junge Familie, nehme ich an.«

»Ja.« Der kleine zweistöckige Backsteinbau war perfekt für Kinder, mit dem eingezäunten Vorgarten, in dem eine Reifenschaukel und ein Picknicktisch standen, und dem Basketballkorb über der Garage. Deshalb hatte auch ihm das Haus so gefallen.

»Eigentlich hätte Michelle doch mithelfen sollen. Ihr gehört doch die Hälfte, oder?« Denny winkte Trey mit seinem Handy zu. »Nach dem, was sie so postet, sieht es aus, als würde sie stattdessen Party machen.«

Trey hatte seine Ex-Frau in allen sozialen Medien geblockt, aber er wusste trotzdem, wo sie sich aufhielt. »Sie macht einen Mädelsurlaub am Strand. In Florida. Hat sie zumindest behauptet.« Er schluckte den sauren Geschmack im Mund hinunter.

»Du bist über sie hinweg, stimmt's?«

Trey dachte nach. Es war anderthalb Jahre her, seit sie sich getrennt hatten, und ihre Scheidung war seit sechs Monaten durch. Das Gefühl des Versagens nagte immer noch an ihm, und er bedauerte, dass er seinen Traum von einer Familie hatte aufgeben müssen. Aber Michelle?

Wenn er daran dachte, wie sie in Florida Party machte und wahrscheinlich Männer traf, verspürte er keine Eifersucht. Er fühlte sich nur wie ein Trottel, weil er sich bereit erklärt hatte, die Reinigung allein zu übernehmen. »Ja, ich bin über sie hinweg.« Dann ergriff er, von innerer Unruhe getrieben, zwei der Müllsäcke und begann sie zur Tür zu schleifen, wobei er den stechenden Schmerz in seinem Rücken ignorierte.

»Woah, Mann, lass mich das machen.«

»Mir geht's gut.«

»Dir geht's nicht gut.« Denny versuchte sich die Müllsäcke zu schnappen.

Trey hielt sie fest. »Ich kann sie schon rausbringen.«

»Du bist ein Idiot.« Denny folgte ihm mit dem Bier in der Hand nach draußen und sah zu, wie Trey die Säcke die Treppe runterschleifte. »Du kannst dich bei der Polizei nicht mehr beweisen, also versuchst du's jetzt beim Müllraustragen? Das wird deine Rückenschmerzen nur schlimmer machen.«

Was spielt das für eine Rolle? Trey öffnete den Mund, um es auszusprechen, aber er schloss ihn wieder, weil er erkannte, dass er nicht mehr dieser Ansicht war, zumindest nicht mehr genau der Ansicht. Das Training war immer noch unfassbar anstrengend, aber er hatte bei seiner letzten Einheit eine leichte Verbesserung bemerkt. Vielleicht – nur vielleicht – half es ihm ja doch. Und er wollte definitiv nicht, dass sich sein Zustand verschlechterte, denn wenn er noch mehr an Beweglichkeit einbüßte, wenn er irgendwann nicht mehr einkaufen oder seine Wäsche selbst waschen könnte, was sollte dann aus ihm werden?

Ein silberner Camaro fuhr vor und parkte am Bordstein. Er und Denny blieben mitten in der Einfahrt stehen. Was tat der Chief denn hier?

Chief Lincoln, den sie privat alle »Abe« nannten, weil er so groß und dünn wie Präsident Lincoln war, kam her und begrüßte die beiden, fragte nach ihren Fortschritten mit dem Haus, nach Milo, nach Treys Rücken. Das war zwar ganz nett von ihm, aber Trey bekam ein unbehagliches Gefühl.

»Ich muss gehen«, sagte Denny und winkte mit seinem Handy. »Meine Frau macht mir sonst die Hölle heiß.«

Als Denny weggefahren war, lud Trey den Chief auf ein Bier auf die Veranda ein.

Er war jedoch ziemlich verblüfft, als dieser die Einladung tatsächlich annahm. Lincoln war für ihn und Denny, als sie gerade bei der Polizei anfingen, ein Mentor gewesen, doch er neigte dazu, sich im Privaten zurückzuhalten.

»Es gibt einen Grund, warum ich vorbeigekommen bin«, sagte Chief Lincoln, nachdem er die Flasche geöffnet hatte.

Er stellte sie ab, ohne einen Schluck zu trinken. »Hab 'n paar Dinge von Earl Greene gehört, dem Verantwortlichen für das Programm für körperlich beeinträchtigte Polizisten in Pleasant Shores.«

»Ja? Welche denn?« Treys Herz stolperte ein wenig, nicht nur, weil er es hasste, als körperlich beeinträchtigter Polizist bezeichnet zu werden, sondern auch wegen des Tadels, den er in der Stimme des Chiefs hörte. Er setzte sich vorsichtig auf die Verandaschaukel und zuckte zusammen.

»Er scheint eine negative Einstellung an dir bemerkt zu haben.«

»Ich hab doch kaum mit ihm …«

Der Chief hob die Hand und schnitt ihm das Wort ab. »Offenbar hat sich die zuständige Lehrerin beschwert. Hat gefragt, ob es noch jemand anderen gäbe, der kurzfristig bereit wäre, mit den Kindern zu arbeiten.«

Trey schaute auf seine Knie und ballte die Fäuste. War er wirklich so unausstehlich rübergekommen, als er mit Greene gesprochen hatte und mit dieser langbeinigen Schönheit am Strand, deren Namen er immer noch nicht wusste?

Du hättest sie nach ihrem Namen fragen sollen, dich bemühen sollen. »Du wirst ihnen also jemand anderen schicken«, sagte er; düstere Gewissheit bedrückte ihn. Es kam nicht häufig vor, dass jemand bei der Reha scheiterte. Echt spitzenmäßig, was er da geschafft hatte.

»Ich habe im Moment sonst niemanden, den ich ihnen vorschlagen könnte. Und die beiden anderen Abteilungen, mit denen sie zusammenarbeiten, warten noch auf ihre Genehmigung, sodass sie auch keinen vorschlagen können.« Der Chief seufzte. »Ich will, dass du die Stelle kriegst, aber du solltest dich besser am Riemen reißen. Sonst fällt das auf mich zurück, weil ich dich empfohlen habe.«

In einem Winkel seines Bewusstseins erkannte Trey die Chance, dass der Chief noch mal nachsichtig mit ihm sein wollte, und ergriff sie. »Wird gemacht, Sir. Ich werde mit einer besseren Einstellung an die Sache herangehen.«

Der Chief starrte Trey an, bis dieser den Blick abwandte. »Mit einer viel besseren. Denn deine Einstellung ist mit dafür verantwortlich, dass du überhaupt in die Situation gekommen bist, in der du dich jetzt befindest. Dieser Vorfall hätte nicht passieren dürfen. Du bist seit Monaten nicht richtig bei der Sache. Wärst du nicht verletzt worden, hätte ich dir einen Schreibtischjob gegeben.«

Die Worte des Chiefs lasteten schwer auf ihm. Er hatte gewusst, dass er nicht in Form war, aber er hatte nicht bemerkt, dass es auch den anderen auffiel. Reflexartig streckte er die Hand nach King aus und legte sie auf seinen felligen Rücken.

»Wenn du es nicht schaffst oder mir nicht beweisen kannst, dass du dich geändert hast, werde ich dich nicht für die Wiederaufnahme in die Hundestaffel empfehlen, selbst wenn dein Rücken heilt«, sagte Lincoln und stand auf. »Betrachte es als eine Art Test.« Er drehte sich um und schritt zu seinem Auto zurück.

Trey fragte sich, wie er in etwas gut sein sollte, das er gar nicht tun wollte, und wie er mit Menschen zusammenarbeiten sollte, die ihn bereits jetzt hassten.

3. Kapitel

Gerade als ihre Enkelinnen aus der Schule kamen, zog Julie White das Backblech mit den Schokokeksen aus dem Ofen. Sie gratulierte sich selbst zu ihrem perfekten Timing. »Wer will Kekse?«, flötete sie.

Ihre jüngere Enkelin, Kaitlyn, sah sie mit unverhohlenem Spott an. Na super. Sie hatte es mit der guten Laune übertrieben. Es würde einige Zeit dauern, bis sie sich in ihrem neuen Zuhause zurechtfand – sie wohnte in einer Suite im Motel ihrer Tochter und kümmerte sich ab und zu um ihre Enkelinnen, die im Haus nebenan wohnten.

Ihre ältere Enkelin, Sophia, war mit Telefonieren beschäftigt, winkte ihr aber kurz zu und schnappte sich auf dem Weg durch die Küche einen Keks. Sie war sechzehn, lernte gerade Autofahren, war gut in der Schule und hatte anscheinend Dutzende von Freunden, darunter einen festen Freund, was sie Gott sei Dank nicht so ernst nahm. Ihr sonniges Gemüt erinnerte Julie an ihre Tochter, die Mutter der beiden. Wenig bis gar keine pubertären Ängste, nur die Selbstbezogenheit, die man von einem Teenager ohnehin erwartete.

Kaitlyn, die Dreizehnjährige, ließ sich mit einem lauten Seufzer auf einen Stuhl am Küchentisch fallen. Sie befand sich in einer seltsamen Phase, die durch die Scheidung ihrer Eltern und wahrscheinlich auch durch den Umstand, dass ihre Großeltern sich kurz darauf ebenfalls hatten scheiden lassen, noch verschlimmert wurde. Dass sie so eine beliebte, hübsche Schwester wie Sophia hatte, machte die Sache nicht gerade besser, obwohl Sophia eigentlich sehr nett zu Kaitlyn war. Doch Julie verstand, warum Sophias Nettigkeit ihrer jüngeren Schwester nicht gefiel; sie hatte zu sehr den Anschein von Mildtätigkeit oder Mitleid.

Julie schob die Kekse vom Backpapier auf einen Teller und stellte den Teller auf den Tisch. Sie fragte »Milch?«, ging automatisch zum Kühlschrank und öffnete die Tür.

»Ich trink keine Milch«, nuschelte Kaitlyn, den Mund voller Kekskrümel.

Das war Julie neu, aber sie wusste, dass es besser war, keine Fragen zu stellen. Sie schenkte ihr einfach ein Glas Wasser mit Eis ein und stellte es auf den Tisch. »Möchten du und deine Schwester in ein paar Minuten vielleicht mit mir zum großen Strand spazieren?« Der große Strand befand sich auf der Seite von Pleasant Shores, wo die wohlhabenderen Leute wohnten. Im Gegensatz zu den schmalen, felsigen Stränden, die am häufigsten an der Chesapeake Bay zu finden waren, bestand er aus einem breiten Streifen weißen Sandes.

»Warum?« Kaitlyn fuhr sich mit einer Serviette über den Mund und nahm sich einen weiteren Keks. »Es ist erst April.«

»Und es sind einundzwanzig Grad. Die Hitzewelle wird bald vorbei sein, aber man könnte noch ein wenig Sonne tanken.«

Das schien Kaitlyns Interesse zu wecken; ihre Mutter erlaubte es nämlich nicht, dass sie ins Sonnenstudio gingen ... Obwohl Julie vermutete, dass Sophia die Vorschrift, dass

Kinder unter achtzehn dort nur mit elterlicher Erlaubnis Zutritt hatten, irgendwie umging, da sie durchgehend gesund und goldgebräunt aussah.

»Hey, Soph«, schrie Kaitlyn. »Oma will zum Strand runtergehen.«

Das war nicht ganz wahr; Julie wäre lieber zu Hause geblieben, in ihrer niedlichen kleinen Suite am anderen Ende des Motels, und hätte in ihrem Krimi gelesen. Aber sie rechtfertigte ihre Anwesenheit, zumindest vorübergehend, damit, dass sie während der berüchtigten »gefährlichen« Zeit nach Schulschluss ein Auge auf ihre Enkeltöchter hatte: Sie machte ihnen nach der Schule einen Snack, bereitete das Abendessen vor und schlug gesunde Aktivitäten vor.

Außerdem musste sie, wie ihre Freundin Mary sagte, mal aus dem Haus. Um ihre Trübsal durch den Sonnenschein vertreiben zu lassen und neue Leute kennenzulernen.

Der Teil mit dem »neue Leute kennenlernen« übte auf sie überhaupt keine Anziehungskraft aus, doch heute würde das ohnehin nicht passieren. Die Tatsache, dass Kaitlyn mürrisch neben ihr hertrabte, würde alle außer vielleicht die unerschrockensten Extrovertierten der Stadt von ihr fernhalten. Die Leute hatten Angst vor pubertierenden Mädchen.

Bald schon gingen sie die drei Querstraßen durch das kleine Zentrum von Pleasant Shores Richtung Strand, Strandtücher und – in Julies Fall – einen klappbaren Liegestuhl unterm Arm. Beide Mädchen hatten darauf bestanden, trotz ihres Protests Bikinis und darüber Jeansshorts und T-Shirts zu tragen. Es war eine optimistische Kleiderwahl, da trotz der ungewöhnlich warmen Temperaturen die Brise am Strand kühl und das Wasser in der Bucht eiskalt sein würde.

Julie erhaschte, als sie an einem Schaufenster vorbeigingen, einen Blick auf sich selbst und zuckte zusammen. Capris und ein alter Kapuzenpullover von Ria: Sie hatte sich seit der Scheidung gehen lassen, die achte Todsünde laut ihrem Ex-Mann Melvin. Nicht dass es irgendwas genützt hatte, sich für ihn in Form zu halten.

Er liebte sie nicht mehr. Er wollte nicht mehr mit ihr verheiratet sein. Obwohl es schon vor sieben Monaten geschehen war, hatte sie immer noch Schwierigkeiten zu glauben, dass ihre fünfunddreißig Jahre Ehe einfach so vorbei waren. Dass Melvin nach Saint Michaels gezogen war und jetzt in einem Businesshotel in der Nähe seiner Arbeitsstelle wohnte.

Sie blickte die ruhige Hauptstraße der Stadt entlang, hoffend, dass sie niemandem begegnen würde, den sie kannte – aber andererseits, wen kümmerte das schon? Es war ja nicht so, dass sie jemanden beeindrucken wollte.

Dennoch sollte sie sich mit ihrem Äußeren mehr Mühe geben. *Wer gut aussieht, fühlt sich auch gut*, hatte ihre selbstbewusste, elegante Mutter immer gesagt. »Was haltet ihr von diesem Oberteil?«, fragte sie ihre Enkelinnen und blieb stehen, um durch das Fenster des einzigen »feineren« Damenbekleidungsgeschäfts von Pleasant Shores zu spähen. Fein, das hieß: teure Mode für Frauen mittleren Alters. Vorerst, während sie noch Unterhaltszahlungen erhielt, konnte sie es sich noch leisten, dort einzukaufen. Das Oberteil war altrosa und hatte den großzügigen Schnitt, den sie brauchte.

»Es ist süß«, sagte Sophia, blickte von ihrem Handy auf und schenkte Julie ein ermutigendes Lächeln. Natürlich hatte sie das Oberteil kaum angesehen.

Julie drehte sich zu Kaitlyn um und zog eine Augenbraue hoch. »Wie findest *du* es?« Einerseits fragte sie Kaitlyn, um sie dazu zu ermuntern, ihre Meinung zu äußern, zu zeigen, dass sie diese schätzte, andererseits erwartete sie von ihr auch mehr Ehrlichkeit.

Kaitlyn zuckte die Achseln und runzelte die Stirn. »Es ist ganz nett. Es sieht genauso aus wie alles andere, was du trägst.«

Mit anderen Worten: Es spielte keine Rolle, was Julie anhatte. Sie war alt, eine Großmutter.

»Du solltest dir das da kaufen«, murmelte Kaitlyn und wies mit dem Kopf auf eine lila-türkisfarbene Batiktunika.

»Wirklich? Die ist so knallig.«

Kaitlyn zuckte die Achseln und sie gingen weiter, doch Julie warf einen Blick zurück auf die Tunika, die Kaitlyn gemeint hatte. Sie wäre definitiv mal was anderes.

Wie sich herausstellte, traf Julie doch auf Leute, die sie kannte: eine Freundin aus dem Buchladen und jemanden, den sie kürzlich in der Kirche kennengelernt hatte. Sie wohnte schon seit zehn Jahren hier, aber für die Einheimischen war das nichts; erst jetzt begann sie sich in deren Augen langsam von den Sommergästen zu unterscheiden.

Sophia sah einige Mädchen, die sie kannte, lief schreiend auf sie zu, um sie zu umarmen, und vertiefte sich dann in eine intensive Unterhaltung. Kaitlyn und Julie gingen langsamer.

»Weißt du, wer die sind? Alte Freundinnen?«, fragte Julie. »Scheint so, als hätte sie sie eine Weile nicht mehr gesehen.«

»Sie gehen auf unsere Schule. Sie hat sie vor einer Stunde erst gesehen.« Kaitlyns Lippe kräuselte sich. »Die sind immer so.«

Julie erinnerte sich auf einmal an die ohrenbetäubenden Schreie, die Ria jedes Mal losgelassen hatte, wenn sie ein Mädchen gesehen hatte, das sie kannte. »Sollen wir weitergehen?«, fragte sie Kaitlyn. »Sie kann ja nachkommen. Oder wir können bei den Bänken auf sie warten.« Die Bänke am Rand des Strandes waren ein beliebter Treffpunkt für Touristen; während der Saison traten dort Musikgruppen auf.

»Egal.« Sie trotteten weiter, und Julie war ganz froh, dass sie die Mädchen nach draußen gescheucht hatte. Sie sorgte sich vor allem um Kaitlyns psychische Verfassung.

Die Sonne wärmte ihr Gesicht, die Brise wehte nicht zu stark, und als sie sich dem Wasser näherten, stieg der typische Geruch des Meeres von der Buch her auf. Julie liebte die Ostküste, schon seit sie denken konnte; es war ihre Idee gewesen, sich vom Erbe ihres Großvaters, hier dieses Sommerhaus zu kaufen.

Sie kamen zu den Bänken und setzten sich; einige Augenblicke später gesellte sich Sophia atemlos zu ihnen. »Sorry! Lasst uns zum Strand runtergehen.«

Sie gingen durch den aufgeschütteten Sand und diskutierten darüber, wo sie sitzen sollten. Als sie einen geeigneten Platz fanden, wo sie den Stuhl aufstellen und die Handtücher hinlegen konnten, legte Sophia einen Arm um Julie. »Das war eine gute Idee, Oma.«

Julie wurde warm ums Herz. »Es macht Spaß, Zeit mit euch Mädchen zu verbringen. Vergesst mir nicht, euch mit Sonnencreme einzuschmieren.«

Am Strand tummelten sich mehrere Grüppchen, obwohl es zum Schwimmen viel zu kalt war. Lagerkoller, vermutete sie.

Kaitlyn grunzte und stieß ihre Schwester an, und beide schauten zu einer Gruppe von Jungs hinüber, die vom Alter her näher an Kaitlyn als an Sophia dran waren.

Kaitlyn kämmte ihr Haar mit den Fingern durch und überprüfte ihr Aussehen mithilfe ihrer Handykamera. »Ich sehe blöd aus«, sagte sie und warf das Handy in den Sand.

»Du solltest unbedingt rübergehen und mit ihnen quatschen«, ermunterte Sophia sie.

»Auf keinen Fall!«

»Na ja, dann … geh einfach an ihnen vorbei. Gib ihnen die Chance, mit dir ins Gespräch zu kommen.«

»Kommst du mit?«

»Okay, klar.« Sophia stand auf, schnappte sich ihr Handy und schlüpfte wieder in ihre Jeansshorts. Kaitlyn hatte ihre noch gar nicht ausgezogen. Die beiden begannen in Richtung der Jungen zu spazieren, die mit Frisbees warfen. Sophia drehte sich um. »Geht das klar, Oma?«

»Jaja, geht schon. Habt Spaß.« Sie fühlte sich, als hätte sie etwas geschafft, als hätte sie einen guten Einfluss auf ihre Enkelinnen gehabt, indem sie sie dazu gebracht hatte, nach draußen zu gehen. Sie holte ihren Krimi hervor und lehnte sich in ihrem Stuhl zurück. Dann schaute sie aufs Wasser hinaus und beobachtete, wie die Mädchen weiter weggingen. Ein

Summen verriet ihr, dass Kaitlyn ihr Handy vergessen hatte. Träge hob sie es auf.

Auf dem Sperrbildschirm war eine Nachricht aufgetaucht. *Verbring ein wenig Zeit mit Oma, so wie wir es besprochen haben.*

Oh. Es war also nicht so, dass *sie* ihren Enkelinnen half – sie halfen *ihr*, gemäß den Anweisungen ihrer Mutter. Sie spürte Scham in sich aufsteigen, lehnte den Kopf gegen die Stuhllehne und schloss die Augen.

Anscheinend war »Zeit mit Oma verbringen« ein Projekt, das sich ihre Tochter und ihre Enkeltöchter hatten einfallen lassen.

Julie blickte auf ihre blassen Beine hinunter und zählte zwei weitere Altersflecken. Großartig.

Sie griff nach ihrem Krimi und versuchte zu lesen, doch ihre Gedanken kehrten immer wieder zu der SMS zurück. Wenn sie ihren Enkeltöchtern nicht wirklich half, fühlte sie sich irgendwie … nutzlos. Und das ärgerte sie. Sie wollte nicht eine jener geschiedenen Frauen sein, die ewig über ihre Probleme nachgrübelten oder sich selbst bemitleideten. Sie war immer ein Mensch gewesen, der aktiv geworden war, der handelte.

Irgendetwas musste sie ändern. Doch was?

Am Montagmorgen hatte Trey Glück.

Er lief mit King die felsige Küste entlang in Richtung Schule. Das Gehen auf unebenem Gelände war für einen Mann mit einer Wirbelsäulenverletzung nicht gerade einfach, aber heute verschaffte ihm der Aufenthalt im Freien einen Vorteil. Oder zumindest eine Chance.

Erica und ihre Schüler – zehn oder elf Teenager, hauptsächlich Jungen – waren am Strand unterwegs. Die Kinder standen oder knieten in einem Halbkreis, während Erica mit ihnen redete und dabei mit den Händen gestikulierte. Dann beugte sie sich vor, um etwas aufzuheben und hochzuhalten.

Es sah aus, als hätten sie gerade Naturkundeunterricht. Dafür hatten sie sich einen miesen Tag ausgesucht. Nach ein paar ungewöhnlich warmen Tagen waren die Temperaturen jetzt gesunken, und der Himmel hatte sich zugezogen. Nun peitschte ein kalter Wind über Ericas dunkles, zerzaustes Haar. Sie strich es mit einer ungeduldigen Geste nach hinten und sprach weiter.

Sachlich. Ernsthaft. Das war der Grund, weshalb er glaubte, dass er heute vielleicht Glück hatte. Nach dem zu urteilen, was sein Chief über ihre Meinung von ihm gesagt hatte, schätzte er, dass sie ihn nicht in ihr Klassenzimmer gelassen hätte. Aber auf dem öffentlichen Teil des Strandes konnte sich doch jeder frei bewegen, oder?

Als er näher kam, konnte er sehen, dass die Kinder Skizzen und Notizen machten und anscheinend ganz in das vertieft waren, was sie sagte. Natürlich nicht alle; ein Junge träumte vor sich hin, und ein paar andere schienen sich zu streiten, wobei einer einem anderen unauffällig in den Arm puffte. Aber niemand benahm sich ernsthaft daneben.

Er ergriff die Gelegenheit, Erica näher zu betrachten. *Kenne deinen Feind.*

Sie war so dünn, dass es beinahe ungesund aussah – das konnte man sogar durch den dicken Pullover hindurch sehen, den sie trug. Khakihosen und Duck Boots – nichts, was diese meterlangen Beine betont hätte. Praktisch. Nicht sein Typ; er hatte immer schon kurvige Frauen gemocht, die sich hübsch anzogen.

Und doch, wenn man ihr Gesicht betrachtete – diese riesigen Augen, diese hohen Wangenknochen –, erkannte man, dass sie auf ihre eigene Art und Weise wunderschön war.

Sie sah auf, erwischte ihn beim Starren und ging zu ihm hinüber, wobei sie die Hände in die Hüften stemmte. »Was machen Sie denn hier?«

Er schenkte ihr sein freundlichstes, einschmeichelndstes Lächeln. »Melde mich zum Dienst«, sagte er.

Sie lächelte nicht zurück. »Leute, arbeitet weiter«, sagte sie über die Schulter hinweg. Dann drehte sie sich zu Trey um. »Ich dachte, sie würden mir jemand anderen zuteilen.«

Sie wollte also nicht einmal so tun, als hätte sie nicht um einen Ersatz für ihn gebeten. Nun gut. »Ich habe sie überredet, mir noch eine Chance zu geben.«

Sie schaute sich nach den Kindern um, die nicht schrieben und zeichneten, sondern gafften oder herumalberten. Doch ein Blick von ihr genügte, dass die meisten sich wieder über ihre Hefte beugten. Dann schaute sie Trey mit dem gleichen strengen Blick an. »So wollen Sie helfen?«, fragte sie. »Sie lenken die Schüler ab.«

King, der neben ihm stand, winselte ein wenig. Trey befahl ihm, sich hinzusetzen, was King tat; allerdings warf er seinem Herrchen einen Blick zu, der Bände sprach.

In seinem Herzen war King immer noch ein Polizeihund, genau wie Trey ein Polizist war, und er hatte bemerkt, dass etwas nicht stimmte. Trey ließ die Leine fallen. »Such«, befahl er, ohne nachzudenken.

Fast sofort merkte er, dass das unangebracht war; er war nicht im Dienst. Doch es war zu spät. King lief auf die Gruppe von Kindern zu, von denen einige erschrocken zurücktaumelten. King war groß, konzentriert und hechelte, was seine riesigen Zähne zum Vorschein brachte.

»Schaffen Sie Ihren Hund von den Kindern weg«, sagte Erica.

»Nur ganz kurz.«

»Nein, jetzt sofort!«

Plötzlich setzte sich King hin. Vollkommen ruhig starrte er den Rucksack eines Jungen an.

Trey rief ihn zurück und beobachtete den Jungen. Er sagte etwas zu einem anderen Jugendlichen neben ihm, schob den Rucksack außer Sichtweite und versperrte ihnen mit seinem Körper die Sicht.

»Der Junge hat Drogen in seinem Rucksack«, sagte Trey zu Erica.

»Was?«

»Der Junge in der roten Jacke«, sagte er. »Er hat Drogen bei sich. King hat sie gefunden. Er ist ein Drogenspürhund«, erklärte er, holte Kings Spieltau aus der Tasche und kniete sich hin, um kurz mit ihm zu spielen. Das war Kings Belohnung dafür, dass er gute Arbeit geleistet hatte. Er versuchte nicht zusammenzuzucken, als Kings enthusiastisches Ziehen an dem Spielzeug bewirkte, dass ihm der Schmerz in den Rücken schoss.

Erica blies Luft aus den Backen. »Sind Sie sicher?«

»Mmh-hm.« Er beobachtete den Jungen immer noch. »Sie werden es finden, es sei denn, er schafft es, es irgendwo loszuwerden.«

Sie zog ihr Handy heraus, entfernte sich ein paar Meter von Trey und sprach mehrere Minuten lang mit jemandem, während Trey unbeholfen in der Nähe der Schülergruppe herumstand. Er sollte versuchen, mit ihnen ins Gespräch zu kommen, eine Verbindung herzustellen. Einen von ihnen wegen einer Gesetzeswidrigkeit anzuschwärzen, war wahrscheinlich nicht der beste Anfang.

Erica kam wieder auf ihn zu. »Officer Greene ist auf dem Weg hierher«, sagte sie. »Er braucht nur zwei Minuten.« Dann ging sie zu den Kindern rüber. »Okay, packt eure Sachen. Wir gehen zurück zur Schule.«

Trey fühlte sich gewöhnlich gut und siegreich, wenn King einen Fund gemacht hatte. Aber als er sah, wie der Junge in der roten Jacke beim Gehen verzweifelt am Wegesrand nach einem Platz suchte, um seinen Geheimvorrat loszuwerden, kam er sich vor wie ein Idiot.

In seinem vorherigen Leben hatte er gewusst, was er in einer solchen Situation zu tun hatte, seine Rolle war klar definiert gewesen, er war ein K-9-Polizist. Jetzt hatte er keine Ahnung, wie er sich verhalten sollte. Er war mit der Situation, eher als Lehrer denn als Polizist auftreten zu müssen, vollkommen überfordert. Er erinnerte sich an damals, als er selbst ein problematischer Teenager gewesen war, an die Schwierigkeiten, die er mit der Schule gehabt hatte, weil sein Vater häufig umgezogen und er selbst immer wieder in einer Pflegefamilie gelandet war.

»Ich will nicht, dass er von der Schule verwiesen wird oder so«, sagte er zu Erica.

»Als Sie mir gesagt haben, dass er Drogen bei sich hat, musste ich die Polizei rufen.« Sie biss sich auf die Lippe. »Ich hasse es auch, dass ich das tun muss. Dieses Programm ist oft ihre letzte Chance vor dem Jugendknast.«

Trey fühlte sich noch schlechter. Er war mit einigen Kids aufgewachsen, die in den Jugendknast gekommen waren, und es hatte für sie das Ende von allem bedeutet, was in ihrem Leben gut gewesen war.

Es musste einen anderen Weg geben, um die Zeit, bis seine staatliche Hilfe kam, zu überstehen – ohne das Leben der Kinder durcheinanderzubringen und ohne dass er vor dieser hübschen, aber nervigen Frau wie ein Trottel dastand.

Vielleicht gab es eine Möglichkeit, diesen notorisch langsamen Beamtenapparat zu beschleunigen. Er hatte immerhin endlich alle erforderlichen Unterlagen für sein Invalidengeld eingereicht, doch das Anhörungsverfahren nahm lächerlich viel Zeit in Anspruch.

Als sie den Schulhof erreichten, näherte sich ein Polizeiauto, und er konnte die Anspannung spüren, die von diesen Jugendlichen ausging. Normalerweise hätte er selbst im Wagen gesessen und hätte das gar nicht mitbekommen; er wäre einfach ausgestiegen und hätte das Kommando übernommen, Leute verhaftet.

Aus dem Auto stiegen nicht nur Officer Greene, sondern auch … war das Abe, Treys Chief? Ja, genau. Aber warum? Jetzt war *er* derjenige, der das Gefühl hatte, in großen Schwierigkeiten zu stecken.

Trey ging mit King auf die beiden Männer zu und ignorierte sein Unwohlsein.

»Welcher ist es?«, fragte Greene.

Er zögerte, es auszusprechen. Er war als Kind nie verhaftet worden, aber er war oft in Schwierigkeiten geraten, und merkwürdigerweise identifizierte er sich mit dem Teenager mit dem Rucksack. Vielleicht lag es daran, dass er hier war, um Kindern zu helfen, und nicht, um für Recht und Ordnung zu sorgen.

Er war darauf trainiert worden, sich nicht mit Tätern zu identifizieren, und das rief er sich jetzt mit Nachdruck in Erinnerung. »Der Große in der roten Jacke.«

Greene nickte, ging hinüber und zog den Jungen beiseite, während Erica den Rest der Schüler ins Gebäude führte.

Der Chief klopfte ihm auf den Rücken. »Nicht der Start, den ich mir vorgestellt hatte, aber trotzdem – gute Arbeit«, sagte er. »Wenn man das Unkraut rauszupft, wird das hier bald reibungsloser laufen.«

Trey hatte das Gefühl, dass auf irgendeiner Art alle Unkraut waren, aber na ja. »Bist du schon hier, um mich zu kontrollieren?«

»Ähm, nein. Eigentlich nicht.« Der Chief schien sich unwohl zu fühlen.

Trey wartete.

»Es fällt mir nicht leicht, das zu sagen. Ich habe einen potenziellen neuen Hundeführer für King.«

Die Worte stachen Trey wie ein Messer in die Brust, und er blickte instinktiv zu King hinunter, dessen wache, schokoladenbraune Augen zurückstarrten. King, der so ein Naturtalent war, dass er in irgendeinem Rucksack eines Jugendlichen Drogen erschnüffelt hatte. King, der vor Langeweile verging, der arbeiten wollte.

Der Chief erzählte von einem K-9-Officer, dessen Hund krank geworden war und der daher einen anderen gut ausgebildeten Hund brauchte. Einen Hund, der die Art von Drogenaufspürungsarbeit leistete, bei der King brillierte. Außerdem wohnte der Officer nur dreißig Meilen die Küste hinauf. Es könnte eine vorübergehende Sache sein, war aber wahrscheinlich von längerer Dauer, es sei denn, Trey würde wieder zur Truppe stoßen und ein anderer Hund würde verfügbar werden.

Trey hatte gewusst, dass dieser Tag kommen konnte. Er hatte ein entsprechendes Formular unterschrieben, als er King vor fünf Jahren bekommen hatte.

Er öffnete den Mund, um zu sagen, dass das prima sei, ausgezeichnet, aber die Worte blieben ihm im Hals stecken. Er hatte seine Frau, seinen Job und sein Zuhause verloren, und mit all dem konnte er umgehen. Vielleicht nicht gut, aber er konnte damit umgehen.

Seinen besten Freund zu verlieren – das würde er nicht so einfach verkraften.

4. Kapitel

Zurück im Klassenzimmer, forderte Erica die aufgeregten Teenager auf, Platz zu nehmen, was sie irgendwann auch taten. Venus hatte Tränen in den Augen – sie und LJ waren gute Freunde. Rory stand immer wieder auf und tigerte herum; als sie ihn ansah und die Stirn runzelte, setzte er sich wieder hin.

Wie konnten sie ihr jetzt noch vertrauen?

Ericas eigene Augen wanderten immer wieder zu LJs leerem Tisch. Sein trotziges Grinsen, als er abgeführt worden war, hatte die Angst in seinen Augen nicht verbergen können, und ihr Herz schmerzte. Sie hatte geglaubt, dass sie eine Verbindung zu ihm hatte, hatte zusätzliche Zeit mit ihm verbracht, Bücher gefunden, die seinen Interessen entsprachen, ihn dazu ermutigt, mit einigen der weniger problematischen Kinder Freundschaft zu schließen.

Mit einer kleinen Tüte Drogen – war es Marihuana oder etwas Schlimmeres gewesen? – hatte er das alles weggeworfen.

Der Schmerz blieb auch, nachdem sie die Kinder dazu gebracht hatte, ihre Eindrücke aus der Unterrichtsstunde an der frischen Luft aufzuschreiben. Sie zog die alten, staubigen Rollläden am einzigen Fenster des Klassenzimmers gerade.

Dem Förderprogramm war der kleinste Raum in der Schule zugewiesen worden, und damit hatte sie noch Glück gehabt. Sie hatte versucht, es mit Drucken toller Kunstwerke und Motivationspostern angenehmer zu machen, aber der Gesamteindruck war immer noch ziemlich erbärmlich.

Wegen der mangelnden Belüftung roch es in dem Zimmer voller verschwitzter Teenager noch dazu schrecklich, trotz ihres diskreten Einsatzes von Steckdosenlufterfrischern.

Nach dem, was mit LJ geschehen war, schienen all ihre Bemühungen unzureichend zu sein. LJ zu verlieren, irgendein Kind zu verlieren, das konnte sie nicht hinnehmen. Sie betastete das Kruzifix ihrer Mutter, das sie in ihr Hemd gesteckt hatte. Ihre Mutter hatte gewusst, wie traumatisch die präventive Operation für Erica gewesen war, die ihre Wahrscheinlichkeit, an Eierstockkrebs zu erkranken, drastisch gesenkt, aber auch ihre Chance, ein Kind zu gebären, zunichtegemacht hatte. Auf ihrem Sterbebett hatte die Mutter Erica das Versprechen abgenommen, dass sie ihre erzieherischen Fähigkeiten einsetzen würde, um Kindern zu helfen, auch wenn sie dies nicht wie erhofft als Mutter tun konnte.

Sie stellte sich die abgemagerte Gestalt ihrer Mutter und ihren eindringlichen, vertrauensvollen Blick vor, schluckte den Kloß im Hals hinunter und richtete ihre Wirbelsäule auf. Sie würde direkt nach der Schule zum Revier gehen, um mit Officer Greene LJs Situation zu besprechen. Vielleicht schaffte sie es, dass er eine zweite Chance bekam.

Erica registrierte eine Bewegung draußen vor dem Fenster. Trey und sein Hund gingen auf sein Auto zu. Treys Schultern waren gebeugt, und er humpelte ein wenig – was machte ihm denn zu schaffen? Er hatte jemanden verhaftet oder zumindest bei einer Verhaftung geholfen. Er musste sich doch großartig fühlen!

Er hatte eine zweite Chance bekommen, indem er im Programm für arbeitsunfähige Polizisten aufgenommen worden war.

Er sollte heute eigentlich beginnen, mit den Jugendlichen zu arbeiten. Aber jetzt wollte er sich seiner Verantwortung entziehen – war das nicht typisch Mann? Herkommen, alles durcheinanderbringen und dann wieder weggehen, wenn es hart auf hart kam.

Sie stieß das Fenster auf. »Hey! Mr. Harrison! Trey!«

Hinter ihr begannen die Schüler zu murmeln. Normalerweise war sie niemand, der rumschrie, ihr ungewöhnliches Verhalten machte die Jugendlichen natürlich neugierig.

Trey drehte sich um.

Sie winkte ihn zu sich.

Er schüttelte den Kopf.

Sie nickte energisch und zeigte auf die Eingangstür der Schule. »Melden Sie sich im Büro«, rief sie mit ihrer herrischsten Lehrerinnenstimme. »Und dann kommen Sie in Zimmer sechzehn.«

Erica ging im Klassenzimmer herum, prüfte die Skizzen und Notizen der Schüler und forderte die Faulenzer auf, sich an die Arbeit zu machen. Wenige Augenblicke später erschien Trey vor der Tür des Klassenzimmers, sein Hund stand gehorsam neben ihm.

Er sah schlecht aus. Na ja, er sah natürlich immer noch gut aus – wie ein Filmstar eben –, aber seine Schultern waren gebeugt, und sein Mund war von Stressfalten gesäumt.

Doch sie beschloss, dass sie ihn nicht bemitleiden würde. Sie ging hin und trat in den Flur hinaus. »Hi.« Bis auf einen Spalt schloss Erica die Tür des Klassenzimmers. »Sind Sie bereit?«

»Nicht wirklich. Ich … dachte, dass ich stattdessen morgen anfangen könnte.«

Sie kniff sich selbst in die Hand, um ihm nicht gründlich die Meinung zu geigen. »Mir wäre es lieber, Sie würden heute schon anfangen«, sagte sie, wobei sie ihre Stimme ruhig hielt. »Ihr Auftritt gestern war nicht gerade vertrauenserweckend, und ich sähe es gerne, wenn Sie das ausbügeln könnten.«

»Es ist kein guter Tag.«

Sie verengte die Augen und betrachtete ihn. »Für LJ ist es auch kein guter Tag. Er ist derjenige, den Sie festgenommen haben.«

Er hob die Hände, die Handflächen nach außen gedreht. »Ich wollte nicht, dass es so abläuft. Sie haben die Polizei gerufen.«

»Stimmt«, gab sie zu. »Aber das, was ich gesagt habe, gilt trotzdem. Für einige dieser Kinder beginnt kein Tag gut, aber sie müssen trotzdem zur Schule kommen. Ich bin sicher, dass das auch der Fall war, als Sie bei der Polizei arbeiteten, deshalb hätte ich gerne, dass Sie sich auch als Freiwilliger an diesen Grundsatz halten.«

Er sah fast krank aus.

Sie runzelte die Stirn und betrachtete ihn weiter. Vielleicht war er tatsächlich krank. »Ich kann Sie natürlich nicht zwingen.«

»Nein, Sie haben recht. Ich mache es.« Er drückte die Schultern durch. »Ich könnte meinen Vortrag ›Einführung in die Arbeit eines Polizeihundes‹ halten.«

»Okay, sicher, falls … Denken Sie, das ist das Richtige für Teenager?« Es klang etwas simpel.

»Ich weiß nicht«, sagte er, »aber es ist das Einzige, was ich für heute vorbereitet habe.«

Fairerweise musste man sagen, dass er noch neu war, doch seine Einstellung war trotzdem ein Problem. Es schien ihm alles egal zu sein. Sie würde nachher definitiv mit Officer Greene über seine Auswahl der Ehrenamtler sprechen.

Die Jugendlichen im Klassenzimmer taten nicht einmal so, als würden sie arbeiten. Papierbällchen flogen durch den Raum, Rory spielte ein Spiel auf seinem verbotenen Handy, und Venus und Shane prügelten sich, vielleicht spielerisch, vielleicht im Ernst, wahrscheinlich ein bisschen von beidem.

Sie trat vor die Klasse, signalisierte Trey, dass er ihr folgen sollte, und klatschte dann in die Hände, um Aufmerksamkeit zu bekommen. »Leute. Wir haben einen besonderen Gast. Eigentlich zwei.«

Die Jugendlichen redeten weiter und ignorierten sie. Sie wollte nach ihrer Pfeife greifen, als King ein scharfes Bellen ausstieß.

Es wurde still im Raum.

Sie stellte Trey und King vor. Trey setzte sich auf die Tischkante und gab seinen gewohnten Sermon von sich. Er war offensichtlich auf kleinere Kinder zugeschnitten, und die Teenager begannen schon unruhig zu werden, bis Trey King ein paar Tricks zeigen ließ. Das gefiel ihnen.

Sie stellten keine Fragen, also tat Erica es, indem sie ihn über Kings und seine eigene Ausbildung ausfragte, über seine Anfänge in der K-9 und ob er dorthin zurückkehren würde. Er antwortete, aber da war keine Leidenschaft in dem, was er sagte, und die Kinder begannen zu flüstern und in ein paar Fällen auch einzunicken.

»Wenn es keine Fragen mehr gibt …«, begann sie.

»Ich hab eine Frage«, sagte Shane.

»Schieß los.«

»Was macht Ihr Hund jetzt, wo Sie kein richtiger Polizist mehr sind?«

Trey schaute auf seinen Hund hinunter und antwortete nicht.

»Ich glaube, es ist in etwa so, wie wenn man Präsident der Vereinigten Staaten ist«, scherzte Erica und versuchte die unangenehme Stille zu füllen. »Wenn man einmal Polizist ist, wird man es immer bleiben, auch wenn man nicht mehr aktiv im Dienst ist. Kann man das so sagen, Officer Harrison?«

Er blickte auf und räusperte sich. »Fürs Erste nur Mr. Harrison«, sagte er. Er räusperte sich wieder. »Und ich habe gerade erfahren, dass King einem anderen Officer übergeben werden soll. Dann geht's für dich zurück an die Arbeit, hm, Kumpel?« Mit seiner Stimme stimmte etwas nicht. Er senkte den Blick, zauste mit einer Hand Kings Kopf und kraulte ihn hinter den aufgestellten spitzen Ohren.

Die Kinder waren jetzt totenstill und schauten Trey an, doch er schaute nicht zurück. Er starrte auf King hinunter und strich über den Rücken des Hundes.

King winselte und schmiegte sich an Treys Bein. Nun sahen sie nicht mehr aus wie ein K-9-Team; sie sahen aus wie Haustier und Besitzer: aneinander gebunden und voneinander abhängig.

Und Trey stand kurz davor, King zu verlieren.

In Ericas Herz regte sich unerwünschte Sympathie. Sie wusste nur zu gut, was für einen Trost Hunde spenden konnten. Vor Ziggy hatte sie einen Maltesermischling gehabt. Er hatte Erica über den so schmerzlichen Tod ihrer Mutter, die Diagnose ihrer Schwester und über ihre eigene präventive Operation hinweggeholfen. Es hatte ihr fast das Herz gebrochen, als sie ihn Anfang letzten Jahres verloren hatte. Sie hätte nicht gedacht, dass sie jemals wieder etwas für einen Hund würde empfinden können, aber mittlerweile war Ziggy ihr fast genauso ans Herz gewachsen.

Wenn Trey so viel für seinen Arbeitshund empfand, konnte er kein so schlechter Mensch sein. Unter dieser schroffen Polizistenoberfläche mussten sich tiefere Gefühle verbergen.

Sie verdrängte ihre aufkommende Sympathie. Das war wirklich das Letzte, was sie jetzt brauchen konnte: herauszufinden, dass Trey ein guter Mensch war. Denn das wäre zusammen mit seinem unglaublichen Aussehen und seinem Machogetue eine tödliche Kombination.

Und sie wagte es nicht, diese Tür zu öffnen. »Danke, Officer … äh, Mr. Harrison. Wir schätzen es, dass Sie heute hier waren. Lasst uns ihm eine Runde Applaus spenden, Leute.«

Das Klatschen der Kinder war enthusiastischer, als sie erwartet hatte, wahrscheinlich weil sie, wie sie selbst, Mitleid mit Trey und King hatten.

Aber Mitleid war kein Respekt, und es ließ sich nicht leugnen, dass Trey seine Arbeit heute nur halbherzig gemacht hatte – auch wenn sie jetzt verstand, warum: Er hatte gerade erfahren, dass er seinen Hund würde hergeben müssen.

Sie forderte die Schüler auf einzupacken, damit sie zum Mittagessen gehen konnten. »Sie können jetzt gehen«, sagte sie zu Trey.

Er nickte, ohne etwas zu sagen, grunzte King etwas zu und ging, ohne Erica anzublicken. Doch sie hatte in seinen Augen einen verdächtig feuchten Schimmer gesehen.

Ein Mann, der über den Verlust seines Hundes weinen konnte, hatte vielleicht eine unvermutete Gefühlstiefe, doch es ließ sich nicht leugnen, dass Trey in einem fürchterlichen Zustand war.

Sie setzte sich an ihren Schreibtisch, konzentrierte sich auf ihren Papierkram und ignorierte – oder versuchte es zumindest – Treys schwere Schritte und ihr eigenes schweres Herz.

Am Mittwochnachmittag saß Trey auf der Veranda seines Hauses und sah zu, wie King mit seinem neuen Hundeführer wegging. Sein Herz schmerzte wie ein Stein in seiner Brust.

King trabte neben Officer Cochran her, und Trey versuchte sich daran zu erinnern, dass es das Beste für King war. Er würde wieder die Arbeit tun können, die er so gern mochte. Cochran sagte, er freue sich auf die Zusammenarbeit mit King. Er schien ein ganz netter Kerl zu sein, daher war es falsch von Trey, dass er ihm eine runterhauen wollte.

Als sie beim Wagen ankamen und Cochran die hintere Tür öffnete, zögerte King und schaute noch einmal zu Trey zurück.

Cochran riss an Kings Leine und sprach in einem scharfen Ton mit ihm, damit King wieder zu ihm schaute.

Trey stand zu schnell auf und bekam einen Krampf im Rücken. Er griff nach dem Geländer der Veranda, um nicht hinzufallen. Als er wieder aufblickte, sah er, wie King hinten ins Polizeiauto sprang.

Es war nur ein Ziehen an der Leine. Er muss King zeigen, dass er der Boss ist. Mit klopfendem Herzen ließ sich Trey wieder auf die Verandastufen sinken und sah zu, wie die Rücklichter des Streifenwagens in der Dunkelheit verschwanden.

Es war nur ein Ziehen an der Leine gewesen, aber …

Kings verwirrter Gesichtsausdruck wollte ihm einfach nicht aus dem Kopf. King war an seiner Seite gewesen, seit er seine Welpenaufzuchtstation verlassen hatte. Er hatte nie ein anderes Herrchen gehabt. Was, wenn er nicht für Cochran arbeiten wollte? Was, wenn diese eine Leinenkorrektur darauf hindeutete, dass Cochran härtere Saiten aufzog, als King es gewohnt war?

Trey wollte seinen Hund zurück. Der Chief hatte gesagt, dass es eine Möglichkeit gebe – eine kleine zwar, aber immerhin. Und zwar wenn er, Trey, wieder zur Truppe stoßen würde.

Was bedeutete, dass er wieder zur Polizeiarbeit zurückkehren musste … Und das wiederum bedeutete, dass er sowohl bei der Freiwilligenarbeit als auch in der Physiotherapie gute Arbeit leisten musste.

Allerdings hatte er heute sowohl seine ehrenamtliche Arbeit als auch eine Einheit beim Physiotherapeuten geschwänzt. Das war nicht gut.

»Geht es Ihnen gut?«

Er erschrak und sah auf. Die Stimme gehörte Julie, der älteren Frau, der das Healing-Heroes-Cottage gehörte oder die es zumindest managte. Wie ferngesteuert wollte er aufstehen, doch er bekam einen weiteren Krampf im Rücken, sodass er auf halber Höhe innehielt und das Geländer der Veranda umklammerte.

»Bleiben Sie sitzen.« Julie ließ sich auf die Stufen neben ihn sinken. »Ich wollte nur mal nach Ihnen sehen. Ist alles in Ordnung?«

Nein. Nichts ist in Ordnung. »Klar. Das Cottage ist toll. Warum fragen Sie?«

»Ich bin mit Earl Greene befreundet«, sagte sie. »Er scheint sich Sorgen um Sie zu machen.«

Erica musste erneut Negatives über ihn berichtet haben. Trey dachte an Kings Augen und richtete seinen schmerzenden Rücken auf. »Es war eine Umstellung«, sagte er, »aber ich habe vor, das Beste aus der Situation zu machen.« Er musste gesund werden und wieder ins Revier zurückkehren, sowohl um Kings als auch um seinetwillen.

Julie nickte. »Haben Sie eine Familie, die zu Hause auf Sie wartet? Sie wissen ja, Sie können Ihre Frau und Ihre Kinder hier bei sich wohnen lassen. Es ist genug Platz vorhanden.«

Wahrscheinlich war sie neugierig und wollte mehr aus ihm herauskriegen, aber da sie eine Freundin von Earl Greene war, musste er sich offen zeigen, anstatt sich darüber zu ärgern. »Weder Kinder noch Frau«, sagte er. »Geschieden.«

»Ich auch«, sagte sie zu seiner Überraschung. »Kommen Sie damit klar?«

Irgendetwas an der Art und Weise, wie sie die Frage stellte, ließ ihn vermuten, dass es ihr mit ihrer eigenen Situation nicht so gut ging. »Ich vermisse meine Frau nicht, um ehrlich zu sein«, sagte er. »Ich vermisse meinen Traum.«

Sie hob eine Augenbraue.

»Sie wissen schon«, fuhr er fort, »zwei Kinder, einen Garten mit Blumen und so.«

»Oooooh.« Sie nickte verständnisvoll. »Falls es Ihnen hilft, ich habe den Traum gelebt, mehr als dreißig Jahre lang. Er ist nicht immer perfekt, und auch nicht immer von Dauer.«

»Ja, wahrscheinlich nicht.«

Sie saßen einige Minuten lang schweigend da, aber es war ein einvernehmliches Schweigen. Trey hatte seine Mutter nie kennengelernt, die Freundinnen seines Vaters nie gemocht und seiner zänkischen Pflegemutter nie viel Aufmerksamkeit gewidmet. Das Polizeiwesen wurde von Männern dominiert. Dies war vielleicht eines der ersten Male, dass er ein richtiges Gespräch mit einer älteren Dame führte. Er merkte, dass er Julie mochte.

Und dann die Tatsache, dass sie ihr Cottage dem Programm Healing Heroes zur Verfügung stellte, um Polizisten wie ihm zu helfen, die sich von ihrer Vergangenheit lösen und neu anfangen mussten. Ja, er mochte Julie sehr.

Nebenan ertönte dasselbe laute, aufgeregte Bellen, das er mehrmals am Tag hörte; ein wenig später verließ Erica mit ihrem trotteligen Hund an der Leine das Cottage.

Sie hat ihren Hund nicht einmal trainiert, und sie darf ihn behalten.

Das war nicht fair. Einen Polizeihund und einen Haushund konnte man nicht vergleichen, genauso wenig einen Schäferhund und einen Designer-Doodle-Mischling.

Erica winkte, als sie vorbeigingen, dann erspähte der Hund eine Möwe und stürzte sich auf sie, sodass er Erica fast von den Füßen riss. Sie rief »Ziggy!«, stemmte sich dagegen und hielt mühsam die Leine des Hundes fest. »Ziggy, bei Fuß!«

Der Hund warf ihr einen Blick über die Schulter zu und zog dann weiter an der Leine Richtung Möwe.

Es sah aus, als hätte sie zumindest *versucht*, ihn zu erziehen. Trey stand auf, zog wegen des Schmerzes in seinem Rücken eine Grimasse, ging auf den Hund zu und schnippte mit den Fingern. »Hey. Sitz«, sagte er mit leiser und ruhiger Stimme. Es war einen Versuch wert, denn es war das erste Kommando, das die meisten Hunde lernten.

Der Hund blieb stehen, drehte sich um, kam auf ihn zu und nahm eine perfekte Sitzhaltung ein.

»Sehr gut.« Automatisch griff er in die Tasche und stellte fest, dass er tatsächlich einen Keks bei sich hatte, den er eigentlich King hatte geben wollte. »Gib Pfötchen«, sagte er und streckte dem Hund eine Hand entgegen, und tatsächlich hob der Doodle eine große, weißgoldene Vorderpfote an.

Trey reichte ihm den Keks. Ziggy verschlang ihn, sprang dann hoch und legte seine Pfoten auf Treys Brust, wodurch dieser beinahe nach hinten getaumelt wäre. Sein Rücken verkrampfte sich schmerzhaft, als er sich gerade noch fing, und er zog unwillkürlich eine Grimasse.

»Ziggy!« Erica riss an der Leine des Hundes. »Sitz! Sitz.«

Der Hund gehorchte zögerlich, dann sprang er auf, um nach einem Schmetterling zu schnappen.

»Tut mir leid«, sagte sie zu Trey, während sie die Füße in den Boden stemmte und den Hund in ihren Radius zurückzog.

»Sieht aus, als könnte Erica etwas Hilfe bei der Erziehung von Ziggy gebrauchen«, sagte Julie von den Stufen aus. »Sie sind doch ein Hundeexperte, stimmt's, Trey?«

Das war genau das, was ihm noch gefehlt hatte: die Verantwortung, einen riesigen durchgedrehten Köter zu trainieren.

Aber wenn er dadurch wieder in Ericas Gunst stiege ... wenn es ihm helfen würde, hier erfolgreich zu sein, um wieder zur Hundestaffel zurückkehren zu können und King zurückzubekommen ... Ja. Das klang nach einem Plan.

Er schaute sie direkt an. »Würde mir das eine zweite Chance verschaffen, um mit Ihnen und den Kindern zu arbeiten?«, fragte er. »Ich weiß, dass ich bisher schlechte Arbeit geleistet habe, und ich möchte mich dafür entschuldigen.«

Sie zögerte.

Er kniete sich vor dem trotteligen Hund hin, um ihrem starren Blick auszuweichen. »Ich kann ihm beibringen, besser zu gehorchen und sich in Gegenwart von Menschen ruhiger zu verhalten.«

Erica trat näher heran und streichelte Ziggys Kopf. »Er ist allein durch Ihre Gegenwart schon ruhiger. Er merkt, dass Sie wissen, was Sie tun. Was ich will, ist, dass er auch bei mir ruhiger wird.«

»Oh, dann müsste ich mit Ihnen beiden arbeiten«, sagte er. Er dachte kurz darüber nach.

Erica war eine schöne Frau. Nicht die Art von Frau, die ihn in romantischer Hinsicht interessierte, doch er spürte eine seltsame Seelenverwandtschaft zwischen ihnen, etwas, das er noch nie zuvor empfunden hatte.

Hier in dieser Stadt brauchte er keine engeren Freundschaften. Er musste nur seine Arbeit machen, das erledigen, was er zu erledigen hatte, und dann in sein wirkliches Leben zurückkehren.

Wenn das bedeutete, dass er Ericas Hund trainieren und ihr beibringen musste, mit dem Hund zu arbeiten – während er emotionale Distanz wahrte –, dann musste er das tun. Sollte nicht so schwer sein. Sie war schließlich nicht sein Typ.

»Ich wollte ihn zu einem Therapiehund ausbilden«, gab Erica zu. »Er sollte mit Krebspatienten arbeiten. Aber ich glaube nicht, dass er dazu in der Lage ist. Er ist zu wild.«

»Er ist einfach noch untrainiert. Er kann es schaffen.« Davon war Trey überzeugt.

»Du solltest es mal versuchen«, ermutigte sie Julie.

Trey kniete immer noch vor Ziggy und sah auf. Erica kaute auf ihrer Lippe herum, und etwas in ihren Augen deutete darauf hin, dass sie sich der seltsamen Schwingungen zwischen ihnen bewusst war.

Schließlich stieß sie einen Seufzer aus. »Ich denke, wenn es ihm hilft, besser im Umgang mit Menschen zu sein … Ich denke, dann ist es das wert.«

»Hört sich an, als wäre es für Sie wie eine Gefängnisstrafe.« Mühsam erhob sich Trey. »So wird es nicht sein, das verspreche ich. Ich werde mein Bestes geben, auch in der Schule, aber Sie müssen offen sein. Gegenüber dem Training und gegenüber mir.«

»Also gut.« Erica streckte ihre Hand aus. »Abgemacht.«

Er nahm ihre Hand in seine, und plötzlich schoss ihm Wärme in den Arm. Ihre Haut war einfach so weich. So etwas hatte er noch nie gefühlt.

Sie entzog ihm ihre Hand, und ihm wurde klar, dass er sie umklammert hatte. Sollte er sich entschuldigen? Oder so tun, als wäre es nicht passiert?

Ziggy löste das Problem, indem er wegen eines anderen vorbeilaufenden Hundes durchdrehte. Erica winkte, eilte die Straße hinunter und zog Ziggy mit sich.

»Da haben Sie sich ja ganz schön was aufgehalst.« Julie klang amüsiert.

»Ja, das hab ich.« Und zwar in mehrerlei Hinsicht.

5. Kapitel

Am Donnerstagnachmittag begab sich Erica ins Lehrerzimmer, um ihre üblichen Unterrichtsplanungen zu machen.

Trey folgte ihr. *Mist.* Er klebte jetzt immer so dicht an ihr dran, dass er ein paarmal sogar in sie hineingelaufen war. All das war Teil seines neuen Bestrebens, seine Freiwilligenarbeit perfekt zu machen, und es trieb ihren Blutdruck ziemlich in die Höhe.

Nicht dass sie sich zu ihm hingezogen gefühlt hätte. Zumindest nicht mehr, als sie sich zu jedem gut aussehenden Mann hingezogen fühlen würde. Es war einfach nur lästig, weil sie eigentlich daran gewöhnt war, sich in der Schule frei und unabhängig bewegen zu können. Das war es: lästig, ärgerlich. Ärger konnte bewirken, dass man sich heiß und fiebrig fühlte, nicht wahr?

Auch ein paar andere Lehrer, die Freistunden hatten, waren im Aufenthaltsraum. Sie arbeiteten oder unterhielten sich, bevor sie zu ihren außerschulischen Pflichten aufbrachen oder mit der Unterrichtsplanung begannen.

Die grauhaarigen Maloney-Zwillinge, von denen die eine Kunst und die andere Musik unterrichtete, diskutierten eifrig an einem Tisch in der Ecke. Einer der Mathematiklehrer benotete Tests, und ein paar Sozialkundelehrer kauerten über einem Laptop. Der Geruch von schalem Kaffee vermischte sich mit dem nach leicht angebranntem Popcorn, das jemand in der Mikrowelle gemacht hatte. Nachdem Trey alle kennengelernt hatte – und Erica entging nicht, dass ein paar der Lehrerinnen die Augenbrauen hochzogen, ganz offensichtlich ein nonverbaler Kommentar zu Treys gutem Aussehen –, setzten sich die beiden in eine Ecke, um über den Unterricht für den nächsten Tag zu sprechen.

»Tut mir leid, dass wir das hier drinnen machen müssen«, sagte sie zu ihm. »Unserem Verhaltensunterstützungsprogramm steht nur ein Klassenzimmer zur Verfügung. Wenn also Paul – das ist mein Kollege – die Kinder hat, arbeite ich normalerweise hier. Es ist ein bisschen schmuddelig.«

»Das Konferenzzimmer ist leer«, sagte der Mathelehrer, ohne aufzusehen.

Schon wieder Mist. Aus irgendeinem Grund wollte sie nicht mit Trey allein sein. »Oh, na ja, jetzt haben wir es uns ja hier schon bequem gemacht«, sagte sie und holte demonstrativ ihre Mappen heraus.

»Kein Problem.« Trey schaute sich um; sicherlich bemerkte er die fleckigen Böden und die zerrissenen Polster. »Auch nicht schlimmer als in den meisten Polizeirevieren. Ich bin daran gewöhnt.« Er lehnte sich mit einem Seufzer zurück. »Ehrlich gesagt macht es mich schon glücklich, dass ich mich hinsetzen kann.«

Zumindest war er kein Snob, was seine Arbeitsumgebung betraf. »Heute haben Sie sich besser geschlagen«, sagte sie. Er hatte der einen Hälfte der Kinder bei einfachen

Mathematikaufgaben geholfen, während Erica mit den Kindern gearbeitet hatte, die schon weiter waren. Da das Programm viele Pausen für körperliche Betätigung und gemeinnützige Arbeit vorsah, waren sie danach in die Stadt gegangen und hatten in ein paar Straßen und Gassen Müll aufgesammelt.

Trey hatte sich offensichtlich bemüht, freundlich und geduldig mit den Kindern zu sein, und sie fingen an ihn zu mögen. »Hier ist mein vorläufiger Plan für morgen.« Sie hielt ihm ein Blatt hin, und schon bald diskutierten sie intensiv darüber, wie man für die Kinder reale Anwendungsbereiche für die mathematischen Formeln, die sie lernten, finden könnte.

Die Glocke läutete und signalisierte den Beginn der letzten Schulstunde des Tages. Minuten später flog die Tür auf.

»Schlägerei!«, rief die Schulsekretärin atemlos und zeigte auf Erica. »Eine Ihrer Schülerinnen, Venus, ist beteiligt. Und Ihre Nichte.«

»Hannah?« Erica stand auf und stieß in der Eile beinahe ihren Stuhl um. Sie konnte im letzten Moment noch verhindern, dass er umkippte, und eilte zur Tür, gefolgt von Trey. »Was ist passiert?«

»Venus hat ein paar unhöfliche Dinge zu Hannah gesagt. Kaitlyn Martin hat sich eingemischt und ihr ein paar Schläge verpasst, vermutlich, um Hannah zu verteidigen. Und dann hat Hannah angefangen, sich mit Venus zu prügeln.«

»Rufen Sie die Eltern an«, sagte Erica und eilte in die Richtung, in die die Sekretärin wies.

Im Innenhof der Schule, an den vier große Räume angrenzten, hielten mehrere Lehrer Kaitlyn und Hannah zurück. Ein Sicherheitsbeamter hatte sich Venus geschnappt und zerrte sie in Richtung Büro.

Natürlich würde man mit einem Kind aus ihrem Programm am härtesten ins Gericht gehen, obwohl eher Kaitlyn mit ihrer Körpergröße und ihrem wütenden Gesichtsausdruck wie eine Bedrohung aussah.

Hannah drehte sich zu Erica um, und große Tränen rollten ihr über die Wangen. »Es tut mir leid. Ich wusste nicht, was ich sonst tun sollte.«

»Entschuldige dich nicht«, blaffte Kaitlyn sie an. »Dann werden die dich nur noch mehr mobben, wenn du dich wie ein Weichei benimmst.« Sie versuchte erfolglos, sich aus dem Fesselgriff des Lehrers zu befreien.

»Wir werden noch härter durchgreifen, wenn du nicht aufhörst, dich zu wehren«, blaffte der Lehrer. Kaitlyn hörte auf, sich zu widersetzen; sie sah erschüttert aus.

»Habt ihr euch genug beruhigt, damit wir ins Büro des Direktors gehen können?«, fragte Erica die beiden Mädchen. Sie nickten, Hannah weinte noch immer.

»Danke«, sagte Erica zu den beiden Lehrern, die sich eingemischt hatten. »Wir übernehmen ab hier.« Sie warf Trey einen Blick zu, um sich zu vergewissern, dass er dabei war. Er nickte mit leerem Gesichtsausdruck und zusammengepressten Lippen. Eine typische Polizistenmiene; wahrscheinlich hatte er zu seiner Zeit selbst einige Schlägereien zwischen Teenagern beendet.

Keine Zeit, ihn jetzt einer Psychoanalyse zu unterziehen. »Kommt«, sagte sie zu den Mädchen. »Lasst uns ins Büro gehen und auf eure Eltern warten.«

»Du hast Mom angerufen?« Hannahs Stimme brach beim letzten Wort. »Sie darf nicht herkommen. Ich will ihr das nicht antun!«

Ericas Herz schmerzte. Hannah war so darauf bedacht, die Last ihrer Mutter nicht noch schwerer zu machen, doch alles, was Amber wollte, war, sie zu bemuttern, all die Dinge zu tun, von denen sie befürchtete, dass sie sie in Zukunft nicht mehr tun könnte. »Natürlich hat die Sekretärin sie angerufen, ich bin sicher, dass sie gleich da ist.«

»Meine Mom nicht«, sagte Kaitlyn mürrisch. »Sie ist auf irgendeiner Messe.«

»Dann eben deine Großmutter.« Sie gingen alle Richtung Büro des Direktors, die Mädchen trödelten.

Erica verstand sie. Jede Begegnung mit Direktor Micah O'Neil bedeutete zumindest einen langen, herablassenden Vortrag.

Schlimmer noch, er war ohnehin gegen das Verhaltensunterstützungsprogramm, und er würde sicher Venus für die Schlägerei verantwortlich machen. Das würde seine Argumente befeuern, das Ganze abzubrechen.

Sie saßen im Büro und warteten auf die Ankunft der Eltern und Erziehungsberechtigten. Venus musste jeden Tag mit dem Bus ziemlich weit fahren, um zur Schule zu kommen; sie sah Erica verzagt an. »Meine Mom ist bei der Arbeit. Sie wird nicht rechtzeitig hier sein können.«

»Ich werde für sie einspringen«, sagte Erica. »Das bedeutet, dass ich in der Sitzung für dich eintreten werde und die Sache danach mit deiner Mutter bespreche.«

Julie White platzte ins Büro. »Kaitlyn, was in aller Welt …?« Sie nickte Erica und Trey zerstreut zu, ging zum Ende der Stuhlreihe und winkte ihre Enkelin zu sich. Die beiden begannen eine spannungsgeladene Diskussion.

»Kaitlyns Großmutter?«, vermutete Trey. Erica nickte.

Als Nächstes erschien Amber. Sie trug zerrissene Jeans und ein Band-T-Shirt, auf dem Kopf hatte sie eine Baseballmütze.

Hannah sprang auf und rannte zu ihr, Erica folgte ihr. »Es tut mir leid, Mom«, sagte Hannah mit erstickter Stimme.

Amber schlang die Arme um Hannah. »Eigentlich würde ich dir gern ein High Five dafür geben, dass du dir das nicht hast gefallen lassen«, murmelte sie ihrer Tochter ins Ohr, laut genug, dass Erica es hören konnte, »aber ich muss so tun, als wäre ich sauer auf dich.«

Hinter ihnen öffnete sich eine Tür, und ein lautes Räuspern war zu vernehmen. Direktor O'Neil winkte sie alle in sein Büro. Sie trotteten einer nach dem anderen herein und setzten sich auf die Stühle vor dem großen Schreibtisch. Trey befand sich am Ende der Schlange. Als er die Tür erreichte, hob O'Neil eine Augenbraue und trat einen Schritt nach vorne, sodass er ihm subtil den Weg versperrte. »Was ist Ihre Rolle hier?«, fragte er.

»Ich arbeite ehrenamtlich für das Programm.« Trey hob das Kinn und sah dem älteren Mann in die Augen; mit der

Zurschaustellung männlicher Dominanz kannte er sich offensichtlich aus. »Ich würde mich gerne dazusetzen, wenn das für Ms. Rowe und die Eltern der anderen Mädchen in Ordnung ist.«

O'Neils Brust blähte sich, und Erica wusste, warum: Er wollte selbst bestimmen, ob es in Ordnung war, dass Trey dabei war, und nicht die Eltern entscheiden lassen. Er wollte, dass sich stets alle seiner Autorität unterordneten.

»Er ist mit mir mitgekommen, um die Jugendlichen besser kennenzulernen«, sagte Erica und zielte auf einen gefügigen Ton ab, der weit von dem entfernt war, was sie eigentlich empfand. »Wir würden es wirklich zu schätzen wissen, wenn Sie ihn bleiben lassen würden.«

Amber rollte hinter O'Neils Rücken mit den Augen. »Natürlich kann er bleiben«, sagte sie.

»Von mir aus«, fügte Julie hinzu.

»Es wäre lehrreich für mich, Sir«, sagte Trey.

»In Ordnung, aber Sie hören nur zu«, blaffte O'Neil. »Und Sie werden stehen müssen. Wir haben nicht genug Stühle hier im Büro.«

Erica öffnete den Mund und wollte Trey ihren Stuhl anbieten – da er bei den Aufräumarbeiten zusammengezuckt war, wusste sie, dass ihm der Rücken wehtat –, doch er begegnete ihrem Blick und schüttelte fast unmerklich den Kopf.

Die letzte Glocke läutete, und der Flur füllte sich mit Kindern, die sich in Richtung der Autos und Busse bewegten beziehungsweise, im Fall der wenigen älteren Kinder, die Glück und ein eigenes Auto hatten, in Richtung Parkplatz.

O'Neil setzte sich hin und starrte die drei Mädchen an. »Ich möchte von jeder von euch hören, was passiert ist, und macht es kurz. Macht euch nicht die Mühe zu lügen, denn ich habe bereits mit den beiden Lehrern gesprochen, die die Prügelei miterlebt haben.«

Venus und Kaitlyn schauten weg, auf beiden Gesichtern lag der gleiche mürrische Ausdruck.

Amber stupste Hannah an. »Sag dem Mann, was passiert ist.«

Hannah biss sich auf die Lippe und nickte, dann sah sie zum Schulleiter auf. »Es hätte keine große Sache sein sollen«, sagte sie. »Jemand in der Pausenhalle hat eine Bemerkung über mich gemacht. Ich weiß nicht mal, ob sie es war.« Sie nickte in Richtung Venus. »Aber Kaitlyn wurde wütend und fing an, sie zu schubsen, und dann wurde da eine Schlägerei draus, und ich … wurde da irgendwie mit reingezogen.«

Venus schnaubte hörbar, aber ihr Gesicht hatte sich ein wenig entspannt. Sie hatte eindeutig erwartet, dass etwas Schlimmeres über sie gesagt werden würde.

Kaitlyn stellte sie an den Pranger. »Venus hat das neue Mädchen beleidigt. Und wir wollten doch mit dem Mobben aufhören. Deswegen hab ich mich eingemischt.«

Julie legte eine Hand auf Kaitlyns Arm, doch das Mädchen entzog ihn ihr. Julie seufzte und sagte dann: »Es ist toll, dass du helfen wolltest, Schatz, aber Schubsen oder Schlagen ist keine Lösung, und das weißt du auch. Du bist gut erzogen.«

»Dass du das neue Mädchen beschützen wolltest, ist keine Ausrede. Hannah ist schon seit ein paar Monaten hier«, sagte

O'Neil und fügte dann hinzu: »Deine Schwester hat noch nie solchen Ärger gemacht.«

Julie und Kaitlyn hatten auf identische Weise die Kiefer zusammengepresst. Ihre familiäre Ähnlichkeit wäre unter anderen Umständen lustig gewesen.

»Und deine Seite der Geschichte?« O'Neil sah Venus an.

»Ich hab nur zusammen mit ein paar anderen Witze gemacht. Nichts Besonderes. Plötzlich hat sie angefangen« – sie zeigte auf Kaitlyn –, »mich gegen die Schließfächer zu schubsen.« Sie zuckte die Achseln. »Ich bin dazu erzogen worden, mich zu wehren.«

»Aber du weißt es besser«, sagte Erica bestimmt, im Bewusstsein ihrer Rolle als Ersatzmutter. »Hast du Hannah etwas zu sagen?«

Venus presste die Lippen aufeinander und blickte zu Hannah hinüber. »'tschuldigung«, sagte sie.

»Das war nicht aufrichtig«, schnauzte O'Neil sie an. »Drei Tage Nachsitzen nach der Schule für euch alle, ab morgen.« Er stand auf, bedeutete ihnen, dass das Treffen vorbei war, und hob dann einen Finger. »Anstatt euch in einer Freistunde zu entspannen, könnt ihr zu dritt im Garten vor der Schule arbeiten. Getrennt, nicht zusammen. Und da Sie sich so für die Kinder einsetzen ...«, er wandte sich an Erica, »können Sie sie auch beaufsichtigen.«

Erica holte tief Luft und atmete wieder aus. Es hatte keinen Sinn, ihm vorzuwerfen, dass er herablassend war und sie wie eine der Schülerinnen behandelte. Jedenfalls war sie gerne hier, um den Mädchen zu helfen, miteinander auszukommen.

Die verlorene Zeit, in der sie den Unterricht hätte planen können, die Sorge um Ziggy, der zu Hause festsaß und Bewegung brauchte ... Das waren kleinere Probleme, die später gelöst werden mussten.

»Ich werde sie nicht genau beaufsichtigen können, wenn sie nicht zusammenarbeiten«, sagte sie und versuchte bescheiden und sanft zu klingen.

Die anderen waren schon im Begriff zu gehen, was wahrscheinlich das Beste war; dann würden sie nicht in den Genuss von O'Neils höhnischem Lächeln kommen. »Ich habe einige Vorbehalte gegenüber der Art und Weise, wie sich Ihre Kinder in den normalen Schulbetrieb eingliedern«, sagte er. »Betrachten Sie das als einen Test.«

Erica fühlte, wie sie ihren Kiefer unwillkürlich zusammenpresste, und entspannte ihn bewusst. »Ja, Sir«, sagte sie und beeilte sich, den anderen nach draußen zu folgen.

Sie gingen alle zusammen hinaus; Venus machte sich davon, um ihre Freunde zu treffen. Julie verließ mit Kaitlyn das Gebäude.

Amber wandte sich an Trey. »Ich habe gehört, dass Sie helfen werden, Ziggy zu trainieren«, sagte sie. »Er hat es weiß Gott nötig.«

»Das hat er wirklich«, stimmte Hannah zu.

Trey zog einen Mundwinkel hoch. »Da kann ich Ihnen nicht widersprechen.« Sie gingen Richtung Parkplatz; Trey, Hannah und Amber unterhielten sich freundschaftlich.

Er behandelte Amber trotz ihrer Krankheit nicht anders als alle anderen. Erica mochte ihn dafür umso mehr.

Aber ihn zu sehr zu mögen wäre ein Fehler. Man konnte nett zu einer Krebspatientin sein, aber das bedeutete nicht, dass man mit ihr in einer Beziehung sein wollte. Und trotz aller gesundheitlichen Anstrengungen und Operationen wusste Erica, dass ihre Familiengeschichte sie einem erhöhten Risiko aussetzte. Ganz zu schweigen davon, dass sie keine Kinder bekommen konnte. Nicht gerade jemand, auf den man sich beziehungsmäßig einlassen sollte.

Deshalb widmete sie sich so eifrig ihren Schülern. Und deshalb musste sie Trey auf Distanz halten.

Was allerdings ein bisschen schwierig war, wenn sie jeden Tag mit ihm zusammen unterrichtete und er ihr bei der Erziehung ihres Hundes half. Ja, durchaus kompliziert.

Als Erica ihre Aufmerksamkeit wieder dem Gespräch zuwandte, erwähnte Amber gerade italienisches Essen. Treys Gesicht leuchtete auf. »Aber gerne!«

»Fantastisch«, sagte Amber. »Dann treffen wir uns um sieben.« Sie lächelte Erica unschuldig an. »Trey wird Freitagabend mit uns im DiGiorno's zu Abend essen. Als Dank im Voraus für seine Hilfe mit Ziggy.«

»Bis dann«, sagte Trey und ging die Straße entlang.

»War das jetzt wirklich nötig?«, sagte Erica zu Amber.

»Ja, war es. Du unternimmst ja selber nichts, also muss das manchmal deine große Schwester für dich tun.«

»Ihr beide«, sagte Hannah, doch ihr Gesicht war zum ersten Mal an diesem Nachmittag etwas entspannter. Sie hörte sie gerne zanken, weil es ihr das Gefühl gab, dass in der Familie alles normal war – dass mit ihrer Mutter alles normal war.

»Vielleicht bleibe ich zu Hause«, sagte Erica, »und überlasse dich allein Mr. Supermodel.«

Ein Schatten fiel auf Ambers Gesicht. »Nein«, sagte sie. »Der ist für dich.«

Auch Hannahs Miene verdüsterte sich wieder, und Erica hätte sich selbst in den Hintern dafür treten können, dass sie die gute Stimmung verdorben hatte. In ihren dunkleren Stunden sprach Amber darüber, dass sie vielleicht nie mehr eine Beziehung haben würde, vielleicht gar keine Zeit mehr für eine hätte.

Wenn ihre Schwester also Kupplerin spielen wollte, würde Erica ihr den Spaß nicht verderben. Amber hatte davon zurzeit ohnehin herzlich wenig. »Na gut«, sagte sie. »Ich werde da sein. Aber ihr zwei dürft mich nicht mit ihm allein lassen.«

Am Freitagmorgen ging Julie zu ihrer Frühschicht in den Buchladen und seufzte erleichtert, als sie spürte, wie sich Ruhe über sie senkte. Einen Job in der Buchhandlung zu ergattern war das Beste, was sie seit ihrer Scheidung getan hatte. Die Buchhandlung befand sich in einem gedrungenen alten Leuchtturm, der ins Stadtzentrum verpflanzt worden war. Julie liebte die Bücher, sie liebte den Duft, die gedämpften Farben und das wundervolle Ambiente dort.

Am meisten aber lag ihr die Freundschaft, die sich zwischen ihr und der Besitzerin des Buchladens, Mary Rhoades, entwickelt hatte, am Herzen. Die Mittsechzigerin war dünn wie ein Model und sehr attraktiv, und es gab unzählige Gerüchte über ihr Leben unter den Reichen und Berühmten.

Doch trotz ihres Aussehens und ihrer Herkunft war sie warmherzig und bodenständig. Als sie nach Pleasant Shores umgezogen war, hatte sie alle Brücken hinter sich abgebrochen, hatte nur ihren Maltipoo Baby behalten; sie trug den pummeligen alten Hund jeden Tag in einer Designerhandtasche zur Arbeit.

Was niemand sonst in der Stadt wusste, war, dass Mary die stille Teilhaberin am Healing-Heroes-Cottage war. Das Ganze war ihre Idee gewesen, doch sie wollte im Hintergrund bleiben. Sie hatte Julie auf die Idee gebracht, als sie gesehen hatte, wie das Leben im Cottage sie deprimierte. Sie hatte Julie ermutigt, in Rias Motel umzuziehen, auch wenn ihr Name weiterhin im Vertrag stehen und sie das Cottage verwalten würde. Mary hatte gerade die Hypothek abbezahlt und, wie Julie annahm, die Steuerabschreibung in Anspruch genommen.

Jedes Mal, wenn Julie versuchte, mit ihr darüber zu sprechen, warum sie dieses Unterfangen unterstützte, ohne dafür irgendeine Anerkennung zu bekommen, wechselte Mary geschickt das Thema.

Baby bellte zur Begrüßung und legte sich dann in das herzförmige Hundebett, wo sie die meiste Zeit ihres wachen Daseins verbrachte. Von draußen drangen gedämpft leise Verkehrsgeräusche herein.

Julies neuer Mieter, Trey, stand an der Kasse, um ein paar Taschenbücher zu kaufen, und ihr wurde warm ums Herz. Wenn er ein Leser war, hob ihn das in ihrer Wertschätzung. Sie begrüßte ihn mit einem Lächeln, und er nickte und lächelte ihr ebenfalls zu. »Sie sehen hübsch aus, wenn ich das so sagen darf«, sagte er und winkte beim Hinaushumpeln.

»Du siehst wirklich gut aus«, sagte Mary, als sie Julies Outfit begutachtete. »Irgendein besonderer Anlass?«

Julies Wangen wurden warm. Sie war heute hübscher gekleidet als sonst, und sie konnte den Grund nicht verheimlichen. »Ich treffe mich mit Melvin, um ein Problem mit dem Steuerberater zu besprechen«, sagte sie.

Mary zog ihre perfekt geformten Augenbrauen nach oben. »Du machst dich für deinen Ex schick?«

»Na ja, nicht wirklich … ja. Ich will vor ihm nicht schlecht aussehen.«

»Er hat es zwar nicht verdient, aber ich verstehe das. Du willst, dass er sieht, was er verpasst.«

»Genau.« Und vielleicht würde er es zurückhaben wollen. Nach ihren gemeinsamen Telefonaten hatte sie immer den Eindruck, dass er sich nach ihrer Beziehung zurücksehnte.

Er hatte nicht mehr verheiratet sein wollen, doch vielleicht hatte er in der Zeit, die er jetzt allein verbracht hatte, gemerkt, dass auch das Singleleben nicht perfekt war.

Er hatte sich entliebt, aber passierte das nicht in den meisten Ehen hin und wieder? Liebe war nicht beständig und unveränderlich; sie verebbte und schwoll dann wieder an.

»Wie geht's den Enkelinnen?«, fragte Mary.

Julie rollte mit den Augen. »Es geht ihnen gut, abgesehen von einer Schlägerei in der Schule.« Sie erzählte Mary von Kaitlyns Auseinandersetzung und deren Auswirkungen. »Außerdem hat Ria den Mädchen aufgetragen, dass sie Zeit mit mir verbringen sollen. Es kommt mir vor, als hätten sie eine Art Zeitplan aufgestellt.«

»Das ist irgendwie süß.«

»Schon, aber ich fühle mich dadurch wie eine Invalidin, die der Familie zur Last fällt.«

»Warum bietest du Ria nicht an, ihr im Motel zu helfen? Wenn Ria und die Mädchen merken, dass du Ahnung von Marketing hast und davon, wie man ein Geschäft führt, behandeln sie dich vielleicht mit mehr Respekt.«

»Ich habe es ihr bereits angeboten.« Das hatte sie doch, oder?

»Aber mit Überzeugung dahinter? Wahrscheinlich will sie deine Gutmütigkeit nicht ausnutzen, aber ich hab die Frau gesehen, wie erschöpft sie die meiste Zeit aussieht.«

Das stimmte. Ria tat immer unbeschwert und war beängstigend kompetent, doch es lastete eine Menge auf ihren Schultern, besonders seit ihrer Scheidung. »Ich werde es ihr noch mal anbieten«, versprach sie und meinte es auch so.

Als das Elf-Uhr-Treffen mit Melvin und dem Steuerberater näher rückte, ließ Julie ihr Auto stehen und ging zu Fuß am Ufer von Pleasant Shores entlang. Das Laufen tat ihr gut. Die Sonne schien warm auf ihre Schultern herab, und die Brise war frisch, aber nicht allzu kühl. Die meisten Geschäfte waren in der Nebensaison geschlossen oder nur zu bestimmten Zeiten geöffnet, doch der Wind trug den Duft aus einem heran, das auf hatte: Goody's Emporium. Goody's Emporium servierte nicht nur Mittagessen, sondern verkaufte auch Karamellbonbons und andere Süßigkeiten für Touristen. Außerdem beherbergte das Emporium eine kleine Eisdiele, in der sich in der Nebensaison gerne die Einheimischen tummelten.

Julie atmete genüsslich ein und überlegte kurz, ob sie auf einen süßen Snack hineinschauen sollte, aber sie hielt sich zurück. Vor ein paar Tagen hatte sie begonnen, ihre täglichen Kalorien in eine Fitness-App einzugeben, und sie wusste, dass sie mit einem Stück von Goody's Karamell bereits ihr Tageslimit überschreiten würde.

Als sie sich dem Büro des Steuerberaters näherte, sah sie, wie Melvin aus der anderen Richtung darauf zukam. Er trug eine dieser engeren Anzughosen, die bei jungen Männern heutzutage beliebt waren, und darüber ein Sakko. Braune Schuhe, obwohl der Anzug blau war.

Über solche Kleidung hatte er sich früher immer lustig gemacht.

Es war irgendwie putzig. Er hatte fast die richtige Figur für die Kleidung (nur sein kleines Bäuchlein störte den Gesamteindruck), doch er konnte nicht verbergen, dass er in seinen Fünfzigern war. Vielleicht hatte er sich für sie schick gemacht, so wie sie sich für ihn?

Als sie einander näher kamen, neigte sie den Kopf und musterte ihn. Sein Haar war definitiv weniger grau als früher.

Hatte er es wirklich gefärbt?

Er umarmte sie kurz und steif, was ihr fast das Herz brach. Er war schon immer etwas gehemmt gewesen; sie hatte ihm, was das Gesellschaftliche betraf, stets den Weg geebnet. »Möchtest du nach dem Treffen eine Tasse Kaffee trinken gehen und ein wenig plaudern?«, fragte sie spontan.

»Nein, ich … Ich kann nicht. Ich hab keine Zeit, aber danke. Wir sollten reingehen.«

Er klang nervös. Warum nervös? Es war für sie keine große Sache, ob sie nun Kaffee tranken oder nicht. Sie hatte einfach nur nett sein wollen.

Das Treffen verlief jedoch gut, und sie konnten alle verbliebenen Steuerfragen klären. Nächstes Jahr konnten sie ihre Unterlagen dann getrennt einreichen.

Danach verabschiedeten sie sich, doch peinlicherweise gingen sie am Ende beide in dieselbe Richtung. »Wo hast du geparkt?«, fragte er.

»Ich bin zu Fuß hergekommen. Ich arbeite jetzt in der Buchhandlung im Leuchtturm.«

»Ahhh«, sagte er mit leiser Stimme. »Also dann, mach's gut, Julie. Ich muss da runter.«

Selbst wenn Melvin irgendetwas unternehmen würde, um wieder mit ihr zusammenzukommen, war sie sich nicht sicher, ob sie das wollte. Es würde ihr nichts ausmachen, ihn hin und wieder zu treffen, sogar wieder etwas mit ihm anzufangen, aber sie wollte auf jeden Fall weiterhin unabhängig sein. Zumindest für eine Weile.

In der Buchhandlung war viel los; sie half ein paar Kunden und fühlte sich überraschend gut.

Melvin deprimierte sie immer ein wenig. Heute genauso wie früher, als sie noch verheiratet gewesen waren. Ohne ihn machte das Leben mehr Spaß. Ihr gefiel es, gesund zu leben, gut auszusehen und ihre eigenen Entscheidungen zu treffen.

Sie spürte, dass jemand hinter ihr stand, und drehte sich um; es war eine große Brünette in zerrissenen Jeans und T-Shirt.

»Hallo, ähm, könnten Sie mir sagen, wo hier die Kochbücher sind?«, fragte die Frau.

»Natürlich. Hier entlang.« Sie führte sie zu einem Regal an der Längsseite des Ladens. »Suchen Sie nach einem bestimmten Titel?«

Die Frau zwirbelte eine Haarsträhne um den Finger. »Irgendetwas Leichtes. Ich kann überhaupt nicht gut kochen.«

»Was hat Sie dazu animiert, es lernen zu wollen?«, fragte Julie. Sie wusste, dass ein wenig Konversation oft entscheidend dafür war, dass der Kunde etwas kaufte.

Die Frau errötete. »Ich möchte meinen Freund beeindrucken.«

Julie lachte. »Er sollte versuchen, *Sie* zu beeindrucken.«

»Bringen Sie ihn dazu, Sie zum Essen einzuladen«, rief Mary von der Kasse her. »Zu Hause kochen wird überbewertet.«

»Oh, er führt mich schon ab und zu aus! Er ist sehr großzügig.« Die junge Frau nahm ein Buch in die Hand, dann ein anderes. »Aber er ist schon älter, und er … Er erwartet irgendwie, dass die Frau kocht, wissen Sie?«

Die Brünette nahm Diätkochbücher und Kochbücher mit kalorienarmen Rezepten aus dem Regal. Warum sollte eine dünne Frau so ein Kochbuch kaufen wollen? Und welcher Mann würde so etwas essen?

Julie hielt eines ihrer Lieblingskochbücher hoch, in dem es um Hausmannskost ging. »Wenn Sie Ihren Mann wirklich beeindrucken wollen, nehmen Sie das hier«, sagte sie. »Das hat bei mir auch immer funktioniert.« Bis es nicht mehr funktioniert hat.

»Ach, wirklich?« Die Frau legte die anderen Kochbücher weg und sah sich das Buch an, das Julie ihr reichte. Sie runzelte die Stirn, als sie die Hochglanzfotos betrachtete, auf denen Schmorbraten und Rindfleischeintopf abgebildet waren. »Essen die Leute so was heutzutage noch?«

»Natürlich«, sagte Julie.

Auf dem Handy der Frau ging eine SMS ein. Sie sah sofort darauf und ließ das Gespräch fallen. Julie fand so was immer nervig.

»Er will, dass ich zu ihm komme, hmm, nein. Er kann mich abholen.« Sie tippte eine Antwort. »Okay, ich nehme das hier.« Sie nahm Julie das Hausmannskostkochbuch aus den Händen.

»Hier ist noch eines mit traditionellen Gerichten, aber es ist einfacher«, sagte Julie, und Mary nickte hinter der Theke zustimmend. Sie hatte ihren Mitarbeitern das Prinzip des Up-Selling eingebläut: Wenn eine Kundin ein Buch kaufte, war sie wahrscheinlich auch bereit, ein zweites zu kaufen.

»Danke. Dann nehme ich das auch.« Die junge Frau ging zum Ladentisch, bezahlte mit einer Kreditkarte, während sie durch ihr Handy scrollte, und eilte dann aus dem Laden.

Julie und Mary sahen beide zu, wie sie in ein Auto stieg.

Ein Auto, das ihnen bekannt vorkam.

»Ist das nicht …«, fragte Mary und klappte dann den Mund zu.

Wärme stieg von Julies Brust ihren Hals hoch bis in ihr Gesicht. Ihr Magen sank ihr in die Kniekehle, als hätte sie gerade den höchsten Punkt einer Achterbahn passiert und stürzte nun nach unten, immer weiter in die Tiefe. »Melvins Auto. Melvin.« Langsam drehte sie sich zu ihrer Freundin um. »Habe ich Melvins neuer Freundin wirklich gerade geholfen herauszufinden, wie sie ihn beeindrucken kann?«

Mary trat näher ans Fenster und beobachtete, wie das Auto die Straße entlangfuhr. »Vielleicht wusste sie ja, dass seine Ex hier arbeitet?«

»Das kann nicht sein.« Dass man sie so reingelegt haben könnte, daran mochte Julie gar nicht denken. »Melvin wusste es jedenfalls nicht. Ich habe es ihm heute Morgen gesagt, und er schien überrascht zu sein.«

»Das heißt nicht, dass sie es nicht wusste. Vielleicht hat sie dich ja gegoogelt. Du stehst auf unserer Website, und Pleasant Shores ist eine kleine Stadt.« Mary schnalzte missbilligend mit der Zunge.

Julie ließ sich auf einen Stuhl in einem der Sitzbereiche für Kunden plumpsen. »Warum sollte sie das tun? Warum sollte irgendjemand so etwas tun?« Sie fühlte sich, als hätte man sie reingelegt.

»Um ihre Konkurrenz auszuspionieren«, sagte Mary.

»Aber ich bin doch nicht …« Julie sah auf ihre neue Anzughose und die Absatzschuhe hinunter, auf ihren Schal, der in Melvins Lieblingsblau gehalten war.

Sie *war* Konkurrenz, oder zumindest versuchte sie, es zu sein.

Und wenigstens wusste sie, wie man einen Schmorbraten zubereitete.

Sie zog den Schal aus, marschierte zum Papierkorb hinter dem Ladentresen und warf ihn hinein. Sie hatte dieses Schwimmbeckenblau nie gemocht. Und auch Schmorbraten nicht.

»Wenn sie denkt, dass ich ihre Konkurrenz bin«, sagte sie, »dann ist das irgendwie lustig. Denn ich würde ihn nicht zurückhaben wollen, wenn er auf Knien angekrochen käme.«

Eine innere Stimme erinnerte sie daran, dass sie ganz anders gedacht hatte, als sie noch geglaubt hatte, er würde vielleicht zu ihr zurückkommen.

»Diese junge Frau kam mir irgendwie bekannt vor«, sagte Mary. »Hat sie nicht eine Zeit lang in der Schule gearbeitet?«

»Ich kenne sie nicht.«

»Ich bin mir ziemlich sicher«, sagte Mary.

Julie wurde flau im Magen. Wenn seine neue Freundin in Pleasant Shores gelebt oder zumindest dort gearbeitet hatte, hieß das dann, dass Melvin sie schon eine Weile kannte? Wie lange schon? Und seit wann interessierte er sich für dünne Frauen, die halb so alt waren wie er?

6. Kapitel

Das Abendessen im DiGiorno's am Freitagabend lief nicht so schlecht, wie Erica befürchtet hatte. Trey zeigte sich von seiner charmantesten Seite.

Sie platzten aus dem winzigen Lokal heraus, hielten sich die Bäuche, lachten und winkten Nonna zu, der alten Dame, die jeden Freitagabend hinter der Theke arbeitete und den ganzen Klatsch und Tratsch der Stadt kannte.

Es würde sich also herumsprechen, dass sie alle zusammen zu Abend gegessen hatten. Doch Erica war nicht allzu besorgt. Es hatte nicht im Geringsten nach einem Rendezvous ausgesehen, und Trey hatte allen dreien – Amber, Hannah und Erica – gleich viel Aufmerksamkeit geschenkt. Soweit sie wusste, waren die anderen genauso sehr wie sie selbst im Laserfokus seiner Augen gewesen.

»Lasst uns Eis essen gehen!« Hannah, die vorausgegangen war, wirbelte herum und sah sie an. »Bitte, Mom? Das haben wir nicht mehr gemacht, seit wir hierhergezogen sind.«

Ein unbehagliches Gefühl regte sich in Ericas Magen. Nein, das Abendessen war nicht schlecht verlaufen, aber das bedeutete nicht, dass es klug war, es noch zu verlängern. »Die meisten Eisdielen sind noch bis zum Memorial Day geschlossen«, sagte sie.

»Nicht Goody's.« Hannah drehte sich wieder um und zeigte auf das rosa-weiße Gebäude, das sich nur ein paar Meter die Straße runter befand.

»Freitags hat es immer bis spätabends geöffnet. Schaut, da gehen gerade Leute rein.«

Amber schürzte die Lippen und nickte. »Also gut.« Sie legte reflexartig eine Hand auf ihren Bauch; Erica konnte sich denken, warum. Seit ihrer Operation und Chemo hatte sie keinen großen Appetit mehr. Sie hatte heute Abend mehr als gewöhnlich von ihrem Nudelgericht gegessen, aber das bedeutete, dass sie wahrscheinlich kein Eis mehr essen konnte, weil ihr sonst übel werden würde.

»Ich könnte ein Eis vertragen«, sagte Trey. »Auch wenn ich satt bin. Aber für Eis ist immer Platz.«

Hannah lächelte ihn strahlend an. »Finde ich auch. Vor allem, nachdem man den ganzen Nachmittag mit Kaitlyn und Venus die Blumenbeete vor der Schule umgegraben hat. Das war vielleicht anstrengend!«

»Ihr Mädchen habt gut zusammengearbeitet. Ich bin stolz auf euch.«

»Also haben wir uns ein Eis verdient, oder?«

Alle schauten erwartungsvoll auf Erica, so als sollte sie die Entscheidung treffen. Warum nur? Dann konnte sie ja kaum die Spielverderberin sein, die sagte, dass sie nach Hause gehen sollten. Besonders wenn Hannah und Amber so viel Spaß hatten. »Okay«, sagte sie. »Lass uns schnell ein Eis essen gehen, aber dann bin ich müde.«

»Weiter so, Schwesterchen, hab ein bisschen Spaß.« Amber

legte einen Arm um ihre Schultern, während sie alle auf Goody's zusteuerten. »Amüsierst du dich?«, flüsterte sie Erica ins Ohr.

»Einigermaßen.«

Amber schnaubte. »Warum versuche ich überhaupt, dir zu helfen, ein bisschen mehr zu leben?«

Sie schlenderten den Bürgersteig entlang, der das Ufer säumte. Erica vergrub sich noch mehr in ihren Pulli, um sich gegen die kühle Brise zu schützen, und blickte zu Amber hinüber, um zu sehen, ob ihr kalt wurde. Doch Amber hatte sich eine Lederjacke angezogen und eine Baseballmütze aufgesetzt und hatte keine Probleme. Hannah, die nur kurze Hosen und ein T-Shirt trug, hatte sich in Treys Jacke gewickelt.

Bald schon stießen sie die Tür zu Goody's auf, und sofort umgab sie der Duft von Cupcakes und Keksen.

»Ihr seid euch dessen bewusst, dass wir auch einige Leckereien mit nach Hause nehmen müssen, nicht wahr?«, sagte Amber.

Erica nickte. Reflexartig tätschelte sie ihren Bauch und begann schon eine Bemerkung übers Zunehmen zu machen, doch sie verstummte gerade noch rechtzeitig. Zum einen, weil sie vor einem jungen Mädchen wie Hannah nicht zu viel über Gewicht reden wollte, zum anderen, weil sie zum ersten Mal in ihrem Leben kein zusätzliches Pfund auf den Rippen trug. Tatsächlich war sie regelrecht knochig und sollte wahrscheinlich gleich zwei Kugeln bestellen.

Nur dass sie aufgrund der Tatsache, dass Trey heute so gut aussah und so freundlich war, nicht wusste, ob sie einen Bissen runterbringen konnte.

Mehrere Familien, allesamt Einheimische, die Erica schon einmal gesehen hatte, scharten sich um die hellen Tische in der Ecke des Ladens, in der sich die Eisdiele befand. Ein niedliches Zwillingspaar – die Zwillinge waren etwa drei Jahre alt – leckte abwechselnd an einer Eiswaffel, während Mutter und Vater danebenstanden und lachten.

Eifersucht regte sich in Ericas Herz. Es hatte eine Zeit gegeben, bevor ihre Mutter krank geworden war und sie mehr über die Vererbung von Krebs gelernt hatten, als sie wissen wollten, da hatte sie gehofft, einmal genau diese Art von Familie zu haben. Eine, die zusammen Ferien am Strand machte.

Sie hatte auf kleine Kinder aufgepasst und schon während der Highschool Kurse zur Entwicklung von Kindern besucht, und zwar nicht, wie die Leute annahmen, weil sie Lehrerin werden wollte, sondern weil sie sich aufs Muttersein freute.

Nun war ihr diese Möglichkeit genommen worden.

Bemitleide dich nicht selbst. Schau dir Amber an.

Amber war Mutter; als sie damals schwanger geworden war, hatte Erica sich sehr gefreut. Obwohl Amber zu jung gewesen und ihr Freund abgehauen war, hatten sowohl Erica als auch ihre Mutter ihre Aufregung kaum in Grenzen halten können.

Nun war Amber so furchtbar krank und ihre Mutter tot. Mutter zu sein hatte Ambers Leben nicht leichter gemacht, und jetzt … Ericas Kehle schnürte sich zusammen. Sie blickte zu Hannah hinüber und war froh, dass sie so sorglos aussah. Sie winkte jemandem quer durch den Laden zu, und Erica erkannte Pete, einen der Jungen aus dem Programm, der mit seinem Vater hier war. »Hol dir ein Eis und plaudere mit ihnen«, ermutigte sie Hannah.

»Nein! Ich würde doch wie eine Idiotin dastehen!«

Amber und Erica tauschten Blicke. Sie wussten, Hannah hätte das nicht gesagt, wenn sie den Jungen nicht gut finden oder sich zumindest darum scheren würde, was er von ihr dachte.

Hannah bestellte ihr Eis, und Trey bestand darauf, dass Amber ihr Geld wieder einsteckte; er wollte sie einladen.

»Komm schon«, sagte Amber zu Hannah. »Lass uns mit ihnen reden.«

»Auf keinen Fall!« Hannah schaute schnell zu dem Jungen und seinem Vater und dann wieder zurück zu Amber, ihr Gesicht war rosa.

»Ich möchte seinen Vater kennenlernen«, sagte Amber. »Du bist nur mein Vorwand. Komm schon.« Sie marschierte rüber. Hannah sah Erica an, runzelte die Stirn und folgte ihr dann. Vater und Sohn rutschten ein wenig, um in der Sitznische Platz für Amber und Hannah zu machen.

»Was nehmen Sie?«, fragte Trey.

Erica studierte die Sorten. »Ich denke ... ein bisschen mehr«, sagte sie. »Zwei Kugeln.«

»Eine Frau, die Eis mag – das gefällt mir«, sagte Trey beifällig. Er bestellte eine Waffel mit Schokoladeneis, und sie gingen zu einem der Tische.

Er befand sich neben der Familie mit den Zwillingen, die mit ihrem Eis gerade fertig war. Plötzlich bemerkte Erica, dass sie auch ein kleines Baby hatten. Wieder erfasste sie eine

Welle der Eifersucht. Das Baby warf seinen Schnuller auf den Boden, und Erica und Trey beugten sich beide gleichzeitig hinunter, um ihn aufzuheben, wobei sie fast mit den Köpfen zusammenstießen.

»Bitte sehr«, sagte Trey und reichte ihn der Mutter. »Süßes Baby.«

»Danke. Er ist jetzt schon ein ganz schönes Stück Arbeit.« Trotzdem lag Stolz in der Stimme der Mutter.

Trey beugte sich noch einmal hinunter, bis er auf einer Höhe mit den kleinen Mädchen war. »Ich wette, ihr wart auch ein ganzes Stück Arbeit, als ihr noch Babys wart.« Er sah zu den Eltern auf. »Ich hatte zwei Pflegebrüder, die Zwillinge waren. Ist nicht leicht.«

»Man hat nicht gelebt, wenn man nicht zwei Babys mit Koliken auf einmal zur Welt gebracht hat«, sagte die Mutter.

»Auweia. Nur einer meiner Brüder hatte Koliken, aber ich erinnere mich daran, wie er geheult hat, als wäre es gestern gewesen.«

Erica wurde klar, dass sie nichts über Treys Herkunft wusste. Sie hatte nicht gewusst, dass er in einer Pflegefamilie aufgewachsen war. Außerdem hatte sie bisher noch nicht bemerkt, dass er sich in Gegenwart kleiner Kinder wohlfühlte. Viele Männer taten das nicht.

Als die Familie ging, schaute Erica ihnen nach, bis sie Treys Hand auf ihrem Arm spürte. »Fangen Sie lieber mal an zu essen. Es tropft schon.«

Tatsächlich lief gerade ein Tropfen Eis auf ihre Hand hinunter, und sie versuchte schnell, ihn abzufangen.

Als sie aufblickte, sah sie, dass Trey sie beobachtete. Ihre Augen trafen sich, er hielt ihren Blick.

Hitze stieg ihr in die Wangen. »Kümmern Sie sich lieber um Ihre eigene Eiskugel«, sagte sie, gerade in dem Moment, als auch sein Eis zu tropfen begann.

Als sie ihr Eis aufgegessen hatte, versuchte sie sich zu beruhigen, indem sie tief durchatmete, doch ihr Herz schlug immer schneller, da sie merkte, dass Trey eine gewisse Anziehungskraft auf sie ausübte.

Sie sollte es leugnen, das Gefühl abschütteln, das Lokal verlassen. Doch es war so wohltuend, sie hatte so etwas schon seit Ewigkeiten nicht mehr gespürt.

Warum konnte sie sich keine heimliche Schwärmerei für Trey erlauben?

Weil er Kinder mag und sowieso nur für kurze Zeit hier ist.

Aber gerade weil er nicht so lange hier sein würde – war es da so falsch, seine Anwesenheit zu genießen?

»Wie geht es Ihrer Schwester gesundheitlich?«, fragte er und riss sie aus ihrer Verwirrung.

Sie blickte in Augen, die dunkel vor Mitgefühl waren. »Nicht so gut. Wir hangeln uns von einer Untersuchung zur nächsten.«

Er nickte. »Ich habe mir schon gedacht, dass es Krebs ist. Das muss für Sie alle hart sein.«

»Ja, das ist es.« Sie sah zu Amber und Hannah hinüber, die mit Pete und seinem Vater plauderten und lachten. »Aber sie hat eine unglaubliche Willenskraft. Und wenn man Mutter ist, hat man keine andere Wahl, als mit aller Kraft dagegen anzukämpfen.«

Er schüttelte den Kopf. »Das Leben ist manchmal schon echt beschissen.«

Er mochte also Kinder, und er zeigte echtes Mitgefühl mit einer Familie, die eine Krankheit durchmachte, anstatt Plattitüden von sich zu geben von wegen, dass alles gut werden würde oder Gott es in der Hand hätte.

Sie hoffte ja, dass Gott es in der Hand hatte, aber in der letzten Zeit fühlte sich alles ungewiss an. Das machte es schwer, Menschen zuzuhören, die über alles Bescheid zu wissen schienen. Aber Trey war nicht so.

»Möchten Sie nachher spazieren gehen?«, fragte er auf einmal unvermutet.

»Was?«

»Ein kleiner Spaziergang am Strand oder durch die Stadt?«, fragte er. »Wir könnten Ziggy mitnehmen und ihm beibringen, dass er bei Fuß geht.«

»Oh, also … eine Trainingseinheit? Nachts?«

»Keine schlechte Idee für einen hyperaktiven Hund. Weniger Ablenkungen.«

»Ziggy ist nicht hyperaktiv. Er ist ein Welpe!«

»Schon gut, also …« Er neigte den Kopf. »Es ist Ihre Entscheidung. War nur ein Vorschlag.«

Amber und Hannah kamen zum Tisch zurück, und sie aßen ihr Eis auf und schlenderten zurück zum Auto.

Ihre Entscheidung.

Es war ihre Entscheidung, ob sie einen Abendspaziergang

mit einem Mann machen wollte, der nicht nur unglaublich gut aussah, sondern, wie sie gerade herausgefunden hatte, wahrscheinlich auch ein toller Familienvater war.

Ihr Verstand schickte ihr eine klare Botschaft: Nein. Nein, lass dich nicht noch mehr auf ihn ein. Nein, du hast ohnehin schon viel zu viel Zeit mit ihm verbracht. Nein, du bist zu verletzlich.

Ihr Herz sagte etwas anderes: Warum nicht? Nur weil jemand in deiner Familie gesundheitliche Probleme hat und du keine Kinder bekommen kannst, heißt das doch nicht, dass du nicht ein wenig Spaß mit einem nett aussehenden Typen haben kannst?

Der außerdem bereit ist, deinen trotteligen Hund zu dressieren.

Als sie am Haus ankamen, stieg Ericas Anspannung weiter. Sie musste sich zwischen ihrem Kopf und ihrem Herzen entscheiden.

Amber und Hannah gingen hinein, und feige begann Erica, ihnen zu folgen.

Trey räusperte sich. »Also … Kommen Sie?«

Sie schaute über die Schulter und bemerkte eine Spur Unsicherheit auf seinem Gesicht. Ihr Herz wurde weich, nur ein wenig. »Klar«, sagte sie. »Ich komme gleich.«

Trey hielt Erica die Tür auf und wartete darauf, dass sie Ziggy genug beruhigte, um ihm sein Geschirr anzulegen.

Sie wollte also mitkommen. Sein idiotischer Spontaneinfall hatte sie nicht abgeschreckt, obwohl in ihren Blicken Misstrauen lag.

»Ziggy! Ruhig!« Ihre verzweifelten Kommandos bewirkten, dass der große weiße Hund nur noch höher sprang.

Es war eine gute Idee von ihm gewesen, sie zu diesem Spaziergang einzuladen, denn der Hund brauchte wirklich dringend Training.

Wobei er nicht so tun konnte, als sei das der wahre Grund gewesen, wieso er gefragt hatte; tatsächlich hatte er es nur als zusätzliche Motivation erwähnt, nachdem es so ausgesehen hatte, als wollte sie ihm einen Korb geben.

Schließlich schaffte sie es, dem Hund das Geschirr anzulegen, und sie verließen das Haus, wobei Ziggy fest an der Leine zog. Als sie an ihm vorbeiging, witterte Trey einen Hauch von Parfüm, und sein ganzer Körper aktivierte sich.

Hatte sie das schon den ganzen Abend getragen, oder hatte sie es für ihn aufgelegt?

»Soll ich ihn für ein paar Minuten nehmen?«, fragte er, froh über die Ablenkung.

»Ähm ja, klar. Er wird sich gleich beruhigen.«

»Er sollte von Anfang an ruhig sein. Sie dürfen sich nicht von ihm ziehen lassen.« Er nahm ihr die Leine aus der Hand und ignorierte die Hitze an seinen Fingern, als sie ihre berührten. Er straffte die Leine und zog sie zurück.

Ziggy blickte zurück über die Schulter, in seinen Augen war Verwirrung.

Einen Moment lang musste Trey an King denken, an seine wachen braunen Augen, die seine Verbundenheit mit Trey und seine Bereitschaft zu arbeiten gezeigt hatten.

Er hatte die Telefonnummer von Kings neuem Hundeführer mindestens schon zehnmal gewählt, doch er hatte sich jedes Mal dazu gezwungen, das Telefon wegzulegen, bevor er die »Anruf«-Taste drückte.

Er musste aufhören, über King nachzudenken, und sich auf diesen trotteligen, untrainierten Hund vor ihm konzentrieren. »Sitz«, sagte er; es kam etwas schärfer heraus, als er es beabsichtigt hatte.

Ziggy setzte sich, nur um gleich wieder aufzustehen.

Trey zog schnell und scharf an der Leine.

»Hey! Sie tun ihm weh!«

»Ich zeige ihm, was er tun soll.« Als Ziggy wieder saß, reichte ihm Trey ein Stück Hundekuchen.

Ziggy lächelte ihn an, streckte die Zunge heraus, hechelte, und noch einmal verspürte Trey einen scharfen Stich, weil ihm King fehlte.

»Lass uns spazieren gehen«, sagte er und hielt Ziggy ein Leckerli direkt vor die Nase. »Bei Fuß, Ziggy«, sagte er.

Der Hund trottete neben ihm her und schnüffelte an dem Leckerli.

»Ich kann nicht glauben, dass er Ihnen so viel besser gehorcht als mir!«

Trey zuckte die Achseln. »Er mag Sie natürlich am meisten, aber Hunde reagieren schneller auf eine tiefe Stimme. Die Frauen im K-9-Training haben sich immer darüber beschwert.«

»Verstehe. Ich bin froh, dass es nicht nur an mir liegt.«

Sie spazierten langsam durch die Innenstadt von Pleasant Shores und sprachen ein wenig über Hundetraining. Erica beäugte einiges von dem, was er tat, kritisch, doch sie hörte ihm aufmerksam zu und beugte sich vor, um zu beobachten, wie er mit Leckerli und Leine umging.

Und es gelang ihm zu vermeiden, dass dieser Spaziergang zu sehr einem Date ähnelte; mehr noch, er merkte, dass er sie irgendwie verärgerte, weil er in gewisser Weise den Hund kritisierte, den sie als ihr Baby betrachtete.

Und obwohl er es nicht guthieß, wenn Besitzer ihre Hunde wie Kinder behandelten, tat Erica das auf so putzige Weise, dass es ihm nichts ausmachte.

Er musste aufhören, darüber nachzudenken, wie attraktiv sie war. »Was hat Sie nach Pleasant Shores gebracht?«, fragte er. »Verbindet Sie etwas mit dem Ort?«

»Ja.« Sie sah sich um und lächelte ein wenig. Grillen zirpten, und ein leichter Wind ließ die neuen Frühlingsblätter rascheln. »Meine Tante hat eine Straße weiter gewohnt, in einem kleinen Haus wie diesem da.« Sie wies auf ein schlichtes Cottage, das inmitten von Blumen und Bäumen stand. »Wir sind jeden Sommer hierhergekommen, und es war immer der Höhepunkt des Jahres.«

Das erinnerte ihn an etwas, über das er sich vor Kurzem gewundert hatte. »Wie kommt es, dass es in Pleasant Shores all diese kleinen Häuser gibt – die älteren Häuser auf dieser Seite der Halbinsel – und andererseits die Villen auf der anderen Seite? Ich hätte gedacht, dass man die kleineren Häuser aufkaufen würde.« Er wusste, dass das die ganze Küste entlang passiert war.

»Haben Sie bemerkt, dass der Strand auf der Seite mit den

kleinen Häuschen nicht annähernd so breit ist wie der andere und dass er felsig ist? Das ist der Grund. Die Villenbesitzer lassen jedes Jahr Sand aufschütten und den Strand neu herrichten. Aber durch den Lauf der Gezeiten würde das auf unserer Seite nicht funktionieren.«

»Die Vermögenden und die Habenichtse, hmm?«

»Ja«, sagte sie, »aber als wir noch jung waren, war jeder hier ein Habenichts. Früher lebten hier die ärmeren Leute, die in den Urlaubsorten die Küste weiter hoch arbeiteten.«

Er blickte sich um, betrachtete die malerischen Straßen und kleinen Gärten, die gepflegten Palisadenzäune und die farbenfrohen kleinen Häuschen. »Warum war das hier kein Urlaubsort? Die Menschen lieben diese Art von Städtchen.«

»Schwerer zu erreichen. Der Hals der Halbinsel stand früher bei jeder Flut unter Wasser, sodass man nur zu bestimmten Zeiten aufs Festland rüberkonnte. Touristen fanden das umständlich.«

»Aber jetzt …«

»Jetzt kommt man viel besser rüber. Man hat einen Damm aufgeschüttet, um Überschwemmungen zu verhindern, und seitdem kommen die Touristen. Außerdem sind Orte wie dieser jetzt, da in den anderen Küstenstädtchen so viel los ist, beliebter geworden. Man betrachtet sie irgendwie als unberührt.« Sie rümpfte die Nase.

»Aber jetzt verschandeln die Touristen den Ort.«

»Ja, dieser Ansicht sind die Einheimischen. Meine Tante war eine Einheimische, dadurch identifiziere ich mich mit ihnen. In der Hoffnung, dass ich auch mal eine werde.«

Das war interessant. Er hatte vermutet, dass sie, ihre Schwester und ihre Nichte nur vorübergehend hier wohnten, doch es klang so, als wollten sie dauerhaft hierbleiben.

Er stellte sich ganz kurz vor, wie es wäre, an einem Ort wie diesem zu leben, hier eine Familie zu gründen, in einem dieser kleinen Häuschen.

Er machte sich schon wieder lächerlich. Genau wie er es damals getan hatte, als er noch verheiratet gewesen war. Seine sentimentalen Träume würden nie in Erfüllung gehen.

Erica sprach immer noch über die Stadt. »Viele Leute sind froh, dass sie endlich ihren Lebensunterhalt hier in Pleasant Shores verdienen können, anstatt die Küste hochfahren zu müssen. Es gab zwar schon immer die Fischindustrie, aber jetzt gibt es eine Menge Arbeit, die mit Touristen zu tun hat, zumindest während der Saison.«

»Und ich wette, die Häuser sind im Wert gestiegen«, sagte Trey.

»Das sind sie. Viele Menschen könnten viel Geld verdienen, wenn sie ihre Häuser verkaufen würden, aber die meisten Familien in Pleasant Shores würden nicht im Traum daran denken zu verkaufen. Sie behalten ihre kleinen Häuschen lieber und bleiben hier.«

»Also eine Mischung aus Touristen und Einheimischen. Schön.« Er runzelte die Stirn. »Ich nehme an, deshalb gibt es hier auch die Schule?«

»Ja«, sagte sie. »Früher war es eine öffentliche Schule für alle Klassenstufen. Aber weiter oben auf der Halbinsel wurden größere, modernere Schulen gebaut, und alle Kinder begannen mit dem Bus dorthin zu fahren. Deshalb wurde die alte öffentliche Schule zu einer Privatschule umgewandelt.«

Beide blieben stehen, als Ziggy sein Bein an einem Hydranten hob.

»Das ergibt Sinn, aber was ist mit dem Förderprogramm? Das scheint hier irgendwie nicht zu passen.«

»Nein, das passt nicht, zumindest nicht mehr.« Sie seufzte. »Das Programm ist ein Überbleibsel aus der Zeit, als es noch eine öffentliche Schule war. Weil die Gemeinde arm war, bekamen sie das vermeintliche Privileg, Kinder mit Verhaltensproblemen aufzunehmen. Die Idee dahinter war außerdem, dass Pleasant Shores so abgelegen ist, dass gefährdete Teenager keine Gelegenheiten hatten, Ärger zu machen.«

Er nickte und betrachtete, wie der Mond ihr Gesicht beschien. Wie hübsch sie doch war …

Aber er brauchte sie trotzdem nicht so anzustarren. Wo waren sie gerade gewesen? »Also haben sich die Dinge in der Schule geändert?«

Sie nickte. »Einige der neuen Bewohner, reiche Leute, wollen nicht, dass es in der Schule, in die ihre Kinder gehen, verhaltensauffällige Jugendliche gibt. Und Direktor O'Neil, na ja, den haben sie eigens eingestellt, damit er für mehr Anmeldungen sorgt. Sie brauchen mehr zahlende Schüler, da es viele Stipendiaten gibt, Kinder von Krebsfischern oder alleinerziehenden Müttern. Sogar Hannah muss nichts zahlen, weil ich dort unterrichte. Das müssen sie also ausgleichen, indem sie höhere Schulgebühren einführen. Deshalb will er das Programm abschaffen. Er hofft, dass die Schule dadurch für einkommensstarke Familien attraktiver wird.«

»Und Sie wollen es erhalten.«

Sie nickte, ohne zu sagen, warum, und er wunderte sich, warum ihr die Schule und die Kinder so am Herzen lagen.

Anscheinend wollte sie jedoch das Thema wechseln, denn sie wies mit dem Kinn auf Ziggy, der nun wieder neben ihnen hertrabte. »Es geht ihm ziemlich gut«, sagte sie. »Natürlich sind hier keine anderen Hunde unterwegs und auch nicht sehr viele Eichhörnchen und so. Das hilft.« Sie sah ihn an und seufzte. »Manchmal frage ich mich, ob er sich jemals trainieren lassen wird.«

»Das wird er.« Er berührte ihren Arm und zog dann schnell seine Hand zurück. *Es ist kein Date, es ist kein Date.* »Bitte haben Sie nicht das Gefühl, dass Ziggy ein unartiger Hund ist. Ich bin einfach eher an Hunde gewöhnt, die von einem zertifizierten Welpenzüchter aufgezogen wurden und ihr ganzes Leben lang viel Training bekommen haben. Wir bekommen die Hunde, wenn sie mindestens ein Jahr, manchmal zwei Jahre alt sind. Da haben sie ihre Welpenphase schon hinter sich. Ziggy ist ja noch mittendrin.«

»Danke.« Sie lächelte ihn an, und er war kurz wie erstarrt. Sie hatte dieses kastanienbraune Haar, wild und ungezähmt, und riesige Augen. Sie neigte zu schlichter, praktischer Kleidung. Sie war nicht sein Typ, oder zumindest nicht sein Typ, so wie er ihn früher definiert hatte, aber trotzdem konnte er nicht leugnen, dass sie ihn irgendwie anzog.

Je mehr Zeit sie miteinander verbrachten, desto faszinierter war er von ihr. Sie war eine Frau mit vielen Facetten.

Das Letzte, was er jetzt noch brauchte, war, sich in eine Frau wie Erica zu verlieben. Sie war nicht der Typ für eine kurze Affäre, und mehr konnte er nicht bieten. Er musste seine Professionalität wahren und Pläne für die Zeit nach dem Freiwilligenprogramm schmieden.

Sie sprach weiter über Ziggy. »Um ehrlich zu sein war mir nicht klar, was für ein Stück Arbeit er sein würde. Der Hund, den ich vorher hatte, war ganz anders, er war schon etwas älter. Er hat mir durch einige schwere Phasen geholfen. Es brach mir das Herz, als er starb.« Ihre Augen füllten sich mit Tränen.

Er legte ihr einen Arm um die Schultern und drückte sie. Sie war *so* dünn. Sie fühlte sich ein wenig zerbrechlich an, nicht nur körperlich.

Es war schwer, sich dessen bewusst zu werden, denn normalerweise war das, was sie zeigte, ihre Stärke, ihr stählernes Rückgrat.

»Glauben Sie mir«, sagte er, »ich verstehe, wie schlimm es sich anfühlen kann, einen Hund zu verlieren.« Kings Gesicht, wie sich seine Arbeitsleine in Treys Hand anfühlte, all diese Erinnerungen stürmten auf ihn ein, und seine Kehle schnürte sich zu.

Sie bogen auf den Weg ein, der neben der Bucht verlief. In regelmäßigen Abständen ragten Piers ins Wasser hinein, an einigen waren Boote vertäut, auf anderen stapelten sich Krabbenfallen. Die Wellen schlugen gegen die Holzpfähle, ein beruhigendes Geräusch.

»Wie kommen Sie damit klar, dass Sie King verloren haben?«, fragte sie zögerlich, so als wüsste sie, dass dies ein heikles Thema war. »Wissen Sie, wie es ihm geht?«

Er schüttelte den Kopf, schaute hinaus aufs Wasser, durch das sich ein silbriger, mondbeschienener Streifen zog. »Wenn man einen Hund an einen Kollegen übergibt, geht das nur ganz oder gar nicht. Man kann ihn nicht besuchen oder so, denn das würde den Hund verwirren.«

»Mag sein, aber das erscheint mir etwas zu hart. Ich denke, dass es sowohl Ihnen als auch King helfen würde, wenn Sie ihn besuchen könnten.«

Er zuckte die Achseln. »So sind die Regeln bei der Polizei.«

Sie streckte die Hand aus, umfasste seinen Arm, drückte ihn und legte den Kopf für den Bruchteil einer Sekunde auf seinen Bizeps. Es war eine unschuldige Geste, ein Ausdruck der Sympathie, aber ihre Berührung elektrisierte ihn auf alle möglichen nicht gerade jugendfreien Arten.

Vielleicht hatte sie etwas gespürt, denn sie ließ schnell wieder los und trat einen halben Schritt zurück, wodurch sie ein wenig Distanz zwischen ihnen schuf. »Denken Sie, dass Sie danach wieder als K-9-Officer arbeiten werden?« Ihre Stimme klang angespannt, und es schien, als versuchte sie, das Gespräch auf neutralen Boden zu bringen, um die Funken, die zwischen ihnen flogen, abzukühlen.

»Würd ich schon gerne.« Er hielt sich reflexartig den Rücken und rieb sich die Wirbelsäule. Sie begann definitiv schon zu schmerzen. »Um ein K-9-Officer zu werden, muss man sich gegen ganz schön viel Konkurrenz durchsetzen, daher sollte ich das besser nicht einfach so wegwerfen. Aber wenn es meinem Rücken nicht bald besser geht, dann kann ich es nicht mehr machen. Keine aktive Polizeiarbeit mehr.«

»Was ist passiert?« Sie stellte die Frage zögerlich, mit sanfter Stimme. »Ich meine, wenn es Ihnen nichts ausmacht, darüber zu reden. Ich weiß, es geht mich nichts an.«

Sollte er es ihr erzählen? Sie schien wirklich mitfühlend zu sein, nicht voreingenommen, doch er wollte vor ihr nicht wie ein Idiot dastehen.

Aber es war besser, wenn sie es erfuhr. Er hatte sich in den ersten Tagen nach dem Vorfall von seiner Frau als Held feiern lassen, und das war irgendwann nach hinten losgegangen. »Ich hab bei einer Routinekontrolle ein Crystal-Meth-Labor entdeckt«, sagte er. »Ich hätte weggehen und Verstärkung rufen sollen, aber ich ... bin reingegangen.«

»Warum?« Sie blickte zu ihm hinüber, ging aber weiter, was es ihm leichter machte, darüber zu sprechen.

»Ich habe ein Baby weinen gehört, die Nerven verloren und bin allein rein. Drinnen befanden sich drei Männer, ein paar Teenager und ein älterer Kerl, alle stämmig und groß. Die haben sich sofort auf mich gestürzt.«

»Was ist mit dem Baby passiert?«, fragte sie leise.

»Wir konnten es retten, aber die Täter sind entkommen. Ich hab meine Kollegen in Gefahr gebracht, weil sie mich und das Baby herausholen mussten. Kurz darauf ist das Labor nämlich explodiert.« Während er sprach, erinnerte er sich an den Schmerz, den er empfunden hatte, als zwei der Meth-süchtigen Täter ihn die Kellertreppe hinuntergeworfen hatten. Doch schlimmer als das war seine Sorge um das Baby gewesen. Er hatte so viel Angst gehabt, dass er versucht hatte, die Treppe hinaufzukriechen, selbst nachdem er Verstärkung gerufen hatte. Auf diese Weise hatte er seiner Wirbelsäule noch mehr Schaden zugefügt und war gleichzeitig mit den anderen Beamten bei dem schreienden Säugling angekommen.

»Klingt, als hätten Sie Ihr Bestes getan«, sagte Erica.

»Es war nicht gut genug.« Und deshalb konnte er sich selbst und seinen Instinkten nicht mehr vertrauen.

Sie drängte ihn nicht, stritt nicht mit ihm. Sie drückte nur kurz seinen Arm, neigte dann den Kopf ein wenig zurück und schnupperte genüsslich. Er tat dasselbe und atmete den süßen Duft einer nachtblühenden Blume ein.

Als sie den Park erreichten, konnte er die Tatsache, dass er humpelte, nicht mehr länger verbergen, und Erica schlug vor, sich auf eine Bank zu setzen. Dafür war er ihr dankbar und Ziggy anscheinend auch, denn er ließ sich sofort ins Gras vor ihnen fallen und fing an, auf einem Stock herumzukauen.

Einige Minuten lang saßen sie da in freundschaftlicher Stille, durch ein paar langnadelige Kiefern vor dem Wind geschützt. Trey atmete ihren harzigen Duft ein und dachte über das Gespräch nach. Es war gut, mit jemandem reden zu können, der zuhörte. Er schätzte das bei Freunden.

Aber an Erica schätzte er auch, wie schön sie war, wie gut sie roch, was für eine Wärme von ihr ausging. Schon lange nicht mehr war er einer Frau – abgesehen von seiner Physiotherapeutin – so nah gewesen.

Es war einfach zu viel für ihn. Er glitt mit einer Hand an der Rückseite der Bank entlang und streckte seine andere Hand aus, um ihr Gesicht zu berühren.

Sie sah zu ihm auf, die Augen weit aufgerissen, die Lippen weich, voll, bereit.

Er kam näher und fuhr mit seinem Daumen über die feine Schweißschicht auf ihrer Wange.

Sein Herz begann schwer zu pochen. Sie sah einfach unwiderstehlich aus.

Er kam noch etwas näher.

Sie schien sich ein wenig auf ihn zuzubewegen.

Ja, er wollte sie küssen.

Aber gerade als seine Lippen ihre berühren wollten, zuckte sie zurück, entzog sich ihm und führte die Hand an den Mund.

»Was ist los?«, fragte er sie. Er wollte es wirklich wissen. Fast so sehr, wie er sie küssen wollte.

»Trey, das ist keine gute Idee«, sagte sie.

So schnell konnte er nicht umschalten. »Warum nicht?«

Ihr Atem ging schnell. Und es war keine Wut; es war Verlangen. Er wusste genug über Frauen, um das zu verstehen.

»Es ist einfach keine gute Idee«, sagte sie. »Wir arbeiten zusammen und so.«

»Okay, das verstehe ich.« Er zog sich zurück, ließ aber seinen Arm auf der Rückenlehne der Bank. Das Letzte, was er wollte, war, sie zu etwas zu drängen, was sie nicht angemessen fand, sei es am Arbeitsplatz oder an einem anderen Ort. So ein Typ wollte er nicht sein.

»Danke«, sagte sie. Ihre Stimme zitterte.

»Sind Sie immer so rational?« Er milderte die Frage mit einem Lächeln ab und atmete tief ein, um seinen Körper zu beruhigen.

»Ja«, sagte sie. »Ja, das bin ich. Musste es immer sein.« Ihre Augen waren noch voller Wärme, verträumt, doch die Realität begann langsam in sie zurückzukehren. Sie rückte von ihm weg und stand dann auf. »Ich sollte zurück zum Haus gehen«, sagte sie. »Ich möchte Amber und Hannah nicht zu lange allein lassen.«

Er war sich ziemlich sicher, dass das nicht der wahre Grund war.

Amber schien eine Erwachsene zu sein, die sehr gut auf sich selbst aufpassen konnte, obwohl sie mit einer schweren Krankheit zu kämpfen hatte, und Hannah war ein verantwortungsbewusster Teenager. Erica suchte nur eine Ausrede.

Sie ist schlau, sagte er zu sich selbst. Sich mit ihm einzulassen wäre ein Fehler, nicht nur wegen ihrer gemeinsamen Arbeit an der Schule, sondern auch weil er in ein paar Monaten schon wieder weg sein würde. Er wollte zu seiner Arbeit zurückkehren, die mit einer Ehe bekanntermaßen schwer zu vereinbaren war. Besonders in seinem Fall.

»Warten Sie, ich nehme Ziggy«, sagte sie. »Wenn Sie, na ja, noch eine Weile hierbleiben wollen.«

»Wollen Sie, dass ich noch hierbleibe?« Er war sich nicht sicher, was ihn dazu brachte, sie immer wieder zu piesacken. Vielleicht war es die Tatsache, dass er hinter der Lehrerinnenfassade eine leidenschaftliche Frau entdeckt hatte.

»Soll ich ehrlich sein? Ja. Es wäre mir lieber so.« Sie streckte die Hand nach Ziggys Leine aus.

Er gab sie ihr nicht, nicht sofort. »Möchten Sie, dass ich noch ein wenig mit ihm arbeite und ihn später zu Ihnen nach Hause bringe?«

»Nein!« Sie sah nervös aus, vielleicht bewirkte das der Gedanke daran, ihn später am Abend noch einmal zu sehen. Seine gute Laune begann sich zu verflüchtigen, denn der Ausdruck auf ihrem Gesicht hatte etwas Endgültiges. Sie wollte definitiv Abstand von ihm.

Er übergab ihr die Leine, und sie schnalzte mit der Zunge, sodass der große Hund ganz zahm aufstand und sich an sie schmiegte.

»Bis später. Danke für den Spaziergang.«

Sie drehte sich um und ging in die Richtung, aus der sie gekommen waren, ohne einen Blick zurückzuwerfen, obwohl sogar Ziggy dies tat.

Sie ließ Trey zurück, der sich fragte, wie sie nach diesem peinlichen Moment weiterhin als Kollegen miteinander klarkommen sollten. Nachdem ihnen klar geworden war, dass sie sich sehr zueinander hingezogen fühlten.

Oder war die Anziehung wirklich nur auf seiner Seite gewesen?

7. Kapitel

Am Samstagmorgen wachte Erica mit einem Lächeln im Gesicht auf und stellte fest, dass sie noch halb träumte. Unglücklicherweise ging es in dem Traum um Trey und seinen Beinahekuss.

Das war nicht gut. Um Himmels willen, sie konnte doch nicht etwas mit ihrem Ehrenamtler anfangen. Ihr Chef würde das gegen sie verwenden und das Förderprogramm schneller abschaffen, als sie »sozial benachteiligt« sagen konnte.

Außerdem hatte sie doch gesehen, wie Trey sich bei Goody's mit dieser Familie unterhalten hatte. Er mochte Kinder, und er sollte die Gelegenheit haben, welche zu bekommen.

Abgesehen davon war dieser Gedanke einfach nur lächerlich. Der Typ hatte lediglich versucht, sie beiläufig, beim Gassigehen, zu küssen. Es war nicht so, als hätte er ihr einen Heiratsantrag gemacht und sie gebeten, Kinder mit ihm zu machen.

Das Heikle war, dass sie sich gestern Abend wirklich zu ihm hingezogen gefühlt hatte. Er war lieb zu ihrer Familie und beim Spaziergang sehr nett gewesen. Er konnte gut mit Ziggy umgehen. Und er hatte intuitiv verstanden, wie die Situation auf der Insel war, wie sich der Ort veränderte und dass die wohlhabenden Touristen einen scharfen Gegensatz zu den Einheimischen bildeten, die an ihrer einfachen Lebensweise festhielten. Sie wusste nicht viel über sein Leben – er sprach nicht viel über sich –, aber wenn er in einer Pflegefamilie aufgewachsen war, war es wahrscheinlich keine sehr wohlhabende gewesen. Vielleicht hatte er deshalb Sympathien für die einfachen Arbeiter in Pleasant Shores.

Sie schlug die Bettdecke zurück, stieg aus dem Bett und bewirkte damit, dass Ziggy aufgeregt jaulte. »Psst«, schimpfte sie im Flüsterton. »Du weckst noch Amber und Hannah auf.«

Sie öffnete die Schlafzimmertür und hielt Ziggy am Halsband fest, während sie leise die Treppe hinuntergingen. Als sie an Ambers Zimmer vorbeikamen, hörte sie deren tiefe, raue Stimme. »He, Schwesterchen. Erica.«

Sie öffnete die Tür zum Zimmer ihrer Schwester. Amber saß aufrecht im Bett, im Kapuzenpulli, die Decke hatte sie bis zur Taille hochgezogen.

Erica betrachtete sie genauer und sah, dass das Gesicht ihrer Schwester blasser und abgespannter war als sonst. Angst schnürte ihr den Magen zu. Sie setzte sich auf die Bettkante. »Wie geht's dir?«

»Nicht gut.« Ambers Stimme klang schwach. »Hab letzte Nacht nicht gut geschlafen, und ich weiß jetzt schon, dass das ein schlechter Tag werden wird. Kannst du vielleicht ...?« Ihr versagte die Stimme.

»Klar, was immer du willst. Du weißt, dass ich für dich da bin.«

»Könntest du heute mit Hannah etwas Schönes unternehmen? Ich mag es nicht, wenn sie mich so sieht. Der Abend gestern hat mich ganz schön geschafft.«

Warum hatte Erica nicht besser auf ihre Schwester aufgepasst, auf Anzeichen von Müdigkeit geachtet? »Oh Liebes, es tut mir leid. Es hat so viel Spaß gemacht, aber ich habe nicht daran gedacht, dass es dich ermüden könnte.«

»Es muss dir nicht leidtun. Du weißt, dass ich jeden Tag, den ich mit Hannah verbringen kann, sehr genieße. Und mit dir.«

Ihr Mund verzog sich. »Es gibt eben nur … einen Preis, den ich zahlen muss. Wenn du mit ihr etwas unternehmen, ein bisschen Spaß haben könntest, könnte ich mich noch ein wenig ausruhen.« Sie zögerte und fügte dann hinzu: »Vielleicht könntest du sie sogar dazu bringen, dass sie ein bisschen mit dir redet. Bei mir ist sie immer so verschlossen.«

»Na klar.« Sie studierte das Gesicht ihrer Schwester und nahm ihre eiskalte Hand. »Soll ich dich nicht doch zum Arzt fahren?«

»Nein. Ich brauche nur etwas Ruhe.«

Erica biss sich auf die Lippe. Natürlich war sie ständig um ihre schwer kranke Schwester besorgt, doch sie musste darauf vertrauen, dass Amber schon um medizinische Hilfe bitten würde, wenn sie sie brauchte. »Willst du, dass wir Ziggy mitnehmen, oder möchtest du ihn hier bei dir haben?«

»Wenn du zuerst mit ihm Gassi gehen könntest … Ich hätte gern, dass er bei mir bleibt. Komm her, Zig.«

Der riesige Hund sprang gehorsam aufs Bett und begann

Ambers Gesicht abzulecken, dann duckte er sich und wedelte mit dem Schwanz.

»Ich werde auf jeden Fall dafür sorgen, dass er sich auspowert«, versprach Erica. »Ich habe heute selbst überschüssige Energie, die ich loswerden muss. Wir werden zum Strand runtergehen.« Hoffentlich würde sie dort nicht Trey begegnen. Er ging manchmal am Strand spazieren, hatte jedoch keinen festen Rhythmus, soweit sie das hatte feststellen können.

»Lass dir Zeit. Hannah wird ausschlafen.« Amber lehnte sich gegen die Kissen, und Ziggy ließ sich neben ihr nieder. Der große Hund schien zu wissen, dass er zu Amber sanfter sein musste als zu Erica oder Hannah. »Wie lief dein Spaziergang mit dem Filmstar?«

»Es war ein schöner Spaziergang, aber …« Sie brach ab. Auf der einen Seite wollte sie sich ihrer großen Schwester anvertrauen. Auf der anderen Seite würde sie sich wahrscheinlich wieder einen Vortrag anhören müssen, darüber, dass sie sich auf die Liebe einlassen und den Moment genießen solle, weil das Leben kurz war.

»Aber was?«, bohrte Amber.

»Nichts. Keine große Sache. Ich muss nur … Ich muss nur schauen, dass ich nicht zu viel Zeit mit ihm verbringe. Er ist ein wenig, wie soll ich es sagen – überwältigend.«

Amber schnaubte. »Und das ist was Schlimmes? Hast du dir nicht immer einen Typen gewünscht, von dem du überwältigt bist?«

Erica dachte nach. Hatte sie das jemals gewollt? Ja, gestern Abend hatte sie es gewollt. Aber sie wusste, dass sie dem nicht nachgeben durfte, weil es so viele andere Bereiche in ihrem Leben durcheinanderbringen würde. »Ich glaube, das mit dem Überwältigtwerden überlasse ich dir«, sagte sie. »Ich bin nur die langweilige Lehrerin.«

»So hat er dich gestern Abend aber nicht angesehen.« Amber legte den Kopf schief und lächelte Erica an.

Wie hatte Trey sie denn angeschaut? Oder hatte Amber sich das nur ausgedacht, damit Erica sich gutfühlen konnte? »Komm, Ziggy«, sagte sie, stand auf und schnippte mit den Fingern. »Lass uns eine Runde Laufen gehen.«

Ziggy sprang vom Bett und rannte aus der Tür.

»Wir verabschieden uns noch, bevor wir gehen, falls du wach bist«, sagte Erica und warf ihrer Schwester einen Luftkuss zu. »Hab dich lieb.«

Am späten Nachmittag fuhr Erica Hannah hinterher zum Fahrradverleih. Sie atmete schwer, ihr Gesicht war heiß, und sie fühlte sich um Welten besser.

Leider hatte sie ihre Nichte nicht dazu bringen können, sich ihr gegenüber so zu öffnen, wie sie es sich erhofft hatte.

»Danke, dass du mit mir gefahren bist«, sagte Erica und stellte ihr Fahrrad ab. »Ich weiß, eine Radtour war nicht gerade das, was du am Wochenende unbedingt machen wolltest.«

»Danke, dass du mit mir Shoppen gegangen bist«, sagte Hannah. »Es war schön, mal wieder in die Zivilisation zurückzukehren. Ich meine, ich mag Pleasant Shores, aber es ist nicht viel los hier.«

»Apropos nicht viel los«, sagte Erica, »wo ist der Typ, von dem wir die Fahrräder gemietet haben? Sieht aus, als wäre hier niemand.«

Hannah schaute auf das Schild, das am Fahrradverleih hing. *»Bin in einer Viertelstunde zurück«*, las sie.

»Typisch, ist ja außerhalb der Saison«, sagte Erica. »Setzen wir uns ein bisschen hin und schauen aufs Wasser raus, bis er kommt.«

Sie ließen sich auf eine Bank fallen, die dem Meer zugewandt war. Nun, da sie sich nicht mehr bewegten, fühlte sich die Sonne zu warm an, und Erica schlüpfte aus ihrer Jacke und lehnte sich zurück. »Ich bin gerade so entspannt«, sagte sie.

»Ich auch.« Hannah schaute auf ihr Handy und ordnete ihr Haar.

Sie hatten sich bei der Auswahl der Aktivitäten abgewechselt. Zuerst hatten sie auf Hannahs Vorschlag hin ein paar Stunden im Outleteinkaufszentrum verbracht. Hannah hatte zwei neue Sommeroutfits erstanden. Erica hatte sich auf Hannahs Drängen hin ein süßes Shirt gekauft, das etwas enger war und etwas jünger wirkte als das, was sie normalerweise trug.

Dann hatte Erica Hannah zum Radfahren überredet. Sie hatten sich Fahrräder von einem der wenigen Läden ausgeliehen, die das ganze Jahr über geöffnet waren, in einem Ort auf halbem Weg zwischen dem Outletcenter und Pleasant Shores. Trinity Bay war eine etwas größere Stadt mit einem Radweg, der durch das Sumpfgebiet und entlang der Bucht führte. Ein

Jugendlicher aus der Schule arbeitete im Fahrradladen, und Erica war sich ziemlich sicher, dass das der Grund war, warum Hannah noch mal Wimperntusche auftrug.

Es war gut zu sehen, dass Hannah das tat, was alle Teenager taten. Zu Hause war sie überaus verantwortungsbewusst. Aber sie hatte immer ein etwas künstliches Lächeln auf dem Gesicht, und ihr Blick war verschleiert. Ericas Hoffnung, sie dazu zu bringen, sich zu öffnen, hatte sich nicht erfüllt. Sie ging ein Risiko ein und stellte eine Frage, die tiefer ging als die, ob Hannah einen bestimmten Kleiderstil bevorzugte. »Wie kommen du, Kaitlyn und Venus miteinander aus?«, fragte sie.

Hannah zuckte die Achseln. »Also es ist nicht so, dass wir beste Freundinnen wären, aber wir streiten nicht. Ich unterhalte mich manchmal beim Mittagessen mit Venus.«

»Das ist gut.« Erica zögerte, dann drang sie noch weiter in ihre Nichte. »Hannah, es muss hart für dich sein, dass deine Mutter so krank ist. Das ist eine große Last, eine zu große.«

Hannah schaute aufs Wasser hinaus. »Ja«, sagte sie. »Es ist manchmal schwer.«

»Natürlich ist es schwer. Das wäre es für jeden. Aber wie fühlst du dich?«

Hannahs Kiefer verkrampfte sich. Sie warf Erica einen Seitenblick zu, als wollte sie abschätzen, wie viel sie von sich offenbaren musste, damit dieses Gespräch bald ein Ende hatte. »Manchmal bin ich traurig, aber im Großen und Ganzen geht es mir gut.«

Sollte sie ihre Nichte darauf ansprechen, dass sie mauerte, wie sie es bei ihren Schülern tun würde?

Erica lehnte sich nach vorne und stützte die Ellbogen auf die Knie. Es war einen Versuch wert. »Kannst du einfach mal aufhören zu versuchen, die perfekte Tochter und Nichte zu sein? Es ist offensichtlich, dass du mit einer schwierigen Situation gut umgehen kannst, besser als die meisten Kinder. Du nimmst keine Drogen, begehst keine Straftaten, du bekommst nicht mal schlechte Noten. Aber du zeigst nicht dein wahres Ich.«

Hannah drehte blitzschnell den Kopf zu Erica hin. »Du sagst *mir*, ich sei nicht authentisch? Was ist mit dir selbst?«

»Wie meinst du das?«

»Du benimmst dich wie eine Sozialarbeiterin oder eine Krankenschwester, wenn du in meiner und Moms Nähe bist.«

Ericas Gesicht erhitzte sich, als sie über das nachdachte, was Hannah gerade gesagt hatte. War sie unauthentisch, so unauthentisch, dass es ihr nicht einmal selbst bewusst war? Oder wollte Hannah nur geschickt das Thema wechseln, um nicht mehr im Mittelpunkt des Gesprächs zu stehen? »Heute möchte ich über dich sprechen«, sagte sie fest. »Wenn du glücklich sein willst – nicht nur nach außen, sondern wirklich in deinem Inneren glücklich –, musst du die Menschen an dich ranlassen. Deine Mutter, mich, deine Freunde.«

»Ich lass die Menschen doch an mich ran!« Hannah stand auf, steckte die Hand in die Tasche und zog etwas Kleingeld heraus. Sie ging zum Getränkeautomaten, der beim Fahrradladen stand, und fütterte ihn damit. »Willst du was?«, rief sie über die Schulter zurück.

»Nein, passt schon.«

»Aber sicher passt es«, gab Hannah patzig zurück, während sie ihre Auswahl traf.

Erica fühlte, wie sich ihr Mund zu einem Lächeln verzog. Wenigstens hatte sie eine Gefühlsregung aus Hannah herausbekommen, eine normale jugendlich schnippische Reaktion.

Hannah kam zurück und setzte sich auf die Bank, aber weiter weg von Erica, als sie vorher gesessen hatte.

Erica holte tief Luft und nahm den Faden wieder auf. »Weißt du, du hängst hier gerade sozusagen mit mir fest. Da könntest du mir genauso gut erzählen, wie es dir mit der Krankheit deiner Mutter geht. Oder erzähl mir einfach irgendwas, ich hör bei allem zu. Deine Freunde. Dass du dein altes Zuhause vermisst. Noten.«

Hannah drehte sich langsam zu ihr, die Brauen über glühenden Augen zusammengezogen. »Willst du wirklich wissen, wie ich mich fühle?«

»Ja, Schatz. Das will ich.«

»Ich habe Angst, okay?« Hannah biss sich auf die Lippe und sprach dann weiter. »Wirklich große Angst. Ich kann mir keine Welt ohne Mom vorstellen, aber du und sie und ihre Ärzte sagen, dass sie sterben wird. Was soll ich dann tun?«

»Oh, Schatz.« Erica rückte näher und streckte die Hände nach ihrer Nichte aus.

Doch Hannah verschränkte die Arme vor der Brust und wandte sich von Erica ab. Sie starrte aufs Wasser hinaus und fuhr fort. »Und weißt du, was noch? Ich bin wütend auf Mom, weil sie sich nicht besser um sich gekümmert hat.

Warum hat sie nicht mehr Tests machen lassen, mehr Gemüse gegessen und mehr Sport getrieben, anstatt ständig Dates zu haben? Liebt sie mich nicht genug, um auf sich selbst aufzupassen? Ich hab keinen Vater. Wie wird es sein, wenn ich auch keine Mutter mehr habe? Wenn bei der Abschlussfeier niemand da ist oder bei meiner Hochzeit oder wenn ich ein B-B-Baby bekomme?«

Erica legte eine Hand auf Hannahs Rücken und schluckte den Kloß in ihrer Kehle hinunter. Hannah zuckte nicht zurück, und so strich sie in langsamen Kreisen über ihren Rücken. Sie hatte das Gefühl, dass da noch mehr war.

Sie hatte recht.

»Wenn ich überhaupt ein Baby bekommen kann. Was ist, wenn ich das schlechte Gen auch habe? Was, wenn ich mir meine weiblichen Geschlechtsteile entfernen lassen muss, genau wie du?«

Autsch. So sah Hannah sie also?

Aber hier ging es nicht um Erica; es ging um Hannah. »Mir wurden die Eierstöcke entfernt, und ich kann keine Kinder mehr bekommen. Es besteht eine Fifty-fifty-Chance, dass du das Gen auch in dir trägst. Aber bis du alt genug bist, um über deine Möglichkeiten nachzudenken, könnte es schon neue Lösungen geben. Es wird gerade in alle Richtungen geforscht.«

Hannah schien sie kaum zu hören. »Ich weiß, dass ich mich nicht beschweren sollte. Du hast viel mehr daran zu knabbern, weil du immer unbedingt Kinder haben wolltest. Und Mom ist noch schlechter dran. Ich mache mir halt nur Sorgen über ein paar Dinge, und deshalb rede ich nicht darüber, weil ich nicht eure Zeit verschwenden will!« Sie entzog sich Ericas Berührung, rutschte ans andere Ende der Bank und begann mit hängenden Schultern durch ihr Handy zu scrollen.

Eine klare »Lass mich in Ruhe«-Haltung.

Erica sank zurück gegen die Lehne; sie fühlte sich niedergeschlagen. Es sah so aus, als sei es ihr gerade gelungen, ein unglückliches Mädchen noch unglücklicher zu machen.

Vielleicht hätte sie nicht so nachbohren sollen. Immerhin hielt sich ihre Nichte in der Schule und zu Hause ziemlich tapfer.

Erica war nicht überrascht, dass da bei Hannah unter der Oberfläche viel brodelte; sie war schon immer ein eher verschlossenes Kind gewesen, auch vor der Krankheit ihrer Mutter.

Sie hätte Hannah versichern sollen, dass zumindest sie auch in Zukunft für sie da sein würde. Sie hatte bereits mit Amber darüber gesprochen, dass sie sich um Hannah kümmern würde, wenn es nötig sein sollte, wenn Amber zu krank werden oder, Gott bewahre, sterben sollte. Natürlich würde sie bei Hannahs Hochzeit dabei sein und sich um die Kinder kümmern, die sie vielleicht einmal bekäme. Sie war schon immer die Tante gewesen, die am meisten für sie da gewesen war, aber vielleicht brauchte Hannah immer wieder die Zusicherung, dass sie das auch weiterhin sein würde.

Andererseits – egal wie toll eine Tante war, was wirklich zählte, war die eigene Mutter. Und es sah so aus, als hätte Hannah für heute genug von tiefgründigen Diskussionen.

»'tschuldigung, 'tschuldigung.« Der junge Mann, der ihnen die Fahrräder vermietet hatte, eilte zum Fahrradverleih hin. »Musste meiner Mom kurz was zu essen bringen. Ich hoffe, Sie mussten nicht zu lange warten.« Er schob das Garagentor des kleinen Ladens auf.

»Ist schon okay«, sagten sie und Hannah fast unisono. Sie standen beide auf und wollten helfen, ihre Fahrräder reinzuschieben.

»Bleiben Sie sitzen. Ich mach das schon«, sagte er.

Erica blickte zu ihrer Nichte hinüber, die ihn irgendwie verzückt betrachtete. Er war ein reizender Junge, wahrscheinlich etwa in Hannahs Alter oder ein, zwei Jahre älter; er hatte braune Haut, schwarzes Haar, und trotz seiner muskulösen Schultern war er schlaksig. Kein Wunder, dass Hannah da Stielaugen bekam. Sie war nicht bereit gewesen, auf Pete zuzugehen, nicht ohne die Unterstützung ihrer Mutter, doch von diesem Jungen schien sie viel mehr angetan zu sein.

»Geh und rede mit ihm«, schlug Erica leise vor.

Hannah runzelte die Stirn. »Ich kann nicht. Ich weiß nicht, was ich sagen soll.«

»Frag ihn, ob er weiß, was in der Stadt sonst noch geöffnet hat«, drängte Erica. »Vielleicht kommen wir noch mal hierher, und ich weiß nicht, was wir sonst noch unternehmen können.«

Hannah biss sich auf die Lippe.

Erica lächelte und nickte in seine Richtung. »Komm schon. Tu es. Sei mutig.«

Hannah schenkte ihr ein halbes Lächeln und ging langsam zu dem Jungen hinüber. Er kam gerade aus der Garage raus; als er Hannah sah, drückte er den Rücken durch und lächelte, was deutlich machte, dass er sich freute, dass sie zu ihm rübergekommen war. Das war gut; das würde es Hannah leichter machen.

Erica sah zu, wie sich die beiden unterhielten. Hannah warf ihr Haar über die Schulter, und der Fahrradjunge hob die Augenbrauen, lächelte und berührte ganz leicht ihren Arm. Er deutete auf ein Flugblatt, das in einer Kunststoffhalterung draußen an der Wand des Fahrradladens hing, und schon bald studierten die beiden es, standen dicht beieinander und lachten zusammen.

Es war süß, und Erica war froh, dass Hannah sich langsam für diese Art von Gefühlen öffnete; dass etwas Gutes, Neues und Normales in ihr Leben Einzug hielt.

Die Teenager erinnerten sie an das, was gestern Abend zwischen Trey und ihr passiert war. Er hatte sie küssen wollen. Er, Mr. Filmstar, hatte sie küssen wollen! Ihr Magen war voller Schmetterlinge, Aufregung und Sorge zugleich.

Es war nicht zu leugnen, dass sie sich wie ein Dummkopf benommen hatte – einfach wegzulaufen … Wahrscheinlich hatte sie Trey gekränkt.

Aber welche Wahl hatte sie? Sie konnte sich nicht mit ihm einlassen. Das war vorerst einfach keine Option. Sie würde nicht das werden können, was sie immer hatte sein wollen, die Frau eines wunderbaren Mannes und Mutter vieler Kinder. Ihre Zukunft war anders kodiert, kodiert durch ihre eigenen Gene.

Sie hoffte, dass sie für Hannah da sein konnte, aber konnte sie das wirklich garantieren? Nein. Sie hatte immer noch ein erhöhtes Risiko, an verschiedenen Krebsarten zu erkranken, und egal wie viel Gemüse sie aß und wie viele Nahrungsergänzungsmittel sie nahm, über ihr hing eine dunkle Wolke.

Das konnte sie einem Mann einfach nicht antun.

Aber bedeutet das denn, dass du nie mehr einen Mann küssen darfst, nie mehr in deinem ganzen Leben?

»Komm her, Erica!« Hannah winkte ihr zu. Sie und der Junge sahen beide aufgeregt aus.

»Was ist los?«

»Santiago sagt, er hat King gesehen!«

Erica neigte den Kopf. »Woher weißt du denn, wer King ist?«

»Aus der Schule. Ich bin in der Oberstufe und hab ihn dort ein paarmal gesehen. Seine Färbung ist ungewöhnlich für einen Deutschen Schäferhund, normalerweise ist die Schnauze dunkler.«

»Und sag ihr, was passiert ist«, drängte Hannah.

»Dieser große Kerl hat ihn angeschrien«, sagte Santiago. »Irgendwie ziemlich übel.«

Erica dachte daran, wie streng Trey Ziggy während des Trainings gestern Abend korrigiert hatte. »Vielleicht machen die das einfach so mit Polizeihunden«, sagte sie.

»Ich hatte das Gefühl, dass es nicht nur das ist.« Santiago wies mit dem Arm auf den nördlichen Teil des Strandes. »Wenn Sie mir nicht glauben, kommen Sie noch mal her und sehen Sie es sich selbst an. Er ist da fast jeden Morgen und auch abends und versucht, den Hund zu trainieren.« Er runzelte die Stirn. »Der Hund sieht nicht glücklich aus.«

»Wir können doch noch mal herkommen, oder, Tante Erica?«, fragte Hannah.

Plötzlich fragte sich Erica, ob es hier wirklich um King ging oder um zwei junge Leute, die nach einem Vorwand suchten, um sich zu treffen. »Mal sehen«, sagte sie mit neutraler Stimme.

Nachdem sie sich von Santiago verabschiedet hatten und zum Auto gingen, dachte Erica darüber nach, was er gesagt hatte. Sollte sie Trey von King erzählen? Oder war sie dann nicht genauso schlimm wie die jungen Leute und versuchte nur, eine Ausrede zu finden, um in seiner Nähe zu sein?

Am Montagnachmittag stand Trey vor einem Halbkreis gelangweilt aussehender Kinder und hätte fast laut aufgestöhnt. Wer war nur auf die Idee gekommen, diese Schüler das Polizeirevier von Pleasant Shores besichtigen zu lassen?

Natürlich wusste Trey die Antwort darauf: Es war seine Idee gewesen. Allerdings keine besonders gute. Ursprünglich hatte er gedacht, dass er sich, indem er mit den Kids eine Exkursion zur örtlichen Polizeistation machte, mit Earl Greene gut stellen könnte. Da sein Chief seinen Erfolg oder Misserfolg bei dem Programm als ein Kriterium für die Wiederaufnahme Treys in die Truppe betrachtete, konnte es nur helfen, wenn Earl ein gutes Wort für ihn einlegte.

Er wünschte sich die Rückkehr aufs Revier umso mehr, als Erica, die gerade dabei war, Bilder von den Jugendlichen zu machen, während sie Earl Greenes jovialem Vortrag zuhörten, ihn abgewiesen hatte. Er hatte nie vorgehabt hierzubleiben, aber die Art und Weise, wie sie am Freitagabend Reißaus vor ihm genommen hatte, bewirkte, dass er so schnell wie möglich wieder von hier verschwinden wollte.

Er sah sich im Raum um, mit den Wänden aus Betonsteinen und den Regalen voller Kisten und Geräte, und fühlte sich wie zu Hause. Hier gehörte er hin, auf ein Polizeirevier, egal wie schäbig es war. Nicht in eine Schule, in der er nur mit Minderjährigen arbeitete und auch noch schlechte Arbeit leistete.

Der Schuldirektor hatte darauf bestanden, an der Exkursion teilzunehmen, machte aber keinen Hehl aus seiner Abneigung gegen die Polizeistation. Der Direktor fing an Trey auf die Nerven zu gehen: Er war ein Gernegroß, bemüht, es dem Verwaltungsrat recht zu machen, der ihn damit beauftragt hatte, mehr Schüler aus den wohlhabenden Familien der Stadt anzuwerben. Das Verhaltensunterstützungsprogramm der Schule, ein auf einer Stiftung basierendes Programm für gefährdete Kinder, schmälerte den Reiz der Schule für diese Familien, zumindest in den Augen des Direktors.

Die Kinder wurden unruhig, während sie Officer Greene bei seinem Vortrag darüber zuhörten, wie die Akten aufbewahrt wurden. Die Ausnüchterungszelle war etwas interessanter, aber sie war so klein, dass immer nur ein Kind einzeln einen Blick hineinwerfen konnte, sodass die anderen Kinder sich gegenseitig pufften und stießen und für Unruhe in der kleinen Polizeistation sorgten.

Trey ging zu Greene hinüber. »Ich glaube, sie würden gerne die Arrestzellen sehen«, sagte er. »Wenn Sie wollen, könnten Sie sie sogar einschließen.«

Greene lachte. »Das klingt verlockend.«

»Ich meine es ernst. Auf meinem alten Revier haben wir das immer gemacht, Leute eingesperrt, damit sie ein Gefühl dafür kriegen, wie es im Gefängnis ist.«

Der fassbäuchige Officer sah Trey mit einem halben Lächeln an. »Sie wollen mir doch nicht etwa erklären, wie ich meine Arbeit zu tun habe, oder?«

Trey hob beschwichtigend die Hände. »Nein, auf keinen Fall«, sagte er. »War nur so ein Gedanke.«

Doch Greene führte die Jugendlichen tatsächlich als Nächstes zu den Arrestzellen. Da sie leer waren, ließ er die Kids hineingehen, falls sie es wollten, und schloss die Tür, verriegelte sie jedoch nicht und schaltete auch das Licht nicht aus, wie es einmal bei einer dramatischen Führung geschehen war, die Trey auf seinem eigenen Revier miterlebt hatte.

Dennoch hatten die Zellen eine Wirkung auf die Jugendlichen, vor allem als sich die altmodischen, vergitterten Metalltüren hinter ihnen schlossen. Dieses Einrasten klang endgültig.

»Die können nicht einmal ungestört auf die Toilette gehen«, sagte Rory und sah sich in der Zelle um.

»Ungestört kann man hier gar nix machen«, fügte Shane hinzu.

Es stimmte – einer der größten Verluste, der die Gefangenen erwartete, war der der Privatsphäre. Trey war froh, dass diese Kinder jetzt in einem Programm waren, das hoffentlich dafür sorgte, dass sie einem Ort wie diesem fernblieben.

»Es stinkt hier drin.« Eines der Mädchen rümpfte die Nase. »Wurde LJ hier eingesperrt?«

»Ich bin nicht befugt, über spezifische Fälle zu sprechen«, sagte Greene.

»Hey, is es wahr, dass LJ zurückkommt?«, fragte Shane.

»Was?« Der Schulleiter blickte von Shane zu Erica. »Sie haben den Schülern doch wohl nicht erzählt, dass wir diesen Kriminellen wieder in unsere Schule aufnehmen werden?«

Erica hielt seinem Blick stand. »Das Programm ist genau auf Jugendliche wie ihn zugeschnitten«, sagte sie leise. »Er ist zuvor noch nie in Schwierigkeiten geraten. Ich würde ihm gerne noch eine zweite Chance geben, sobald er seine Strafe verbüßt hat.«

»Dass wir kriminelle Elemente in unserer Schule haben, ist genau der Grund, warum ich dieses Programm beendet haben möchte«, erwiderte O'Neil wütend.

Greene, Trey und Erica tauschten Blicke aus, und die Kinder, die nicht damit beschäftigt waren, sich gegenseitig in der Gefängniszelle zu fotografieren, begannen zu flüstern. Trey sah Furcht und Verbitterung auf ihren Gesichtern und wusste, warum. Dieses Programm bedeutete den Kindern sehr viel, und sie wollten nicht, dass es endete.

»Wir haben keinen Grund, ihn nicht mehr in die Schule zu lassen«, wiederholte Erica, »und es steht in unserer Satzung, dass wir alle Arten von Kindern aufnehmen und ihnen helfen.« Ihre Stimme wurde weicher. »LJ ist ein großartiges

Kind. Ich habe ihn vermisst, und ich weiß, dass er eine große Bereicherung sein wird, wenn er in unsere Klasse zurückkommt. Ich bin mir fast sicher, dass er sich aus weiteren Schwierigkeiten heraushalten wird.«

»Können Sie dafür garantieren?«, fragte der Schulleiter.

»Nein, natürlich nicht«, sagte Erica. »Aber ich werde für ihn bürgen, notfalls auch vor dem Verwaltungsrat. Ich glaube an ihn.«

Wie großartig wäre es gewesen, dachte Trey, wenn er damals, in seiner eigenen Halbstarkenphase, eine Lehrerin wie sie gehabt hätte. Jemand, der über all die Schulschwänzerei hinweggesehen hätte, als sein Vater gekommen war, um ihn abzuholen; jemand, der erkannt hätte, dass er tatsächlich ein bisschen Grips hatte.

Erica war energisch, aber klug in der Art und Weise, wie sie mit dem Schulleiter sprach; sie ließ sich von ihm nicht einschüchtern, brachte ihn aber auch nicht gegen sich auf.

Trey wünschte sich, er könnte etwas tun, um dem Jungen zu helfen. Schließlich war er derjenige gewesen, der ihn in Schwierigkeiten gebracht hatte. Schwierigkeiten, die LJ sich selbst eingebrockt hatte, sicher, aber Trey wünschte ihm trotzdem alles Gute und erinnerte sich, wie es sich angefühlt hatte, als Versager zu gelten. Falls LJ zurückkäme, würde er sehen, was er für ihn tun konnte.

Als die Exkursion vorbei war, nahm Officer Greene ihn beiseite. »Wenn Sie ihr helfen können, dieses Programm am Leben zu erhalten, wäre das ein großer Schritt in Richtung einer guten Empfehlung für Sie.«

»Ach echt, Sie befürworten dieses Programm?«

»Ich bin für alles, was die Kinder von der Straße holt und sie von Ärger fernhält.« Als Erica zu ihnen stieß, wechselte Greene das Thema. »Haben Sie irgendwas von Ihrem Hund gehört?«

»Oh«, rief Erica und sah Trey an. »Beinahe hätte ich vergessen, es Ihnen zu sagen. Wir haben etwas über King gehört, Hannah und ich, als wir am Samstag in Trinity Bay waren.«

Trey hatte sich dazu gezwungen, nicht die Gerüchteküche der Polizei nach Informationen über King anzuzapfen, doch nun saugte er Ericas Worte gierig auf, wie ein durstiger Mann einen Krug Wasser hinunterstürzen würde. »Was haben Sie gehört?«

»Na ja …« Sie schien sich etwas unwohl zu fühlen. »Eine Quelle – und ich weiß nicht, wie verlässlich sie ist – sagt, dass der neue Besitzer recht unwirsch mit ihm umgeht.«

Der Gedanke, dass Cochran King nicht gut behandelte, bewirkte, dass alle Luft aus Treys Lungen strömte. Während sie zur Schule zurückliefen, bohrte er nach, bis er einige Details erfahren hatte. Dabei schob er ihren Widerwillen, darüber zu sprechen, und ihre Beteuerung, sich nicht sicher zu sein, ob der Junge, der Cochran gesehen hatte, ein glaubwürdiger Zeuge sei, beiseite.

»Ich würde gerne hinfahren und King besuchen.« Er machte eine Pause und fügte dann hinzu: »Und ich würde mich freuen, wenn Sie mitkämen.«

8. Kapitel

Nachdem sie sich ein paar Tage lang in ihrem Zimmer versteckt, Schokolade gegessen und Melvins neue Freundin im Internet gestalkt hatte, wachte Julie am Mittwoch mit einem Plan im Kopf auf. Als sie zu ihrer Zehn-Uhr-Schicht in den Buchladen kam, war ihr heiß, und sie war müde und verschwitzt, aber entschlossen.

»Setz dich hin. Du siehst ja aus, als würdest du gleich ohnmächtig werden.« Mary bugsierte sie zu dem hohen Bürostuhl, der hinter der Kasse stand. »Was hast du denn gemacht?«

»Bin sechs Kilometer gegangen.« Julie setzte sich, dankbar für die Gelegenheit zum Verschnaufen. »Davor habe ich noch Zumba gemacht.«

Mary lachte. »Schon mal was vom richtigen Maß gehört?«

»Das richtige Maß bringt mich nicht dorthin, wo ich sein möchte«, sagte Julie.

»Und das wäre wo?«

»Ungefähr dort, wo ich war, als ich Melvin geheiratet hab«, sagte sie. »Ich muss mindestens fünfzig Pfund verlieren.«

»Das ist lächerlich«, sagte Mary. »Du bist perfekt, so wie du bist, und wenn Männer das nicht sehen, stimmt mit ihnen was nicht.«

»Du hast leicht reden.« Julie deutete auf Marys modellhafte Figur und ihre stilvolle Kleidung. Alle Männer in der Stadt fanden sie attraktiv, und einige der älteren waren hinter ihr her – ohne Erfolg.

»Es stimmt aber«, schimpfte Mary. »Du hast einen schönen, kurvenreichen Körper, und wenn du ihn betonen würdest, wärst du wunderschön. Und sehr angesagt bei den Männern, falls dich das interessiert.«

»Danke.« Doch Mary war eine Freundin, kein Mann. »Soll ich weiter an der Auslage mit den Diätbüchern arbeiten, die wir geplant haben?«

Sie wusste, dass sie nicht die Einzige in Pleasant Shores war, die versuchte, ein paar Pfunde zu verlieren. Mit der kommenden Badesaison würden viele Leute Kohlenhydrate und Desserts von ihren Speiseplänen streichen. Oder zumindest Bücher kaufen, die ihnen zeigten, wie man das anstellte.

»Du meinst die Bücher, die sich dieses arme Mädchen angesehen hat, mit dem Melvin angebändelt hat?«

»Ja.« Julie gab einen angewiderten Seufzer von sich. »Obwohl sie eigentlich kein Mädchen ist. Sie ist definitiv jung und dünn. Außer … hier vorne.« Sie legte die Hände vor ihre eigenen mittelgroßen Brüste, um zu verdeutlichen, was sie meinte.

»Und es fehlt ihr wohl an anderen Qualitäten, kann ich mir vorstellen«, sagte Mary. »Jugend und Schlankheit werden überbewertet. Und so oft sind sie nur flüchtig.«

»Selbst als ich jung war, war ich nicht dünn. Jedenfalls nicht so dünn wie dieses *arme Mädchen*.« Julie ging zu den

Regalen mit den Kochbüchern hinüber. Sie zog die Bücher eins nach dem anderen heraus und suchte die farbenfrohsten und ansprechendsten Diätkochbücher für die Auslage heraus.

Und ja, es waren die, die auch Melvins dünne Freundin in die Hand genommen hatte. Sie studierte die Hochglanzfotos, auf denen verschiedenes Gemüse abgebildet war, und las die Testimonials auf dem Umschlag. Sie mussten doch gefälscht sein, oder nicht? Oder hatte irgendwer wirklich schon mal die Hälfte seines Körpergewichts abgenommen, nur indem er oder sie nach einem bestimmten Kochbuch gekocht hatte?

So viel Gewicht müsste sie verlieren, um überhaupt in der gleichen Liga zu spielen wie Melvins neue Schickse, dachte sie niedergeschlagen. Und selbst dann wäre sie immer noch alt. Na ja, in Melvins Alter, aber Männer wollten keine Frauen in ihrem Alter; sie wollten jüngere, fruchtbare, die ihre nachlassende Männlichkeit wiederbeleben konnten.

Eine jüngere Frau wäre weniger geduldig mit Melvins altersbedingten Problemchen als Julie. Außer, er hatte diese Probleme nicht, wenn er einen Körper zu Gesicht bekam, wie ihn dieses *arme Mädchen* hatte.

Dennoch war Julie entschlossen, Melvin zu beeindrucken. Er würde des faden Innenlebens seiner neuen Freundin überdrüssig werden und die guten Gespräche mit seiner Frau vermissen, ihren Scharfsinn. Wenn sie dann noch eine neue, muskulöse, wohlgeformte Figur vorweisen könnte, würde er in sein Toupet weinen.

Mary kam rüber und half ihr, die Diätkochbücher auf einem Tisch im vorderen Teil des Ladens zu arrangieren. »Und, wie geht es dir so?«, fragte sie mit neutraler Stimme. »In Bezug auf Melvin, meine ich.«

»Gut. Ich werde diese Pfunde verlieren und mir neue Kleider zulegen, und dann sehen wir mal, ob ich ihn mir nicht wieder zurückholen kann.«

Mary runzelte die Stirn und schürzte die Lippen. »Bist du denn sicher, dass du ihn zurückwillst?«

»Nein. Nicht wirklich. Aber ich will die Option haben. Und ich sehe es nicht gern, wenn er mit einer anderen zusammen ist.«

»Denk mal nach«, sagte Mary. »Du willst ihn erst so richtig zurück, seitdem du ihn mit einer anderen zusammen gesehen hast. Vielleicht würde das ja auch für ihn gelten?«

»Wie meinst du das?« Julie rückte ein Buch übers Intervallfasten zurecht, in dem behauptet wurde, man könne essen, was man wolle, solange man es jeden Tag innerhalb eines Zeitfensters von sechs Stunden tat. Das klang gut – solange sie dann noch ihre spätabendliche Ration Wein und Salzbrezeln zu sich nehmen konnte.

Wahrscheinlich nicht.

»Verabrede dich doch selbst mal mit jemandem«, schlug Mary vor.

»Ach nein.« Julie ordnete die Bücher immer wieder neu an, ohne ihre Freundin anzusehen. »Selbst wenn ich mit einem Typen ausgehen wollte, was ich nicht tue, wo soll ich in dieser Stadt einen alleinstehenden Mann meines Alters treffen?«

»Hast du denn noch nie von Onlinedating gehört?« Mary nahm ihr Handy in die Hand und scrollte elegant mit einem perfekt manikürten Finger darin herum. »Schau, ich hab eine App.«

»Wirklich?« Soweit Julie wusste, hatte Mary noch nie ein Date gehabt. Mary sprach nie darüber, aber es ging das Gerücht um, dass sie in jungen Jahren Witwe geworden war und nie Kinder gehabt hatte. Und jetzt schien sie mit ihrer Buchhandlung verheiratet zu sein.

»Ich bin nicht auf dem Markt, nein, aber ich habe schon immer gerne Schaufensterbummel gemacht«, sagte Mary mit einem entspannten Lächeln. »Schau mal.«

Sie setzten sich auf den Rand der Auslage, und Mary zeigte ihr die App. »Wisch nach rechts, wenn dir das, was du siehst, gefällt, wisch nach links, wenn es dir nicht gefällt«, erklärte Mary. Sie gab einige Parameter ein, die ihrer Meinung nach zu Julie passen würden – Alter, Körperbau, Bildungsniveau –, und beide sahen sich die Ergebnisse an.

Fünfundsiebzig Männer im Umkreis von achtzig Kilometern suchten offensichtlich nach einer Frau wie Julie. Wer hätte das gedacht? Sie lachten über ein paar Aufnahmen vor dem Spiegel mit nacktem Oberkörper und rollten mit den Augen, als sie Benutzernamen wie »Hengst4U« und »ReicherSexyRentner« lasen.

»Im Ernst«, sagte Julie, »das sind *nicht* die Typen, mit denen man Melvin eifersüchtig machen kann. Er würde lachen, wenn er mich mit einem von denen zusammen sähe.«

Mary zog eine Augenbraue hoch. »Er selber ist ja auch nicht gerade ein Hauptgewinn.«

»Wenn ich mir diese Typen so anschaue, denke ich, dass

ich lieber einen Abend mit meinen Enkelinnen verbringen würde. Oder mit dir. Oder mit einem guten Buch.«

»Schon gut«, sagte Mary. »Wie ich schon sagte, es macht Spaß, Männer zu shoppen. Aber tatsächlich lege ich keinen von ihnen in meinen Warenkorb.«

Die Glocken an der Tür bimmelten, und Earl Greenes freundliches bebrilltes Gesicht schaute rein. »Nur mein täglicher Check-in, meine Damen«, sagte er. »Alles gut hier?«

»Mehr als gut. Wir suchen nach einem Onlinedate für Julie«, sagte Mary.

Julie puffte Mary hart mit dem Ellbogen, während Earl hereinkam und seinen Polizeifunk leiser stellte. »Du musst es doch nicht gleich der ganzen Welt erzählen! Sie zeigt mir nur die App«, rief sie Earl quer durch den Laden zu. »Ich mache gar kein Onlinedating.«

»Ich erzähle es nicht der ganzen Welt. Ich erzähle es nur Earl«, sagte Mary. Und dann, im Flüsterton: »Warum gehst du nicht mit ihm aus? Er war schon immer in dich verknallt.«

Julie stieß Mary erneut mit dem Ellbogen in die Seite, härter als zuvor, während Earl den Buchladen durchquerte und sich gegen den Tresen lehnte. »Irgendwelche verlockenden Profile entdeckt?«, fragte er.

»Mindestens acht Millionäre«, sagte Julie. »Und sie sind alle zweiundsechzig und gut aussehend, zumindest ihren Angaben nach.«

Earl schnaubte. »Ja, ich weiß, wie das läuft. Ich hab ein paar Frauen getroffen, die nicht ganz so aussahen wie auf ihren Profilbildern.«

»*Du* hast Onlinedating gemacht?« Julie sah ihn fasziniert an. Sie hatte nie über das Liebesleben ihres und Melvins eigenbrötlerischen Freundes nachgedacht.

»Mh-hmm. Zumindest habe ich das vor einiger Zeit mal gemacht. Aber es ist schon ein teurer Spaß, Frauen auszuführen, die zehn Jahre älter und zwanzig Pfund schwerer sind, als sie auf ihren Profilen behauptet haben.«

»Sie versuchen nur das zu sein, was Männer wollen!« Julie hob die Hände, die Handflächen nach oben gedreht. »Junge, dünne Frauen. Selbst alte Männer mit Glatze und riesigen Bäuchen sind der Ansicht, dass sie es verdient haben, ein Victoria's-Secret-Model abzubekommen. Sie werden nicht auf eine Frau in ihrem Alter mit realistischen Körpermaßen klicken.«

»Männer«, sagte Mary mit einem nachsichtigen Lächeln. »Ihre Selbstüberschätzung ist einfach hinreißend.«

»Muss ja schön sein, sich so maßlos zu überschätzen. Und es scheint sogar zu funktionieren«, fügte Julie verbittert hinzu und dachte dabei an Melvin. Wer hätte gedacht, dass er es fertigbringen würde, so jemanden wie dieses *arme Mädchen* zu daten? Hatte sie eine Ahnung, wie viel Zeit er damit verbrachte, sich Golf und Fußball im Fernsehen anzusehen, oder wie sehr er sich ärgerte, wenn seine Haarbürste, sein Portemonnaie und seine Schlüssel nachts nicht akkurat nebeneinander auf seiner Kommode lagen?

»Nicht alle Männer haben diese Art von Selbstvertrauen«, sagte Earl und lächelte reumütig. »Deshalb ist es für jemanden wie mich schwer, ein Date zu bekommen. Wenn man sich als das präsentiert, was man ist – ein kleiner, stämmiger Kleinstadtpolizist –, stehen die Frauen nicht gerade Schlange.«

Julie blickte voller Zuneigung zu Earl hinüber. Sie, Melvin und Earl und seine Frau waren, seit ihre Kinder klein gewesen waren, miteinander befreundet; zuerst hatten sie sich immer nur während der Sommerferien in Pleasant Shores gesehen, später das ganze Jahr über. Melvin schien die Zeit, die sie alle zusammen verbracht hatten, genossen zu haben, doch er hatte Earl oft wegen seiner Schwäche für Donuts und Gebäck belächelt und ihn als wandelndes Klischee bezeichnet.

So hatten sie sich, nicht zuletzt wegen Melvins Haltung, auseinandergelebt, noch bevor Earls Frau bei einem tragischen Unfall ums Leben gekommen war. Trotzdem hatte Julie ihm gegenüber immer große Sympathie empfunden. Es war unwahrscheinlich, dass Earl in nächster Zeit ins Fitnessstudio gehen würde, doch es gab sicher eine Frau, die seine Knack&Back-Teigmännchenfigur übersehen und sein Herz aus Gold wertschätzen würde.

Was sie selbst anging: Statt nach einem Mann zu suchen, der über ihre Fehler hinwegsehen würde, war sie entschlossen, diese loszuwerden. Sie schaute auf den Verkaufstisch hinunter und legte das Buch übers Intervallfasten für sich auf die Seite. Sie würde es mal ausprobieren.

Die Glocken an der Tür bimmelten wieder, und dieses Mal kam Ria herein. »Willst du immer noch Mittagessen gehen, Mom?«

»Sobald sie online ihren Traumtypen gefunden hat«, sagte Mary, winkte und lachte.

»Nicht gerade die Art von Dingen, die man über seine Mutter wissen will.«

»Ich mache kein Onlinedating«, sagte Julie, allerdings mit weniger Überzeugung als zuvor. Wenn Earl es ausprobiert hatte, konnte es nicht so schlimm sein.

»Ist doch keine schlechte Idee«, sagte Ria. »Du bist schön und jung, und du verdienst es, glücklich zu sein.«

Julie legte den Arm um ihre Tochter; sie schätzte ihre warme Art. »Danke, Schatz.« Im Stillen aber fragte sie sich, ob Ria wusste, was ihr Vater so trieb. Wenn sie wüsste, dass er sich mit jemandem traf, würde sie es Julie sagen? Oder würde sie versuchen, Informationen, die sie potenziell verletzen könnten, vor ihr geheim zu halten?

»Lass mich mal sehen, was für Typen du dir da anschaust«, sagte Ria und beugte sich über das Handy. Mary zeigte ihr ReicherSexyRentner. »Ich frage mich, ob er wirklich so aussieht.«

»Moment mal«, sagte Julie wie vom Blitz getroffen. »Hast *du* schon mal Onlinedating gemacht?«

Ria schüttelte den Kopf. »Ich hab Freunde, die versucht haben, mich dazu zu überreden, aber wann habe ich denn schon Zeit für Dates?«

Für Julie hörte sich das wie eine Ausrede an. Sie machte sich Sorgen um ihre Tochter. Sie war zu jung, um Männer ganz aufzugeben.

»Du musst dir die Zeit einfach nehmen«, sagte Earl. »Warte nicht, bis du so alt bist wie ich und ganz allein.«

»Du bist nicht ganz allein. Du hast uns.« Ria legte freundschaftlich einen Arm um Earls Schultern. »Komm doch mal zum Abendessen vorbei. Die Mädchen würden sich freuen, dich zu sehen.«

»Du weißt, dass ich deinen Kochkünsten nicht widerstehen kann, Miss Ria«, sagte er. »Ich werde auf jeden Fall mal vorbeikommen.«

Dann sah er Julie an. »Wenn das für dich in Ordnung ist. Ich weiß, dass du jetzt auch dort wohnst beziehungsweise gleich nebenan.«

»Natürlich ist das für mich in Ordnung«, sagte Julie. »Warum auch nicht?«

Er sah sie noch einen Moment länger an. »Gut«, sagte er und klang dabei etwas weniger enthusiastisch als zuvor. »Ich mache mich besser wieder an die Arbeit.« Er winkte ihnen zu und verließ den Laden.

Während Julie ihre Tasche holte, dachte sie darüber nach, wie viel besser sie sich in Gegenwart ihrer Freundinnen fühlte als allein oder in Melvins Gegenwart. Auch in Earls Gegenwart – für sie war er fast auch eine ihrer Freundinnen, mit seinen Datinggeschichten.

Doch sie würde trotzdem abnehmen. So würde sie sich einen Kerl angeln können, der Melvin vor Eifersucht verrückt machte.

Ihr Leben war ohne einen Mann unvollständig. Sie hasste es, dass sie diesen Gedanken überhaupt hatte, und Mary würde sie dafür häuten, doch nach all den Jahren der Ehe hatte sie das Gefühl, dass er – zumindest auf sie – zutraf.

Sie tippte den Preis des Fastenbuchs in die Kasse ein, während Ria und Mary ihr dabei zusahen.

»Willst du das wirklich ausprobieren, Mom?«, fragte Ria.

»Vielleicht.«

»Erzähl mir dann, wie es funktioniert«, sagte Ria. »Würde mir auch nicht schaden, ein paar Pfunde zu verlieren.« Sie ging zur Auslage mit den neuesten Krimis hinüber.

Mary wandte sich an Julie. »Wenn du weiterhin versuchst, das zu sein, was Melvin will«, sagte sie, »kontrolliert er dich doch noch immer.«

»Ich weiß, ich weiß.«

»Entscheide selbst, wie du aussehen und was du tun willst. Versuch nicht einfach nur Melvins Erwartungen zu erfüllen.«

Julie atmete tief ein. »Vielleicht lasse ich mich wirklich immer noch von ihm kontrollieren«, sagte sie und dachte noch einmal darüber nach, wie glücklich sie sich in Marys, Rias und Earls Anwesenheit fühlte. »Aber ich weiß nicht, wie ich das stoppen kann.« Sie steckte das Buch in eine Tüte, klemmte sie sich unter den Arm und machte sich auf den Weg zu einem letzten dekadenten Mittagessen mit ihrer Tochter. Morgen würde sie mit ihrer Diät beginnen.

Am Donnerstagabend kurz vor Sonnenuntergang bog Trey mit seinem Pick-up auf den Parkplatz des kleinen öffentlichen Strandes von Trinity Bay ein. Er sah Erica von der Seite an. Sie trug Jeans, ein dunkles T-Shirt und schwarze knöchelhohe Sneaker und sah aus wie fünfzehn. »Sind Sie sicher, dass Sie das mit mir machen wollen?«, fragte er sie.

»Ja! Sie brauchen jemanden, der Schmiere steht.« Sie war heiter, voller Elan und gut gelaunt. Der Arzttermin ihrer

Schwester war anscheinend gut gelaufen, und Hannah schloss neue Freundschaften.

Erica war der Typ Mensch, der sich freute, wenn andere Leute sich freuten. Das genaue Gegenteil seiner Ex-Frau, die die Gefühle anderer Menschen kaum wahrgenommen hatte. Er konnte nicht anders, als Erica dafür zu bewundern.

Sie kletterten aus dem Pick-up und gingen langsam zum Strand hinunter. Dort reckten sie die Hälse, um zu sehen, ob jemand da war. Es war kühl an diesem Abend, und sie hatten beide dunkle Pullis angezogen, bevor sie aus dem Wagen ausgestiegen waren.

»Ich weiß, dass Herumschleichen für einen Polizisten wie Sie nichts Besonderes ist«, sagte sie, »aber mir macht das Spaß. Es ist wie Spionieren.« Sie schlug die Hand vor den Mund. »Obwohl ich es ernst nehme, ich versprech's. Ich weiß, dass es wichtig ist. Wir müssen sichergehen, dass es King gut geht.«

»Freut mich, dass es Ihnen Spaß macht. Und ich bin sicher, dass es ihm gut geht.« Das hatte er versucht sich einzureden, seit Erica von ihrem Gespräch mit dem Fahrradverleihtyp erzählt hatte. Höchstwahrscheinlich hatte der Junge ein normales Polizeihundetraining als Tiermisshandlung fehlinterpretiert. Die Ausbildung eines Arbeitshundes lief anders ab als die Ausbildung eines Haushundes.

Doch wenn er nicht überzeugt war, dass King misshandelt wurde und seine Hilfe brauchte, warum war er dann hier?

Er musste sich die Wahrheit eingestehen: Er suchte nach einem Vorwand, um Kings Vermittlung zu vereiteln. Und das tat er, weil er King zurückhaben wollte, weil er wollte, dass

King an seiner Seite war, wenn er Pleasant Shores verließ und aufs Revier zurückkehrte. Als Officer mit einem ausgebildeten K-9-Partner wäre er umso attraktiver, entweder für seine eigene Abteilung – wenn sie ihn wieder einstellten – oder für eine andere Abteilung, die ihre Mitarbeiterzahl aufstocken wollte.

Ohne King war er nur ein weiterer arbeitsloser Polizist.

Er hörte etwas im Gebüsch rascheln und drehte sich um, aber es war nur ein Eichhörnchen. Trotzdem protestierte sein Rücken, und er zog eine Grimasse. Im Gegensatz zu Ericas Schwester hatte er von seinem Physiotherapeuten und seinem Arzt nicht die besten Genesungsaussichten bekommen. »Es besteht die Möglichkeit, dass es chronisch werden könnte«, hatte der Arzt gestern zu ihm gesagt.

Nun, »Möglichkeit« bedeutete nicht, dass es sicher war, und er versuchte bei jeder Einheit ein wenig härter zu trainieren. Seine Therapeutin hatte ihm eine Reihe von Übungen für zu Hause mitgegeben, die seine Einheiten in der Praxis ergänzen sollten, und er beabsichtigte sie zu überraschen, indem er sie gewissenhaft durchführte und bei seiner nächsten Sitzung große Fortschritte zeigte.

Er wäre in seinem Leben nicht so weit gekommen, wenn er die Urteile anderer Leute über seine Fähigkeiten einfach akzeptiert hätte.

»Da ist er!« Erica packte ihn am Ärmel und zeigte auf eine Gestalt. »Zumindest sind da ein Mann und ein Hund.«

Im trüben Licht war es etwas schwer zu erkennen, doch dann bellte der Hund.

Trey erkannte das Bellen und lächelte. »Das ist King«, sagte er. »Jetzt wollen wir mal sehen, was für ein Training er bekommt.«

»Wird der neue Besitzer uns nicht sehen?«

»Wir tun so, als wären wir ein Liebespaar«, schlug Trey vor und wünschte sich gleich darauf, er hätte es nicht gesagt, als er sah, wie Erica die Stirn runzelte. »'tschuldigung. War nur ein Scherz.«

»Nein«, sagte sie langsam, »es macht schon Sinn, denn wenn er rüberschaut ...« Plötzlich schlang sie die Arme um ihn.

»Was zum ...?« Er brach ab, als er merkte, wie gut sie sich anfühlte und wie sie roch. Sie war doch nicht nur Haut und Knochen, und sie war auch nicht zerbrechlich. Ihr Rücken fühlte sich unter seinen Händen kräftig an, ihre weichen, weiblichen Kurven schmiegten sich auf allerlei interessante Weise an ihn. Irgendein grundlegender männlicher Instinkt brachte ihn dazu, an ihrem Hals zu schnuppern.

»Er sieht uns!«, zischte sie und bewegte sich. Versuchte sie von ihm wegzukommen, oder wollte sie sich noch näher an ihn schmiegen?

Er wusste es nicht, aber so oder so konnte er ihr nicht widerstehen. Er zog sie näher an sich.

Sie drehte sich so hin, dass mehr von ihr zu sehen war als von ihm. »Zieh den Kopf ein! Er kennt dich, aber mich nicht. Ich versuche dich vor ihm abzuschirmen!«

Das ergab Sinn.

Nicht dass irgendwas viel Sinn ergab, wenn sie sich so an ihn presste.

Er versuchte sich darum zu kümmern, dass Cochran ihn nicht sehen, erkennen und anzeigen könnte. Das wäre schlimm, sicher, aber verglichen mit dem fruchtigen Geruch von Ericas Haaren … Er atmete noch einmal genüsslich ein. »Das ist schön«, murmelte er ihr ins Ohr.

»Schaut er immer noch her?« Ihre Stimme klang seltsam erstickt.

Er zwang sich, die Augen zu öffnen, und blickte zum Officer. Der Typ hatte King befohlen, sich hinzusetzen, während er selbst ein paar Schritte wegging. »Nein.«

Sie entzog sich ihm und setzte sich auf die Ufermauer am Rande des Strandes, ihre Brust hob und senkte sich schnell. »Entschuldigung«, sagte sie. »Ich hätte Sie nicht so überfallen dürfen. Ich hab nicht nachgedacht.«

»Es hat funktioniert.« Und wie es funktioniert hatte. Er richtete sich neben Erica auf und legte den Arm um sie.

Sie spannte sich an und blickte ihn unbehaglich an.

»Ich halte nur die Fassade aufrecht«, sagte er.

»Oh. Okay.« Sie schien langsam zu atmen, durch den Mund, fast wie beim Yoga. Durch die Nase ein, durch den Mund aus. Yogaatmung oder Wehenatmung, wie er es zufällig mal in einer Geburtsdoku gesehen hatte.

Um ehrlich zu sein, hatte ihm die Doku irgendwie gefallen, er hatte sich nicht dazu durchringen können, wegzuklicken. Jetzt dachte er darüber nach, wie es wäre, wenn Erica sein Kind bekommen würde. Er wäre definitiv die Art von Ehemann, die bei jedem Arzttermin mitkam und ihr bei den Wehen und der Geburt zur Seite stand. Manche Kerle waren da zimperlich, aber er nicht. Ihn faszinierte das Wunder der Geburt.

Sie rutschte neben ihm unruhig auf der Bank herum. »Also«, sagte sie nervös, und plötzlich wurde ihm klar, was mit ihr los war: Seine Nähe hatte sie durcheinandergebracht ... Möglicherweise. Er konnte hoffen.

Was ihn betraf, so hatte er noch nie etwas Schöneres empfunden. Er wollte sie für immer in den Armen halten. Wollte sie kennenlernen, all ihre Schichten durchdringen, die Frau verstehen, die sich hinter der professionellen, zurückhaltenden Fassade verbarg.

Der Wind trug einen Kommandoschrei des Officers zu ihnen, und Trey richtete seinen Blick wieder dahin, wo er hingehörte, auf King. Trey wurde klar, dass der Hund für eine längere Zeit zum Sitzen gezwungen worden war, länger, als Trey ihm jemals zumuten würde.

Aber King war ein Profi. Er blieb still sitzen und trabte dann auf Kommando zu seinem neuen Herrchen.

Trey hätte sich hingekniet und ihn gelobt, doch Cochran schrie etwas, griff Kings Leine und riss sie nach unten, wodurch er King dazu zwang, sich abermals hinzusetzen.

Trey ballte die Fäuste.

King gehorchte, aber selbst aus dieser Entfernung konnte Trey erkennen, dass er seine Ohren ein wenig nach hinten gelegt hatte. Der Hund war nicht glücklich. Diese Leinenkorrektur musste wehgetan haben.

»Das war gemein«, flüsterte Erica. »Warum hat er das getan?«

»King hätte anhalten und sich vor ihm hinsetzen sollen.« Trey zwang sich dazu, seine Fäuste zu entspannen. »Es ist eher ein Gehorsamkeitsding und nicht speziell für die Polizeiarbeit wichtig, aber einige halten es für unerlässlich.«

Er versuchte Cochran zu vertrauen, aber es war nicht leicht. Der Kerl gab ein weiteres scharfes Kommando von sich – auf Deutsch, so wie es sich anhörte, das war unter Polizeihundeführern üblich – und King begann neben ihm herzutrotten.

Cochran ließ King eine Reihe von Manövern ausführen, wobei er mit scharfer Stimme Befehle erteilte und ihn weder lobte noch mit Leckerlis versorgte.

King ließ den Kopf hängen und legte die Ohren nach hinten.

Was Trey eigentlich nichts anging. Jeder Hundeführer machte die Dinge auf seine Weise. King war ein Hund, der arbeiten musste, und damit er das tun konnte, musste er sich an einen neuen Hundeführer gewöhnen, seinen Stil lernen.

Der Officer befahl King erneut, sich hinzusetzen, und ging ein paar Schritte weg. Dieses Mal wartete er noch länger. Schließlich rief er King zu sich.

King trottete zu ihm hin und setzte sich direkt vor Cochran auf den Boden.

Auch diesmal gab es kein Lob, aber immerhin korrigierte der Polizist ihn auch nicht.

Cochran schnippte mit den Fingern; King stand auf und trottete an seine Seite, den Schwanz zwischen den Hinterbeinen eingeklemmt.

Treys Herz fühlte sich schwer an, wie ein Stein. »Mann, es gefällt mir gar nicht, ihn so zu sehen. Ich will ihn zurückhaben.«

»Gibt es eine irgendeine Möglichkeit, wie Sie ...«

»Nein.« Trey schnitt ihr das Wort ab, um auch seine eigenen Hoffnungen in dieser Richtung einzudämmen. »Wenn er sich nicht weigert, für den neuen Hundeführer zu arbeiten, bleibt er dort.« Beim letzten Wort schnürte sich seine Kehle zu.

»Das tut mir leid.« Sie lehnte den Kopf gegen seine Schulter und drückte seinen Arm. »Es tut so weh, einen Hund zu verlieren. Besonders wenn man mitbekommt, dass er so behandelt wird. Ich wünschte, Sie könnten ihn zurückholen.«

»Das wünschte ich auch.«

Plötzlich blieb King stehen, hob die Nase und schnupperte. Er begann mit dem Schwanz zu wedeln.

»Oh-oh«, sagte Trey, und Erica verstärkte den Griff an seinem Arm.

King bellte kurz und freudig und bewegte sich in ihre Richtung. Sie waren ein halbes Fußballfeld voneinander entfernt, doch Kings Sinne waren scharf. Er hatte Trey gewittert.

Ein Teil von ihm wollte King zurufen, dass er zurückgehen, stehen bleiben solle. Der andere Teil von ihm wollte ihm entgegenlaufen und den Hund in die Arme schließen.

Cochran rief einen Befehl, doch King ignorierte ihn und bewegte sich in Richtung des Geruchs, den er gewittert hatte, den von Trey, seinem langjährigen, geliebten Herrchen.

Dann schien auf einmal alles in Zeitlupe zu geschehen.

Cochrans Stimme schwoll zu einem Schrei an. Er zerrte heftig an Kings Halsband – wahrscheinlich ein Stachelhalsband. King ignorierte den vermutlich scharfen Schmerz und bewegte sich weiter Richtung Trey.

Cochran stellte sich vor den Hund und stieß ihn mit dem Knie seitwärts zu Boden. Dann gab er King einen Tritt in den Brustkorb.

King jaulte auf.

Cochran trat noch mal zu.

Und dann rannte Trey laut schreiend über den Sand; den Schmerz in seinem Rücken nahm er nur ganz am Rande seines Bewusstseins wahr. »Lassen Sie ihn in Ruhe!«, schrie er.

»Was zum …« Cochran drehte sich in ihre Richtung und fluchte. »Harrison! Was machen Sie hier?« Er zerrte an Kings Halsband und versuchte den winselnden Hund dazu zu bringen, stehen zu bleiben.

Wut pochte in Treys Schläfen wie der Galopp wilder Pferde. Genug war genug. »Geben. Sie. Mir. Die. Leine.« Seine Hände waren zu Fäusten geballt.

»Trey.« Ericas Hand lag auf seinem Arm. »Mister«, sagte sie zu Cochran, »Sie müssen uns den Hund aushändigen, sofort. Wir haben gesehen, wie Sie ihn misshandelt haben.«

»Misshandelt …« Er fluchte erneut. »Harrison, das ist gegen das Protokoll. Sie sollten nicht in die Nähe meines Hundes kommen.«

»Das Protokoll schreibt wahrscheinlich auch vor, dass man seinen K-9-Partner nicht treten soll«, sagte Erica scharf. »Sie haben ihn möglicherweise verletzt, seine Organe geschädigt.«

»Er ist nicht verletzt. Er ist ein zäher Hund.«

»Er ist *mein* Hund.« Trey kniete sich hin und strich über Kings Fell, um nach Fleischwunden oder Knochenbrüchen zu suchen. King leckte ihm die Hand, seine braunen Augen waren auf Treys gerichtet.

Cochran bückte sich und griff nach Kings Stachelhalsband.

King knurrte und schnappte nach dem Arm des Mannes, genau wie er es bei einem Verbrecher tun würde.

»Lassen Sie los!«, schnauzte Trey.

Cochran riss heulend den Arm weg. »Er hat mich gebissen!« Er umklammerte seinen Arm und taumelte mit entsetztem Gesicht rückwärts.

Trey traf plötzlich die Erkenntnis. Der Kerl hatte Angst vor Hunden. Oder zumindest hatte er Angst vor King. Deshalb trainierte er ihn mit solcher Härte.

Seltsam, dass ein Mann, der Angst vor Hunden hatte, K-9-Officer wurde. Seltsam, aber nicht ganz unüblich. Einige Männer hatten das Gefühl, sämtliche Ängste überwinden zu müssen; andere fürchteten sich nur vor einer bestimmten Hunderasse und arbeiteten deshalb mit anderen Rassen.

»Geht es Ihnen gut?« Erica wurde mütterlich, nahm Cochrans Arm, inspizierte ihn und klopfte ihm auf die Schulter.

Trey fragte sich, warum sie so nett zu dem Idioten war, und dann verstand er plötzlich. Kluges Mädchen. Sie untersuchte das Ausmaß der Verletzung, die King Cochran zugefügt hatte.

»Ihre Jacke ist zerrissen«, sagte sie nach einer kurzen Inspektion, »aber es sieht nicht so aus, als sei Ihre Haut verletzt.«

»Ich werde das melden. Glauben Sie mir, ich werde das melden«, sagte er und sah sie giftig an.

»Okay.« Trey seufzte. Er hätte wahrscheinlich nicht tun sollen, was er getan hatte, doch einfach zuzusehen, wie King getreten wurde, ohne ihm zu helfen, das konnte er nicht. Er konnte sich schon die Konsequenzen vorstellen, die auf ihn herabprasseln würden.

»Dieser Hund ist nicht für die Polizeiarbeit geeignet«, schimpfte Cochran. »Und Sie sind es auch nicht. Einen Kollegen ausspionieren, mir nachstellen ... Sie sind zu weit gegangen.«

»Er hat nicht ...«, begann Erica, dann verstummte sie, kniete sich hin und kraulte King hinter den Ohren. »Fürs Erste nehmen wir den Hund mit. Die Einzelheiten können wir morgen klären, wenn sich alle beruhigt haben.«

Cochran schaute auf King hinunter und spuckte aus. Dann drehte er sich um und stapfte davon, während er auf seinem Handy herumtippte.

Trey stand auf und schnalzte mit der Zunge, sodass King sich mühsam aufrappelte. Er sah zu Trey auf, wartete auf einen Befehl und hechelte mit offenem Maul, was wie ein Lächeln aussah.

Trey zog den Hund neben sein Bein; das vertraute Gewicht und der Geruch des Hundes waren Balsam für sein Herz.

»Meinen Sie, er sollte zum Tierarzt?«, fragte Erica. »Das waren ein paar harte Tritte, die er da abgekriegt hat.«

»Wir werden auf dem Rückweg zum Wagen sehen, wie es ihm geht.«

Sie schlenderten zusammen zurück, langsam, und beobachteten King. Der große Hund trottete neben ihnen her, den Schwanz hoch über den Rücken gekrümmt, die Ohren aufmerksam gespitzt. Sein Gang und seine Atmung waren okay, und Treys Schultern entspannten sich.

Er würde den Vorfall natürlich melden, und Cochran würde am Ende nicht gut dastehen. Es gab schließlich eine Zeugin, Erica.

Aber Trey wusste bereits, was sein Chief sagen würde: Sie war nicht objektiv, denn sie war Treys Freundin. Wenn Cochran den Vorfall meldete und dabei die Tatsache betonte, dass King ihn angegriffen hatte, könnte es durchaus passieren, dass Kings Karriere als Polizeihund zu Ende war.

Und in gewisser Weise war das auf Treys voreiliges Handeln zurückzuführen.

Aber was sonst hätte er tun können?

9. Kapitel

»Beruhige dich, Ziggy.« Erica zog fester an der Leine, als sie und der aufgeregte Goldendoodle den Bürgersteig entlanggingen, Richtung Treys Cottage.

Mit der Hand, die nicht die Leine hielt, lockerte sie ihre Haare auf und überprüfte die Mundwinkel auf verschmierten Lippenstift.

Hätte sie überhaupt Lippenstift auftragen sollen? Sie waren gerade auf dem Weg zum Maifest der Stadt, einer kleinen, ein Wochenende dauernden Veranstaltung, bei der die Einwohner den Beginn ihrer eigenen besonderen Jahreszeit feierten: Das Wetter war schön, und die Touristen waren noch nicht da. Viele Leute betrachteten den Mai hier als die beste Zeit des Jahres.

Sie hielt sich eine Hand vor den Mund, um ihren Atem zu überprüfen, rollte die Augen darüber, wie albern sie sich benahm, und klingelte dann an der Tür. Sie zog ihre knöchellange Jeans hoch. Letztes Jahr war sie noch auf eine gute Art und Weise eng anliegend gewesen, doch jetzt schien sie nicht mehr fest sitzen zu wollen. Vielleicht hätte sie ihre übliche alte, verblichene Jeans tragen sollen, die sie von Hannah beschlagnahmt hatte.

King bellte im Inneren des Hauses, dann hörte sie schwere Schritte. Schmetterlinge flatterten in ihrer Brust.

Sie hatte sich in Treys Gegenwart schon vorher immer ein wenig flattrig gefühlt, doch der gestrige Abend hatte ihre Beziehung auf eine neue Ebene gehoben. Die Röte stieg ihr ins Gesicht, als sie daran dachte, wie sie die Arme um ihn geschlungen hatte. Das war gewagt gewesen, aber ihm hatte es anscheinend nichts ausgemacht. Überhaupt nicht. Er hatte sie sanft zu sich gezogen, und sie hatten sich wie lange verlorene Puzzleteile ineinandergefügt.

Aber da war noch mehr. Als sie sich daran erinnerte, wie er King zu Hilfe gekommen war, überwältigte die Bewunderung sie von Neuem. Er war durch und durch ein Beschützer, nicht in der Lage, tatenlos zuzusehen, wie ein Tier verletzt wurde. Dabei hatte er gewusst, dass die Enthüllung seiner Anwesenheit ihm möglicherweise berufliche Probleme bereiten würde.

Mit ihm zusammen King zu helfen hatte ihr das Gefühl gegeben, dass sie ein Team waren – ein Gefühl, das sie zum ersten Mal gehabt hatte, als ihre Zusammenarbeit in der Schule reibungsloser zu laufen begann. Gestern Abend war es noch gefestigt worden.

Im Unterricht heute hatte es sich ganz natürlich angefühlt, mit ihm in den Gang rauszugehen, um darüber zu sprechen, wie es King ging und ob er etwas von dem anderen Officer gehört hatte. Als er geantwortet hatte: »So weit ganz gut«, hatte sie ihm spontan ein High Five gegeben, und sie hatten sich kurz umarmt.

Das Zusammensein mit ihm fühlte sich so leicht an. War das normal? Sie hatte nicht genug Erfahrung in diesen Dingen.

Er öffnete die Tür, und ihr Herzschlag verdoppelte sich. Sein Haar war feucht, als ob er gerade aus der Dusche käme. Sein Hemd stand offen und enthüllte eine sehr muskulöse Brust. Er trug tief sitzende Jeans, seine Füße waren nackt, und er sah so gut aus, dass es sie regelrecht wegfegte.

Und er sah sie an, als wäre sie ein leckeres Gebäckstück in der Auslage einer Bäckerei.

Er sah sie so an, als ob er sie wollte.

Die Röte stieg ihren Hals hinauf in ihr Gesicht. Sie kniete sich neben Ziggy hin, der sich ziemlich ruhig verhielt, und rieb seine Seiten, bis er ganz aufgeregt wurde und anfing herumzuspringen.

Alles, um sie davon abzulenken, wie warm ihr in Treys Gegenwart wurde.

Er räusperte sich und hielt ihr die Tür auf. »Komm rein«, sagte er – mittlerweile waren sie zum Du übergegangen. »Ich bin fast fertig. Hätte eigentlich schon früher fertig sein können, aber ich habe mich noch ein bisschen mit King beschäftigt. Ich lasse ihn nur ungern allein.« Er strich über den Rücken des Schäferhundes.

»Warum nimmst du ihn nicht mit?«

Trey schüttelte den Kopf, und Gott sei Dank – zumindest redete Erica sich ein, dass sie dankbar sein sollte – fing er an, sein Hemd zuzuknöpfen. »Wir hatten vereinbart, mit Ziggy zu trainieren. Ich möchte nicht, dass etwas von ihm ablenkt. Er braucht unsere ganze Aufmerksamkeit.«

»King wird nicht von ihm ablenken.« Erica streckte die Hand nach King aus, und der große Hund drückte seine

Schnauze gegen sie, er schien sie als Freundin wiederzuerkennen. Der Kontakt mit dem Tier beruhigte Erica und lenkte ihre Gedanken von Treys gutem Aussehen ab, dorthin, wo sie sein sollten. »King wird ein gutes Vorbild für ihn sein«, sagte sie. »Unser Ziel ist es, dass Ziggy in der Nähe anderer Hunde und Menschen ruhig ist; mit King zum Fest zu gehen wäre ein Anfang.«

»Na ja ...« Trey zögerte, dann lächelte er. »Wahrscheinlich sollte ich mit dir darüber streiten, aber die Wahrheit ist, dass ich ihn sehr gerne mitnehmen würde.«

Während sie darauf wartete, dass er seine Sachen holte, schaute sie sich im Cottage um; da sie noch nie hier gewesen war, war sie neugierig. Es war ordentlich, aber nicht übertrieben; auf einer Ottomane lag ein aufgeschlagenes Taschenbuch mit dem Rücken nach oben, ein Stapel ungeöffneter Post lag mitten auf dem Tisch.

So ziemlich derselbe Grad an Unordnung wie in ihrer eigenen Wohnung. Noch etwas, wo sie kompatibel waren.

Aber darüber dachte sie lieber *nicht* nach.

Zehn Minuten später schlenderten sie durch die immer voller werdenden Straßen, dem Klang der Musik und dem Schein bunter Lichter im Stadtpark entgegen, in dem das Fest stattfand. Sie gingen nicht enger nebeneinanderher als sonst, berührten sich nicht, und doch war da eine Spannung, etwas Verheißungsvolles in der Luft, das man nur schwer ignorieren konnte.

Über dir hängt ein Schwert an einem seidenen Faden. Du kannst keine Kinder bekommen. Du hast Narben und wirst möglicherweise irgendwann noch mehr davon haben. Doch obwohl sie vor sich selbst die Gründe aufsagte, warum sie Abstand zu Trey halten musste, zog sich ihre Brust vor Sehnsucht zusammen. So hatte sie sich noch nie zuvor gefühlt. Und ihr war nicht klar gewesen, was für ein rauschhaftes Gefühl es war, sich, nun ja, in einen Mann zu verlieben.

Sich der Enthaltsamkeit zu verschreiben war viel einfacher gewesen, bevor sie Trey kennengelernt hatte. Bevor seine starken Arme sie gehalten hatten.

Sie atmete lange aus und versuchte ihre Gedanken auf etwas Nichtromantisches zu fokussieren. »Hast du schon erfahren, wie es jetzt mit King weitergeht? Oder irgendwas von diesem furchtbaren Cochran gehört?«

»Nein, noch nicht.« Trey langte nach unten und kraulte Kings Ohren, und der große Hund schaute zu ihm auf, mit offenem Maul und heraushängender Zunge. »Ich schätze mal, keine Nachrichten sind gute Nachrichten. Cochran sollte sich schämen, sein Gesicht zu zeigen, geschweige denn zu berichten, was passiert ist. Wobei wir irgendwann schon mit unseren Abteilungen darüber sprechen müssen, warum King bei mir und nicht bei ihm ist.«

»Ich vermute, dass das alles nicht ganz unheikel ist«, sagte Erica. »Aber eines weiß ich: King sieht glücklich aus.«

»Hoffen wir, dass er es auch bleibt. Ich hoffe, dieser Idiot hält sich bedeckt, was die Sache angeht.«

Sie waren jetzt am Eingang zum Fest angekommen; die kühle Brise aus der Bucht trug den Duft nach Popcorn und Saltwater Taffy, eine Süßigkeit aus Maissirup, zu ihnen herüber. Die Leute schlenderten in Gruppen an den Ständen vorbei oder standen vor den Imbissbuden Schlange. Mary und Julie waren auch da, an einem Stand, der bis obenhin mit Büchern vollgestopft war und an dem ein großes Pappschild mit dem Leuchtturmbuchladen darauf hing. Von seinem herzförmigen Bett neben Mary bellte Baby schrill in Kings und Ziggys Richtung, um sich zu vergewissern, dass die größeren Hunde auch mitbekamen, wer hier der Boss war.

Direktor O'Neil saß an einem Stand und bewarb die Vorteile von Privatschulen. Er war gerade dabei, mit ein paar Erwachsenen und Kindern im Grundschulalter zu sprechen. Gut. Ohne ein Wort gingen Erica und Trey schnurstracks in die andere Richtung.

Einige der Teenager trugen kurze Hosen und Flipflops, doch als es dunkel und kühler wurde, war Erica froh, dass sie etwas Wärmeres angezogen hatte. Sie schlenderten mit den Hunden an ihrer Seite über das Gelände. Immer wenn Ziggy zu aufgeregt wurde, zeigte Trey ihr, wie sie ihm ein anderes Kommando geben und ihn dazu bringen konnte, sich hinzusetzen, hinzulegen oder Pfote zu geben, bis er vergessen hatte, was ihn abgelenkt hatte. Je mehr sich die Menge lichtete und je müder Ziggy wurde, desto mehr schien er damit zufrieden zu sein, einfach nur neben ihr herzutrotten.

»Du machst das gut mit ihm«, sagte Trey schließlich. »Er ist am bravsten, wenn er direkt an deiner Seite ist. Das ist bei den meisten Hunden so.«

»Ich glaube, er hat bei den paar Trainingseinheiten, die du mit ihm gemacht hast, viel darüber gelernt, wie man bei Fuß geht«, sagte sie. Sie langte nach unten, um Ziggys Ohren zu kraulen.

Doch sie waren in der Nähe des Hotdogstandes, und plötzlich ließ ein kleines Kind einen Hotdog fallen. Ziggy erspähte die Leckerei auf dem Boden und rannte darauf zu, wobei er der überraschten Erica die Leine aus der Hand riss.

»Ziggy!« Erica eilte ihm nach, aber er schnappte sich schnell den Hotdog und schlang ihn hinunter. In dem Moment, als sie bei ihm anlangte, schaute er nach hinten, sah sie und rannte wieder los, wobei er einem Mädchen die Zuckerwatte aus der Hand riss und sie hoch über dem Kopf hielt, während er durch die Menge tänzelte. Zwischendurch warf er immer wieder einen Blick zurück zu Erica. Offensichtlich dachte er, dass das das beste Verfolgungsspiel aller Zeiten war.

»Ziggy! Es tut mir leid«, rief sie der Mutter des Mädchens zu, dessen Zuckerwatte gestohlen worden war.

»Er hat mein flauschiges Dingsda gestohlen!«, heulte das kleine Mädchen.

Als Ziggy an einer anderen Gruppe von Kindern vorbeisauste, begannen auch von ihnen einige zu weinen.

»Fangen Sie Ihren Hund ein«, schrie die Zuckerwattemutter und hob ihr Kind hoch.

»Tut mir leid. Ich versuch's«, keuchte Erica und verfolgte Ziggy weiter. »Er ist nicht gefährlich«, rief sie der Menge allgemein zu.

Nun versuchten ein paar Männer ihr zu helfen, indem sie sich Ziggy in den Weg stellten, doch der war ein alter Hase in diesem Spiel und tänzelte an ihnen vorbei.

»Ziggy. Stopp.« Treys tiefere Stimme ertönte hinter Erica; Ziggy blickte zwar zurück, doch offensichtlich hatte er zu viel Spaß, um seinem neuen Trainer zu gehorchen.

Schließlich streckte Shane aus dem Förderprogramm Ziggy seinen Hotdog entgegen und lockte ihn in eine eingezäunte Ecke. Erica schnappte sich seine Leine, während er das Essen hinunterschlang. Sie hielt sie ganz fest und zog Shane schnell in eine halbe Umarmung. »Vielen, vielen Dank. Du hast mir den Tag gerettet.«

»Kein Problem.« Shane senkte den Kopf und errötete, doch er konnte ein breites Lächeln nicht unterdrücken. Er warf einen Blick auf die Gruppe Mädchen aus seiner Schule, die in der Nähe standen.

»Du bist ein Held, Mann«, sagte eine von ihnen, und er errötete noch stärker.

»Gute Arbeit«, meinte Trey, als er sie erreichte, kaum außer Atem und mit King an seiner Seite. »Ich habe der Frau, deren Tochter die Zuckerwatte gestohlen wurde, ein bisschen Geld gegeben«, sagte er zu Erica. »Aber vielleicht möchtest du noch mal mit ihr reden, denn sie ist immer noch sauer. Ich passe in der Zwischenzeit auf Ziggy auf.«

»Danke.« Erica joggte auf die wütend aussehende Frau zu und überredete sie, nachdem sie sich mehrfach entschuldigt hatte, ihrer Tochter Ziggy vorzustellen. Bald schon bettelte das kleine Mädchen darum, ihn streicheln zu dürfen, und sogar die Mutter war widerwillig bekehrt, nachdem ihre Tochter Ziggys weiches Fell berührt hatte und strahlte.

Als alles überstanden war, führten Erica und Trey die Hunde aus der Menge und setzten sich auf eine Bank, um sich zu sammeln, doch es sollte ihnen nicht vergönnt sein. Schon bald kam Direktor O'Neil auf sie zumarschiert.

»Das war ja ein ziemliches Spektakel«, sagte er. »Nicht gerade das Bild, das unser Lehrpersonal vermitteln sollte.«

Trey öffnete den Mund, offensichtlich in der Absicht, sie zu verteidigen, doch sie stieß ihn mit dem Fuß an. »Sie haben recht. Es war ein Fehler, meinen Hund hierher mitzubringen, wenn er noch nicht so gut trainiert ist. Ich werde dafür sorgen, dass so etwas nicht noch einmal passiert.«

Treys Augenbraue schoss nach oben, doch er hielt den Mund, was Erica erleichterte. Sie hatte gelernt, dass es weniger effektiv war, mit ihrem Chef zu argumentieren, als einfach nachzugeben und ihm das Gefühl zu vermitteln, dass er die Macht hatte. Außerdem hatte er recht. Ziggy hatte sich furchtbar benommen, und es war ihre Schuld, weil sie ihn in diese Situation gebracht hatte.

»Könnte ich mal kurz mit Ihnen reden, Erica?«, fragte O'Neil.

Ihr rutschte das Herz in die Hose. »Okay.« Sie hielt Trey Ziggys Leine hin, und er nahm sie, bevor sie ihn überhaupt bitten konnte, für sie auf den Hund aufzupassen.

Sobald sie außer Hörweite von Trey und den anderen Festbesuchern waren, drehte sich O'Neil zu ihr um. »Ist Ihnen bewusst, dass unsere Regeln bezüglich der Beziehung zu einem Kollegen auch für Ehrenamtliche gelten?«, fragte er.

Ihr Magen schnürte sich zusammen. »Nein, ich glaube ... über diese Regeln habe ich gar nicht nachgedacht.«

O'Neils Augenbrauen zogen sich zusammen, und er verzog den Mund. »Ich wusste, dass es nur Ärger gibt, wenn ich die Fortsetzung dieses Programms erlaube.«

»Aber das hat doch nichts mit dem Programm zu tun. Und ich habe keine Beziehung mit ...« Sie brach ab. Es stimmte, zwischen ihr und Trey war nichts, das man eine Beziehung hätte nennen können, doch es war kaum noch zu übersehen, dass sie Gefühle füreinander hatten.

»Es gibt Gründe für diese Regeln. Das Ganze kann zu allen möglichen Problemen am Arbeitsplatz führen«, belehrte sie O'Neil. »Was, wenn die Beziehung auseinandergeht? Werden Sie dann immer noch mit dem Mann zusammenarbeiten können?« Er schüttelte den Kopf. »Mir gefällt das nicht.«

»Wir sind nicht zusammen«, sagte sie. Sie musste das Programm am Leben halten, musste diesen Job behalten. Natürlich wegen all der Kinder, die davon abhängig waren. Aber auch wegen Amber und Hannah, die ihr Leben hier an der Küste liebten.

Keine andere Arbeit in der Umgebung – Krabbenfischerin, Kellnerin, Einzelhandelsangestellte – kam vom Gehalt her auch nur annähernd an ihre Stelle als Lehrerin heran. Wenn sie ihren Job verlöre, müssten sie wegziehen, und Erica hatte sich geschworen, dass sie diesen Traum für ihre Schwester wahr werden lassen würde. »Es gibt keinen Grund zur Sorge«, sagte sie nachdrücklich. »Trey und ich sind nicht zusammen.«

»Mh-hmm«, sagte O'Neil. Offensichtlich glaubte er ihr nicht. »Noch etwas anderes. Ich habe bemerkt, dass sich die Kinder des Förderprogramms immer mehr mit den normalen Kindern herumtreiben. Das gefällt mir nicht.«

»Sie meinen hier auf dem Fest?«, fragte Erica mit piepsiger Stimme. Sie schluckte und holte Luft. »Wir können nicht kontrollieren, was die Kinder in ihrer Freizeit machen.«

O'Neil runzelte die Stirn und öffnete gerade den Mund, um zu antworten, als Erica Ziggy bellen hörte. Sie drehte sich um und sah, dass Officer Greene zu Trey rübergekommen war und eindringlich mit ihm sprach. Dem Anschein nach schien die Diskussion nicht gerade angenehm zu sein.

Auch O'Neil hatte das bemerkt. »Darüber sprechen wir noch«, sagte er und marschierte zu Trey und Officer Greene rüber.

»Sie müssen sich sofort mit Ihrem Chief in Verbindung setzen«, sagte Greene zu Trey.

»Was geht hier vor?«, fragte Direktor O'Neil.

»Polizeiliche Angelegenheiten«, sagte Greene mit einem Lächeln, winkte kurz und wandte sich ab.

An Treys besorgtem Gesichtsausdruck und der Hand, die er beschützerisch auf Kings Rücken legte, konnte Erica ablesen, worum es in dieser Polizeiangelegenheit ging. Der andere Polizist musste gemeldet haben, was gestern Abend mit King passiert war.

Nachdem Officer Greene weggegangen war, sah O'Neil mit einem Stirnrunzeln zuerst Trey und Erica und dann die beiden Hunde an. »Dass ein Polizist mit der Schule in Verbindung stand, sollte dazu beitragen, dass sich mehr Schüler einschreiben, aber so ein Vorfall …« Er schüttelte den Kopf. »Und wir können nicht dulden, dass eine Lehrerin eine Beziehung zu einem Ehrenamtler hat.«

Trey hob eine Augenbraue, blickte Erica an und fragte sich offensichtlich, was er dazu sagen sollte.

»Ich bin sehr besorgt über die Sache«, sagte O'Neil. Er öffnete den Mund, als wollte er noch mehr sagen, doch in dem Moment steuerte eine Frau mit einem Baby – es mussten seine Frau und sein Kind sein – auf den Zaun neben ihnen zu. Die Frau hielt das Baby hoch und gestikulierte. »Wir sprechen uns noch«, sagte er und ging den beiden entgegen.

Auch Erica war besorgt. Besorgt um King, um Trey und um ihren Job.

Am ersten Sonntag im Mai fand immer das Picknick der Kirchengemeinde statt, und Julie freute sich jedes Jahr darauf. Melvin war fast jede Woche mit ihr in die Kirche gegangen, aber das Picknick hatte er normalerweise geschwänzt, also vermisste sie ihn an diesem Tag auch nicht. Sie hatte ihre bekannten leckeren gefüllten Eier mitgebracht, und sie hatte es sogar geschafft, nicht mehr als ein paar davon schon vorher zu stibitzen.

Ihr Intervallfasten war nicht mehr als das – ein Intervall in ihrem Tagesablauf. Okay, streng genommen hatte sie noch gar nicht angefangen, doch sie hatte das Diätkochbuch durchgelesen und ihren Ben-&-Jerry's-Eiskonsum deutlich eingeschränkt. Immerhin hatte sie schon drei Pfund abgenommen.

Also war es doch in Ordnung, dass sie heute ihren Teller ganz vollud, oder?

Sie legte einen Arm um Sophia, nachdem sie an einem der langen Tische Platz genommen hatten. »Danke, dass du mit mir in die Kirche gegangen bist, Liebes. Ich war überrascht, dass du mitkommen wolltest, aber ich freue mich über deine Gesellschaft.«

»Hat Spaß gemacht, Oma«, sagte Sophia.

Als »Spaß« hätte Julie zwar einen Gottesdienst niemals bezeichnet, doch Teenager waren anders; sie beurteilten alles danach, wie spaßig es war. Sie saß Sophia gegenüber und nahm sich einen Moment Zeit, um sich einfach umzusehen und den Moment zu genießen. Zu ihrer Rechten konnte sie die Bucht sehen, jenseits des hübschen kleinen Felsvorsprungs, auf dem die Kirche stand. Zu ihrer Linken die Kirche selbst, ein kleines weißes, mit Schindeln bedecktes Haus vor einem klaren blauen Himmel. Dahinter befanden sich Rias Motel und ihr Haus, was es Ria und allen in der Familie leicht machte, der Messe beizuwohnen.

Sophia rührte ihr Essen kaum an. Stattdessen konzentrierte sie sich auf ihr Handy. Julie seufzte und schluckte ihren Ärger hinunter. Sie hatte sich mit Sophia ans leere Ende des Tisches gesetzt, damit sie miteinander reden konnten und nicht nur mit Julies Freunden aus der Kirche.

Doch anscheinend würde das nicht passieren. Nachdem Sophia auf ein paar suggestive Fragen nur halbherzig geantwortet hatte, beugte sich Julie nach vorne. »Warum bist du denn überhaupt mitgekommen, wenn du nur mit deinem Handy spielen willst? Das hättest du doch nicht müssen.«

Sophia schaute auf und lächelte ein wenig zu breit. »Ich wollte Zeit mit dir verbringen, Oma!«

Das klang nicht wirklich aufrichtig, und plötzlich erinnerte sich Julie an die SMS, die sie auf Kaitlyns Handy gesehen hatte, als sie vor einiger Zeit mit den Mädchen an den Strand gegangen war. »Warte mal«, sagte sie. »Hast du heute etwa so was wie Omadienst?«

»Nein!«, sagte sie, doch eine verräterische Röte stieg ihr ins Gesicht.

Julie schüttelte den Kopf und tätschelte Sophias Arm. »Liebes, deine Mutter meint es gut, aber ihr müsst mich wirklich nicht babysitten.«

»Wir ...« Sophia brach ab und sah Julie zum ersten Mal an diesem Tag direkt in die Augen. »Ich schätze, wir sind wirklich irgendwie deine Babysitter.«

»Ich kann auf mich selbst aufpassen, Liebes. Wenn ihr drei mich verhätschelt, fühle ich mich nur noch schlechter. Wem schreibst du SMS?«

»Abby und Katie. Sie sitzen im Café.«

Julie kramte in ihrer Handtasche und holte einen Zwanziger raus. »Geh mit deinen Freundinnen einen Kaffee trinken.« Sie gab ihr das Geld.

Sophias Augen leuchteten auf. »Danke, Oma!« Sie erhob sich langsam und setzte sich dann wieder hin. »Bist du sicher?«

»Ja. Geh nur.«

Sophia ging zu ihr hinüber und umarmte sie kurz. »Danke, Oma. Du bist cool.« Dann eilte sie davon.

»Habe ich da gerade richtig gehört, dass dich ein Teenager cool genannt hat?« Earl Greene stand vor der Bank, genau an der Stelle, wo Sophia gesessen hatte, direkt gegenüber von Julie. »Bist du jetzt zu cool, um einen alten Freund bei dir sitzen zu lassen?«

»Setz dich.« Sein freundliches Gesicht brachte sie zum Lächeln. Sie unterhielten sich und aßen, während die Gespräche um sie herum an- und abschwollen.

Nach einiger Zeit hörte sie ein paar »Sch«-Laute und drehte sich um, um einen Blick in die Richtung zu werfen, aus der sie kamen. Dort saßen ein paar Frauen, die sich alle um Primrose Miller, die Organistin der Kirche und größte Klatschtante in der Gemeinde, geschart hatten. Primrose plapperte aufgeregt.

Keine große Sache. Julie hatte Primroses Klatsch von Anfang an ignoriert, seit sie auf die Insel gezogen war und angefangen hatte, in die Kirche zu gehen.

»Ich muss bei der Zeremonie spielen«, sagte Primrose, »aber das heißt nicht, dass ich sie gutheiße.«

Earl hatte aufgehört zu essen und runzelte die Stirn. »Wir sollten uns eine Nachspeise holen, solange sie noch da ist. Ich hab gehört, dass Amanda Jones Zitronenbaiserkuchen gebacken und Mary einen tollen Obstsalat mitgebracht hat. Was meinst du – sollen wir mal aufstehen?«

Ein weiterer Gesprächsfetzen drang von Primroses Tisch herüber an Julies Ohr. »Ich meine, muss er sie denn gleich heiraten? Ehrlich, in seinem Alter!«

»Komm wenigstens mit mir mit«, sagte Officer Greene. Er stand auf, streckte ihr die Hand entgegen und ließ sie höflich vorausgehen, in Richtung der Schlange vor ihnen. Er war wirklich ein Schatz.

Sie sah sich die Desserts an und hatte zuerst vor, sich nur von Marys Obstsalat zu nehmen, doch einem Stück Zitronenbaiserkuchen konnte sie dann doch nicht widerstehen. Und dann sah sie die Cupcakes mit üppigem Karamelltopping – Goody's Spezialität – und schnappte sich auch davon einen. Da sie ihr Fasten für diesen Tag schon gebrochen hatte, konnte sie es genauso gut gleich richtig auskosten. »Morgen werd ich mit meiner Diät anfangen«, sagte sie zu Officer Greene.

»Du bist genau richtig, so wie du bist«, sagte er.

Was für ein guter Freund.

Als sie zum Tisch zurückgingen, bemerkte sie, dass die Frauen an Primroses Tisch sie ansahen. Als ihrer und Primroses Blick sich jedoch trafen, schaute die Frau weg. Sie sagte etwas zu den anderen Frauen, und sie beugten sich alle näher zueinander und senkten ihre Stimmen.

»Weißt du was«, sagte Officer Greene, »warum setzen wir uns nicht da drüben hin? Ich glaube, da drüben weht eher eine erfrischende Brise.«

Da war dieses Falsche in seiner Stimme, das sie auch in Sophias Stimme gehört hatte. Sie sah ihn an. Dann schaute sie zu Primrose und den Frauen.

Sie rekapitulierte das Gespräch in ihrem Kopf. Primrose wollte nicht auf der Hochzeit von jemandem spielen.

Sie hatten alle zu ihr hergeschaut.

Und Earl verhielt sich seltsam. »Warte mal«, sagte sie. »Von wessen Hochzeit hat Primrose da gesprochen?«

»Oh, wer weiß das schon, wovon die immer spricht.« Er nahm sie am Ellbogen und bugsierte sie zum gegenüberliegenden Ende des Tisches. »Könnte irgendeine Hochzeit sein.«

Sie fühlte sich, als hätte ihr jemand einen Vorschlaghammer in die Brust gerammt. »Ist es Melvins?« Sie sank auf die Bank.

Earl war plötzlich sehr damit beschäftigt, sein Besteck anzuordnen und den Tisch abzuwischen.

Sie streckte die Hand aus und legte sie auf seine, damit er stillhielt. »Earl. Sag mir die Wahrheit.«

Er atmete lange aus. »Ja«, sagte er und sank ihr gegenüber auf die Bank. »Ich bin nicht damit einverstanden, was er da tut. Überhaupt nicht.«

Der Schmerz strahlte von ihrem Herzen in den ganzen Körper aus. Sie hatte gedacht, diese Freundin sei eine vorübergehende Sache, ein Ausrutscher. Aber wenn … Könnte es sein … dass er wirklich vorhatte, sie zu *heiraten*?

In der Kirche, in die er immer nur widerwillig gegangen war? Julies Kirche?

Die Worte, die er während ihrer Gespräche mit der Eheberaterin und während ihrer Diskussionen vor der Scheidung ständig wiederholt hatte, hallten in ihrem Kopf wider.

Es hat nichts mit dir zu tun. Ich möchte einfach nicht mehr verheiratet sein.

Obwohl sie wütend und traurig gewesen war, hatten diese Worte etwas Tröstliches gehabt. Melvin verhielt sich wie so viele andere Männer mittleren Alters, hatte sie gedacht. Er rebellierte gegen die Zwänge, alle Zwänge, die es in seinem Leben gab. Er wollte die Freiheit erleben, die er als junger Mann, der eine Familie zu versorgen hatte, nicht hatte erleben können.

Doch wenn er dieses Mädchen heiraten wollte … dieses *arme Mädchen* …, dann bedeutete das doch, dass es nicht die Ehe an sich gewesen war, die er nicht mehr gewollt hatte – *sie* war es gewesen.

Earl schaute auf seine Hände. Er richtete sich auf und dehnte seine Finger. »Na ja«, sagte er, »unter diesen Umständen zu heiraten – das wird wohl kaum von Dauer sein.«

Sie sah ihn an. »Unter welchen Umständen?«

Er errötete noch mehr und knibbelte an einem Holzsplitter auf dem Tisch herum. »Ach, du weißt schon. Kürzlich geschieden und so.«

»Nein. M-mh. Du meintest etwas anderes damit.«

»Also, Julie, interpretier doch nicht irgendwas in das hinein, was ich gesagt habe.«

Wieder war da dieser Unterton, der sie wahnsinnig machte: als wollte man sie bevormunden, sie bemuttern. Sie dachte an das, was Primrose gesagt hatte. »Warte mal. Warum *muss* er sie heiraten?«

»Ich weiß nicht genau …« Er sah auf, und ihre Augen trafen sich. Ihr bohrender Blick bewirkte, dass er verstummte. Wegsah.

»Sag's mir«, sagte sie. Ihr war ein übler Verdacht gekommen. Heutzutage war das anders, doch als sie jung war, hatte es nur einen einzigen Grund gegeben, aus dem man heiraten musste.

Sie sah in Earls dunkle, besorgte Augen. »Ist sie …?«

Er stieß einen Seufzer aus. »Ja. Sie ist schwanger.«

Julie schloss die Augen; ihre Nägel gruben sich in ihre Handflächen.

Melvin hatte eine Frau geschwängert. Eine, die jünger und hübscher war als Julie.

Er würde wieder Vater werden.

Das war etwas, das Julie ihm in ihrem Alter nicht mehr geben konnte.

Sie dachte an die junge Frau, die in den Buchladen gekommen war. Sie sah aus wie eine Frau, mit der alte Männer nur eine vorübergehende Affäre hatten.

Aber eine Frau zu heiraten, die ein Kind von einem bekam, war nichts Vorübergehendes. Es war etwas entsetzlich Dauerhaftes.

Oder zumindest so lange dauerhaft, bis er ihrer irgendwann überdrüssig wurde.

»Julie«, sagte Officer Greene. »Es tut mir leid. Wie ich schon sagte, ich bin nicht damit einverstanden. Er hat den Verstand verloren. Ich wollte nicht, dass du es erfährst.«

»Glaubst du denn, ich hätte nicht irgendwann sowieso von dem Baby erfahren?«

»Irgendwann ja, aber nicht jetzt, wenn du so …« Er verstummte.

Sie schob den Teller weg und stand auf. »So … was? So zerbrechlich? Hör zu, Earl, ich bin nicht aus Zucker, so wie ihr denkt, du und meine Tochter.«

Obwohl es sich anfühlte, als würde sie gleich in Millionen Stücke zerbrechen.

Oder einen Wutanfall bekommen oder einfach zusammenbrechen und schluchzen. Und das wollte sie hier nicht tun.

»Ich gehe jetzt«, sagte sie. In ihrem dröhnenden Kopf drehte sich alles.

»Was hast du vor?« Es war, als würde er aus großer Entfernung zu ihr sprechen.

»Das weiß ich noch nicht«, sagte sie. »Aber es wird gut werden. Oder zumindest wird es sich gut *anfühlen*.«

Das musste einfach klappen.

Es war Montagmorgen. Erica nahm einen großen Schluck bitteren Tankstellenkaffee und sah den mürrischen Jugendlichen beim Müllaufsammeln und Unkrautjäten in der Sunset Street zu, dem Viertel mit den vielen älteren Einwohnern, das sich neben der Schule befand.

Wenn dieses Hilfsprojekt gut lief und Direktor O'Neil davon erfuhr, würde es den Vorfall vom Freitagabend vielleicht wettmachen.

Den schlimmen Vorfall mit Trey, der sich im nächsten Vorgarten aufhielt und mit dem Wiederaufbau einer Stützmauer beschäftigt war und der entschlossen schien, sie zu ignorieren.

Na gut. Das konnte sie auch, ihn ignorieren. Es war wahrscheinlich das Beste so, dann würde es nicht so aussehen, als wären sie *in einer Beziehung*.

»Es ist so heiß«, klagte Venus, als sie vom Steingarten zurücktrat, in dem sie Unkraut jätete. »Und es ist erst neun Uhr. Wie lange müssen wir das noch machen?«

»Und *warum* müssen wir das machen?« Shane benutzte den Saum seines T-Shirts, um sich den Schweiß vom Gesicht zu wischen.

»Studien zeigen, dass Aktivitäten zur Integration problembelasteter Teenager und benachteiligter älterer Menschen für beide von Vorteil sind«, sagte Rory altklug. »Ich hab ein bisschen recherchiert.«

»Wen nennst du hier problembelastet?«, knurrte einer der Jugendlichen, und ein paar andere reagierten ebenfalls gereizt. Rory, die sozial etwas unbeholfen war, neigte oft dazu, das Falsche zu sagen. Oder manchmal einfach nur die Wahrheit, aber auf eine zu unverblümte Art.

Erica atmete tief durch und stellte sich innerlich auf eine Schlägerei ein.

»Wen nennst du hier alt?«, kam es von der Veranda nebenan. Die Buchladenbesitzerin Mary Rhoades stand auf der Vordertreppe, elegant wie immer in engen Jeans und einer Hemdbluse, den kleinen Hund auf dem Arm, die weißgrauen Haare zu einem lockeren Pferdeschwanz gebunden. »Ganz zu schweigen von benachteiligt«, fügte sie hinzu. »Aber ich muss sagen, dass es für mich sehr vorteilhaft wäre, wenn ihr jungen Leute meinen Vorgarten in Ordnung bringen würdet, egal ob ihr problembelastet seid oder nicht.«

»Niemand würde dich als alt bezeichnen«, dröhnte eine raue Stimme von der Veranda neben Marys Haus. »Vielleicht als umwerfend, ja.«

Mary ignorierte diese Bemerkung und rollte nur kurz mit den Augen, worauf ein paar der Jugendlichen kicherten.

Die Stimme des Mannes schien vertraut. Als sich ein großer, fit aussehender älterer Herr mit Glatze und stechenden Augen über das Verandageländer beugte, starrte Erica ihn an. »Kirk James?«, fragte sie.

Er neigte den Kopf zur Seite. »Und wer sind Sie, hübsche Frau?«

»Ich bin Erica Rowe«, sagte sie langsam, »und ich glaube, Sie waren mal mit meiner Tante Jane zusammen.«

»Er war mit drei Vierteln der Frauen in dieser Stadt zusammen«, sagte Mary trocken.

Kirk runzelte die Stirn, als ob er sich nicht an Tante Jane erinnern würde, was ziemlich schade war, da Tante Jane verrückt nach ihm gewesen war. »Jane Newell?«, sagte Erica, um seinem Gedächtnis auf die Sprünge zu helfen.

Ein breites Lächeln erschien auf seinem Gesicht. »Eine reizende Frau«, sagte er, doch dann zog er die Mundwinkel nach unten. »Was für eine Schande, dass sie uns so früh verlassen hat.«

Erica schluckte den Kloß hinunter, der sich unerwartet in ihrem Hals gebildet hatte, und dachte an die Frau, die für sie und Amber wie eine zweite Mutter gewesen war, sie jeden

Sommer zu einem ausgedehnten Besuch in Pleasant Shores eingeladen hatte. »Da haben Sie recht.«

Wieder einmal schien Mary intuitiv zu wissen, wie man einen unangenehmen Moment überspielen konnte. »Jetzt, wo er ein gewisses *Alter* erreicht hat«, sagte sie und wies mit dem Kinn in Kirks Richtung, »macht er ein bisschen langsamer. Seine Auswahl an Frauen hat sich ja auch halbiert.«

Sie waren beide die Treppen heruntergekommen und trafen sich in der Auffahrt zwischen ihren Häusern. »Für dich würde ich sie alle aufgeben, Mary«, sagte Kirk.

»Ach nein, tu das bitte nicht. Aber danke für das Angebot.« Mary ging weiter durch den Vorgarten, um mit ihrem Hund Gassi zu gehen. Kirk setzte sich auf die Mauer neben der Einfahrt und starrte ihr schlecht gelaunt hinterher.

»Das ist irgendwie eklig, alte Leute, die sich verabreden«, murmelte Shane, doch die anderen Jugendlichen schienen sich über die kleine Vorstellung zu amüsieren.

Erica ergriff die Gelegenheit, um ein paar Fotos von den Kids zu machen, warf dann einen Blick zu Trey hinüber und sah, dass er sie leicht angrinste. Ihr Mund wurde trocken, als sie sich bemühte wegzusehen, es aber nicht schaffte. Auf seinem T-Shirt waren dunkle Schweißflecken zu sehen, und er wischte sich die Stirn am Ärmel ab. Erica versuchte sich darauf zu konzentrieren, dass er so verschwitzt war anstatt auf seine breiten Schultern, seinen starken Bizeps und seine schlanken Hüften.

Er schien sie ebenfalls zu beobachten, doch dann wandte er sich abrupt ab. »Kids, macht euch wieder an die Arbeit«, befahl er.

»Aber es ist heiß, und mein Rücken tut weh«, klagte Shane. Er hob einen einzelnen kleinen Ast auf und trug ihn zum Mülleimer.

»Ja, es ist heiß, und das ist für dich nicht annähernd so eine große Belastung wie für die alten Leute, die in diesen Häusern leben. Und dein Rücken tut vielleicht weh, aber ich wette einen Dollar, dass er nicht so sehr wehtut wie …« Er brach ab und boxte Shane sanft auf den Arm. »Geh einfach an die Arbeit, Junge. Du bist stark genug dafür.«

Shane richtete sich auf und tat, was ihm gesagt worden war.

Erica entfuhr ein tiefer, glücklicher Seufzer. Trey kam mit den Kids so viel besser klar, als er gedacht hatte. Und er arbeitete hart, trotz seiner Verletzung, von der sie jetzt sehen konnte, dass sie ihm zu schaffen machte – er hinkte leicht und zuckte zusammen, als er sich bückte, um ein paar schwere Steine aufzuheben.

Als sie sich am Wochenende begegnet waren – beide hatten ihre Hunde vorsichtig in verschiedene Richtungen gelotst –, hatte er erwähnt, dass er in seiner letzten Physiotherapeutensitzung besonders hart trainiert hatte. Sie war damit beschäftigt gewesen, sich um Amber zu kümmern, die eine Erkältung hatte – zumindest war das ihre Ausrede gewesen, weshalb sie nicht stehen bleiben und mit ihm plaudern konnte.

Um ehrlich zu sein war sie zu sehr mit der Frage beschäftigt, wie sich ihre Beziehung zueinander definierte und was es bedeuten würde, wenn sie mit ihm unter vier Augen sprach.

»Hey! Das ist mein Blumenbeet!« Der empörte, atemlose Schrei kam aus dem Haus, das sich neben dem von Mary befand; einige der Jugendlichen waren rübergegangen, um einen Stapel Bretter zum Pick-up zu schleppen, in dem Trey oder Erica sie dann wegtransportieren würden. Eines der Kinder hatte unvorsichtigerweise eines der Bretter durch ein Blumenbeet geschleppt, das nun recht mitgenommen aussah.

Na super. Es war Primrose Miller, Kirchenorganistin und berüchtigte Klatschbase, wobei sie es nach dem, was Erica bisher von ihr mitbekommen hatte, nicht böse meinte.

»Passt besser auf«, befahl Erica den Jugendlichen. »Entschuldige, Primrose«, fügte sie hinzu. »Wir werden dein Beet wieder herrichten, und ich werde die Kids besser im Auge behalten.«

»Danke, Schatz.« Primrose schleppte sich über die Veranda – sie saß heute nicht in ihrem Rollstuhl – und setzte sich schwer atmend auf eine breite Bank. »Ich wünschte, ich könnte es selbst tun, aber das kann ich nicht mehr.«

»Weil sie zu fett ist«, sagte einer der Jugendlichen, die in Marys Garten arbeiteten, so leise, dass Primrose es nicht hören konnte. Doch Erica hörte es. Sie drehte sich um, um denjenigen, der die Beleidigung ausgesprochen hatte, zu konfrontieren.

Venus kam ihr zuvor. »Halt den Mund«, sagte sie mit leiser und wütender Stimme zu dem Jungen, der die Bemerkung gemacht hatte. »Sie erinnert mich an meine tote Großmutter, und ich würde es nie zulassen, dass jemand meine Oma beleidigt.« Venus schimpfte weiter mit ihrem Mitschüler; sie hatte mehr Einfluss, als Erica oder irgendein Erwachsener je haben würde, also ging Erica zu Primrose rüber und setzte sich neben sie. Zum Teil wollte sie die ältere Frau von dem

Streit unter den Teenagern ablenken, doch sie wollte auch sicherstellen, dass sie sich nicht zu sehr über ihr ramponiertes Blumenbeet aufregte. Es war wichtig, dass alles, was über dieses Projekt an die Öffentlichkeit drang, positiv war.

Einige Minuten später öffnete sich die Tür zu Kirks Haus erneut, und diesmal kam ein gebrechlicher älterer Mann mit einer Dreifußgehhilfe heraus. Er schlurfte zum Rand der Veranda, um sich das Treiben anzusehen.

Trey, der direkt unter ihm arbeitete, sah auf und trat dann einen Schritt zurück. »Sie sind ein Kriegsveteran?«

Der alte Mann lächelte. »Die Kappe verrät mich jedes Mal«, sagte er und deutete auf seine Baseballmütze. »Bob James.«

»Trey Harrison. Erfreut, Sie kennenzulernen«, sagte Trey und fügte dann hinzu: »Danke für Ihren Einsatz.«

»Gern geschehen, junger Mann.«

Rory hatte zugehört und stieß zu Trey und Mr. James dazu. »Waren Sie beim D-Day dabei? Darüber haben wir im Unterricht was gelesen.«

Erica ging hinüber, ihr Lehrerinnenhirn lief auf Hochtouren. Wenn sie Mr. James, von dem sie annahm, dass er Kirks Vater war, dazu bewegen konnte, mal in die Schule zu kommen, konnten die Kinder seine Geschichten auf Video aufnehmen, was genau zur Unterrichtseinheit ihrer Kollegin über mündlich überlieferte Geschichte passte.

Mittlerweile waren noch mehr Kinder herübergekommen, während Trey, Rory und Mr. James weiter miteinander redeten. Ihre Äußerungen und ihr Verhalten zeugten von Respekt, und Erica war stolz auf sie.

Hinter ihr erhoben sich Stimmen, und sie wandte sich widerwillig ab, um etwaige Probleme zu lösen. Kirk und Primrose standen oben auf Primroses Veranda, sprachen und gestikulierten; Shane und ein anderer Teenager hatten begonnen, das Blumenbeet darunter zu jäten, und hörten zu.

Sie sahen aus, als würden sie gleich explodieren. Erica eilte hinüber.

»Es geht um den Grundstückswert«, sagte Kirk zu Primrose. »Der könnte durch die Decke gehen, wenn nicht diese Schule hier stünde. Weißt du, für wie viel wir diese Häuser verkaufen könnten, wenn es diese Kinder hier nicht gäbe?«

»Oh, nun ja, die Schule ist Teil der Gemeinde«, sagte Primrose. »Und die Kinder sind ja nicht so schlimm.«

»Früher waren sie das nicht, aber mittlerweile wird es immer schlimmer. Wusstest du, dass eins von ihnen verhaftet worden ist?«

»Davon hab ich gehört«, sagte Primrose beunruhigt.

Shane stand auf, sodass man ihn plötzlich von der Veranda aus sehen konnte, und erschreckte die beiden Alten. »Diese alten Buden sind doch sowieso nichts wert«, sagte er. Dann stieß er mit Absicht die metallene Mülltonne um, in die sie das Unkraut geworfen hatten. Laut scheppernd begann die Tonne die Auffahrt hinunterzurollen, wobei Unkraut aus ihr herausquoll.

Leider rollte die Tonne geradewegs auf einen an der Straße geparkten Oldtimer zu. »Haltet die Tonne auf!«, schrie Erica, und eines der Kinder rannte wie wild hinterher, doch es war zu spät. Die Tonne prallte gegen das Fahrzeug, und als sie ein wenig zurückrollte, war eine Delle zu sehen.

Kirk rannte die Treppe runter und nahm dabei zwei Stufen auf einmal. »Das ist das Auto meines Vaters! Das habt ihr Kinder mit Absicht gemacht.«

Shane sah betreten drein. »Es tut mir leid. Ich wollte das Auto nicht verbeulen.«

»Eine Entschuldigung repariert keinen Oldtimer«, brauste Kirk auf.

»Ich werde dafür bezahlen«, sagte Shane schnell. »Es tut mir wirklich leid.«

Er klang aufrichtig und weinte beinahe. Erica legte einen Arm um seine Schultern. »Du hast Geld?«

Er nickte kläglich. »Von meinem Job letzten Sommer. Ich spare auf ein Auto.«

»Wenn du mal selber eins hast, nimmst du vielleicht mehr Rücksicht auf das Eigentum anderer.« Kirk kniete vor dem alten Auto und untersuchte die kleine Delle. »Das wird nicht billig werden.«

»Shane, du musst dich bei Mr. James entschuldigen. Bei dem älteren Herrn da drüben.« Sie zeigte auf den Kriegsveteranen und spürte, dass er nachsichtiger sein würde als sein Sohn. Dann drehte sie sich zu Kirk um. »Wir sorgen dafür, dass es bezahlt und repariert wird«, versprach Erica.

Leider war sie sich nicht sicher, ob der Schaden, den dieser kleine Vorfall dem Ruf des Programms zugefügt hatte, ebenso leicht zu reparieren sein würde wie eine Delle an einem alten Auto.

10. Kapitel

Am Montagmorgen war Trey gerade damit beschäftigt, eine kleine Gruppe von Kindern bei der Gestaltung einer Cinco-de-Mayo-Präsentationstafel zu beaufsichtigen – die aus welchem Grund auch immer mit Sägen und Heißklebepistolen bearbeitet wurde und deshalb draußen angefertigt werden musste –, als er hinter sich Rufen hörte.

Jemand rief seinen Namen.

Er drehte sich um. Cochran lehnte am Maschendrahtzaun, die Finger oben zwischen die Maschen gesteckt.

Obwohl der Anblick von Kings ehemaligem neuen Besitzer einen Feuersturm der Wut in Treys Kopf auslöste, wurde ihm zugleich schwer ums Herz. Irgendwie war die Nachricht von dem Vorfall mit King am Freitagabend Earl Greene zu Ohren gekommen, doch es gab keine offizielle Meldung. Trey hatte gehofft, Cochran würde die richtige Entscheidung treffen und die Angelegenheit auf sich beruhen lassen.

Doch es sah so aus, als hätten ein paar Tage des Schmorens Cochran nicht beruhigt, sondern ihn im Gegenteil noch wütender werden lassen, und Trey musste verhindern, dass das eskalierte. »Arbeitet weiter«, sagte er zu den Kindern und joggte zu ihm rüber. »Cochran. Was wollen Sie?«

»Das fragen Sie noch?« Cochran sah ein wenig aus wie Arnold Schwarzenegger in einem alten Film. »Sie haben mir meinen Hund weggenommen.«

»Ich habe meinen Hund wieder zu mir zurückgeholt«, korrigierte Trey, »weil Sie ihn misshandelt haben.«

»Ich habe ihn *trainiert*. Weil Sie es nicht getan haben.«

Wut brannte in Treys Magen, flammte auf und drohte ihn zu verzehren. All die Stunden, die er und King mit Spezialtrainings, Such- und Rettungseinsätzen, Drogenfahndungen und dem Verfolgen von Täten verbracht hatten. Kings viele Erfolge.

Nicht nur, dass er trainiert war, er war *gut* trainiert. »Er ist ein sehr kluger Hund«, zwang er sich, mit ruhiger Stimme zu sagen. »Er mag es nicht, wenn man ihn anschreit und tritt.«

Hinter ihm war ein Geräusch zu hören, und er drehte sich zu den Kindern um, die sich in einer kleinen Gruppe hinter ihm versammelt hatten. »Sollen wir Miss Rowe holen?«, fragte Shane. »Oder den Direktor?«

»Doch nicht den Direktor, Idiot«, sagte Venus. »Vielleicht Miss Rowe.«

Schön, dass sie ihm den Rücken stärkten und dass zumindest einige von ihnen ein gewisses Gespür dafür hatten, wer hier eine Hilfe sein könnte und wer definitiv nicht. »Nein, ist schon in Ordnung. Mr. Cochran und ich müssen nur etwas klären.«

Cochran rüttelte am Drahtzaun. »Sie müssen mir meinen Hund zurückgeben.«

»Auf keinen Fall.«

»Ich habe Ihren Chief, den alten Abe Lincoln, auf Kurzwahl einprogrammiert.«

Das war die mögliche Konsequenz, der er sich nicht stellen wollte. Doch um Kings willen würde er es tun. »Tun Sie, was Sie wollen. Ich gebe Ihnen meinen Hund nicht zurück, nur damit sie ihn wieder misshandeln.«

»Ihr Hund ist bösartig und hat eine Lektion verdient. Er hat mich gebissen.«

»Nachdem Sie ihn provoziert hatten. Und das war kein Biss. Das war eine Warnung. Wenn er Sie wirklich gebissen hätte, hätten Sie ärztliche Hilfe gebraucht.«

Er hörte die schweren Türen der Schule schlagen und drehte sich um. Erica und – na super – der Direktor kamen auf sie zumarschiert.

»Was geht hier vor sich?«, fragte Direktor O'Neil.

»Was ist hier los, Trey?«, fragte Erica.

»Oh, Sie arbeiten also mit Ihrer Freundin zusammen?« Cochran grinste höhnisch.

»Sie ist nicht …« Er hielt inne. Es stimmte, sie war nicht seine Freundin, doch er fühlte sich nicht wohl dabei, es vor ihr zu leugnen, denn zweifellos begannen zwischen ihnen Gefühle aufzuflammen.

»Versuchen Sie nicht, es zu vertuschen. Neulich Abend am Strand sind Sie ja regelrecht übereinander hergefallen.«

Erica zog scharf die Luft ein. Die Kinder begannen zu murmeln und zu kichern.

»Was?«, bellte Direktor O'Neil mit solcher Entrüstung in der Stimme, dass sich alle umdrehten und ihn ansahen, auch die Schülerinnen und Schüler. O'Neil wandte sich an Erica. »Ich werde mich später damit befassen, was er über Ihre Beziehung sagt, aber Sie, Sir« – er hielt Cochran einen drohenden Finger hin –, »Sie müssen sich vom Schulgelände entfernen.«

»Gut«, sagte Cochran, »wenn es Ihnen nichts ausmacht, dass Sie einen Dieb und den Besitzer eines gefährlichen Tieres beschäftigen.«

»Das ist lächerlich«, sagte Erica scharf, und Trey gefiel es, dass sie ihn verteidigte, obwohl er merkte, dass sie ihm – und sich selbst auch – damit keinen Gefallen bezüglich O'Neil tat. »Erstens: King ist nicht gefährlich. Sie sind derjenige, der gefährlich ist. Trey tat das einzig Richtige, indem er ihn Ihnen weggenommen hat.«

»Sie geben also zu, dass er ihn mir weggenommen hat«, sagte Cochran triumphierend.

Hinter ihm fuhr ein Streifenwagen vor und hielt an. Officer Greene stieg aus. »Ich habe einen Anruf bekommen, dass es hier ein Problem geben soll.«

Einer der Jugendlichen musste angerufen haben; Trey wusste nicht, ob das gut oder schlecht war.

»Jemand hat einen Diebstahl gemeldet«, sagte der Schulleiter.

Greene sah sie alle der Reihe nach an. »Wer war das?«

»Ich«, sagte Cochran.

»Wenn Sie eine formelle Anzeige machen wollen«, sagte Greene, »müssen Sie mit aufs Revier kommen. Ich kann Sie mitnehmen.«

»Ich hab mein eigenes Auto«, sagte Cochran. »Und ich rufe Ihren Chief an.« Er zeigte auf Trey, grinste wieder höhnisch und ging auf einen Sportwagen zu, der auf der Straße geparkt war.

»Ich treffe Sie in zehn Minuten dort.« Greene wartete, bis Cochran außer Hörweite war, und sah dann die anderen drei an. »Kann ich Ihnen sonst noch irgendwie helfen?«

»Wir haben alles unter Kontrolle«, sagte Trey, obwohl er nicht das Gefühl hatte, dass das der Fall war.

Was für eine Anzeige würde Cochran machen? Und was würde sein Chief sagen, wenn er davon erfuhr?

»Ich kann nicht sagen, dass mich das hier überrascht«, sagte O'Neil. »Es ist nur ein weiteres Beispiel dafür, warum ich dieses Programm hier nicht haben will.«

Die Kinder fingen an zu murmeln, und Ericas Rücken versteifte sich. Trey steckte die Hände in die Taschen, damit die anderen nicht mitbekamen, dass er sie zu Fäusten ballte. Was für ein Schulleiter fing vor den Kindern, für die er eigentlich zuständig war, einen Streit an, der nur die Erwachsenen etwas anging?

»Müssen wir zurück in unsere vorherigen Schulen?«, fragte Rory. »Weil … Es lief dort nicht so gut für mich.«

»Für mich auch nicht«, sagte ein anderes Kind, und die Jugendlichen fingen an, laut miteinander zu reden.

Erica sah mitgenommen aus.

Scham machte sich in Trey breit. Er hatte das Programm in Gefahr gebracht. Gerade als er zu begreifen begann, wie sehr es den Kindern half.

Und nicht nur das; nachdem Cochran seinen Chief angerufen und ihm den Vorfall aus seiner Sicht erzählt haben würde, hatte Trey vielleicht keine Chance mehr, jemals wieder als Polizist aufgenommen zu werden.

Und King auch nicht.

Im schlimmsten Fall könnten sie ihm King wieder wegnehmen.

Aber er würde nicht zulassen, dass Cochran den Hund wiederbekam. Da würde er lieber zusammen mit King untertauchen, bevor er das geschehen ließ.

Dieser Tag war eine Katastrophe. »Es tut mir leid«, murmelte er Erica zu. »Kommt, Leute. Hier gibt es nichts mehr zu sehen.«

Sie scharten sich um ihn, als wären sie sein Gefolge. Was süß war. Wenn auch fehl am Platz und sinnlos.

Es brauchte mehr als einen Haufen bunt zusammengewürfelter Kinder, um ihn aus diesem Schlamassel herauszuholen.

»O'Neil hat ihn also zur Schnecke gemacht? Muss er kündigen?« Hannah nahm noch einen Bissen von ihrem Burrito und beugte sich vor. »Wir haben alles durchs Fenster mitverfolgt, und dann haben wir gehört, was die anderen Kinder gesagt haben. Sie meinten, dass das Förderprogramm vielleicht beendet wird!«

Die Worte ihrer Nichte gingen Erica durch und durch und führten ihr vor Augen, was die möglichen Folgen sein könnten. Die Kinder würden das Programm verlieren, das sie davor bewahrte, wieder abzurutschen. Erica würde den einzigen Job verlieren, der genug abwarf, um die Miete hier in Pleasant Shores zu bezahlen. Sie würden umziehen müssen, was bedeutete, dass Hannah wieder die Schule wechseln müsste. Und das Schlimmste von allem: Amber müsste den Traum, den sie ihr Leben lang gehabt hatte, aufgeben.

Doch Erica durfte ihre Angst vor ihrer Schwester und ihrer Nichte nicht zeigen. »Die Zukunft des Programms war schon immer etwas unsicher«, sagte Erica, »aber der Vorfall heute mit Trey wird nicht das Ende bedeuten.«

Hannah lächelte erleichtert, dann klingelte ihr Handy. »Ups, da ist meine Mitfahrgelegenheit. Bis morgen, Leute.« Sie hatte Amber überredet, sie bei einer neuen Freundin übernachten zu lassen.

»Vergiss nicht, du hast morgen Schule«, erinnerte Amber sie. »Geht früh ins Bett. Und putz deine Zähne und trag deine Zahnspange.«

»Mom! Ich bin siebzehn!« Sie rollte mit den Augen, beugte sich aber hinunter und umarmte zuerst kurz ihre Mutter, dann Erica.

Kaum waren Hannah und ihre Freundin weggefahren, stand Amber auf und winkte Erica zu sich. »Los, komm ... Wir gehen aus!«

Erica hob eine Augenbraue. »Tun wir das?«

»Ja.« Amber konnte ein breites Lächeln nicht unterdrücken. »Weil ich heute eine gute Nachricht bekommen habe.«

Erica sprang auf und umrundete den Tisch. »Hat dein Arzt angerufen?«

»Mh-hmm. Die MRT-Ergebnisse sehen gut aus.«

»Oh, Amber, das ist ja großartig!« Sie schlang die Arme um ihre Schwester und flüsterte mit geschlossenen Augen ein Dankgebet.

Amber machte sich los. »Zieh deinen hübschesten Rock an. Mache ich auch. Wir gehen in eine Erwachsenenbar und feiern wie die heißen jungen Bräute, die wir sind!«

Eine Stunde später tranken sie Margaritas durch Strohhalme auf der Veranda der einzigen Hafenbar von Pleasant Shores, die das ganze Jahr über geöffnet hatte. Ein Gitarrist aus dem Ort spielte Oldies; das Publikum war gemischt, von der Gruppe der Mittzwanziger, die während des Tanzens ihre Drinks hochhielten, bis hin zum achtzigjährigen Henry Higbottom, der am anderen Ende der Bar auf seinem Stammplatz saß.

Erica lehnte sich in ihrem Stuhl zurück und betrachtete ihre Schwester, die ihre Beine auf einen anderen Stuhl gelegt hatte und mit einem Lächeln im Gesicht die Leute an der Bar beobachtete. »Hat der Arzt gesagt, wann du die nächste Untersuchung machen musst?«

Amber legte sich die Hände über die Ohren und schüttelte ihren Kopf schnell hin und her.

»Die Untersuchung ist gut gelaufen, also denke ich nicht jetzt schon an die nächste«, sagte sie. »Ich bin hier, um mich zu amüsieren.«

»Du hast recht«, sagte Erica. Sie selbst konnte nicht anders, als über die Zukunft nachzudenken, sich Sorgen zu machen und sich hineinzusteigern, doch sie musste ihre Schwester, die von ihrer Persönlichkeit her unbeschwerter war, ja nicht mit ihren eigenen Ängsten belasten. »Du hast heute eine gute Nachricht bekommen, und das ist es, was zählt. Und du siehst aus wie dein altes Ich.«

»Ja, nur noch besser«, sagte Amber. »Ich war nie so dünn, wie ich sein wollte. Jetzt trage ich Größe 34. Und ich hatte ganz sicher nie diese langen, lockigen roten Haare.« Sie warf sich die Locken über die Schulter.

»Wann hast du diese Perücke gekauft?« Erica streckte die Hand aus und berührte die Haare, die sich ganz natürlich anfühlten. »Sie ist so schön.«

»Heute Nachmittag, nach dem Termin beim Onkologen. Ich wollte feiern. Aber das alles war nur der erste Teil. Als Nächstes werde ich tanzen.« Sie zog ausgiebig an ihrem Strohhalm.

»Okay. Wenn du sicher bist, dass du dich danach fühlst.« Erica mochte diesen Teil von sich nicht, der Ambers Gesundheit und Ausdauer ständig infrage stellte, doch sie hatte zu viele Vormittage erlebt, an denen es Amber schlecht ging, als dass sie sich damit wohlfühlte, dass ihre Schwester eine wilde Party feierte. »Vergiss nicht, auf dem Weg zur Eisdiele wärst du fast umgekippt.«

»Hör auf, so eine Spielverderberin zu sein.« Doch Amber war nicht wütend, nicht wirklich, das sah Erica. »Ich fühl mich super. Und egal was die Zukunft bringt, mir ist klar geworden, dass ich jede gute Stunde nutzen muss. Jeden guten *Moment*.«

»Du hast recht. Das ist einfach unsere Arbeitsteilung. Du bist die Wilde, und ich bin die Vernünftige.«

»Ja, und ich zahl auch den Preis dafür.« Ambers Mund wurde einen Moment lang schmal. »Aber heute Abend will ich das alles mal vergessen.«

Ericas Herz stotterte. »Was meinst du damit, du bezahlst den Preis dafür?«

»Ich hätte schon früher zum Arzt gehen sollen. Ich hätte mehr grünen Tee als Wein trinken und mehr Gemüse als Hamburger essen sollen. Ich hätte die ganzen Bücher über Krebsgenetik lesen sollen, so wie du's getan hast.«

Erica spürte Tränen in den Augen und blinzelte, um zu verhindern, dass sie herunterfallen konnten. »Liebling, dieser Krebs ist nicht deine Schuld. Er ist nur eine verdammte Laune des Schicksals. Verstehst du?«

Amber winkte ab. »Ach, ist doch egal. Was geschehen ist, ist geschehen.«

Erica stand auf und gab dem Barkeeper ein Zeichen. Sie hielt zwei Finger hoch, damit sie eine weitere Runde Getränke bekamen, und zog dann Amber mit sich. »Komm schon, Schwesterchen«, sagte sie. »Lass uns tanzen.«

Für die Dauer von zwei schnellen Countrysongs tanzten sie sich die Seele aus dem Leib, und es war wie in alten Zeiten. Amber lachte, streckte die Hände in die Höhe und wackelte mit den Hüften, und das alles mit einer Ausgelassenheit, die Erica selbst noch nie an den Tag gelegt hatte. Weitere Gäste gesellten sich zu ihnen, und als die Sonne hinter dem Horizont versank, gingen rund um die niedrige Mauer, die den Barbereich umgab, winzige Lichter an.

Schließlich gingen Erica und Amber lachend zurück zum

Tisch, die Arme um die Schultern der jeweils anderen gelegt. »Erinnerst du dich«, sagte Erica und blieb stehen, um Luft zu holen, »erinnerst du dich daran, als du mit Nelson Anderson zum Abschlussball gegangen bist und ihn zum beliebtesten Jungen der Schule gemacht hast?«

»Ach, das«, sagte Amber und grinste. »Ich hab eigentlich gar nichts Großartiges gemacht.«

»Ich denke, es lag an deinem schauspielerischen Talent. Du hast allen vorgemacht, dass du in ihn verliebt wärst und dass ihr beide, na ja …«

Sie ließen sich auf ihre Stühle sinken. Amber stürzte etwas Eiswasser hinunter und zeigte dann auf Erica. »Du bist immer noch *so* prüde«, sagte sie. »Du kannst es nicht mal aussprechen, oder?«

»Was aussprechen?«, fragte Erica, obwohl sie es schon wusste.

»Dass ich Nelsons Ruf als geiler Hengst zementiert habe«, sagte Amber. »Obwohl ich zugeben muss, dass ich während dieser ganzen Sache kein einziges Mal gelogen habe. Ich bin einfach gut darin, Leute dazu zu bringen, Dinge zu glauben, die sie ohnehin glauben wollen.«

Erica sog lange an ihrem Strohhalm und kicherte. »Ich sag dir, der Typ hatte wegen dir ein super Abschlussjahr. Ich glaube, er war danach mit sechs verschiedenen Mädchen zusammen.«

»Er war ein toller Junge, wenn man mal von dieser idiotischen hoch taillierten Hose und seiner Akne absieht. Ich hab den anderen nur geholfen, das zu erkennen. Und schau ihn dir jetzt an. Ich glaube, er ist Neurologe oder so was.«

»Und hat wahrscheinlich eine schöne Frau und 2,6 Kinder«, sagte Erica.

»Tatsächlich ...«, sagte Amber, »hab ich auf Facebook nach ihm gesucht. Er ist Single.«

»Soso?« Sie legte den Kopf schief und sah Amber an. »Und warum genau hast du nach Nelson Anderson gesucht?«

»Falls du es noch nicht bemerkt hast«, sagte Amber, »ich hatte in letzter Zeit viel Zeit. Hey, ist das nicht Trey?« Sie deutete in Richtung Tanzfläche.

Erica sah hin, und ihr Herz setzte ein paar Schläge aus. Es *war* Trey, und er tanzte. Seine Bewegungen waren bedächtig, wahrscheinlich wegen seiner Rückenprobleme, doch sein breites Lächeln zeigte, dass er sich amüsierte. Das war das Letzte, was sie erwartet hätte, nach allem, was heute in der Schule passiert war. »Wer ist das, mit der er da tanzt? Ich kann sie nicht genau sehen.«

»Eifersüchtig?«, neckte Amber sie.

Vielleicht war die zweite Margarita schuld, aber Erica nickte und gab es zu. »Ja, vielleicht bin ich das.« Denn sie hatte gedacht, dass er den Tag mit ihr zusammen verarbeiten oder vergessen wollen würde und nicht mit einer anderen Frau. Es war nicht so, dass es zwischen ihnen eine Vereinbarung gegeben hätte, doch sie hatte weder gesehen noch davon gehört, dass er sich mit einer anderen Frau traf.

Was dumm von ihr war. Sie waren nicht zusammen. Beziehungen, so was stand nicht auf ihrem Plan.

»Mach dir keine Sorgen«, sagte Amber. »Er tanzt mit Julie White.«

Das war so überraschend, dass Erica halb aus ihrem Stuhl aufstand, um einen Blick auf die Tanzfläche zu erhaschen. Tatsächlich, Trey tanzte wie wild mit Julie, die fast doppelt so alt sein musste wie er. Trotzdem hatte sie definitiv einige gute Moves drauf. Trey nahm ihre Hand und wirbelte sie herum; sie führte die Drehung perfekt aus. Er dagegen zuckte ein wenig zusammen und fasste sich mit der Hand an den unteren Rücken.

Als das Lied zu Ende ging, lachten beide; Julie küsste ihn auf die Wange und flüsterte ihm etwas ins Ohr. Dann ging sie zur Bar hinüber, wo eine andere Frau saß. Trey grinste und ging allein auf einen anderen Tisch zu.

»Ich muss zugeben, ich mag Männer, die sich nicht auf Frauen beschränken, die zwanzig Jahre jünger sind als sie selbst«, sagte Erica.

»Ich auch.« Amber berührte ihr Margaritaglas, nahm dann jedoch einen großen Schluck Eiswasser. »Warum schlägst du ihm nicht vor, rüberzukommen und sich zu uns zu setzen?«

»Nein! Das geht nicht. Ich will nicht, dass er auf falsche Gedanken kommt.«

»Kannst du hören, wie ich mit den Augen rolle?« Amber stand auf und stützte sich mit einer Hand auf die Stuhllehne. »Hey, Trey! Komm her!«

Amber schwankte ein wenig, und Erica sprang schnell auf, um sie zu stützen. Einen Moment später stand Trey vor ihnen und fasste Amber am Arm. »Na, alles okay, ihr beiden?«, fragte er.

»Ich glaube, ich setze mich besser wieder.« Amber ließ sich auf ihren Stuhl sinken. Dann sah sie zu Erica und Trey auf und drohte ihnen mit dem Finger. »Nein. M-mh. Ihr dürft euch keine Sorgen um mich machen. Mir geht's gut, ich bin nur etwas außer Form.« In ihren Augen stand eine Bitte: wie eine normale Person behandelt zu werden, nicht wie eine Krebspatientin.

Und Erica hätte so ziemlich alles getan, was Amber wollte, um sie glücklich zu machen. Sie setzte sich, klopfte ihrer Schwester auf die Schulter und sah dann Trey an. »Setzt du dich zu uns?«, fragte sie und nickte in Richtung des leeren Stuhls.

»Es wäre mir eine Ehre, mit den beiden schönsten Frauen unter fünfzig hier an einem Tisch zu sitzen«, sagte er.

»Hey, das ist aber ein komisches Kompliment … Oh, verstehe«, sagte Amber. »Du meinst Julie.«

»Ich muss zugeben, dass ich ein bisschen in sie verknallt bin. Es macht viel Spaß mit ihr. Und sie hat Verständnis für meinen schmerzenden Rücken. *Und* sie arbeitet in einer Buchhandlung, was sie noch cooler macht.« Er lächelte und spreizte die Hände, Handflächen nach oben. »Aber für sie ist es nichts Ernstes. Sie hofft nur, dass ihr Ex erfährt, dass sie ausgeht.«

»Nicht dumm.« Erica begegnete seinem Blick und schaute weg, weil sie nicht wollte, dass er ihre Erleichterung sah. Sie war nicht eifersüchtig auf Julie, nicht wirklich, aber man wusste ja nie. Viele Frauen gingen heutzutage mit Männern aus, die viel jünger als sie selbst waren.

»Du liest also gerne?«, fragte Amber.

Trey nickte. »Hab es mir als Kind angewöhnt und nie damit aufgehört. Es gibt nichts Besseres als einen guten Thriller, um einen von seinen eigenen Problemen abzulenken.« Er wurde rot, fast wirkte es, als wäre er es nicht gewohnt, das von sich preiszugeben. »Ihr beide habt uns zum Tanzen animiert«, sagte er. »Ihr seid ja abgegangen, als ob es kein Morgen gäbe.«

»Es gibt viel zu feiern.« Amber stieß mit Trey an. »Leider hab ich noch nicht so viel Ausdauer, um lange zu feiern.«

»Hab Geduld«, sagte Trey. »Du tanzt wie ein Ass. Ich bin sicher, dass du schon bald wieder zu deiner alten Form zurückgefunden hast.«

»Dein Wort in Gottes Ohren.« Amber lehnte sich in ihrem Stuhl zurück, das Glas Eiswasser in der Hand.

»Hey, Rotschopf. Hast du 'nen Freund?« Ein dickbäuchiger Mann mit Cowboyhut war zu ihnen rübergekommen und kniete sich neben Amber hin. »Ich hab dich tanzen sehen. Du bist wirklich hübsch.«

»Danke, Cowboy«, sagte Amber. »Du siehst auch nicht übel aus.«

Erica hob eine Augenbraue und sah zu Trey rüber, während Amber und der Cowboy weiter miteinander flirteten. »Du siehst, womit ich es hier zu tun habe.«

Er grinste. »Scheinen doch beide Spaß zu haben.«

Sie beugte sich vor. »Ehrlich gesagt dachte ich, du würdest dich zurückziehen und deine Verteidigungsstrategie planen«, sagte sie. »Gibt's irgendwas Neues zu der Sache mit King?«

Trey schnitt eine Grimasse. »Erinnere mich nicht daran.

Ich hab ’ne Mail von meinem Chief gekriegt. Er will sich morgen mit mir und Greene treffen.«

»Machst du dir Sorgen?«

»Ja, klar. Ich würde wirklich gern meinen alten Job zurückhaben.«

Der Gedanke, dass Trey wegging, zurück in die Stadt, aus der er kam, und nicht mehr hier an der Küste war, nicht mehr mit ihr zusammenarbeitete … All das löste bei Erica ein großes Verlustgefühl aus. Ein *zu* großes. Sie hatte zugelassen, dass sie ihr Herz an jemanden hängte, der nicht hierbleiben würde. Andererseits konnte sie sich ja, wenn überhaupt, sowieso nur für kurze Zeit an jemanden binden.

Plötzlich hoben die Musik und das Lachen und die fröhlichen, tanzenden Menschen ihre Stimmung nicht mehr.

Trey wusste natürlich nicht, was in ihr vorging. »Ich weiß einfach nicht, was ich sonst hätte tun können«, sagte er. »Als ich gesehen hab, wie er King angeschrien hat, war das schon schlimm genug, aber als er ihn getreten hat, konnte ich einfach nicht mehr tatenlos zusehen.«

»Du hast das Richtige getan.« Und sie bewunderte ihn dafür, aber sie wollte ihm gegenüber nicht so weich erscheinen. Sie musste ihm nicht unbedingt die zärtlichen Gefühle zeigen, die sie für ihn hatte.

»Und ich weiß, dass du sagen wirst, dass ich nicht hätte hinfahren sollen, ihn nicht hätte ausspionieren sollen, aber ich bin froh, dass ich es getan hab.« Treys Kiefer spannte sich an. »Hätte ich es nicht getan, wäre King immer noch dort und würde misshandelt.«

Allein die Erinnerung daran, wie King behandelt worden war, bewirkte, dass Ericas Magen sich zusammenzog. »Wie geht es ihm?«

»Es geht ihm ganz gut. Er ist froh, wieder zu Hause zu sein. Aber viel schreckhafter, als er vorher war.«

»Das kann ich mir gut vorstellen.« Und es war wirklich sehr traurig. »Ich bin sicher, dass es ihm mit der Zeit besser gehen wird.«

»Ich hoffe es«, sagte Trey grimmig. Dann streckte und dehnte er seinen Hals, als versuchte er bewusst, sich zu entspannen. »Hat O'Neil irgendwas zu dir gesagt?«

»Noch nicht, aber ich bin sicher, dass das noch auf mich zukommt.« Ihre Brust fühlte sich plötzlich an, als läge ein Gewicht darauf. Wenn es etwas gab, das ihrem statusbewussten Chef missfiel, dann war es ein öffentlicher Konflikt an seiner Schule. »Ich fürchte, es wird für ihn ein weiterer Grund sein, um das Programm zu beenden, und dann bin ich arbeitslos.«

»Also«, sagte Trey, »wenn meine Anwesenheit dem Programm schadet, ziehe ich mich zurück.«

»Was die Kinder angeht, schadet deine Anwesenheit dem Programm ganz und gar nicht. Sie fangen wirklich an, dich zu mögen.« Genau wie Erica selbst. Aber das brauchte sie ihm nicht mitzuteilen.

Erica fühlte eine Hand an ihrem Arm und drehte sich zu Amber. »Hey, alles okay?«, fragte sie. Sie hatte sich zu sehr in die Unterhaltung mit Trey vertieft und ihre Schwester aus dem Blick verloren.

»Hilfst du mir mal?«, fragte diese verlegen lachend und nickte in Richtung des Cowboys, mit dem sie sich unterhielt.

»Shiieee wird mi mir tanzen«, lallte der Cowboy und legte einen Arm um Amber.

»Hey. Das kann sie immer noch selbst entscheiden.« Erica stand auf und bedeutete Amber mit Gesten, dass sie auf ihren Stuhl rüberrutschen solle, weg von dem Typen.

Dann kam Erica einen Schritt näher und sah auf ihn hinunter, wobei sie versuchte, einschüchternd auszusehen. »Ich glaube, sie hat jetzt genug von dir.«

»Wie wär's dann mit uns beiden?« Er streckte eine Hand nach Ericas Arm aus – zumindest hoffte sie, dass es das war, was er zu fassen bekommen wollte. Sie trat einen Schritt zurück.

Er stand auf und trat auf sie zu.

»Kein Interesse«, sagte Erica und wich zur Seite aus. »Amber, ich denke, es ist Zeit, nach Hause zu gehen.«

»Seid ihr einfach nur arrogant?«, fragte der Cowboy mit einem ätzenden Lachen. »Oder steht ihr Mädels nicht auf Männer?«

»Oh, bitte«, sagte Amber. »Denkst du nicht, dass es noch andere Gründe geben könnte, warum eine Frau nicht auf dich abfährt?«

»Ja, weil sie eine …«

Noch bevor das Wort aus seinem Mund kommen konnte, stand Trey auf und stieß heftig mit dem Cowboy zusammen, und dann stand der Mann auf einmal nicht mehr vor ihm. Oder zumindest war er nicht mehr auf Augenhöhe mit Trey.

Er saß auf dem Boden und war offensichtlich verwirrt darüber, wie er dort gelandet war.

»Bitte entschuldigen Sie.« Trey streckte eine Hand aus und half dem Mann auf. »Aber ich denke, die Damen wären jetzt lieber allein.«

»Schon gut. Die gefallen mir sowieso nicht.« Der Cowboy stapfte davon.

Amber kicherte. »Ich hatte die Nachteile vergessen, die ein Barbesuch mit sich bringen kann«, sagte sie. »Ich glaube, ich habe wirklich genug für heute Abend. Danke, dass ihr beiden mich gerettet habt.«

»Kein Problem«, sagte Trey. »Darf ich euch Ladys nach Hause begleiten?«

Erica zögerte. Einerseits war ihr nichts lieber. Andererseits wollte sie den Leuten nicht den Eindruck vermitteln, dass sie und Trey zusammen wären, und sie wollte nicht noch mehr auf ihn angewiesen sein, als sie es bereits war. Außerdem sagte ihr ein Blick auf Amber, dass ihre Schwester heute Abend ihre ungeteilte Aufmerksamkeit gebrauchen konnte. »Nein, das schaffen wir schon allein«, sagte sie.

Trey runzelte die Stirn, seine Augen wanderten von ihr zu Amber. »Ich bin mit dem Auto hier. Wie wär's, wenn ich euch fahre? Nach ein paar Drinks können sich die Straßen ganz schön ziehen.«

»Das wäre toll«, sagte Amber. »Ich bin wirklich ein wenig müde.«

»Mach ich gerne.« Er streckte eine Hand aus, um Amber aufzuhelfen, und half ihr dann, ihren Pullover anzuziehen.

Dann drehte er sich zu Erica um. »Bereit?« Sein Blick ließ keinen Zweifel daran, dass er Interesse an ihr hatte.

Was sie sowohl innerlich vor Freude tanzen als auch Sorgenwolken aufziehen ließ. Wenn die Dinge nur einfacher sein könnten.

Treys Treffen mit dem Chief verlief nicht gut.

»Du hast Cochran nachgestellt und ihn ausspioniert.« Der Chief ging im kleinen Konferenzraum der Polizeiwache von Pleasant Shores auf und ab. »Ich hätte King nie so nah bei dir stationieren lassen, wenn ich geahnt hätte, dass du so etwas tun würdest. Wie hast du ihn überhaupt gefunden?«

»Man hat es mir gesteckt.« Das Letzte, was er wollte, war, Erica da mit reinzuziehen. »Ich wusste, dass es gegen das Protokoll ist, aber ich hatte gehört, dass er King misshandelt. Und ich habe herausgefunden, dass das Gerücht stimmt. Er hat einen K-9-Polizeihund misshandelt. Das ist inakzeptabel.«

»Er leugnet es.«

»Ich habe eine Zeugin.«

Lincoln drehte sich zu ihm um, die Hände in die Hüften gestemmt. »Ja, was das angeht. Erica Rowe ist deine Kontaktperson bei Healing Heroes. Du arbeitest mit ihr. Es stand nicht in der Stellenbeschreibung, dass ihr ein Paar werden sollt.«

»Ich bin nicht …« Trey brach ab und starrte auf den Holztisch vor ihm, der mit Schnitzereien, Tintenflecken und etwas, das wie ein Tupfer Ketchup aussah, verunstaltet war.

Was konnte er darauf schon erwidern? Er war nicht mit ihr zusammen, nicht wirklich, doch anscheinend war es für alle ziemlich offensichtlich, dass sie Gefühle füreinander hatten. »Ich kenne die Regeln«, sagte er schließlich.

»Die Tatsache, dass ihr zusammen seid, macht sie zu einer unbrauchbaren Zeugin«, sagte der Chief.

Dagegen konnte er nichts einwenden, also wechselte er das Thema. »King kann nicht zu Cochran zurück.«

»Nein, das kann er nicht. Ich nehme deine Anschuldigung ernst, und ich will nicht, dass irgendein Hund misshandelt wird. Nachdem ich mit Cochran die K-9-Trainingstechniken besprochen habe, hat er beschlossen, dass er ihn nicht zurückhaben will. Er sagt, King sei bösartig geworden und außer Kontrolle geraten.«

»Nur wenn ihn jemand tritt«, sagte Trey und entrüstete sich in Kings Namen. »Er ist ein toller Hund und ein guter Polizeihund. Du weißt, wie gut er beim Aufspüren von Drogen ist und bei all den anderen Aufgaben, die er erledigt hat.«

Der Chief schüttelte langsam den Kopf. »Er kann nicht mehr arbeiten.«

Trey sprang abrupt auf. »Das ist nicht fair!«

»Es mag nicht fair sein, doch es ist die Realität. Ich kann keinen Hund gebrauchen, der nur mit einem Hundeführer arbeiten kann. Ich kann keinen Hund einsetzen, der Leute bedroht und unkontrollierbar ist. Du weißt, dass Straftäter ständig Hunde schlagen und treten. Hunde können die Dinge nicht selbst in die Hand nehmen.« Er lächelte leicht. »Beziehungsweise in die Pfote.«

Trey starrte auf den Tisch. »Kann ich ihn behalten?«

»Als Haustier.«

Schon allein das Wort in Verbindung mit King ließ Trey zusammenzucken.

»Und du musst ihn möglicherweise kaufen. Ich werde mit dem Stadtrat reden, aber die Tatsache, dass er übermäßige Aggressionen gezeigt hat …«

»Er wurde angegriffen!«

Lincoln schüttelte den Kopf. »Darüber lässt sich streiten. Ich möchte nicht, dass du die Kosten für ihn übernehmen musst, aber der Stadtrat sieht das vielleicht anders.«

Trey starrte auf seine Hände, die zu festen Fäusten geballt waren. »Wenn ich das Geld aufbringen muss, werde ich es tun.« Irgendwie würde es schon gehen. Er würde es sich leihen, einen zweiten Job annehmen, seine Sachen verkaufen.

»Du bist es, um den ich mir Sorgen mache. Nicht nur wegen der Physiotherapie, sondern auch wegen deines Verhaltens. Du folgst nicht gerade der Befehlskette.«

Trey wurde es schwer ums Herz. »Ich will zur Polizei zurück.«

»Das weiß ich. Ich hatte gehofft, dass die Chance, ein wenig Abstand zu bekommen und etwas gemeinnützige Arbeit zu leisten, dir helfen würde, zur Ruhe zu kommen, und dir den Kopf zurechtrücken würde. Aber davon bemerke ich bisher nichts.«

»Meine Physiotherapie läuft gut«, protestierte Trey. Und das tat sie auch, bis zu einem gewissen Punkt. Er fügte nicht hinzu, dass sich die Therapeutin nicht sicher war, ob er die volle Beweglichkeit wiedererlangen oder jemals ohne Schmerzen leben würde. Er könnte es schaffen. Er würde es klaglos durchstehen.

»Ich überlege, ob ich dich weiter für Healing Heroes arbeiten lassen soll.« Der Chief lehnte sich mit dem Rücken an die Wand, verschränkte die Arme vor der Brust und blickte Trey an. »Wie ich höre, gibt es zwei neue Kandidaten, die an einer Teilnahme interessiert wären, und beide sind gut geeignet – arbeitsunfähige K-9-Polizisten, die sich gerne als Freiwillige engagieren würden.«

»Du würdest vorschlagen, mich zu ersetzen? Jetzt?«

»Ich denke darüber nach. Erst recht nach diesem Vorfall. Es geht nicht nur um King. Der Direktor der Schule ist mit deinen Leistungen nicht zufrieden. Er duldet keine Störungen wie die gestern, als Cochran auf den Schulhof gekommen ist.« Er seufzte tief. »Ich möchte genauso sehr wie du, dass es funktioniert, aber wir müssen realistisch sein. Es läuft nicht gut.«

»Ich werd daran arbeiten, Sir«, sagte Trey und hielt den Atem an. Würde der Chief ihn jetzt sofort rauswerfen?

Er wollte Pleasant Shores nicht verlassen, noch nicht. Die Kinder begannen ihm am Herzen zu liegen, er hatte das Gefühl, dass er mit ihnen noch mehr erreichen könnte. Und auch mit Erica wollte er noch mehr erreichen.

Der Chief sah sich im Konferenzraum um. »Weißt du, ich hab in einer kleinen Polizeistation wie dieser hier angefangen«, sagte er. »Polizeiarbeit in einer Kleinstadt hat einiges für sich.«

»Warum sagst du das?« Wollte Lincoln ihn darauf vorbereiten, dass er sich einen Job suchen müsste, der karrieretechnisch gesehen einen Schritt zurück bedeutete?

»Weil es die Wahrheit ist. Weißt du etwas darüber? Hast du ein wenig aufgepasst?«

»Ich … Ein wenig.« Trey dachte an Earl Greene. Sein erster Eindruck war negativ gewesen. Der Typ war nicht in bester Verfassung, und seine Abteilung war klein, nur drei Leute. Infolgedessen machte es den Eindruck, als arbeitete der Mann rund um die Uhr, trotz der Tatsache, dass es hier keine richtigen Verbrechen gab. Greene engagierte sich viel in der Gemeinde. Jeder kannte ihn, und Trey begann zu begreifen, dass ihn auch jeder respektierte. »Ich kann verstehen, was den Reiz daran ausmacht«, sagte er.

»Gut«, sagte der Chief, »denn wenn deine Rückkehr zu unserer Truppe nicht klappt, wäre das ein Kompromiss. Du könntest dir einen Job in einem Ort wie diesem suchen. Weniger Stress, weniger körperliche Anstrengung.«

»Aber …« Trey brach ab und versuchte herauszufinden, warum ihn dieser Gedanke so sehr abstieß. »Es ist nur … Ich bin Stadtpolizist.«

»Hast du die Disziplin dafür, bei der Stadtpolizei zu arbeiten?« Der Chief runzelte die Stirn. »Hast du die nötige körperliche Kraft? Hör zu, ich will dir deinen Weg nicht verbauen. Ich sage nur, dass deine Chancen auf eine Rückkehr zur Truppe derzeit nicht sehr gut stehen. Ich möchte, dass du über andere Möglichkeiten nachdenkst.«

Trey öffnete den Mund, um etwas zu erwidern, schloss ihn aber stattdessen wieder. Ein Teil dessen, was den Chief störte, war sein Verhalten, und ein Teil des Verhaltensproblems bestand darin, dass er oft die Befehlskette vergaß und Widerworte gab. Er wusste es besser, hatte gedacht, dass er dieses kindische Verhalten nach dem College und der Polizeiakademie in den Griff bekommen hätte, doch als Michelle ihn verlassen hatte, war er wieder rückfällig geworden. »Ich werde darüber nachdenken, was du gesagt hast«, sagte Trey. »Aber ich hoffe trotzdem, dass ich noch eine Chance habe, zur Truppe zurückzukehren.«

Der Chief studierte ihn. »Ich mag dich. Du bist begabt, und du hast gute Arbeit für mich geleistet. Also werde ich diese Tür noch nicht schließen. Aber was in den letzten Tagen geschehen ist, hat eben Folgen. Sieh zu, dass es nicht noch einmal passiert.«

»Das werde ich, Sir«, sagte Trey.

Das war keine Lüge. Er würde sich mehr von Erica distanzieren, seine Arbeit tun und sich unauffällig verhalten. Seine überschüssige Energie in die Physiotherapie stecken. Versuchen sich an die Vorstellung zu gewöhnen, dass King jetzt sein Haustier war.

Das Schwierigste von alledem war, Erica aus dem Weg zu gehen. Doch er würde es tun. Ab morgen würde es einige Veränderungen geben.

Am Samstagabend ging Julie am Ende ihrer Schicht durch den Buchladen, atmete den Duft der Bücher ein und ordnete die Regale. Sie fuhr mit einem Staubwedel über die wenigen hohen Regalflächen, auf denen sich möglicherweise Spinnweben angesammelt hatten. Nebenbei plauderte sie mit den paar Kunden, die noch im Laden waren.

Sie wünschte, dass es noch nicht schon fast Ladenschlusszeit wäre. Sie empfand Samstagabende als ausgesprochen einsam. Ja, sie konnte natürlich ausgehen, und sie hatte versucht, mit ein paar Kerlen in der Bar zu tanzen, war sogar nach ihrer Telefonnummer gefragt worden, aber das füllte die Leere in ihrem Inneren nicht.

Mary war mit einer Freundin zu einem Restaurant weiter die Küste hoch gefahren. Ria und die Mädchen hatten bestimmt etwas vor, und Julie wollte sich ihnen auf keinen Fall aufdrängen. Keine von ihnen würde außerhalb ihrer geplanten »Schichten« Zeit mit ihr verbringen wollen.

Hör auf, dich selbst zu bemitleiden. Sie hatte einen tollen Job, eine Wohnung, eine Tochter und zwei Enkeltöchter, die sie liebten. Tatsächlich hatte sie geplant, morgen zum Muttertag zusammen mit Ria und ihren Enkelinnen zur Maniküre und Pediküre zu gehen.

Viele Frauen hatten es nicht so gut.

Entschieden drückte sie den Knopf, um die sanfte Jazzmusik auszuschalten, die sie immer im Hintergrund spielten.

»Oh, Sie schließen schon! Tut mir leid!« Erica Rowe trat mit einem Buch in der Hand zwischen den Regalen mit den Krimis heraus. »Haben Sie noch Zeit, das hier in die Kasse zu tippen?«

»Kein Problem. Ich hab's nicht eilig.« Sie nahm Ericas Buch und trat hinter den Ladentisch. »Oh, das hier ist gut.« Sie tippte das Buch ein und zog Ericas Kreditkarte durch.

»Sie werden am Ende wirklich überrascht sein, es sei denn, Sie sind eine klügere Leserin als ich.«

»Bin ich nicht. Ich versuche nie, das Ende von Kriminalromanen zu erraten. Mir gefällt einfach, wie alles immer so ordentlich und perfekt ausgeht.«

»Ganz anders als im wahren Leben.« Julie schob das Buch und die Quittung in eine Tüte mit dem Logo der Buchhandlung drauf.

»Meine Mutter und ich haben immer die gleichen Bücher gelesen und uns darüber unterhalten«, sagte Erica mit wehmütiger Stimme. »Sie hat so gern gelesen. Sie hat sogar eine Liste mit Büchern geführt, die sie gelesen hat.«

»Das ist eine großartige Idee.« Julie studierte Ericas trauriges Gesicht, und sie empfand Mitgefühl für die jüngere Frau. Sie kannte Erica nicht gut, doch sie hatte gehört, dass sie und ihre Schwester nicht mehr viel Familie hatten. »Das Muttertagswochenende kann hart sein. Haben Sie Ihre Mutter vor Kurzem verloren?«

»Vor zwei Jahren. Und ich vermisse sie jeden Tag.« Ericas Augen glänzten ein wenig.

Julie kam mit der Tasche um die Ladentheke herum und tätschelte Ericas Schultern. »Das tut mir leid. Möchten Sie über sie reden?«

Erica schniefte und lächelte. »Sie sind so nett. Danke, aber nein.« Sie hielt die Tüte hoch. »Ich wollte nur eine Ablenkung. Meine Schwester und ihre Tochter sind zum Abendessen ausgegangen, und mir war einfach nicht danach, nach Hause zu kommen und allein zu sein.«

»Kann ich verstehen«, sagte Julie.

»Was gibt es Neues bei Ihnen?« Erica schien das Thema wechseln, doch zugleich die Unterhaltung verlängern zu wollen.

Obwohl Julie Erica nicht gut kannte, oder vielleicht gerade deswegen, platzte sie sofort mit der Wahrheit heraus: »Ich hab gerade erfahren, dass mein Ex seine schwangere Freundin heiraten wird. Sie sind also nicht die Einzige, die nach einer Ablenkung sucht.«

»Oh, davon habe ich auch gehört«, sagte Erica.

»Wirklich?«

Erica schlug sich die Hand vor den Mund. »Tut mir leid. Das war nicht das, was Sie hören wollten, stimmt's?«

Julie seufzte. »Ich wollte nicht unbedingt erfahren, dass es die ganze Stadt weiß. Das ist demütigend.«

»Ich glaube nicht, dass es die ganze Stadt weiß«, sagte Erica. »Sie war in der Schule, in der ich arbeite, angestellt, als Aushilfe.«

»Also«, sagte Julie – sie war unglaublich neugierig, versuchte jedoch ihre Stimme neutral zu halten – »kennen Sie sie?«

»Ein wenig. Sie ist sehr schüchtern, aber sie ist etwa in meinem Alter, und wir haben uns manchmal unterhalten. Sie hat vor Kurzem gekündigt, aber nicht, weil sie schlechte Arbeit geleistet hätte. Ich glaube, sie hat gern dort gearbeitet.«

In Julie verknotete sich etwas. Das *arme Mädchen* war fleißig? Schüchtern? Nett genug, dass Erica sich gern mit ihr unterhalten hatte?

Es bimmelte, und die Tür ging auf. »Oma!«, schrie Kaitlyn. »Bist du bereit?«

Bereit *wofür*?

»Es tut mir leid, dass ich Sie aufhalte«, sagte Erica. »Es ist meine Schuld, Kaitlyn. Sie hatte noch keine Gelegenheit, das Geld zu zählen oder was auch immer man vor Ladenschluss tut.«

»Das hier wäre die erste Sache.« Kaitlyn drehte das Schild von *Offen* zu *Geschlossen* und den Schlüssel im Schloss um.

Eigentlich hatte Julie das Geld in der Kasse bereits gezählt, sodass sie nur noch Ericas Einkauf dazurechnen musste.

»Habt ihr beide große Pläne für heute Abend?«, fragte Erica Kaitlyn.

»Nein. Wir wollten eigentlich nur zusammen essen gehen, weil Mom und Sophia was anderes vorhaben.«

»Wollten wir das?«, fragte Julie. »Warte – sag nicht, dass du heute mit Babysitten dran bist.«

Kaitlyns Gesicht nahm ein tiefes, unattraktives Rot an, das darauf hindeutete, dass das heute Abend tatsächlich ihre Aufgabe war.

Julie steckte das Geld in eine Papiertüte und stützte sich auf den Tresen, während sie das Gesicht ihrer Enkelin studierte. Kaitlyn sah müde und geschafft aus.

So wie sie fast jeden Tag aussah, wenn sie von der Schule nach Hause kam, doch jetzt hielt der Stress anscheinend sogar bis Samstag an. Das war nicht gut.

Und Julie wusste nicht, ob »Zeit mit Oma« für sie eine Last oder etwas Schönes war. Doch ihr graute davor, ihrer mürrischen Enkelin gegenüberzusitzen und ihr dabei zuzusehen, wie sie mit ihrem Handy spielte.

Da kam ihr eine Idee. »Erica, möchten Sie mit uns zu Abend essen? Normalerweise gehen wir ins Crab Shack oder zu Elmo's Pizza.«

Ericas Gesicht leuchtete auf. »Sehr gerne!« Dann warf sie Kaitlyn einen Blick zu. »Wenn's dir recht ist, Schatz. Ich will dir nicht deine Zeit mit deiner Oma wegnehmen.«

Julie hätte beinahe geschnaubt.

»Ist schon okay«, sagte Kaitlyn und seufzte, »außer dass ich wirklich keine Lust habe auszugehen. Können wir nicht einfach Pizza zum Mitnehmen bestellen?«

Das war's dann mit Julies Vorstellung eines angenehmen Abends mit einer neuen potenziellen Freundin. Nur … Irgendwie war sie nicht bereit, Kaitlyns Laune nachzugeben, denn sie wusste, wie es ablaufen würde: Kaitlyn würde sich ein paar Pizzastücke schnappen und in ihr Zimmer verschwinden, und Julie würde allein essen. »Weißt du was«, sagte sie. »Ich würde gerne mit Erica essen gehen und über Bücher sprechen. Wir könnten entweder zurück ins Motel gehen, oder ich könnte mit ihr alleine ausgehen, und du könntest zu Hause deine Pizza essen.«

»Mach ich«, sagte Kaitlyn sofort. »Geh du nur aus, Oma.«

Julie kramte in ihrer Handtasche nach etwas Bargeld. »Wenn du jetzt anrufst, hat Elmo's die Pizza schon fertig, wenn du vorbeikommst.«

»Kannst du mich nicht fahren?«, jammerte Kaitlyn. »Ich will am Samstagabend nicht allein mit einer Pizza nach Hause gehen wie ein Loser.«

»Du bist doch kein Loser«, sagte Erica. »Aber ich verstehe, warum du nicht alleine nach Hause gehen willst. Julie, könnten wir Kaitlyn nicht auf dem Weg zum Restaurant absetzen?«

»Wir könnten sogar zu dem kleinen Griechen oben an der Straße, wenn es Ihnen nichts ausmacht, ein bisschen weiter zu fahren.«

»Perfekt.« Julie war glücklich. Weil sie Erica besser kennenlernen und ihr an einem Abend, an dem sie ihre Mutter vermisste, Trost spenden wollte.

Nicht weil sie von Erica mehr über Melvins neue Schickse erfahren konnte. Jedenfalls nicht hauptsächlich.

Trey strengte sich die nächste Woche in der Schule und bei der Physiotherapie besonders an und versuchte höflichen Abstand zu Erica zu wahren. Doch als der Freitagnachmittag gekommen war, fiel es ihm immer schwerer. Wie konnte er sich noch länger von ihr fernhalten, wenn sie doch so unfassbar attraktiv war?

Er war nicht der Einzige, der die ganze Woche hart gearbeitet hatte; Erica und die Jugendlichen hatten das auch getan, denn sie waren eindeutig besorgt darüber, dass das Programm eingestellt werden könnte.

Heute hatte Erica beschlossen, dass die Kinder etwas Kunst brauchten, also hatte sie einen der Maler im Ort eingeladen, eine Unterrichtsstunde zu geben. Sie und Trey hatten auch mitgemacht und versucht, eine Meereslandschaft zu malen. Seine eigene war erbärmlich, und Ericas war nicht viel besser, doch ein paar der Jungen hatten wirklich Talent gezeigt.

Nachdem sie den Unterricht beendet hatten und die Kinder mit den anderen Schülern in die verschiedenen Busse gestiegen waren, blieben Trey und Erica im Klassenzimmer zurück und wuschen die Pinsel aus.

»Man sollte meinen, dass ein Haufen Teenager schon so vernünftig wäre, kein solches Chaos zu hinterlassen«, sagte Erica, aber sie klang nicht wirklich verärgert.

»Teenager, die kein Chaos hinterlassen? Ich glaube, das wäre ziemlich untypisch.« Seine und ihre Hände berührten sich unter dem kalten fließenden Wasser, und die Versuchung, ihre Hand zu nehmen, war groß. So groß, dass er sie allein dem Abwasch überließ und stattdessen durch den Raum ging, Zeitungsseiten aufhob und Schreibtische abwischte.

Das Problem war, dass sie mit ihrer Leidenschaft für ihre Arbeit und die Kinder immer wieder sein Herz berührte. Er war noch nie mit einer Frau zusammen gewesen, die es mit etwas so ernst meinte, die sich so für etwas einsetzte. Die meisten Frauen, die er gekannt hatte – seine Ex-Frau eingeschlossen –, hatten es hauptsächlich mit dem Feiern ernst gemeint.

In gewisser Weise war es das gewesen, was ihn zu diesen Frauen hingezogen hatte. Er nahm alles übermäßig ernst, das wusste er. Frauen gehörten für ihn zur angenehmen Seite des Lebens; sie halfen einem Mann nach getaner Arbeit dabei, sich zu entspannen und zu amüsieren.

Es war ihm nie in den Sinn gekommen, dass er mit einer Frau die Leidenschaft für die Arbeit teilen könnte. Doch genau das war mit Erica der Fall, und es war überraschend befriedigend. Ihr eigener starker Wunsch, den Teenagern zu helfen, hatte auf ihn abgefärbt, und er fühlte sich von der Arbeit immer mehr angeregt.

»Wie lief das Treffen mit deinem Chief?« Erica legte die Pinsel zum Trocknen auf Papiertücher. Sie blickte zu ihm hinüber. »Wenn ich fragen darf. Es geht mich ja wirklich nichts an.«

»Ist schon okay. Ich hab ja sonst niemanden, mit dem ich darüber reden kann.«

Er war so in den Unterricht vertieft gewesen, dass er es den ganzen Tag über vergessen hatte. Nun, da er wieder daran dachte, drückte ihn die Sorge erneut schwer auf den Magen, so wie fast die ganze Woche. »Er geht nicht davon aus, dass ich wieder zur Truppe zurückkehren kann«, sagte er. »Er hat mich unter anderem gefragt, wie es für mich wäre, als Polizist in einer Kleinstadt zu arbeiten.«

»Und was heißt das?«

»Das heißt, wenn ich meinen alten Job nicht wiederbekomme, könnte ich mich vielleicht nach etwas weniger Stressigem umsehen.«

»Und, was hältst du davon?«, fragte Erica.

Er öffnete den Mund, um zu sagen, dass es sich viel zu gemächlich und langweilig anhörte, doch er schloss ihn wieder. War er überhaupt noch dieser Ansicht? Jetzt, da er zum ersten Mal in seinem Leben Teil einer kleinen Gemeinschaft war, begann er dieses Dasein besser zu verstehen und die Vorteile zu erkennen, die es mit sich brachte, wenn man jeden kannte, mit dem man zusammenarbeitete. Wenn der eigene Zuständigkeitsbereich so klein war, konnte man sich über den Hintergrund der Menschen informieren und möglicherweise Verbrechen verhindern, bevor sie überhaupt passierten.

Vielleicht wusste er also doch nicht, wie es ihm gefallen würde, ein Kleinstadtpolizist zu sein. »Er meinte, dass King keine Polizeiarbeit mehr machen kann.«

»Oh nein!« Ericas Augenwinkel bekamen vor Mitgefühl kleine Fältchen. »Ich dachte, er wäre so gut darin?«

»Ja, aber mein Chief meint, das Risiko sei zu groß. Cochran hat gemeldet, dass er ihn gebissen hat.«

»Dass er ihn gebissen hat?« Erica stemmte die Hände in die Hüften. »King hat ihn nicht gebissen. Er mag vielleicht geknurrt und sich verteidigt haben, aber Cochran ist derjenige, gegen den eine Anzeige erstattet werden sollte.«

Treys gute Laune hatte sich in Luft aufgelöst. Er konnte ihr genauso gut gleich alles erzählen. »Eines der anderen Dinge, die er zur Sprache brachte, ist, dass ich vielleicht nicht als Freiwilliger hier weitermachen kann. Ich hab Cochran ja im Grunde genommen nachspioniert.«

»Oh nein, Trey. Das war meine Schuld!« Erica trat näher und legte eine Hand auf seinen Arm. »Kann ich es ihm sagen? Kann ich irgendetwas tun?«

»Nein.« Ihre Berührung fühlte sich warm an. Er wollte sie. Was irgendwie bewies, dass der Chief recht hatte.

»Warum bezweifelt er, dass du weitermachen sollst?«

Er lächelte ein wenig und deutete auf ihre Hand.

»Was?« Sie zog sie weg.

»Die Leute denken, dass wir zusammen sind«, sagte er.

Die Röte stieg ihr ins Gesicht. »Welche Leute?«

»Cochran. Und der Direktor.«

Sie starrte ihn an. »O'Neil hat es deinem Chief erzählt? Was weiß der denn schon!«

Trey holte tief Luft und ließ sie langsam wieder ausströmen. »Hör zu, wir wissen beide, dass wir nicht in einer Beziehung sind. Aber…« Er begegnete ihrem Blick und schaute nicht weg. »Ich denke, wir wissen beide auch, dass wir Gefühle füreinander haben. Gefühle, die zunehmen, zumindest auf meiner Seite.«

Sie biss sich auf die Lippe und starrte dann auf den Tisch, neben dem sie standen. Automatisch langte sie nach unten, um das Buch und das Lineal, die darauf lagen, gerade zu rücken.

Würde sie etwas über ihre eigenen Gefühle sagen? Trey hatte nicht beabsichtigt, das Gespräch in diese Richtung zu lenken, aber jetzt, da es passiert war, wollte er es auch wissen. Er streckte die Hand aus und berührte ihr Kinn, was sie dazu brachte, ihn anzusehen. »Oder interpretiere ich da etwas falsch?«

Sie fuhr sich mit der Zunge über die Lippen, trat einen Schritt zurück und blickte zur Seite.

Na toll, er hatte es also tatsächlich falsch interpretiert. Das schien eine Angewohnheit von ihm zu sein, bei seiner Frau war ihm das auch passiert. Er hatte gedacht, dass sie wirklich etwas für ihn empfand, aber in Wahrheit war er nur eine Affäre gewesen. Er war derjenige gewesen, der Michelle dazu überredet hatte, ihn zu heiraten; ohne den Druck von seiner Seite hätte sie es nie getan, weil sie gar nicht hatte heiraten wollen.

»Du interpretierst nichts falsch«, sagte sie mit so leiser Stimme, dass er sich näher zu ihr hinunterbeugen musste, und selbst dann war er sich nicht sicher, ob er sie richtig verstanden hatte.

Er holte tief Luft und atmete den Duft ihres Haares ein, sauber und blumig. Er weckte alle seine Sinne. Beinahe vergaß er, worüber sie sprachen.

»Aber es ist keine gute Idee.« Ihre Stimme war heiser, sie blickte immer noch zur Seite.

»Stimmt, das ist es nicht.« Er fuhr mit dem Daumen über ihre Wange. So weich. Er beugte sich näher zu ihr hinunter, wollte ihre Lippen schmecken. Nur probieren, nicht mehr, nur dieses eine Mal.

Sie hob die Hände und berührte seine beiden Wangen, und dann fuhr sie mit den Fingern in sein Haar.

Sie stellte sich auf Zehenspitzen und kam näher. Ihre Gesichter waren nur noch Zentimeter voneinander entfernt.

Er wusste, dass er es nicht tun sollte. Das war genau das, wovon sein Chief gesprochen hatte, genau das, was er sich innerlich geschworen hatte nicht zu tun.

Doch es gab Kräfte, die stärker waren, Kräfte, denen ein Mann nicht standhalten konnte. Er zog sie an sich und küsste sie.

11. Kapitel

In dem Moment, in dem Treys Lippen ihre berührten, schienen sich Ericas Zweifel und ihre Vorsicht in der muffigen, nach Farbe riechenden Klassenzimmerluft aufzulösen. Seine Lippen fühlten sich warm an, er hatte sie sanft, fast vorsichtig auf ihre gedrückt, doch an der Anspannung seines Körpers konnte sie erkennen, dass er sich zurückhielt.

Sie wusste das zu schätzen, denn sie hatte das Gefühl, dass Trey, obwohl er sich zurückhielt, beinahe schon so intensiv küsste wie andere Männer, wenn sie sich so richtig ins Zeug legten.

Er hielt ihr Gesicht in den Händen, dann ließ er sie langsam ihren Nacken bis zu ihren Schultern hinuntergleiten; dort, wo er sie berührte, brannte es wie Feuer.

Sie musste ein leises Geräusch von sich gegeben haben, denn er hob den Kopf, öffnete die Augen und sah sie an. »Geht's dir gut? Ist das okay?«

Sie fühlte sich, als sei sie ganz außer Atem. »Das ist gut«, sagte sie und stellte sich abermals auf die Zehenspitzen, um mit ihren Lippen wieder die seinen zu berühren.

Er gab ein Geräusch von sich, das nach einem Knurren klang, und seine Finger fuhren durch ihr Haar, als er sie näher an sich zog. Jetzt war sein Kuss tiefer, intensiver, und plötzlich fühlte sie sich, als wäre sie lange Zeit gerannt, so außer Atem war sie.

Doch sie fühlte sich sicher. Seine Leidenschaft zeigte sich in der Bewegung seiner Lippen und der Art, wie seine Hände sie leidenschaftlich berührten, doch er benahm sich nicht wie ein Höhlenmensch, forderte nicht mehr.

Sie schwebte innerlich, nicht nur wegen seiner Berührung, sondern auch deswegen, weil er sie so gefühlvoll ansah, wegen seiner sanften Art, wie er sie in den Armen hielt. Seine Zärtlichkeit ließ auf eine Art von Fürsorge schließen, die ihr noch nie zuvor ein Mann entgegengebracht hatte. Es gefiel ihr. Sehr sogar.

Dann zog er sich plötzlich von ihr zurück, zog den Ausschnitt ihrer Bluse zurecht, fuhr sich mit den Händen durchs Haar und atmete tief ein. Sie spürte seine Distanz körperlich, und dann hörte sie etwas und begriff, warum er sich zurückgezogen hatte.

Eine tiefe Stimme, direkt vor der Tür des Klassenzimmers.

Direktor O'Neil?

Mit einem *Baby*?

Sie hörte wirklich ein Baby. Dann die irritierte Stimme eines Mannes, die wie die von O'Neil klang. Sie wusste, dass er ein kleines Kind hatte, aber dass er das Kind mit in die Schule bringen würde, war das Letzte, was sie von ihm erwartet hätte.

Sie zupfte ihr Haar zurecht, fächerte sich Luft zu und drehte sich zur Tür um, die sich sogleich öffnete. Sie konnte hören, wie Trey hinter ihr die Pinsel in eine Dose stellte.

Puh, das war gerade noch mal gut gegangen.

»Erica.« Der Schulleiter kam herein, ein niedliches Baby im rosa Strampler auf der Hüfte. Dasselbe Baby, das seine Frau neulich Abend auf dem Maifest gehalten hatte.

»Na, wen haben wir denn daaa?« Sie gurrte und war sofort von dem Baby in Bann gezogen, wie jede normale Frau, jeder normale Mensch. Das Gesicht des kleinen Mädchens war von blonden Locken umrahmt, und es hatte ein niedliches Mündchen, das wie eine Rosenknospe aussah.

»Ich schätze, Sie haben meine kleine Brittany noch nicht kennengelernt«, sagte er. Seine Stimme war sanft, und es lag zweifellos väterlicher Stolz in der Art, wie er sie ansah.

»Darf ich sie mal halten?«

Er übergab ihr bereitwillig das Baby, dann sah er Trey an und nickte ihm zu. »Harrison.«

Erica drehte sich um, um sicherzugehen, dass Treys Gesicht nichts verriet, und das tat es auch nicht. Er war ebenfalls auf das kleine Mädchen fixiert, und sein Gesicht leuchtete auf eine Weise, wie sie es noch nie zuvor gesehen hatte. Er kam rüber, nahm das Kind aus Ericas Armen und hob es hoch in die Luft, worauf es zu glucksen begann.

Erica fühlte sich kritisiert, und sie wusste nicht einmal, warum. Sie blickte zum Schulleiter. Sie erwartete, dass er verärgert aussehen würde, weil Trey sein Baby hielt, doch das tat er nicht. Stattdessen nickte er und lächelte. »Gut«, sagte er zu Erica. »Ich hatte gehofft, dass Sie sich eine Stunde lang um sie kümmern könnten, während ich in einer Besprechung bin.«

War ja klar, dachte Erica. Er wollte keine engere Beziehung zu einer seiner Lehrerinnen aufbauen, er war nur auf der Suche nach einem Babysitter.

»Sie sind ein Glückspilz«, sagte Trey.

Direktor O'Neil lächelte ein wenig. »Das bin ich wohl.«

»Wir passen gerne auf den kleinen Schatz auf«, sagte Trey. »Haben Sie eine Wickeltasche? Vielleicht machen wir mit ihr einen kleinen Spaziergang.«

»In meinem Büro. Schauen Sie einfach kurz vorbei.« Nun, da alles geklärt war, ging der Direktor Richtung Tür, um sich seiner nächsten beruflichen Angelegenheit zuzuwenden.

Erica war nicht in der Lage, sich richtig auf ihren Ärger zu konzentrieren, weil sie ihre Augen nicht von Trey abwenden konnte.

»Du bist ja ein Naturtalent«, sagte sie.

»Ich liebe Babys«, sagte er. »Ich hab immer gehofft, mal drei oder vier eigene zu haben. Vielleicht sogar mehr.«

Seine Worte bewirkten, dass die Realität Erica mit voller Wucht traf. Er küsste sie so, als meinte er es ernst, doch er wusste nicht die Wahrheit über sie. Dass sie minderwertig war, steril, eine unvollständige Frau.

Das altbekannte Gefühl der Unzulänglichkeit ergriff Besitz von ihr. Mutter zu sein war das Erfüllendste, was eine Frau erleben konnte, und es war etwas, das Erica durch ihre gesundheitlichen Probleme für immer verwehrt war.

Natürlich wusste sie, dass es viele Möglichkeiten gab, in der Welt etwas Gutes zu bewirken. Sie kannte viele Frauen, die Erstaunliches leisteten, obwohl sie keine Kinder geboren hatten. Und sie kannte wunderbare Adoptiveltern.

Das mochte alles schön und gut für andere Menschen sein, doch Erica wusste um die intensive Bindung zwischen Mutter und Kind und dass diese sich von allem unterschied, was man ansonsten jemals empfinden konnte, weil sie so besonders, spirituell und einzigartig war. Ein Teil dessen, was es bedeutete, eine Frau zu sein.

Und das würde sie nie haben.

Sie war nicht die richtige Frau für Trey. Der Mann hatte schon so viele Verluste hinnehmen müssen. Er war hierhergekommen, geschädigt von seiner Scheidung und seiner Verletzung, und es hatte eine Weile gedauert, doch Pleasant Shores hatte seinen Zauber entfaltet. Es ging ihm immer besser.

Das Letzte, was er jetzt brauchte, war eine Frau, die nicht nur keine Kinder bekommen konnte, sondern für die die Zukunft möglicherweise auch noch große gesundheitliche Probleme bereithielt.

Nein, das Beste, was sie für Trey tun konnte, war, auf Abstand zu gehen.

Sie drehte sich um, um ihm zu zeigen, dass sie wegmüsste, irgendwohin, dass er sich allein um das Baby kümmern sollte. Doch der Anblick, wie er das Baby sanft in seinen Armen wiegte, verschlug ihr den Atem.

Dieser große, muskulöse Mann mit dem Baby im Arm – das traf sie direkt ins Herz.

»Was sollen wir mit ihr machen?«, fragte Trey. Keine Spur mehr vom sachlichen Polizisten, vom fähigen Ehrenamtler. Mit dem Baby im Arm sah er eher wie ein entzückter kleiner Junge aus.

Eigentlich hätte sie das nicht überraschen sollen, schließlich hatte sie an jenem Abend bei Goody's gesehen, wie vernarrt er in Kinder war. Hätten die Dinge anders gelegen, wäre sie begeistert gewesen. »Also ich denke, wir sollten die Wickeltasche aus dem Büro holen, wenn wir mit ihr irgendwohin gehen wollen«, sagte sie. Denn auch wenn Trey sich wohlzufühlen und glücklich zu sein schien, wer wusste schon, ob er sich um ein Baby kümmern konnte, und sie wollte nicht, dass Direktor O'Neil noch etwas hatte, das er ihr vorhalten konnte.

Tatsächlich war sie erstaunt, dass O'Neil Trey sogar erlaubt hatte, sein Baby zu halten, aber andererseits sah er Kinderbetreuung wahrscheinlich nicht als etwas Wichtiges an. Er wollte einfach wieder zur Tagesordnung übergehen. Seine Frau musste das Baby bei ihm abgeladen haben, und er hatte eilig nach einer Lehrerin gesucht, bei der er es seinerseits abladen konnte.

»Sie sieht müde aus.« Trey nahm das Mädchen fachmännisch auf den anderen Arm und studierte ihr süßes kleines Gesicht. »Lass uns ihre Sachen und eine Decke holen und uns einfach unter den Apfelbaum neben der Schule setzen. Da wird es leise sein, und sie kann ein Nickerchen machen.«

»Okay.« Er wusste also, wie man sich um ein Baby kümmerte. Was das Ganze noch quälender machte.

Sie gingen mit der kleinen Brittany aus dem Klassenzimmer und holten auf dem Weg nach draußen die Wickeltasche. Trey nahm eine Decke aus dem Kofferraum seines Autos, und sie legten sich darauf, das Baby zwischen sich.

Konnte man Erica dafür verurteilen, dass sie, nur ein kleines bisschen, so tat, als ob das Baby ihres wäre? Ihres und Treys?

Aber sie wusste die Antwort darauf. Obwohl es logisch war, dass ihr das in den Sinn kam, sollte sie es lieber lassen. Sie sollte es sich nicht erlauben, sich das vorzustellen, nicht mal für eine Minute. »Wo hast du gelernt, wie man sich um Babys kümmert?«, fragte sie ihn.

Trey lag auf der Seite und wackelte mit einem Plüschtier vor dem süßen Kind herum. »Ich war der Älteste in der Pflegefamilie, bei der ich zeitweise gelebt hab. Ich hab viel gebabysittet.«

»Toll.«

»Das war es.« Er seufzte und wandte den Blick ab. »Bis sie adoptiert oder zu ihren Eltern zurückgeschickt wurden. Hat mir jedes Mal das Herz gebrochen, deshalb will ich es selbst anders machen. Nur meine eigenen Kids aufziehen und nicht die von jemand anderem, die einem dann ohnehin wieder weggenommen werden.«

Das war eine Menge zu verarbeiten. »Die eigenen Babys, hmm?«

Er wurde tatsächlich rot. »Ich meine … Das ist alles theoretisch. Ich weiß nicht, ob ich überhaupt jemals bis zu diesem Punkt kommen werde. Ich hab es mit meiner Ehe überstürzt, das war ein Fehler.«

Sie nickte, unfähig zu sprechen.

Sie würde nicht diejenige sein, die Treys Kinder zur Welt brachte. Wenn sie wirklich Mutter werden wollte, dann würde das zweifellos nur als Pflegemutter funktionieren. Die paar Adoptionsagenturen, an die sie sich gewandt hatte, hatten Zweifel geäußert, ob sie als Frau mit ernsthaften gesundheitlichen Problemen überhaupt als Pflegemutter infrage käme.

Und selbst wenn die Agentur damit einverstanden wäre, hatte eine der Adoptionsberaterinnen erklärt, seien es die leiblichen Eltern in der Regel nicht. Warum sollten sie es auch sein, wenn es viel mehr Leute gab, die Kinder adoptieren wollten, als es Kinder gab, die zur Adoption freigegeben waren?

Ihre Kehle schnürte sich zu, wenn sie darüber nachdachte. Sie musste von hier weg. »Wäre es okay, wenn du dich um das Baby kümmerst, bis Direktor O'Neil mit seiner Besprechung fertig ist? Ich habe …« Sie fühlte sich jetzt wirklich, als sei sie am Ersticken. »Ich muss ein paar Dinge erledigen, und ich fühl mich nicht gut.«

»Kein Problem, wenn du meinst, dass das okay ist für ihn.« Er kramte in der Wickeltasche herum, fand einen Schnuller und steckte ihn dem Baby in den Mund. »Das hat aber nichts damit zu tun, was vorhin passiert ist, oder?«

»Was? Oh …« Er musste den Kuss meinen. Ihre Wangen wurden heiß. »Nein, nein, das ist es nicht. Obwohl …« Sie zögerte, dachte an Küsse und Babys und verpasste Gelegenheiten, dann wagte sie sich vor. »Ich denke, wir wissen beide, dass wir das nicht wollen, also sollten wir wahrscheinlich in Zukunft Situationen vermeiden, in denen wir uns, du weißt schon, zu nahe kommen könnten.«

Er sah sie mit gerunzelter Stirn an, als versuchte er herauszufinden, was sie damit meinte. »Wir wollen das beide nicht«, echote er.

»Genau, aus allen möglichen Gründen …« Sie brach ab, weil sie ihm nicht ihren wahren Grund nennen und von ihm bemitleidet werden wollte. »Zum Beispiel, weil es O'Neil nicht passen würde. Und weil es deiner Karriere schaden würde. Du willst ja wieder zur Polizei zurück und … und von hier weg.«

»Ja.« Er nickte, schaute eine Minute lang auf die Wiese hinaus und setzte sich dann auf. Er mied ihren Blick. »Ist okay. Ich werd mich um das Baby kümmern. Wir sehen uns dann morgen.«

12. Kapitel

Klopf. Klopf. Klopf.

Es war Samstagmorgen. Trey hatte vielleicht am Abend zuvor ein Bier zu viel getrunken, aber sicher nicht genug, um dieses heftige Hämmern in seinem Kopf zu erzeugen.

Oder … vielleicht war es auch gar nicht in seinem Kopf. Er setzte sich auf der Couch auf, wo er eingeschlafen war, und starrte ausdruckslos auf den noch laufenden Fernseher und die strahlende Sonne, die durch die Fenster hereinschien.

»Harrison! Bist du da drin?«

Das Klopfen setzte wieder ein, begleitet von den lauten Rufen eines Kindes: »Onkel Trey! Wach auf, Onkel Trey!«

Da begriff Trey auf einmal, wer vor der Tür stand.

Denny. Er wollte das Wochenende hier verbringen, zusammen mit seinem Kind und seiner schwangeren Frau.

Trey wünschte sich in diesem Moment sehnlichst, dass er dem nicht zugestimmt hätte. Doch Denny hatte mit seiner Familie einen Wochenendausflug machen wollen, und Trey war ihm noch etwas schuldig, also hatte er ihm vorgeschlagen, dass sie ihn besuchen kommen könnten.

Und da waren sie nun, in aller Herrgottsfrühe. Trey fuhr sich mit der Hand durch die Haare und ging zur Tür.

»Hereinspaziert. Macht es euch bequem, während ich mich

frisch mache. Hi, Laura.« Er küsste sie auf die Wange, schüttelte Dennys Hand und wirbelte Milo herum, bis der Junge ausgelassen kicherte. Dann flüchtete er ins Badezimmer. Als er in den Spiegel sah, verstand er, warum Denny und Laura ihn komisch angeschaut hatten.

Trübe Augen, dunkle Ringe darunter, und die Haare standen ihm zu Berge. Er trug noch dasselbe mit Farbe bespritzte T-Shirt, das er gestern schon angehabt hatte. Gestern, als er Erica geküsst und sie ihn zurückgeküsst hatte, als meinte sie es ernst, und es sich dann anders überlegt und ihn weggestoßen hatte.

»Mach deiner Frau Kaffee«, rief er Denny zu und ging dann unter die Dusche.

Zwanzig Minuten später fand er Denny, Laura und Milo auf der hinteren Veranda des Cottages. Denny und Laura saßen eng nebeneinander auf zwei Stühlen und tranken Kaffee, während Milo sich mit einem begeisterten King im Gras herumwälzte.

»Hol dir auch ’nen Kaffee, Mann. Aber du solltest wissen, dass er koffeinfrei ist.«

»Koffeinfrei?« Trey starrte ihn an. »Ich habe nicht mal koffeinfreien Kaffee im Haus.«

»Deshalb haben wir ja auch unseren eigenen mitgebracht.« Laura tätschelte ihren leicht gerundeten Bauch. »Das Baby mag kein Koffein, und Denny trinkt jetzt auch immer koffeinfrei, damit ich das nicht allein durchziehen muss.« Sie grinste ihren Mann an. »Oder hätte ich ihm das nicht sagen sollen? Er könnte denken, dass du nicht mehr die Hosen anhast.«

»Er hat schon vor langer Zeit seine Hosen ausgezogen.« Trey ging rein und brühte sich eine Tasse starken Kaffee auf, dann kam er wieder auf die Veranda.

Die Morgensonne stand schon hoch am Himmel und wärmte seine Schultern, während er sich an das Geländer der Veranda lehnte und seinen Freund ansah.

Denny sah … einfach nur glücklich aus. Er hatte sich ins Eheleben gefügt, als wäre er nie ein unzufriedener Frauenheld gewesen. Laura war aufgetaucht, hatte ihn mit ihrer Schönheit und ihrer Klugheit umgehauen und ihn dazu gebracht, menschlich zu wachsen.

Und nun hatte Denny mit ihr eine Familie.

Trey freute sich für seinen Freund, doch trotzdem nagte die Eifersucht an ihm. Er hatte Babys immer geliebt, immer Kinder haben wollen. Jedes Mal, wenn seine Pflegemutter ein neues Baby mit nach Hause gebracht hatte, war er der Erste gewesen, der angeboten hatte, es zu füttern, zu halten und mit ihm zu spielen. Die anderen Jungen in der Familie hatten über ihn gelacht, aber das hatte ihm nichts ausgemacht. Er war die meiste Zeit seiner Kindheit über ein Raufbold gewesen, doch ein Baby war etwas Wertvolles.

Er konnte sich noch daran erinnern, wie sehr es ihn immer geschmerzt hatte, wenn ein Pflegekind die Familie verlassen musste.

Denny beugte sich zu seiner Frau hinüber und flüsterte ihr etwas ins Ohr, und sie legte die Hand auf ihren Bauch und lächelte.

Wie Erica wohl aussehen würde, wenn sie schwanger

wäre? Würde sie es lieben, würde sie so strahlen, wie Laura es tat? Er würde es nie erfahren. Denn gleich nachdem sie sich geküsst hatten, hatte sie gesagt, dass das Ganze eine schlechte Idee sei, und sich zurückgezogen. Und dann war sie weggelaufen, sobald es ihr möglich gewesen war.

Aber warum? Er dachte nach, ob er während des Kusses oder direkt danach etwas falsch gemacht hatte, doch ihm fiel nichts ein.

Hinter ihm winselte King ein wenig, und Trey sah, dass Milo versuchte, auf ihm zu reiten. »Hey, Kumpel«, sagte Trey, »du kannst ihn streicheln, aber nicht reiten. Gönnen wir ihm eine Verschnaufpause. Willst du ein bisschen mit meinem Handy spielen?«

»Ja!« Milo schnappte sich den verbotenen Gegenstand, während Laura Trey einen Blick zuwarf und mit den Augen rollte.

King schnüffelte an Denny und wedelte mit dem Schwanz, und Laura redete ihm gut zu, bis er sich auf den Rücken rollte, damit ihm der Bauch gestreichelt wurde.

»Wie bekommt King die freie Zeit?«, fragte Denny.

Trey zögerte. Er war nicht sicher, ob er seinem Freund die ganze Geschichte erzählen sollte.

Doch Denny kannte ihn schon ewig. »Was ist los?«, fragte er. »Ist was passiert?«

Also erzählte er ihm, wie King ihm weggenommen und misshandelt worden war und wie er den Hund gefunden und zurückgebracht hatte. Laura schnaufte empört und rieb Kings Bauch noch ein wenig länger. Denny schüttelte den

Kopf. »Ich kenne Cochran ein bisschen, durch gemeinsame Freunde. Er ist ein Idiot.«

»Ja. Aber leider ist das kein Grund, ihn einzusperren.«

»Ich kann nicht glauben, dass er es in die K-9-Hundestaffel geschafft hat.« Er sah Trey mit gespieltem Spott an. »Genauso wenig wie ich glauben kann, dass *du* es geschafft hast.« In Dennys Worten lag Sarkasmus, aber keine Boshaftigkeit, obwohl er selbst erfolglos versucht hatte, in die K-9 reinzukommen.

»Milo und ich könnten etwas Bewegung gebrauchen«, sagte Laura, nachdem sie sich noch eine Weile unterhalten hatten. »Was dagegen, wenn wir mit King spazieren gehen?«

»Nur zu. Sollen wir mitkommen?« Trey stieß sich vom Verandageländer ab.

Laura winkte ab. »Nein, ihr zwei habt viel zu besprechen. Männerkram. Denny hat wahrscheinlich auch Lust auf einen richtigen Kaffee oder ein Bier.« Sie hakte die Leine an Kings Halsband ein und trabte mit ihm die Treppe zum Strand hinunter, während Milo vor ihnen herlief.

»Tolle Frau«, sagte Trey.

»Das ist sie.« Denny beobachtete, wie sie über den Sand zum Wasser lief, und schaute dann zu Trey auf. »Und, wie läuft die Reha?«

Trey zuckte die Achseln. »Viel Arbeit am Rumpf, Wärme- und Kältepackungen, Dehnungen.«

Denny zog eine Grimasse. »Klingt langweilig. Hilft's denn?«

»Ein bisschen.« Meistens schien es viel zu wenig zu helfen, aber so war das eben mit dem Heilungsprozess.

»Heftig.« Denny schaute aufs Wasser hinaus und dann wieder zu Trey. »Glaubst du, dass du zur K-9 zurückkommst?«

»Ich weiß es nicht.« Er machte eine Pause. »Ich will ja, aber selbst wenn mein Rücken heilt, ohne King …«

»Wird es nicht dasselbe sein. Versteh schon.« Denny atmete lange aus. »Mann, ich dachte, du hättest es geschafft, die Heights gedanklich hinter dir zu lassen, aber …« Er brach ab.

Dennys Worte trafen ihn. »Ich hab sie hinter mir gelassen.«

»Ja, hast du, aber solche Sachen wie die Arbeit zu verlieren oder sich scheiden zu lassen … Scheint, als würdest du in die Fußstapfen deines alten Herrn treten.« Er winkte ab. »Nicht dass er ein schlechter Kerl war.«

»Ich weiß.« Trey seufzte, als die unerwünschten Erinnerungen ihn überfluteten. Sein Vater hatte versucht ihn großzuziehen, nachdem seine Mutter sie verlassen hatte, aber es hatte nicht sollen sein. Er hatte Trey ganz sicher geliebt; er hatte nur nicht lange genug sein Vagabundenleben und seine Frauen aufgeben können, um sich um ein Kind zu kümmern. Von Zeit zu Zeit hatte er beschlossen sich zu bessern und Trey aus seiner Pflegefamilie herausgeholt, doch diese Phasen hatten nie länger als sechs Monate gedauert. Am Ende war Trey immer wieder in den Heights bei derselben geduldigen, anständigen Pflegefamilie gelandet, bei der auch Denny lebte, der schließlich von ihnen adoptiert worden war.

Es war nachvollziehbar, dass sie Denny und nicht Trey adoptiert hatten. Denny hatte ein heiteres Gemüt und war gut in der Schule gewesen, während Trey … das nicht gewesen war. Trey hatte sich geprügelt und Mist gebaut, und das alles, weil er seine Impulse nicht kontrollieren konnte. Seine Pflegefamilie hatte mit ihm an seinem Problem gearbeitet, doch es war nichts hängen geblieben, zumindest damals nicht.

Jetzt musste er es besser machen.

»Hey, mach dir keine Sorgen. Ich bin sicher, dass es klappen wird. Es ist nur … Du hast ewig darum gekämpft, das K-9-Zertifikat zu kriegen. Alle in den Heights waren so stolz auf dich.«

Trey wollte das nicht hören, also ging er rein, schnappte sich einen Basketball und brachte ihn mit auf die Veranda. Eines der großartigsten Dinge am Cottage war, dass in der Auffahrt ein Basketballkorb hing. »Bist du immer noch so schlecht wie früher?« Er warf Denny den Ball zu.

»Sehr witzig.« Denny warf den Ball zu Trey zurück, und sie trotteten gemeinsam die Treppe hinunter.

Früher in den Heights hatten sie immer zusammen Basketball gespielt und beide eine Vorliebe für einen rauen Spielstil. Als sie zur Einfahrt gelangten, hielt Denny den Ball fest und sah Trey an. »Bist du sicher, dass du dafür bereit bist, Mann?«, fragte er.

»Viel mehr bereit als du«, sagte Trey.

»Bist du dir ganz sicher? Sogar mit deinem Rücken?«

»Vergiss meinen Rücken.« Trey streckte die Hände aus. »Willst du jetzt spielen oder nur dumm rumstehen?«

Denny dribbelte den Ball und warf ihn, und Trey hechtete ihm hinterher. Denny versuchte ihm den Ball wegzunehmen, aber Trey merkte, dass er ihn schonen wollte. Er warf ein paar Körbe und neckte seinen Freund.

»Schau, ich bin nicht mehr so, dass ich um jeden Preis gewinnen will«, sagte Denny. »Vater zu werden verändert einen ein bisschen.«

Trey rollte mit den Augen, dribbelte und versuchte weiter, Körbe zu werfen. Aber es stimmte – sein Rücken tat ihm wirklich weh. Und sein Herz auch.

Würde er jemals die Chance bekommen, Vater zu werden? Würde sich jemals eine Frau ganz für ihn entscheiden, so wie Laura sich für Denny entschieden hatte?

Wenn jemand seine Ex-Frau gefragt hätte, hätte sie das verneint, sie hätte gesagt, dass Trey keine Ehe führen könne und dass er kein guter Vater sein würde – nicht dass sie überhaupt hätte Kinder haben wollen.

Würde Erica sich für ihn entscheiden? Es sah nicht so aus. Es sah so aus, als hätte sie sich dafür entschieden, nicht mit ihm zusammen zu sein.

Er dachte daran, wie es war, sie zu küssen.

Ihre Lippen waren weich gewesen, so weich. Ihr Körper hatte sich so zierlich, dünn, geradezu winzig in seinen Armen angefühlt. Doch er hatte gespürt, wie stark ihre Rückenmuskeln waren. Sie war eine starke Frau, eine sehr starke Frau.

Eine Frau, die stark und sanft zugleich sein konnte. Das war es, was er wollte. Und das war Erica. Aber leider wollte sie ihn nicht.

Denny schnappte ihm den Ball weg und warf mühelos einen Korb. »Du verlierst, alter Mann«, witzelte er, denn Trey war eigentlich nur zwei Tage älter als Denny.

Trey versuchte ebenfalls zu scherzen, aber er fühlte sich nicht danach. Nach ein paar weiteren Spielminuten gab er zu, dass sein Rücken schmerzte, und sie gingen wieder zurück auf die Veranda.

Augenblicke später hörten sie Bellen – nicht das von King – und dann das Klackern von Hundepfoten auf der Treppe. Ziggy stürmte auf die Veranda und sprang hoch, zuerst an Trey, dann an Denny.

»Hoppla. Wer ist das denn?« Denny lachte und tätschelte Ziggys Flanken. Der Doodle wedelte mit seinem großen flauschigen Schwanz.

Treys Herz schlug schneller, und er hielt über dem Geländer nach Erica Ausschau.

Doch dann drang Hannahs Stimme die Treppe herauf, und ein paar Sekunden später tauchte sie auf der Veranda auf. »Tut mir leid! Er hat mir die Leine aus den Händen gerissen. Ziggy!«

»Wo ist Erica?« Er schaute hinter Hannah die Treppe hinunter.

»Sie, ähm, hat sich nicht gut gefühlt.« Hannah sah unbehaglich drein.

Hatte Erica sie gebeten, für sie zu lügen? Nein, das würde sie nicht tun. Also musste sich Hannah selbst eine Entschuldigung für sie ausgedacht haben.

»Sie meinte, du solltest ihn heute Morgen trainieren?« Hannah sah ihn nervös an – war es Mitleid oder der Wunsch, nicht ausgefragt zu werden? Hatte die junge Frau gespürt, dass zwischen ihnen etwas nicht in Ordnung war, oder hatte Erica ihr gesagt, sie wolle Abstand halten?

»Das stimmt. Ich trainiere mit ihm«, sagte er. Normalerweise hätte Erica auch mitmachen sollen. Da es beim Training mehr um die Besitzer als um die Hunde ging, war das eigentlich entscheidend.

Aber er würde nicht darum betteln.

»Danke«, sagte er und lächelte Hannah an. »Ich bringe ihn nach dem Training wieder zu euch rüber.«

»Nein, das ist schon okay. Ich hole ihn dann ab.«

Kaum war Hannah weg, fragte Denny Trey: »Wer ist Erica?«

»Ihre Tante.« Trey nickte in die Richtung, in die Hannah gegangen war.

»Ist irgendwas mit ihr?«

Trey öffnete den Mund, um es zu leugnen, bemerkte dann Dennys wissenden Gesichtsausdruck, und ihm war klar, dass er sich die Mühe sparen konnte. Denny kannte ihn zu gut. »Ich arbeite mit ihr in der Schule zusammen.«

»Und?«

Trey seufzte. »Ich mag sie.«

Denny kniff die Augen zusammen. »Du magst sie, okay. Und? Ist sie anders als deine Frau? Die mochtest du nämlich auch.«

»Ja«, sagte er, »aber das hier ist was anderes.«

»Wie was anderes?«

»Sie ist ein besserer Mensch.«

»Aha.« Denny lehnte sich nach vorne. »Wenn ich dich daran erinnern darf: Einige von uns sind nicht gerade klug, wenn es um die Partnerwahl geht.«

»Ich weiß.« Trey dachte an seine Frau und die Träume, die er gehabt hatte. Alle völlig unrealistisch, das sah er jetzt ein.

»Ich hatte Glück«, sagte Denny. »Aber wir hatten in den Heights nicht viele gute Vorbilder. Vielleicht solltest du vorsichtig sein. Ich möchte nicht, dass du wieder verletzt wirst.«

Dass Denny seine Gefühle so deutlich zum Ausdruck brachte, bedeutete, dass er wirklich besorgt war, und das gefiel Trey gar nicht. Wenn Denny besorgt war, gab es dafür einen Grund.

Trey tat sich nicht leicht in Beziehungen, und sein bester Freund wusste das. Wie sollte es jetzt also weitergehen?

Am Montagmorgen war Erica so beschäftigt, dass sie kaum Zeit hatte, mit Trey zu sprechen.

Und ja, das war Absicht.

Sie scheuchte die Jugendlichen herein und brachte sie dazu, sich hinzusetzen. »Alle mal herhören«, sagte sie. »Da wir nur noch zwei Wochen Schule haben, möchte ich, dass sie etwas Besonderes für euch werden. Also probieren wir in den nächsten Tagen mal etwas anderes. Wir beginnen heute eine neue interdisziplinäre Unterrichtseinheit, das wird ein Riesenspaß.«

Trey lehnte im hinteren Teil des Raumes an der Wand, und sie konnte nicht widerstehen, ihn kurz anzusehen. Doch er hatte einen gleichgültigen Ausdruck auf dem Gesicht.

So ganz anders als vor einigen Tagen, als sie sich geküsst hatten, genau hier, in diesem Klassenzimmer.

»Wie meinen Sie das, interdisziplinär?«, fragte Rory.

Sie räusperte sich. »Es geht nur um ein Thema. Wir werden Mathe, Naturwissenschaften, Englisch, Sozialkunde, Geschichte, sogar Service Learning machen, doch dabei dreht sich alles nur um eine Sache.« Sie blickte in die Runde, um sicherzustellen, dass sie die Aufmerksamkeit aller hatte. »Und unser Thema ist … Wer will raten?«

Venus hob die Hand. »Hunde?«

»Sommerferien!«, rief Shane.

»Quadratische Gleichungen«, sagte Rory, und ein paar der anderen Kinder stöhnten.

»Nein, keiner von euch hat es erraten. Es sind … Hurrikans!«

Niemand sprang auf und ab vor Begeisterung, und es gab nur wenig interessiertes Gemurmel, doch das waren eben Teenager – sie versuchten wohl cool zu bleiben. Zumindest hoffte sie das.

Sie hatte sich an diesem Wochenende in die Unterrichtsplanung gestürzt, um nicht an Trey denken zu müssen, und es hatte funktioniert … irgendwie. Sie hatte nur kurze Zeit damit verbracht, sich ins Gedächtnis zu rufen, wie sich seine Lippen anfühlten, wie warm seine Umarmung war und wie viel Fürsorge in seinen Augen lag.

Wenn sie zu viel daran dachte, würde sie das aus der Bahn werfen, das wusste sie. Sie hatte bereits gelernt, dass das Grübeln darüber, was sie verloren hatte – die Möglichkeit, Kinder zu bekommen, die Wahrscheinlichkeit eines langen und gesunden Lebens –, sie in tiefe Traurigkeit stürzen konnte. Die gute alte harte Arbeit spendete ihr Trost. So hatte sie Stunden damit verbracht, diese Unterrichtseinheit zusammenzustellen. Zwischendurch hatte sie das ganze Haus geputzt, am Samstag ein Gourmetabendessen gekocht und am Sonntagmorgen einen supergesunden Brunch zubereitet.

Es hatte beinahe gereicht, um den Geschmack von Treys Lippen aus ihrem Kopf zu verbannen – aber eben nur beinahe.

»Also, ähm, was ist der erste Schritt?«, fragte Trey. Seine Frage brachte sie in die Realität zurück, und ihr wurde bewusst, dass sie ins Leere gestarrt hatte. *Die Kinder verloren die Konzentration.*

»Tut mir leid«, sagte sie errötend. »Der erste Schritt ist, dass wir von einigen Hurrikanüberlebenden hier im Ort erfahren, wie es ist, wenn so ein großer Sturm wütet. Eigentlich«, sie blickte auf die Uhr, »sollten sie jede Minute hier sein.«

Wie aufs Stichwort klopfte es an der Tür. Lindy Neuhaus, eine Frau in den Siebzigern, der die Tankstelle auf der Hauptstraße gehörte, kam herein, gefolgt vom alten Mr. James und seinem Sohn Kirk.

Erica bat sie herein und schob schnell mehrere Tische aneinander, an denen sie wie bei einer Podiumsdiskussion sitzen konnten. Als Trey sah, was sie da tat, half er mit, aber sein Gesichtsausdruck blieb reserviert.

Wahrscheinlich hätte sie diese Idee mit ihm besprechen sollen, da er mit einbezogen werden würde. Ups. Aber schließlich war sie die Lehrerin, und er war nur der Ehrenamtler.

Bloß nicht daran denken, dass er weit mehr als ein Ehrenamtler für sie geworden war.

Sie stellte die Leute vor und bat sie, ihre Erfahrungen mit Hurrikans an der Ostküste zu schildern. Die Kinder waren überrascht, als sie erfuhren, dass hier überhaupt Hurrikans auftraten, da es seit mehreren Jahren keinen ernsthaften mehr gegeben hatte.

»Ich sag euch, ihr habt vielleicht nur was über die Schäden im Süden gehört, aber Hurrikan Agnes hat hier oben genauso viel verwüstet wie da«, sagte Lindy. »Viele Sachschäden und siebenunddreißig Tote.«

»Das war kein Hurrikan mehr, als er hier ankam«, spottete Kirk. »Hier hat noch nie ein Hurrikan die Küste erreicht.«

»Wenn du hier gewesen wärst, anstatt im ganzen Land herumzugurken«, sagte der alte Mr. James, »wüsstest du, dass die Winde auf Hurrikanniveau waren. Im Grunde genommen war es ein Hurrikan.«

Das weckte das Interesse der Kinder, und sie begannen Fragen zu stellen. Die beiden älteren Diskussionsteilnehmer hatten den Sturm miterlebt, und sie erzählten, wie sie ihre Häuser gesichert hatten und wer evakuiert beziehungsweise in der Stadt geblieben war.

»Ich war schlau und bin aus der Stadt raus«, sagte Lindy. »Aber der da ...« Sie zeigte auf Mr. James. »Der ist einfach dageblieben.«

»Wenn man zur Evakuierung aufgefordert wird, sollte man der Aufforderung eigentlich folgen«, sagte Mr. James zu den Kindern, »aber ... das hab ich nicht getan.«

»Warum nicht?«, fragte Erica.

»Weil er ein dickköpfiger Esel ist«, sagte sein Sohn.

»Wegen meiner Hunde. Sie durften nicht mit hinunter in die Hurrikanschutzräume. Ich konnte nirgendwo anders hin, und ich wollte nicht, dass sie ertrinken oder verletzt werden.«

»Ich hätte das Gleiche getan«, sagte Venus. »Es ist grausam, dass Sie dazu aufgefordert wurden, sie zurückzulassen.«

»Wie war es dann, als der Sturm kam?«, fragte Rory.

Die Kinder beugten sich interessiert vor, und Erica fühlte Befriedigung in sich aufsteigen. Sie hatte überlegt, ob sie sie zuerst in Büchern etwas darüber lesen lassen sollte, hatte aber beschlossen, dass sie mit mehr Begeisterung selbst recherchieren würden, wenn ihnen echte Personen über ihre Erlebnisse erzählt hatten. Sie hatte sogar Direktor O'Neil eingeladen vorbeizuschauen. Ihre Hoffnung war, dass es seine Einstellung zum Verhaltensförderungsprogramm positiv beeinflussen würde, wenn er sähe, wie Mitglieder der Gemeinde mit den Jugendlichen interagierten.

Sie konnte nicht anders, als Trey einen Blick zuzuwerfen, um zu sehen, wie ihre Aktion bei ihm ankam. Er beobachtete die Kinder, dann begegnete er ihrem Blick und nickte ihr zu, so als hieße er ihre Strategie gut.

Natürlich wärmte sie seine Zustimmung. Nur weil sie beschlossen hatte, ihren Gefühlen nicht nachzugeben, bedeutete das nicht, dass sie keine hatte.

Bevor sie sich allzu sehr in ihren Schmerz vertiefen konnte, nahm das Gespräch eine Wendung. »Die Reichen haben die

Insel überrannt«, sagte Mr. James, »und ihre Häuser sind beinahe sturmsicher. Unsere nicht. Aber früher haben wir uns alle gegenseitig geholfen. Das mussten wir, denn niemand hatte viel.«

»Das waren gute Zeiten«, sagte Lindy. »Aber ich weiß genau, dass meine Tankstelle nicht überleben würde, wenn nur die alten Bewohner dort tanken würden. Es sind die neuen Leute und die Touristen, die das meiste Geld reinbringen.«

»Dieselben Leute, die die riesigen Häuser gebaut haben, die uns die Sicht versperren«, murmelte Kirk. »Früher konnte ich die Bucht von meinem Haus aus sehen, aber jetzt nicht mehr.«

Mr. James nickte, die Mundwinkel nach unten gezogen. »Das ist eine Schande. Ich hab immer gern auf die Bucht hinausgeschaut.«

»Das ist nicht fair«, sagte Shane empört, und der Rest der Schüler stimmte schnell zu.

»Nur weil sie reich sind«, fügte Rory hinzu, »gibt ihnen das nicht das Recht, Ihnen die Sicht zu versperren.«

»Wir sollten was dagegen unternehmen«, sagte Venus.

Erica blickte zu Trey hinüber und sah auf seinem Gesicht die gleiche Mischung aus Stolz und Belustigung, die sie selbst empfand. Für die meisten Erwachsenen war es nichts Neues, dass Menschen mit Geld mehr Macht hatten, aber für viele Kinder und Jugendliche war es das schon. Dass die erste Reaktion ihrer Schüler Entrüstung war – und der Wunsch, die Dinge zu ändern –, war angesichts ihrer Herkunft irgendwie süß und auch beeindruckend.

Im hinteren Teil des Raumes räusperte sich jemand. Erica hatte nicht bemerkt, dass Direktor O'Neil hereingekommen war. Jetzt runzelte er die Stirn, und es war nicht schwer zu erraten, warum. Er katzbuckelte ständig vor den neuen Bewohnern und versuchte sie dazu zu bewegen, ihre Kinder auf seine Schule zu schicken.

Das Letzte, was er wollte, war, dass die alten Bewohner darüber redeten, dass alles besser gewesen war, bevor die wohlhabenden Leute hierherzogen, geschweige denn, dass die Kinder Ressentiments gegen die Reicheren entwickelten.

Erica wollte, dass sich die Schüler weiterhin engagierten, positive Dinge beitrugen, die Gemeinde besser verstanden und sie unterstützten. Das war der wahre Grund, wieso sie die Hurrikanunterrichtseinheit zusammengestellt hatte. Die Tatsache, dass es ihr geholfen hatte, Treys Küsse aus ihrem Kopf zu bekommen, war ein zusätzlicher Pluspunkt, aber nicht der Hauptgrund. Wenn Direktor O'Neil die Einheit allerdings als weiteren Beweis dafür betrachtete, wieso das Programm abgeschafft werden musste, war ihr Plan nach hinten losgegangen.

Es klopfte an die Tür. Erica eilte hin, um sie zu öffnen, und zerbrach sich währenddessen den Kopf darüber, ob sie noch jemanden eingeladen hatte, der nun in letzter Minute kam. Sie meinte, die beiden anderen älteren Leute hätten mit Bedauern abgesagt, aber vielleicht hatte sie eine Mail übersehen.

Sie öffnete die Tür mit offenem Mund, bereit, sich zu entschuldigen. Und klappte ihn wieder zu.

Da stand wirklich ein älterer Mann vor der Tür. Ein langhaariger Mann mit Bartstoppeln, sehr gut aussehend, der Treys Augen hatte. »Ich hab gehört, dass ich hier vielleicht meinen Sohn finden würde«, sagte er mit heiserer Stimme. »Kennen Sie jemanden mit dem Namen Trey Harrison?«

13. Kapitel

Trey lotste seinen Vater so schnell wie möglich von der Schule weg und ignorierte dabei die Blicke von O'Neil, den Kindern und Erica.

Die Szene fühlte sich vertraut an. Er erinnerte sich an viele Tage, an denen sein Vater aus heiterem Himmel aufgetaucht war: als Trey im Unterricht saß oder als er ein Probespiel absolvierte oder als er eine Besorgung für seine Pflegemutter machte. Seine Ankunft hatte gewöhnlich Chaos zur Folge.

Sein Dad hatte kein Auto – er war per Anhalter hergekommen –, und so schlenderten sie zu Fuß in Richtung Meer. Trey lotste ihn aus der Stadt hinaus; er wusste, welche Umgebung seinem Vater gefiel. Und vielleicht ging es ihm auch ein wenig darum, sein eigenes Image in Pleasant Shores nicht zu beflecken. Auf diese Motivation für sein Handeln war er nicht stolz, aber er war sich ihrer bewusst. Sie gingen in Richtung der Docks, wo die Krabbenfänger arbeiteten. Dort gab es eine billige kleine Bar, die seinem Vater gefallen könnte.

»Bist kein Bulle mehr, was?«, sagte sein Vater.

Die Ambivalenz in der Stimme seines Vaters erinnerte Trey daran, dass sein Dad immer von seiner Tätigkeit als Polizist eingeschüchtert und gleichzeitig stolz darauf gewesen war.

»Im Moment nicht«, sagte er, »aber ich werd wohl wieder einsteigen.«

Sein Vater blieb stehen und starrte ihn an. »Du gehst zurück nach Philadelphia? Gefällt's dir hier nicht?«

Trey zuckte die Achseln. »Es ist mehr ein Ort für Familien, diese Stadt«, sagte er.

Sein Vater studierte sein Gesicht. »Es gibt alle möglichen Arten von Familien.« Er trat gegen einen Stein und begann wieder weiterzugehen. »Unsere war nicht die beste. Aber ich hab dich immer geliebt.«

Dass sein Vater seine Gefühle so direkt zum Ausdruck brachte, überraschte Trey, und er betrachtete seinen alten Herrn. Es war mehr als ein Jahr her, seit er ihn das letzte Mal gesehen hatte; vielleicht stimmte etwas nicht mit ihm. »Bist du krank? Am Sterben?«

Sein Vater lachte laut auf. »Nein, ich wollte nur meinen Jungen sehen.« Er klopfte Trey auf die Schulter. »Hab gestern Abend deinen Kumpel Denny angerufen und erfahren, dass du hier bist, also hab ich einen kleinen Umweg hierher gemacht. Bleib aber nicht lang. Muss Richtung Süden. Hab da einen Job auf 'ner Bohrinsel, glaub ich.«

»Schön, dass du gekommen bist.« Das meinte er wirklich. So schwierig ihre Beziehung auch war, Trey liebte seinen Vater, so wie sein Vater ihn liebte.

Und er wusste auch, worauf sein Vater normalerweise aus war. »Wie geht's dir wirklich? Brauchst du was?«

Sein Dad blickte zu ihm hinüber, dann schaute er auf die Bucht hinaus. »Hab meinen Job verloren, aber das hab ich wieder in Ordnung gebracht. Und da war eine Frau … Die ist auch weg.« Er zuckte die Achseln. »Kann passieren.«

Die erzwungene Sorglosigkeit in der Stimme seines Vaters erinnerte Trey an sich selbst. Wie sein Vater wollte er einerseits immer ungebunden und frei sein, sehnte sich andererseits aber definitiv nach mehr.

Sie näherten sich den Docks. Lärm drang aus der kleinen Bar. Sie wirkte abstoßend auf Trey, und aus einem Impuls heraus entschied er sich, nicht mit seinem Vater hineinzugehen. Nicht hier, nicht in Pleasant Shores. »Lass uns zurückgehen«, sagte er. »Ich lade dich zum Mittagessen ins Goody's ein.«

»Ich hab Hunger und Durst«, sagte sein Vater mit leisem Protest in der Stimme. Er war nicht wirklich Alkoholiker, doch an Tagen, an denen er nicht arbeitete, fing er gewöhnlich gegen Mittag mit dem Trinken an.

»Ich hab nur Hunger. Lass uns Mittagessen gehen. Im Goody's gibt's Eiscreme, die dich von den Socken hauen wird. Und dann kann ich dir ein bisschen Geld geben.« Nicht dass er so viel hatte, aber es war schließlich sein Vater.

Sein Vater sah ihn von der Seite an. »Du warst immer besser als ich, mein Sohn. Sogar, als du noch ein Junge warst.«

»Ich hab ziemlich viel Mist gebaut.«

»Ja, ein wenig, wie die meisten Kinder. Aber du warst immer verantwortungsbewusst. Hast immer versucht, mich dazu zu bringen, was Vernünftiges zu essen, bevor ich was Trinken gegangen bin. Und du hast's mir gesagt, wenn du bei 'ner Frau ein schlechtes Gefühl hattest.«

Ein Lächeln umspielte Treys Mund, als er sich an einige dieser erlesenen Gespräche erinnerte. »Kommt mir vor, als hättest du nicht sehr oft zugehört.«

»Nicht deine Schuld.« Sie gingen ins Goody's, und Trey bestellte Krabbenpuffersandwiches, Pommes Frites und Krautsalat. Während sie warteten, spähten sie in die Eiscremeauslage und sprachen über die Vergangenheit. »Deine Pflegefamilie hat immer große Stücke auf dich gehalten.« Sein Dad lächelte und nickte. »Ja, du hast ein bisschen Ärger gemacht, aber die Leute meinten, du hättest ein Herz aus Gold. Sie wollten dich adoptieren, aber ich war dagegen. Hätte ich wohl nicht sein sollen.«

»Sie wollten mich adoptieren?« Trey starrte ihn verblüfft an. »Davon wusste ich gar nichts.«

Sein Vater zuckte die Achseln. »Wahrscheinlich haben sie's nicht erwähnt, weil sie die biologischen Eltern unterstützen wollten. Das wurde den Pflegefamilien immer gesagt, dass sie das tun sollten.«

»Du meinst … ich und du?« Trey hatte sich und seinen Vater nie als Familie betrachtet. Eher wie ein Paar umherziehender Unruhestifter.

»Ja, aber ich wollte dich nicht aufgeben.« Sein Vater sah auf seine abgetragenen Arbeitsstiefel hinunter. »Ich war egoistisch.«

Trey dachte darüber nach, während sie ihr Mittagessen entgegennahmen und sich an einen der kleinen Tische setzten.

Er hatte immer geglaubt, dass ihn keiner haben wollte, doch sein Dad ließ es so klingen, als ob sowohl er als auch seine Pflegefamilie ihn gewollt hätten. Da erschien seine Kindheit gleich in einem anderen Licht.

Nachdem sie gegessen hatten, behauptete sein Dad, dass er zu satt für Eis sei, und sagte, er müsse gehen. Sie gingen zusammen zum Geldautomaten, und Trey hob ein paar Hundert Dollar für seinen Vater ab. Nicht viel, aber das war alles, was er im Moment entbehren konnte. Und er war sich ziemlich sicher, dass sein Vater das Geld nicht für vernünftige Dinge ausgeben würde.

»Bin mir nicht sicher, wann ich dich wiedersehe.« Sein Dad umarmte ihn kurz und klopfte ihm auf den Rücken.

»Das ist keine schlechte Stadt, falls du dich für eine Weile fest irgendwo niederlassen willst«, hörte Trey sich sagen.

Sein Vater sah zu ihm auf, und sein wettergegerbtes Gesicht verzog sich zu einem breiten Lächeln. »Im Moment nicht, aber … danke. Du bist ein guter Sohn.« Er klopfte Trey unbeholfen auf die Schulter und entfernte sich die Straße entlang.

Trey dachte darüber nach, ob er ihm nachrufen und fragen sollte, wie er in den Süden käme, doch sein Dad hatte sich schon immer zu helfen gewusst. Er würde trampen, irgendeine Frau kennenlernen oder eine Möglichkeit finden, mit dem Zug zu fahren. Er würde sich nie ändern.

Während Trey zusah, wie sein Vater davonging, schnürte es ihm die Kehle zu. Familie war Familie. Hier in Pleasant Shores zu sein, Teil einer Gemeinschaft zu sein, musste ihn weicher, emotionaler gemacht haben.

Außerdem hatte sein Vater ihm etwas zum Nachdenken mitgegeben und seine Sicht auf die Vergangenheit verändert.

Er war sich immer noch nicht sicher, ob er damals wirklich ein Herz aus Gold gehabt hatte, aber vielleicht war er doch nicht so unliebsam gewesen, wie er immer gedacht hatte.

Am Mittwochmorgen rollte Julie stöhnend ihre Yogamatte zusammen und rappelte sich mühsam auf, um sich Erica und ihrer Schwester Amber anzuschließen. Yoga im Park – vielleicht war das doch keine so gute Idee gewesen.

Ihr tat alles weh, und sie fühlte sich komplett außer Form. Außerdem fühlten sich die Muskeln hinten an ihrem linken Bein seltsam an.

Doch die Sonne schien hell, und das Grün beruhigte ihre Seele und sorgte dafür, dass sie sich entspannte. Als sie sich nach den etwa fünfzehn Frauen umsah, die ihre Glieder streckten, ihre Sachen zusammensuchten oder in kleinen Gruppen herumstanden und sich unterhielten, bemerkte sie, dass sie jetzt glücklicher aussahen und ihre Stimmen ruhiger waren als vor dem Unterricht. Auch Julie fühlte sich besser.

Sie schulterte ihre Tasche, als ihr ein kleiner Krampf in den Rücken fuhr, sodass sie zusammenzuckte.

»Also, was denkst du?« Erica lachte, als sie Julies Gesichtsausdruck sah. »Warte, sag lieber nichts. Und sei nicht böse, weil ich dich eingeladen habe.«

Julie streckte ihren Hals und drehte ihn langsam von einer Seite zur anderen, wie eine Schildkröte. »Ich bin froh, dass du mich eingeladen hast. Mir tut nur ein bisschen was weh.«

»Da bist du nicht die Einzige«, sagte Amber über die Schulter zu ihr, während sie auf eine Steinbank zusteuerte.

»Ich dachte, Yoga sollte einfach und entspannend sein. Meine Schwester hat mich angelogen.«

»Ihr habt es beide toll gemacht.« Erica steuerte ebenfalls auf die Bank zu und drehte sich dann um, um auf Julie zu warten. »Komm. Setzen wir uns ein paar Minuten hin.«

Julie folgte Erica zu ihrer Schwester und betrachtete die beiden jungen Frauen. Die Familienähnlichkeit der beiden war nicht zu verkennen. Beide waren dünn, hatten klassische Gesichtszüge und breite, volle Lippen. Nur dass Ambers einer Arm tätowiert war und sie ein Nasenpiercing und ein Harley-Davidson-T-Shirt trug sowie enge schwarze Leggings. Ericas klassisches Yogaoutfit und ihre Caprihose waren in zartem Rosa gehalten, und sie hatte keine sichtbaren Piercings.

Der auffälligere Unterschied war aber natürlich, dass Amber ein Kopftuch trug und keine Wimpern hatte, ein Anzeichen dafür, dass sie eine harte Chemo hinter sich hatte. Sie sah aus, als hätte sie einen Kampf ausgefochten, und laut dem bisschen, was Erica erzählt hatte, stimmte das auch. Eierstockkrebs im vorletzten Stadium. Armes Mädchen.

Eine Brise kühlte Julies Nacken, und sie hob ihre Haare an. Die Zeit im Jahr, in der sie sich normalerweise die Haare schneiden ließ, war gekommen und wieder gegangen, zweimal, aber sie hatte keinen Termin ausgemacht. Beim ersten Mal war sie zu deprimiert dafür gewesen. Beim zweiten Mal hatte sie beschlossen, dass längeres Haar ihre vollen Wangen besser kaschieren würde.

Und heute wollte sie einfach nur alles radikal abschneiden lassen.

»Es ist so heiß!«, ächzte Erica, als sie neben ihrer Schwester auf die Bank sank.

»Ich weiß. Ich sterbe noch.« Amber fächerte sich mit der Hand Luft zu.

Julie setzte sich neben die beiden. »Ihr jungen Mädchen habt keine Ahnung, was es heißt, wenn einem heiß ist. Wartet mal, bis ihr in die Wechseljahre kommt.«

Die Schwestern sahen sich an, als ob sie per Gedankenübertragung darüber debattierten, ob sie etwas sagen sollten. »Wir sind gar nicht mehr so jung«, sagte Amber schließlich.

»Ich habe eine Tochter in der Highschool – auch wenn ich das selbst kaum glauben kann.«

»Dafür siehst du nicht alt genug aus. Du siehst toll aus.« Julie griff über Erica hinweg, um Amber die Hand zu tätscheln. Es brach ihr das Herz, in welcher Lage sich Amber befand. »Es ist süß, dass ihr beide mich eingeladen habt – ich bin ja eher im Alter eurer Mutter als in eurem.«

»Ich bin froh, dass wir uns angefreundet haben«, sagte Erica. »Weißt du, wir vermissen unsere Mutter jeden Tag. Du erinnerst uns ein bisschen an sie.«

Sie lehnten sich zurück und sahen zu, wie der Rest der Klasse die Sachen zusammenpackte. Die meisten Teilnehmerinnen waren jünger als Julie, und fast alle waren dünner. Aber es waren angenehme, freundliche Frauen.

Sie war nicht die Einzige gewesen, die mit einigen der Haltungen zu kämpfen gehabt hatte. Die Lehrerin hatte zu jeder Haltung verschiedene Variationen gezeigt und jede dazu ermuntert, im eigenen Tempo zu trainieren, je nach Fitnessniveau.

»Hört auf euren Körper«, hatte sie sie mit ihrer sanften Stimme immer wieder ermutigt.

So Gott wollte, würde Julies Körper bald fitter und schlanker sein.

Eine ihrer Klassenkameradinnen, eindeutig eine Yogaexpertin und ebenso eindeutig schwanger, hatte auf ihrer Matte nach dem Unterricht noch zusätzliche Dehnungen gemacht. Nun schirmte sie die Augen ab und sah zum Parkplatz hinüber, wo ein gut aussehender Mann und ein kleiner Junge auf sie warteten. Dann rollte sie die Matte zusammen, erhob sich mühelos und eilte über den Sand. Sie küsste den Mann auf die Wange und schlang die Arme um das Kind, bevor sie sich alle zusammen auf den Weg zum Auto machten und sich dabei angeregt unterhielten.

»Ich erinnere mich an damals, als ich schwanger war und danach eine junge Mutter«, sagte Julie verträumt. »Die schönste Erfahrung, die ich je gemacht habe.«

Und jetzt macht Melvin dieselbe Erfahrung zusammen mit einer anderen Frau. Wahrscheinlich kümmerte er sich um sie, trug Sachen für sie, öffnete ihr Türen. Holte für sie mitten in der Nacht Eis oder Sauerrahm-Zwiebel-Kartoffelchips aus dem Supermarkt, so wie er es für Julie getan hatte, als sie mit Ria schwanger gewesen war.

Sie verdrängte das Bild in ihrem Kopf und zwang sich dazu, sich auf das Hier und Jetzt zu konzentrieren. Doch als sie zu ihren Freundinnen hinübersah, bemerkte sie, dass Erica den Blick zu Boden gesenkt hatte und auf ihrer Stirn Falten standen, während Amber einen Arm um sie gelegt hatte und ihr auf die Schulter klopfte.

»Was ist los, Liebes?«, fragte Julie.

»Alles okay«, sagte Erica, doch das fast unhörbare Zittern in ihrer Stimme strafte ihre Worte Lügen. »Mir geht's gut.«

Amber schaute über Ericas heruntergezogene Schultern hinweg zu Julie hin. »Es ist die Sache mit dem Muttersein. Ich meine, wir wurden in dem Glauben erzogen, dass es das Größte überhaupt für Frauen ist. Auch wenn Hannah nicht geplant war – ich war damals alleinstehend –, ist sie das Beste, was mir je passiert ist. Aber jetzt kann ich keine mehr bekommen. Der Krebs.« Sie sah Erica an.

Ein schreckliches Gefühl stieg in Julie auf. »Du hast doch nicht auch Krebs, oder?«, fragte sie Erica.

»Nein. Nein, hab ich nicht. Aber …« Sie holte tief Luft. »Ich habe eine genetische Mutation geerbt, die es wahrscheinlich macht, dass ich ihn auch bekomme, also …«

»Oh nein.«

Erica nickte. »Ich hatte eine Hysterektomie.« Sie holte noch einmal Luft. »Womit man sich am besten davor schützen kann, aber …«

Amber zog sie näher an sich. »Ich hab sie dazu überredet«, sagte sie. »Ich und Hannah. Ich will auf keinen Fall, dass meine kleine Schwester das durchmacht, was ich durchmache, und wenn mir etwas passiert …«

Julie beugte sich vor und umarmte Erica. »Das ist so traurig«, sagte sie. »Es tut mir so leid.«

»Danke«, sagte Erica mit erstickter Stimme.

»Aber es gibt viele andere Möglichkeiten, wie Erica Kindern eine Mutter sein kann«, sagte Amber und warf Julie einen strengen Blick zu.

»Ja, natürlich!« Genauso wie Julie auf vielfältige Weise ihren Beitrag leisten konnte, auch wenn ihre Zeit als aktive Mutter vorbei war. »Ich bin sicher, dass du Hannah eine tolle Tante bist, und es gibt die Möglichkeit, eine Pflegemutter zu sein, Adoption … Und du bist eine tolle Lehrerin. Das sagen alle.«

Sie schloss schnell den Mund. Sie plapperte schon wieder zu viel. Einen so großen Verlust wie diesen steckte man nicht so einfach weg.

Irgendwie hatte sie geglaubt, dass sie diesen jungen Frauen, die ihre Mutter verloren hatten, helfen könnte, indem sie für sie einen beständigen Fels in der Brandung darstellte. Aber jetzt fühlte sie sich unwohl, weil sie etwas Falsches gesagt hatte.

Die Yogalehrerin und Earl Greene kamen gleichzeitig auf sie zu.

»Hey, was lungert ihr hier so herum«, scherzte Earl.

»'tschuldigung!« Julie stand auf und lächelte ihn an. Normalerweise wäre sie sich vor einem Mann in den alten Jogginghosen, die ihre Interpretation von Yogahosen waren, seltsam vorgekommen. Earl hatte sie jedoch schon in ihrer schlimmsten Phase gesehen, damals, als er und seine Frau mit ihr und Melvin befreundet gewesen waren.

Die beiden jungen Frauen standen auf, begrüßten Earl und stellten ihn der Yogalehrerin vor.

»Nächstes Mal müssen wir Sie auf die Yogamatte bringen«, sagte die Lehrerin.

»Ich könnte ein bisschen Bewegung gut gebrauchen.« Er klopfte sich auf den runden Bauch. »Leider findet der Unterricht gerade dann statt, wenn ich im Dienst bin. Und ich kann nicht mal meine Zehen berühren, also glaube ich nicht, dass Yoga was für mich wär.«

Auf der anderen Straßenseite ging Melvins neue Schickse an ihnen vorbei; ihr leichter Babybauch war aus diesem Winkel gut sichtbar. Julies Magen krampfte sich zusammen, und ihre gute Laune verflog.

»Hey«, sagte die Yogalehrerin, »ist das nicht Ashley Corrigan? Ich wusste gar nicht, dass sie schwanger ist.«

Earl räusperte sich. »Nein, nein, ich glaube nicht, dass sie das ist.«

»Ich bin sicher, sie ist es«, plauderte die Lehrerin munter weiter. »Ich hab sie immer mit einem älteren Typen zusammen gesehen. Also damals, vor ein paar Jahren, meine ich.«

Julies Herzschlag beschleunigte sich. Hatte Ashley eine Vorliebe für ältere Männer? Oder … »Wie sah er denn aus?«, fragte sie die Lehrerin in einem bemüht unbekümmerten Tonfall.

»Er war ein großer, dünner Kerl. Braunes Haar, das schon langsam grau wurde. Hab nicht verstanden, was sie an dem fand.« Sie zuckte die Achseln. »Hoffentlich hat sie jemanden gefunden, der besser aussieht!«

Während die Lehrerin sich entfernte, sickerte Julie langsam eine Erkenntnis ins Bewusstsein, die sie gerne verdrängt hätte. Sie sah Earl an. »Melvin hat sich doch nicht schon seit ein paar Jahren mit dieser Ashley getroffen, oder?«

Earl antwortete nicht. Sein Gesicht färbte sich dunkelrot.

Julies Magen verknotete sich, während eine Diashow ihrer letzten Ehejahre vor ihrem geistigen Auge vorbeizog. Melvin, der bis spätabends arbeitete. Melvin, dem nicht schmeckte, was sie gekocht hatte. Melvin, der nicht reden und keinen Urlaub mit ihr machen wollte. Allerdings war er oft in einer leidenschaftlichen Stimmung gewesen, als er nach Hause gekommen war, und im Bett hatten sie eine Zeit lang ziemlich kreative Sachen ausprobiert. Aber das konnte daran liegen, dass … »Er hat sich mit ihr getroffen.« Sie starrte Earl an. »Und du wusstest es.«

»Julie, ich …«

»Ich muss gehen«, würgte sie hervor und eilte zu ihrem Auto, damit sie nicht vor den Augen der anderen zusammenbrach.

Am Freitag war früher Unterrichtsschluss, und das war auch gut so, dachte Trey, als er seinen Pick-up durch den strömenden Regen steuerte. Das Memorial-Day-Wochenende war da, und die Kinder waren schon unruhig geworden. Leider war das Wetter alles andere als sommerlich. Den tief hängenden Wolken nach zu urteilen, sah es nicht so aus, als würde der Regen in absehbarer Zeit nachlassen.

Auch Trey war unruhig – vielleicht weil seine Rückenschmerzen endlich nachzulassen schienen – und King ebenso.

Deshalb hatte er sich spontan entschlossen, zum Hundeausbildungszentrum an der Ostküste zu fahren.

Wie es gekommen war, dass Erica auf dem Beifahrersitz neben ihm saß, konnte er noch immer nicht genau sagen.

Er hatte nicht vorgehabt, sie einzuladen. Er hatte sich entschlossen, außerhalb der Arbeit Abstand zu ihr zu halten. Aber er war mit einigen der Kids ins Gespräch gekommen, die ihn gefragt hatten, wie es seinem Polizeihund gehe. Eines der Kids hatte das Ausbildungszentrum erwähnt und vorgeschlagen, dass King dort neue Fähigkeiten lernen könnte. Erica war zufällig in der Nähe gewesen und hatte Interesse und Begeisterung für diese Idee gezeigt.

Irgendein Teil von ihm – bestimmt nicht sein Gehirn – hatte sich kurzerhand entschlossen, sie einzuladen mitzukommen.

»Kannst du reden, oder musst du dich aufs Fahren konzentrieren?«, fragte sie jetzt. »Es ist wirklich übel draußen.«

»Macht mir nichts. Ich kann reden.« Er stellte das Radio leiser. Worüber wollte sie reden? Sie hatten die Sache mit dem Kuss und dem Korb, den sie ihm anschließend gegeben hatte, noch nicht geklärt. Vielleicht wollte sie darüber reden.

Sie blickte nach hinten auf den Rücksitz und lehnte sich dann zurück, um Trey anzusehen. »Ich frag mich nur, welchen Status King hat. Bleibt er jetzt für immer bei dir?«

»Ja«, sagte Trey. »Was toll ist, außer dass der Grund dafür ist, dass er kein Polizeihund mehr sein kann.«

»Ist das jetzt schon endgültig beschlossen? Oh, Trey, es tut mir leid.« Im Gegensatz zu manchen anderen Leuten war da nichts Unechtes in ihrer Stimme. »Ich weiß, wie viel Zeit du in sein Training investiert hast.«

Das stimmte, auch wenn er über diesen Aspekt noch gar nicht nachgedacht hatte. »Danke«, sagte er und fügte dann langsam hinzu: »Ich hab in meiner Freizeit viel mit ihm gearbeitet. Es tut mir am meisten leid für ihn, aber ich schätze ... für mich selbst tut es mir auch leid.«

Erica griff rüber und drückte seinen Oberarm.

Alles in seinem Körper verkrampfte sich. Und das hatte nichts mit King zu tun.

Sie zog die Knie hoch und umschlang sie mit den Armen. »Was ist mit dir? Hat der Chief mit dir über deine Zukunft in der Hundestaffel gesprochen?«

Er bemerkte ihre langen, schlanken Beine und sah weg. »Das hat er. Er hat mich gewarnt, dass dieser Vorfall sich nicht gerade zu meinen Gunsten auswirkt, aber er unterstützt nach wie vor meine Rückkehr zur Staffel.«

Komisch, der Gedanke, nach Philadelphia zurückzukehren, zu seinem Leben als Polizist und Workaholic, erschien ihm plötzlich gar nicht mehr so verlockend. Aber vielleicht war er einfach nur traurig darüber, dass er es ohne King tun musste.

Oder vielleicht hatte der Besuch seines Vaters bewirkt, dass er sein Leben überdachte, zumindest ein wenig.

Sie bogen in die Straße ein, die zum Hundeausbildungszentrum führte. Trey ließ Erica und King vor dem Eingang raus und parkte seinen Wagen. Überraschenderweise hatte er kein Problem, ihr seinen Hund anzuvertrauen.

Obwohl sie nicht die autoritäre Haltung und den Tonfall draufhatte, die für die Arbeit mit einem Hund wie King erforderlich waren, war der große Schäferhund in ihrer Gegenwart fügsam und gutmütig, als ob er es besser wüsste, als sich groß aufzuspielen.

Sie traten in einen makellosen Empfangsbereich, und eine Frau blickte lächelnd von ihrem Schreibtisch auf. »Kann ich Ihnen helfen? Und wen haben wir denn hier?« Sie lächelte King an, ging dann um den Tresen herum und kniete sich hin, um ihn zu streicheln.

»King. Sag hallo.«

King bellte einmal kurz und hielt eine Pfote hoch.

»Ohhhh«, schwärmten die Frau und Erica gleichzeitig.

Trey grinste. Ihm war ein wenig langweilig gewesen, da hatte er King ein paar neue Sachen beigebracht. Das hatte Spaß gemacht. Die Tricks hatten nichts mit Polizeiarbeit zu tun, sie waren eher für Publikum gedacht. Es war das erste Mal, dass er einen davon in der Öffentlichkeit präsentierte, und es sah ganz so aus, als ob King bei den Damen gut ankam.

»Sind Sie Trey Harrison?« Die Frau stand auf und ging wieder hinter den Tresen, um in ihrem Computer nachzusehen.

»Ja. Ich hab vor ein paar Stunden angerufen, um zu fragen, ob ich mit einem Trainer sprechen könne.«

»Hier entlang, bitte.« Die Frau führte sie an einer Zuchtstation und ein paar Besprechungsräumen vorbei in einen kleinen Trainingsbereich, in dem sich Agility-Ausrüstung und Hundespielzeug befanden.

King sah sich mit offenem Maul und herausgestreckter Zunge um und hechelte lächelnd, so wie er es immer tat. Offensichtlich verstand er, dass das alles für ihn bestimmt war.

»Cheyenne, eine unserer Trainerinnen, wird gleich bei Ihnen sein«, sagte die Empfangsdame und überließ sie sich selbst.

»Bist du nervös?«, fragte Erica.

»Ein bisschen. Ich will wirklich, dass das klappt.« Trey kniete sich neben den Hund und kraulte seine Ohren. Er fühlte sich verantwortlich für das Ende von Kings Polizeikarriere. King war ein Hund, der viel Energie hatte, er musste sich nützlich fühlen, brauchte eine Aufgabe.

»Wenn er zum Therapiehund ausgebildet wird, könnte er vielleicht regelmäßig in die Schule kommen«, sagte Erica. Dann biss sie sich auf die Lippe. »Natürlich, wer weiß, wie lange ihr noch hier sein werdet.«

»Genau.« Er hatte das seltsame Verlangen, sie zu fragen, ob sie ihn vermissen würde, wenn er wegging.

»Hey Leute, ich bin Cheyenne!« Eine kurvenreiche blonde Frau kam herein und wippte auf den Fußballen. Sie war mit einem engen T-Shirt und Shorts bekleidet. »Sie müssen Trey sein«, sagte sie und streckte ihm eine Hand entgegen. Sie sah Erica an. »Und Sie sind … die Frau?«

Sie schüttelte den Kopf. »Nur eine … eine Kollegin. Hatte den Nachmittag frei und bin mitgefahren.«

»Super!«

Vielleicht fand Cheyenne es super, dass Erica sich so schnell von ihm distanzierte, aber Trey war enttäuscht.

Die Trainerin kniete sich vor King hin. »Hallo, mein Großer! Du willst also ein Diensthund werden, hmm?«

»Sag hallo, King«, befahl Trey, und King machte denselben Bellen-und-Pfote-geben-Gruß wie vorher und erntete ein Lächeln von der Trainerin. »Als Polizeihund wird er nicht mehr arbeiten«, fügte er hinzu, »aber er muss etwas tun, und ich denke, er wäre als Diensthund gut geeignet.«

»Was halten Sie davon«, fragte sie, »ihn zu einem Begleithund auszubilden, zum Beispiel für einen Veteranen oder ein Kind mit Behinderungen?«

»Nein!« Er merkte, dass sein Widerspruch zu heftig geklungen hatte, und lächelte verlegen. »Ich möchte, dass er weiterhin bei mir lebt. Gibt es keine Diensthunde, die Besuche in Schulen und Krankenhäusern machen?«

»Als Amber auf der Krebsstation war, waren da ein paar Hunde zu Besuch«, warf Erica ein.

»Sie meinen also Therapiehunde, keine Diensthunde.«

»Es tut mir leid. Bilden Sie die immer noch aus?«

Sie schenkte ihm ein breites Lächeln und kam einen halben Schritt näher. »Nein, aber für Sie werde ich eine Ausnahme machen.«

Er blinzelte. »Das müssen Sie nicht.«

»Doch, denn es braucht zwei Trainer, um einen Therapiehund auszubilden. Er muss sich an Krankenhausgeräte und so was gewöhnen.« Sie trat noch näher heran. »Ich würde gerne mit Ihnen arbeiten.«

Flirtete sie mit ihm? Ernsthaft? Er warf Erica einen Blick

zu und versuchte ihr telepathisch einen Hilferuf zu übermitteln.

»Ich kann dir helfen, ihn zu trainieren, wenn du willst«, sprang Erica ein. Trey lächelte dankbar.

Cheyenne runzelte die Stirn. »Sie werden nicht das richtige Equipment haben. Sie müssen es schaffen, dass sich der Hund in allen möglichen Umgebungen und in der Nähe von medizinischen Geräten wohlfühlt. Es wäre besser, wenn er mit mir zusammenarbeiten würde.«

»Also tatsächlich«, sagte Erica, »habe ich einen Rollstuhl und Krücken und sogar ein Krankenhausbett zu Hause. Kein Problem.«

»Aber ...«

»Das wär super«, unterbrach Trey. Fühlten sich so Frauen, wenn Männer aufdringlich wurden? »Es tut mir leid, dass wir Ihre Zeit verschwendet haben, Cheyenne.«

»Kein Problem. Haben Sie eine Visitenkarte? Ich kann Sie mal anrufen.«

»Ich melde mich, wenn ich Hilfe brauche«, sagte Trey. »Komm, King.«

»Hier ist meine Karte«, sagte sie. Sie streckte die Hand aus und steckte die Karte in seine Hosentasche.

Hoppla! Treys Gesicht überzog sich mit einer leichten Röte, und er wich zurück. Es hatte eine Zeit gegeben, da hatte er solche dreisten hübschen Frauen gemocht. Doch diese Zeit war vorbei. »Lass uns gehen«, sagte er zu Erica.

Sie verduftеten schnell und rannten durch den Regen über den Parkplatz, King an ihrer Seite. Als sie im Auto saßen, schaute Erica zu ihm herüber, auf ihren Wangen waren Grübchen. »Dein Gesicht, als sie ihre Karte in deine Hosentasche gesteckt hat …«

Trey wischte sich den Schweiß von der Stirn. »Das war knapp. Sie war ziemlich hartnäckig.«

»Na ja, du bist halt ein gut aussehender Typ.« Sie sah sehr niedlich aus, wenn sie errötete.

Seine eigenen Wangen erhitzten sich, und er sah weg. »Ich glaube, sie war mehr an King interessiert. Stimmt's, Kumpel?« Er drehte sich um und holte ein Handtuch hinter dem Sitz hervor, mit dem er über Kings nasses Fell rieb. »Tut mir leid, er riecht wie ein nasser Hund.«

»Er *ist* ein nasser Hund. Ist schon okay.« Ericas Handy klingelte, sie nahm den Anruf an.

»Hey Hannah, was gibt's?« Während sie zuhörte, weiteten sich ihre Augen. »Kann sie gehen?«

Trey hatte das Fahrzeug gestartet, doch jetzt stellte er es wieder ab und drehte sich zu Erica hin, die immer besorgter dreinsah.

»Ruf den Notarzt an«, sagte sie ins Handy, »und sag ihnen, was du mir gesagt hast.« Sie hörte zu. »Das hast du schon gemacht? Braves Mädchen. Bleib bei deiner Mutter und beruhige sie. Wir sind in einer halben Stunde zu Hause.« Sie sah Trey fragend an.

»Weniger.« Er setzte das Auto in Gang und fuhr mit quietschenden Reifen vom Parkplatz, während Erica weiter mit ihrer Nichte sprach.

»Wenn sie sie ins Krankenhaus bringen«, sprach sie ins

Handy, »schau, ob du mitfahren kannst. Halt uns auf dem Laufenden, wir könnten auch direkt dorthin fahren.« Sie hörte zu; Trey konnte Hannahs laute, aufgeregte Stimme durchs Handy hören.

»Schließ ein Heizkissen an und hol einen Eisbeutel. Biete ihr beides an, und auch Wasser, wenn sie möchte.« Sie schluckte hart und legte die Stirn in die Hände, doch ihre Stimme blieb ruhig. »Es wird alles gut, Hannah. Sie wird es überstehen.«

Sie hörte noch eine Minute lang zu, beruhigte Hannah noch ein wenig und beendete dann das Gespräch.

»Was ist los?«, fragte er, ohne sie anzusehen, darauf konzentriert, so schnell und gleichzeitig sicher zu fahren, wie er konnte.

»Amber …« Ihre Stimme erstarb, sie atmete tief ein. »Sie ist mit starken Schmerzen in Bein und Unterleib aufgewacht. Ich habe Hannah das nicht gesagt, aber der Arzt hat uns gewarnt, dass es wahrscheinlich ist, dass der Krebs wiederkommt und dass sich das wahrscheinlich als Unterleibsschmerzen manifestieren würde. Oh, Trey, ich mache mir solche Sorgen. Kannst du noch schneller fahren?«

Er nickte und trat aufs Gaspedal, froh, dass er etwas tun konnte, irgendetwas, um dieser Frau zu helfen, die ihm mittlerweile so ans Herz gewachsen war, fast gegen seinen Willen.

14. Kapitel

Es war Ericas schlimmster Albtraum.

Nachdem Trey sie vor der Notaufnahme des Bay Coast Hospital abgesetzt hatte, wurde sie zu einem durch Vorhänge abgetrennten kleinen Raum geführt. Dort saß Hannah und weinte.

Amber war nicht da.

Erica holte tief Luft, um sich zu beruhigen, und kniete sich dann vor ihre Nichte hin. »Liebes, ich bin hier.«

Hannah glitt nach vorne in Ericas Umarmung und schluchzte.

Nach einer Minute zog Erica einen Stuhl heran, setzte sich und hielt sie einfach nur in den Armen. Währenddessen überschlugen sich ihre Gedanken. Was war Amber passiert? Trey war wie ein Verrückter gefahren, aber war sie noch rechtzeitig gekommen? »Liebes, wo ist deine Mutter?«

»S-sie machen gerade Tests mit ihr.«

»Tests«, das klang gut, oder? Besser als eine Notoperation. »Sag mir, was passiert ist.«

Hannah erzählte eine weitschweifige Geschichte über geschwollene Beine und eine vor Schmerzen schreiende Amber, von der schnellen Reaktion der Rettungssanitäter und von der Fahrt ins Krankenhaus. »Sie meinten, es könnte etwas

Harmloses sein oder, ähm, eine tiefe Venenthrombose, was auch immer das ist. Sie meinten, daran könnte sie sterben!«

»Es ist alles gut. Sie ist nicht gestorben, und wir sind hier.« Erica fand eine Wasserflasche in ihrer Tasche und brachte Hannah dazu, sich die Tränen abzuwischen und etwas zu trinken. Der erste Schreck war verflogen. Erica trat aus der Kabine und sah eine Krankenschwester. »Hi, ich bin die Schwester von Amber Rowe. Sie ist vor Kurzem eingeliefert worden?«

»Oh, gut, dass Sie da sind. Es gibt eine Menge Formulare auszufüllen.«

Natürlich. »Werde ich nachher machen, aber zuerst muss ich wissen, wie es meiner Schwester geht und wo sie ist.«

Die Lippen der Krankenschwester wurden schmal. »Das werden Sie zu gegebener Zeit erfahren.«

Ericas Herzfrequenz beschleunigte sich. Bedeutete die Verschlossenheit der Krankenschwester, dass mit Amber etwas Schreckliches passierte? »Bitte, ich muss sie jetzt sehen. Ich bin ihre engste Verwandte, abgesehen von ihrer Tochter, und wir machen uns große Sorgen.«

Der Kiefer der Frau spannte sich an, und sie blickte über die Schulter zur Pflegestation, wo zwei Summer piepsten. Erica war klar, dass die Krankenschwestern überlastet und unterbezahlt waren, aber es war trotzdem schwer, geduldig zu bleiben, wenn sie wusste, dass ihre Schwester irgendwo in diesem Krankenhaus war, ganz allein. Aus Hannahs Zimmer drangen gelegentliche Schluchzer. Erica blinzelte Tränen zurück. »Bitte, wird sie wieder gesund?«

Die Schwester atmete tief ein und dann wieder aus. »Hören Sie«, sagte sie, »über die Diagnose darf ich Ihnen keine Auskünfte geben, und ich weiß sowieso nicht genug über ihren Zustand. Aber ich kann Ihnen sagen, dass sie mit den Pflegerinnen gescherzt hat, während sie sie zu den Tests geschoben haben. Sie sah nicht allzu blass aus, und der Arzt hat sich Zeit gelassen.«

Es handelte sich also nicht um einen Notfall. Erica bekam vor Erleichterung weiche Knie. »Danke«, sagte sie.

»Hey, ich bin da.« Trey kam den Korridor entlanggelaufen.

»Nur unmittelbare Angehörige dürfen hier rein«, blaffte die Schwester, wieder ganz die Alte.

»Ich geh gleich wieder.« Trey schenkte der Krankenschwester ein umwerfendes Lächeln, doch es schien bei ihr nicht zu wirken.

»Die Tests werden mehrere Stunden dauern. So lange können Sie sich hier nicht aufhalten. Sie müssen zurück nach draußen in den Warteraum gehen.« Sie sah Erica an. »Sie als ihre Schwester können oben warten und dort mit den Ärzten sprechen.«

»Perfekt. Das werde ich tun«, sagte Erica. »Ich will nicht, dass sie allein ist.«

Trey tätschelte ihren Arm. Vor der Schwesternstation ertönte ein weiterer Summer, und die Krankenschwester eilte hin. »Vielleicht könnten Hannah und ich King nach Hause bringen und euch beiden ein paar Sachen holen. Wäre das eine Hilfe?«

»Eine große Hilfe. Hannah wird wissen, was Amber braucht.« Und es würde ihrer Nichte sehr guttun, von diesem Krankenhaus und dem unpersönlichen Verhalten des medizinischen Personals wegzukommen. Außerdem wäre es besser für sie zu wissen, dass sie etwas tat, was ihrer Mutter half, anstatt nur rumzusitzen.

Innerhalb weniger Minuten hatte Trey Hannah dazu überredet, ihm dabei zu helfen, Sachen für Erica und Amber zu holen. Als die beiden gingen, schien Hannah viel ruhiger.

Während Erica zusah, wie er die Türen öffnete und Hannah als Erstes hindurchgehen ließ – den Teenager wie die Lady behandelte, die sie war –, merkte sie wieder, was für ein toller Mann er war. Jede Frau würde sich glücklich schätzen, ihn in ihrem Leben zu haben.

Dann drängte sich ein anderer, unerwünschter Gedanke an ihren Sorgen vorbei. Die meisten Frauen wären in der Lage, ihm das zu geben, was er wollte: Kinder. Erica war die Einzige, die das nicht konnte. Sie hatte kein Recht, ihm das vorzuenthalten.

Sie schüttelte den Kopf, um den Gedanken zu verbannen. Sie musste sich jetzt auf Amber konzentrieren, nicht auf sich selbst.

Nach einer halben Stunde Papierkrieg wurde Erica informiert, dass Amber in ein Krankenzimmer gebracht worden war. Sie ging an den Aufzügen vorbei und eilte die Treppe hinauf. Als sie bei dem Zimmer anlangte, legte eine Krankenschwester Amber gerade ins Bett und überprüfte ihre Vitalfunktionen. Erica wartete, bis die Krankenschwester fertig war, ging dann zu ihrer Schwester und nahm ihre Hand. »Wie fühlst du dich?«

Amber zog eine Grimasse. »Nicht so gut, aber es geht schon wieder aufwärts. Sie wollten die Tests machen, bevor sie mir Schmerzmittel geben, also hab ich jetzt erst welche bekommen. Sie werden bald wirken.«

»Wieso hast du die Schmerzen? Hast du schon eine Ahnung?«

Sie zuckte mit den Schultern, biss sich auf die Lippe und schaute weg.

Erica setzte sich auf den Rand des Bettes. »Sag's mir.«

Amber holte tief Luft und lehnte sich nach hinten, um Erica anzusehen. »Nein, ich weiß es nicht. Sie haben einige mögliche Gründe genannt, und einer davon ist ...«, sie schluckte, »... dass er wiedergekommen ist. Ein Tumor oder mehrere, die auf irgendwas drücken.«

Erica schossen Tränen in die Augen. *Bitte, Gott. Bitte nicht das.*

»Ich dachte, ich wäre bereit dafür. Wir wussten, dass es passieren könnte. Aber als ich Hannahs Gesicht gesehen hab ...« – ihre Stimme erstickte, und sie brach ab. Ihre Augen füllten sich mit Tränen. »Sie ist noch zu jung. Sie braucht mich.«

»Ich weiß.« Erica schluckte hart und streichelte den Arm ihrer Schwester, wobei sie darauf achtete, den Infusionsschlauch nicht zu berühren. »Ich auch. Und die Welt auch. Du hast noch so viel zu geben.«

»Wo ist sie?«

»Trey hat sie mitgenommen. Sie setzen King bei ihm zu Hause ab und holen ein paar Sachen für dich. Fällt dir irgendwas ein, was du brauchst?«

»Ein paar Sporthosen, damit mein Hintern nicht unter dem Krankenhaushemd rausschaut.« Ambers Lippen verzogen sich zu einem gequälten Lächeln. »Und ein Handyladegerät.«

»Ich schicke ihr eine SMS.« Erica tat es und schrieb dazu, dass Amber jetzt in einem Zimmer lag und relativ gesprächig war. Sie wollte Hannah keine falschen Hoffnungen machen, ihr aber die Verzweiflung nehmen.

Als sie die SMS fertig getippt hatte und zu ihrer Schwester aufblickte, ergriff Amber ihre Hand. »Hey. Ich möchte, dass du weißt, dass ich dankbar bin für alles, was du für uns tust.«

Erica legte den Kopf schief. »Ich weiß nicht, wovon du redest. Ich tue, was jede Schwester tun würde.«

»Du hast es uns ermöglicht, dass wir hier ein Zuhause haben, an diesem wunderschönen Ort.« Amber wies in Richtung Fenster. Jenseits des Parkplatzes und einer Reihe Häuser leuchtete die Bucht, als ob sie mit Goldfolie überzogen wäre. »Wenn sich rausstellt, dass es etwas Schlimmes ist – wenn der Krebs wiederkommt –, bin ich dankbar, dass ich hier leben durfte. An den Nachmittagen, an denen du und Hannah in der Schule seid, sitze ich immer auf der Veranda und schaue aufs Wasser hinaus. Und bin innerlich ganz friedlich.«

Erica beugte sich zu ihr hinunter und umarmte sie vorsichtig. »Ich bin so froh. Ich lebe so gern hier mit dir und Hannah.«

Doch während Amber, eingelullt von den Schmerztabletten, langsam in den Schlaf abdriftete, dachte Erica darüber nach, wie es wäre, mit ihrer Schwester noch länger hier zu leben; was das bedeuten würde.

Dass Amber gut und in Frieden leben konnte, zusammen mit ihrer Tochter, dass ihr Traum in Erfüllung ging – das bedeutete ihr alles.

Und eine Beziehung mit einem Mann zu haben, der plante, bald wieder von hier wegzugehen, war undenkbar. Dass die Finanzierung des Förderprogramms am Ende des Jahres zurückgezogen werden könnte, daran durfte sie ebenfalls nicht denken. Nach diesem Schrecken war sie noch viel weniger bereit, den Traum ihrer Schwester aufzugeben.

Sie musste neue Wege finden, wie sie O'Neil und die Gemeinde davon überzeugen konnte, dass die Kinder, die am Verhaltensunterstützungsprogramm teilnahmen, der Schule Vorteile und keine Nachteile brachten.

Es war Dienstagmorgen, und Trey war sich nicht sicher, ob er Erica in der Schule sehen würde oder nicht. Sie war mit ihrer Schwester, seit diese gestern aus dem Krankenhaus gekommen war, im Haus geblieben. Nur Hannah war er kurz begegnet, als sie mit Freunden aus der Schule zu den Läden an der Uferpromenade gegangen war, um Pizza und Kuchen zu kaufen.

Während des Memorial-Day-Wochenendes hatten sich die Schwestern im Cottage verschanzt und waren nicht einmal zur Grillparty am Strand oder zum Feuerwerk erschienen.

Und Trey, der sich gerne nützlich gemacht und geholfen hätte, wurde im Dunkeln gelassen, als wäre er irgendein beliebiger Nachbar.

Das gefiel ihm nicht.

Laute Stimmen auf dem Flur brachten ihn in die Wirklichkeit zurück, zurück in die Schule. Die Kinder drängten herein, alle in Arbeitskleidung, einige von ihnen trugen Werkzeuge bei sich. Sie sollten in der Nachbarschaft, in der sie zuvor aufgeräumt hatten, ein Projekt durchführen, das älteren Bewohnern helfen sollte, sich auf mögliche bevorstehende Stürme vorzubereiten.

Konnte er es wagen, das mit ihnen alleine durchzuziehen? Er kannte den Weg dorthin, aber er war kein offizieller Lehrer, und er wollte O'Neil nicht gegen sich aufbringen. Und da der Direktor eben war, wie er war, würde er zweifellos bei ihnen vorbeischauen.

Es war schwer zu glauben, dass Erica so kurz vor Schuljahresende einen Tag versäumen würde, aber wenn ihre Schwester sie brauchte …

Gerade wollte er den anderen Lehrer, der das Programm leitete, bitten mitzukommen, als Erica hereinstürmte, in Jeans und T-Shirt. »Tut mir leid, Leute! Tut mir leid, dass ich zu spät komme. Lasst uns gehen und loslegen. Wir haben nur ein kleines Zeitfenster, bevor es wieder anfängt zu regnen.«

Sie liefen von der Schule zur Sunset Lane. Die Sonne blinzelte durch die Wolken, dann versteckte sie sich wieder, von der Bucht her wehte eine lebhafte Brise. Jackenwetter.

Er ging neben Erica her. »Wie geht es deiner Schwester?«

»Ziemlich gut. Bisher haben ihre Tests nicht ergeben, dass es etwas Ernstes ist, aber wir warten noch auf ein paar weitere Ergebnisse.«

»Wie fühlt sie sich denn?«

»Sie ist müde, aber ansonsten geht es ihr gut. Die Schmerzen sind weg.«

Hinter ihnen hörten sie jemanden rennen, die Stimme eines Jungen. »Hey, ich bin auch da. Tut mir leid, dass ich zu spät bin.«

Trey war überrascht, den Teenager zu sehen, der an Treys erstem Tag hier die Drogen im Rucksack gehabt hatte.

Erica streckte eine Hand aus und klopfte dem Jungen auf die Schulter. »Ich bin so froh, dass du wieder da bist.« Sie sah Trey an. »Du erinnerst dich sicher an LJ«, sagte sie.

Trey streckte dem Jungen eine Hand entgegen. »Willkommen zurück.«

Einen Moment lang schien es, als würde der Junge seine Hand nicht ergreifen wollen, doch langsam, zögerlich, tat er es dann doch.

LJ war ihm gegenüber offensichtlich misstrauisch. Trey wusste mittlerweile genug über Teenager, um die Flucht nach vorne anzutreten. »Hör zu, ich kann nicht leugnen, dass ich dich im Auge behalten werde, aber das tue ich bei euch allen.«

»Schon klar.« LJ sah weg.

Trey öffnete den Mund, um den Jungen zu tadeln, schloss ihn dann aber wieder. Er konnte LJ kaum einen Vorwurf machen, und er erinnerte sich nur allzu gut daran, dass er den

Erwachsenen früher auch nicht vertraut hatte. Nur konsequentes Handeln und Geduld würden LJ davon überzeugen, dass Trey auf seiner Seite war. »Von mir aus können wir noch mal von vorn anfangen«, sagte er und ging schneller, um die anderen Kids einzuholen.

Hinter sich hörte er, wie Erica mit LJ sprach. Ihre Stimme war warm, und sie redete in lockerem Ton mit ihm. Als sie das Haus erreichten, an dem sie arbeiten sollten, hatte sie ihn sogar einmal zum Lachen gebracht.

LJs Lachen erwärmte Treys Herz. Erica konnte wirklich gut mit den Kindern umgehen.

Sie standen vor dem Haus der James', wo die Arbeit beginnen sollte. Erica hob trotz ihres zierlichen Körpers geschickt Bretter hoch und zeigte den Schülern, wie und wo man sie stapeln konnte, um sie anschließend vor die Fenster zu nageln. Dann zeigte sie ihnen die Hurrikanjalousien, die die größeren Fenster schützten, und demonstrierte ihnen, wie sie überprüfen konnten, ob sie funktionierten. »Es ist noch keine Hurrikansaison, aber theoretisch beginnt sie am ersten Juni. Das ist nächste Woche. Wir wollen also, dass alle darauf vorbereitet sind.«

»Darauf vorbereitet, dass die Schule ausfällt«, rief einer der Jungen, und ein paar andere stimmten in sein Rufen mit ein. Aber es war nicht böse gemeint. Trey wäre nicht überrascht, wenn die Kinder das Programm vermissen würden, wenn das Schuljahr zu Ende war.

Vielleicht, schoss ihm durch den Kopf, könnten er und Erica im Sommer etwas mit den Kids unternehmen.

Nicht dass er vorhatte, den Sommer über noch hierzubleiben.

Die James' hatten einen baufälligen Schuppen, in dem sie ihre Hurrikanvorräte aufbewahrten. Erica erklärte den Kindern, wie sie den Schuppen in Ordnung bringen und alles leicht zugänglich machen konnten, und bald waren alle fleißig mit den Hämmern, Nägeln und kleinen Sägen beschäftigt, die der Eisenwarenladen zu diesem Zweck gespendet hatte. Trey war nie ein großer Handwerker gewesen, also versuchte er nicht, die Führung zu übernehmen; er folgte einfach Ericas Anweisungen und tat das, was auch die Schüler taten. Das Gute war, dass sich sein Rücken viel besser anfühlte. Genau wie die Physiotherapeutin gehofft hatte, hatten Zeit und konstantes Training sehr geholfen.

Nach einer Stunde Arbeit waren sie fast fertig, sodass er eine Pause einlegte und zu Erica hinüberging. »Soll ich irgendwas Bestimmtes tun?«

»Behalte einfach alle im Auge. Für einen Kerl, der kaum weiß, wie man einen Hammer hält, machst du das gut.« Sie milderte ihre spöttischen Worte mit einem Lächeln ab.

Er grinste kleinlaut. »Du hast es also bemerkt.«

»Hab ich.« Sie warf sich in die Brust. »Weil ich so etwas gut kann.«

Ihre großspurige Bemerkung amüsierte ihn. »Warum zeigst du mir dann nicht, wie es geht?«

»Du willst, dass ich dir Unterricht gebe?« Sie hob eine Augenbraue.

»Ja.« Er zog einen Mundwinkel nach oben. »Ich begebe mich ganz in deine Hände.«

Sie biss sich auf die Lippe. Mann, wie gerne hätte er sie auf der Stelle geküsst.

Ihre Augen waren auf seine gerichtet, und ein hübsches Rosa stieg ihr in die Wangen. Sie sahen sich zu lange an.

Sie atmete tief ein. »Also, na gut! So nimmt man den Hammer. Halt mit der anderen Hand den Nagel fest und klopfe. Vorsichtig, pass auf, dass du den Nagel nicht schief reinhämmerst oder dir auf den Daumen haust.«

Er lachte über ihre Einführungsstunde und kniete sich hin, um das nachzuahmen, was sie auf der anderen Seite des Fensters vorgemacht hatte. Als er den Nagel positioniert hatte, warf er ihr einen Blick über die Schulter zu. »Ungefähr so?«

»Ja.« Sie sagte es mit einem Seufzen und schien den Blick nicht auf Hammer und Nagel, sondern auf seine Arme und Schultern gerichtet zu haben. Er konnte nicht leugnen, dass ihm das gefiel. Seit seiner Scheidung, und noch mehr seit seiner Verletzung, hatte er sich nicht mehr richtig als Mann gefühlt.

Hinter ihnen räusperte sich jemand. Sie zuckten beide zusammen, als hätten sie etwas falsch gemacht.

Es war Earl Greene. »Läuft hier alles gut?«

»Ja, perfekt!« Erica wandte sich von Trey ab und wies auf eine Seite des Hauses, wo die meisten Kinder arbeiteten. »Es macht ihnen Spaß, aber ich glaube, sie sind Mr. James zugleich auch wirklich eine große Hilfe beim Sichern des Hauses.«

»Sind Sie aus einem bestimmten Grund hier, Sir?«, fragte Trey, weil er sah, dass Earl etwas auf der Seele brannte.

»Ehrlich gesagt ja.« Der Mann runzelte die Stirn. »Ich würde gern wissen, wie es LJ geht.«

»Nach dem, was ich gesehen habe, scheint er sich gut einzufügen, Officer.« Erica errötete ein wenig, und Trey erriet, warum.

Keiner von ihnen hatte LJ auch nur ansatzweise im Blick gehabt.

»Sollen wir rübergehen und nachsehen, wie er sich so macht?« Trey war sich ziemlich sicher, dass das das Einzige war, was den Officer zufriedenstellen würde.

»Sehr gerne.« Greene drehte sich um und ging voraus.

Als sie auf der anderen Seite des Hauses anlangten, verkrampften sich Treys Eingeweide.

Direktor O'Neil diskutierte mit einigen der Mädchen, die Hände in die Hüften gestemmt.

»Aber Erica hat uns gesagt, dass wir es so machen sollen«, sagte eines der Mädchen.

»Da hat sich eure Lehrerin eben geirrt«, sagte O'Neil. Er blickte auf, gerade als Trey, Erica und Earl Greene näher kamen. »Oh, hallo«, sagte er. »Ich sehe mir nur an, wie die Kinder gearbeitet haben.«

»Sie leisten gute Arbeit«, sagte Trey, um den Mädchen den Rücken zu stärken. Sie sahen verärgert aus, nachdem O'Neil ihre Vorgehensweise kritisiert hatte.

»Irgendwelche Probleme, Officer?«, fragte O'Neil Officer Greene.

»Ich wollte nur mal sehen, was LJ Jones treibt«, sagte Greene. Er sah sich um. »Wissen Sie, wo er ist?«

»Nein, denn ich wusste nicht, dass er heute zurückkommt«, sagte Direktor O'Neil. Er sah Erica an und runzelte die Stirn. »Sie müssen mich über so etwas auf dem Laufenden halten.«

»Wann ein Schüler abwesend ist und wann er wiederkommt?« Sie sagte es in mildem Ton, schaffte es aber dennoch anzudeuten, dass O'Neil ihrer Meinung nach kleinkariert war.

»Bei einem Schüler mit kriminellem Hintergrund schon.« Er verschränkte die Arme vor der Brust. »Das ist genau das, was einigen Eltern an unserem Programm missfällt. Man hätte mich konsultieren sollen, bevor man ihn zurück an die Schule gelassen hat.«

»Wenn der Vorstand Einwände hat, nehme ich die Schuld auf mich«, sagte Erica in dem offensichtlichen Versuch, O'Neil zu beruhigen.

»Ich möchte Ihre Diskussion über das korrekte Vorgehen nicht unterbrechen«, sagte Officer Greene, »aber wo ist er?«

Trey überblickte die Gruppe. Tatsächlich war LJ nirgendwo zu sehen. Er ging auf die andere Seite des Hauses, wo zwei der Kinder den kleinen Schuppen sicherten.

Auch dort kein LJ.

»Er ist weggelaufen! Ich hätte es wissen müssen.« O'Neil runzelte die Stirn, Earl Greene tat es ihm gleich.

»Lassen Sie uns keine voreiligen Schlüsse ziehen«, sagte Erica. Sie wandte sich an die Kinder, die offensichtlich zuhörten. »Hat einer von euch LJ gesehen?«

»Vor einer Minute war er noch da«, sagte eines der Mädchen.

Trey hätte sich selbst in den Hintern treten können. Er

war der Polizist hier, und er hatte den Delinquenten nicht im Auge behalten.

Auf Ericas Stirn erschienen Falten. Sie schien Angst zu bekommen, und das war verständlich. Sie dachte wahrscheinlich, es sei ihre Schuld, aber Trey war anderer Ansicht. LJ lag aufgrund seiner kriminellen Vergangenheit in Treys Verantwortungsbereich.

Er spürte einen Regentropfen auf seinem Arm und blickte hoch zu den aufgewühlten grauen Wolken am Himmel. Sah aus, als müssten sie bald zusammenpacken. Aber nicht bevor sie den vermissten Jungen gefunden hatten.

Die Vordertür des Hauses öffnete sich, und LJ kam heraus.

»Was hast du da drin gemacht?« Direktor O'Neil ging auf LJ zu und packte ihn unsanft an der Schulter.

LJ riss sich los. »Lass mich los, Mann«, sagte er.

»Hast du da drin was gestohlen?«

»Nein!« LJ warf einen Blick auf sein Publikum und murmelte: »Ich war auf dem Klo. Der Alte wollte, dass ich ihm bei was helfe.«

Ein Auto fuhr vor: Kirk James, den Trey in seinem Kopf bereits als Wichtigtuer abgespeichert hatte. Der ältere Mann stieg schnell aus und ging auf die kleine Gruppe zu. »Was geht hier vor? Geht es meinem Vater gut?«

Officer Greene stieg überraschend schnell die Stufen der Veranda hinauf – vielleicht war er tatsächlich gar nicht so schlecht in Form – und klopfte an die Tür. Als der ältere Mr. James erschien, begrüßte Earl ihn und fragte: »Hat einer von den Jungs Ihnen drinnen bei irgendwas geholfen?«

»Ja. Ist das gegen die Regeln?«

»Ganz und gar nicht. Ich wollte nur sichergehen.« Greene plauderte weiter mit dem älteren Mann.

»Genau so etwas kann passieren«, haspelte O'Neil mit rotem Gesicht. »Mir gefällt das nicht. Niemandem gefällt das.«

»Niemandem gefällt *was*?« Trey versuchte die Frage respektvoll klingen zu lassen, als ein paar der Kinder kicherten, merkte er, dass ihm das nicht gelungen war.

»Niemand hat gern Kriminelle in seinem Haus!«

LJ ließ die Schultern hängen, und Trey erinnerte sich daran, wie es sich anfühlte, wenn die Leute einen als Unkraut betrachteten, obwohl man nichts Unrechtes getan hatte.

»Der junge Mann, der mir geholfen hat, meinen Tisch zu verrücken, ist ein Krimineller?« Mr. James runzelte die Stirn.

»Erica, könnten Sie uns freundlicherweise die Vorgeschichte dieses jungen Mannes schildern?« Nun versuchte O'Neil, den Schaden zu begrenzen.

»LJ hatte vor einer Weile einige Schwierigkeiten«, sagte sie und legte einen Arm um den Jungen, »aber er hat sich den Konsequenzen gestellt und seine Strafe verbüßt. Jetzt ist er wieder bei uns. Er ist ein wichtiges Mitglied der Gruppe.« Sie blickte von einem Erwachsenen zum anderen, als ob sie einen von ihnen dazu herausfordern wollte, die Verbindung, die sie zu dem Jungen hatte, zu zerstören oder ihn runterzuputzen.

»Sie haben einen Jungen, der verhaftet worden ist, an unserem Haus arbeiten lassen? *In* unserem Haus?« Kirk stemmte die Hände in die Hüften.

»Sohn!« Es war der alte Mr. James, und obwohl seine Stimme aufgrund seines Alters rau war, klappte Kirk den Mund zu. »Wir sind nicht die Art von Leuten, die anderen Menschen keine zweite Chance geben. Schließlich haben sowohl du als auch ich einige Male in unserem Leben eine zweite Chance bekommen.«

Kirk öffnete den Mund, als wollte er widersprechen, doch dann schloss er ihn wieder und zog den Kopf ein. »Stimmt schon.«

»Sieht aus, als wäre hier alles unter Kontrolle«, sagte Officer Greene zu Trey. »Sie sorgen dafür, dass das so bleibt, verstanden?«

»Ja, Sir.« Aber er sah nicht Greene an, er sah Erica an. Sie sprach energisch mit Mr. James und hatte ihnen dabei den Rücken zugedreht. Vielleicht versuchte sie zu vermeiden, dass O'Neil sich in das Gespräch einmischte.

Das war definitiv ein Balanceakt, den sie hier zu meistern hatte. Trey wusste, wie wichtig das Verhaltensunterstützungsprogramm für sie war. Die endgültige Entscheidung darüber, ob es weitergeführt werden sollte, stand bald an. Er wünschte sich erneut, dass er LJ nicht aus den Augen gelassen hätte.

Als Officer Greene sich entfernte, betrachtete Trey die tief hängenden Wolken. Er war kein Wetterfrosch, aber es sah aus, als würde ein Sturm aufziehen. Noch mehr dicke Regentropfen fielen auf sie herab.

»Legt die Werkzeuge weg«, befahl er den übrigen Kindern. Die Arbeiten an Marys und Primrose Millers Häusern würden auf einen anderen Tag verschoben werden müssen.

LJ schlich sich zur Rückseite des Hauses, also schlenderte Trey hinter ihm her.

Der Junge blieb nicht dort stehen, wo ein paar andere Kinder Material sammelten, sondern ging weiter zur Gasse hinter dem Haus. Er sah nach links und nach rechts.

Er wollte weglaufen. Trey erkannte die Anzeichen, weil er selbst das auch schon mal getan hatte.

Schnell ging er auf LJ zu, wobei er das Stechen in seinem Rücken ignorierte. »Es ist scheiße, wenn jemand einfach so Vermutungen über einen anstellt, stimmt's?«

LJ blickte über die Schulter zu ihm, in seinem Gesicht stand Angst geschrieben. »Ich hab nichts angestellt.«

»Das habe ich gemerkt. Und ich glaube, Erica und Officer Greene haben das auch gemerkt.«

»Der Direktor wird mir nie wieder vertrauen.«

»Wahrscheinlich hast du recht. Aber lässt du dich davon definieren?«

LJ warf ihm einen verärgerten Blick zu und antwortete nicht.

Sie gingen ein Stück durch die Gasse, dann blieb Trey auf einmal stehen und bedeutete LJ, dass er kehrtmachen sollte. »Geh mit mir zurück. Was ich gemeint habe, ist: Willst du zulassen, dass die Tatsache, dass der Schulleiter dich für Unkraut hält, dich tatsächlich Unkraut werden lässt?«

LJ hielt inne.

»Schau, du hast die Chance, ganz neu anzufangen. Ich beschuldige dich nicht, irgendwas getan zu haben, und Erica und die Polizei auch nicht. Aber es ist deine Entscheidung.

Du kannst dein Leben auch abermals bergab gehen lassen und damit sozusagen den Erwartungen des Direktors gerecht werden, wenn du willst.«

»Es ist nicht meine Entscheidung. Sie lassen mich ja nicht weglaufen.«

»Na ja, du musst dich schon nach dem Gesetz richten. In diesem Fall bedeutet das, dass du, wenn du in die Schule kommst, auch in der Schule bleiben und das tun musst, was deine Klassenkameraden tun, und nicht jedem deiner Impulse folgen darfst. Du bist nicht von den Regeln ausgenommen, die alle befolgen müssen.«

LJ verzog den Mund, doch er drehte sich um und ging mit Trey zurück zum Haus.

»Glaub mir«, sagte Trey, »ich weiß, wie es ist, wenn man einen Fehler macht, weil man die Dinge nicht richtig durchdenkt. Aber man kann sich ändern. Das habe ich getan.«

»Hmm.« LJs Grunzen klang nicht feindselig, was schon das meiste war, was man von einem Teenager erwarten konnte.

Sie begannen über allgemeinere Dinge zu reden, aber zumindest machte der Junge den Mund auf. Das gab Trey Hoffnung. Vielleicht konnte er hier ja etwas Gutes tun.

Aber wirklich zu erwarten war das nicht. Ja, es klappte gut mit den Kids und der Frau in dieser verschlafenen Kleinstadt. Und, ja, sein Impuls war sehen zu wollen, wohin das führen würde.

Doch er war sich darüber im Klaren, dass seine Impulse ihn schon früher in Schwierigkeiten gebracht hatten. Als er selbst noch ein Teenager gewesen war, als er sich in die Ehe mit Michelle gestürzt hatte und als er nach dem Scheitern dieser Ehe angefangen hatte, bei der Arbeit zu viele Risiken einzugehen.

Einschließlich des Meth-Labor-Fiaskos, das zu seiner Rückenverletzung geführt hatte.

Er vertraute seinen Impulsen nicht mehr. Er vertraute sich selbst nicht mehr.

Aber vielleicht, sagte eine leise innere Stimme, irrte er sich. Vielleicht waren seine Impulse jetzt nicht mehr so falsch.

Er dachte daran, wie sein Vater seine Kindheit beschrieben hatte. Er hatte ihn nicht als schlimmes Kind betrachtet, und seine Pflegefamilie anscheinend auch nicht. Vielleicht war Trey also schon seit einiger Zeit zu streng mit sich selbst.

Vielleicht hatte er nicht nur den Teenagern etwas zu bieten, sondern auch einer Frau wie Erica.

Kurzerhand traf er eine Entscheidung. Er wollte sie zu einem netten Date ausführen – sobald das Schuljahr zu Ende war, damit sie keine Regeln brachen. Ihre sanfte Seite etwas besser kennenlernen. Sehen, wohin dieses Knistern, das er immer wieder zwischen ihnen spürte, führen würde.

15. Kapitel

Am Sonntagnachmittag arbeitete Julie, wie fast jede Woche, an der Rezeption der Chesapeake Motor Lodge. Der Vorschlag war von Mary gekommen – ein guter Vorschlag: So war sie eine Hilfe für Ria und hatte zugleich das Gefühl, sich ihre Miete für die kleine Suite, die sie bewohnte, zu verdienen. Die meisten von Rias Gästen kamen für jeweils eine Woche, daher war heute viel los. Ria selbst war damit beschäftigt, das Reinigungspersonal zu beaufsichtigen, während es die Zimmer und Suiten für die nächste Gruppe von Gästen vorbereitete.

Julie hatte den Schmerz der Erkenntnis, dass Melvin in den letzten Jahren ihrer Ehe eine Affäre gehabt hatte, größtenteils überwunden. Nicht zuletzt, weil sie es schon halb geahnt hatte.

Was sie nicht überwunden hatte, war ihre Wut auf Earl. Er hatte davon gewusst und es ihr nicht gesagt.

»Was für eine hübsche Unterkunft!« Die schrillen Schreie ein paar jugendlicher Gäste waren eine willkommene Überraschung für Julie. Viele der jüngeren Gäste hatten Vorbehalte gegen das bescheidene Retromotel, dessen Leitung Ria übernommen hatte. Seine ehemalige über neunzigjährige Besitzerin war zur selben Zeit in den Ruhestand gegangen, als sich Ria hatte scheiden lassen. Sie hatte hier und da ein wenig renoviert, aber nicht viel; das Hotel versetzte einen geradewegs in die 1950er-Jahre zurück.

Julie summte »Love me tender« mit, während sie Quittungen im altmodischen Aktenschrank ablegte. Sie hatte an diesem Morgen vor der Kirche einen langen Spaziergang gemacht, wie an beinahe jedem Morgen, und ihre Jeans saßen deutlich lockerer. Am Wochenende war sie mit Mary ausgegangen, und sie waren Earl Greene begegnet, der ihr wegen ihres neuen farbenfrohen Kleides Komplimente gemacht hatte. Sie hatte ihn natürlich von oben herab behandelt – er wollte ihr nur schöntun, um sich dafür zu rehabilitieren, dass er ihr die Wahrheit vorenthalten hatte –, aber die Bewunderung in seinen Augen hatte sie doch ein wenig aufgemuntert. Das Selbsthilfebuch, das sie las, und das meditative Yoga, das sie praktizierte, schienen ihr zu helfen, zur Ruhe zu kommen und zu entspannen.

Das Leben wurde besser. Es war fast gut.

Hinter sich vernahm sie ein vertrautes Räuspern. Das Geräusch ließ sie innerlich zusammenfahren. Sie drehte sich um und sah Melvin am Tresen stehen. Hitze stieg in ihr auf, wie immer, wenn sie ihn sah – eine Mischung aus Wut, Scham und die Erinnerung an vergangene Leidenschaft. »Was machst du denn hier?«

»Ria gibt mir für die Woche kostenlos ein Zimmer.«

»Wirklich? Warum?« Sie ging zum Computer und scrollte durch die Liste der Reservierungen, während sie nebenbei tief durchatmete, um sich wieder zu beruhigen. Melvin wollte hier übernachten? Würde seine Freundin auch kommen?

»Ich arbeite an einem Projekt hier in der Stadt«, sagte er mürrisch. »Außerdem sind die Unterkünfte oben in Saint-Michaels zu teuer. Und Ria ist auch meine Tochter.«

Sie hob beschwichtigend die Hände. »Natürlich ist sie das. Ich sag ja gar nichts.« Noch während sie das aussprach, erinnerte sie sich an Melvins nervige Angewohnheit, alles, was sie sagte, als Kritik zu verstehen. Auf der einen Seite er, auf der anderen Seite ihre temperamentvollen Enkeltöchter – sie war in den letzten Jahren ständig wie auf rohen Eiern gelaufen. Kein Wunder, dass sie sich gestresst gefühlt und Frustessen betrieben hatte!

»Ich hab's etwas eilig.« Er streckte seine Hand nach dem Schlüssel aus.

Sie hob eine Augenbraue. »Willst du mir ernsthaft sagen, dass ich dich schneller bedienen soll?«

»Werd nicht zickig. Wir müssen irgendwie miteinander auskommen, wenn wir beide hier wohnen.«

Seine Worte machten ihr klar, was es bedeutete, dass er jetzt auch hier wohnte. Es stimmte; jedes Mal, wenn sie ihre Zimmer verließen, würden sie sich gegenüberstehen, denn ihre Zimmer lagen sich genau gegenüber, nur der Parkplatz lag dazwischen.

»Oder, besser gesagt, wenn wir *alle* hier wohnen wollen. Ashley wird auch noch kommen.«

»Soso?« Julie lehnte sich nach vorne, die Ellbogen auf den Tresen gestützt, und starrte ihn an. »Dann wollen wir hoffen, dass es mit deinem Projekt schnell vorangeht.«

»Wir räumen gerade Ashleys Wohnung aus. Sie wird …

Sie wird bei mir einziehen.« Er streckte die Brust raus und hob das Kinn, während in seinen Augen ein etwas ängstlicher Ausdruck lag.

»Ach, wie süß«, sagte sie.

Er errötete. »Ich dachte immer, du seist ein einsichtiger Mensch.«

Nein, das hast du nie wirklich gedacht. Aber du hast mich mal geliebt.

Dann kamen weiter Menschen in die Lobby; eine Mutter in Designerklamotten, ein Vater in Golfkleidung und ein Paar bezaubernder Zwillinge, die aussahen, als wären sie einem Hochglanzmagazin entsprungen. Die kleinen Mädchen liefen sofort zu dem großen, altmodischen Puppenhaus, das Ria am einen Ende der Lobby aufgestellt hatte.

Reiche Leute – wie auf Knopfdruck hörte Melvin auf, sich wie ein Idiot zu benehmen, genau wie Julie es vorausgeahnt hatte. »Süße Kinder«, sagte er mit einem breiten Lächeln zu dem Mann. »Ich bin gleich fertig.«

»Nur keine Eile, nur keine Eile.«

Er lächelte das Paar an, nickte dem Ehemann zu und entfernte sich.

Julie sah ihm nach. So gut aussehend. So durcheinander.

Die Wahrheit dämmerte ihr endgültig: Sie war ohne ihn besser dran. Ihr Alltag war einfacher, weniger nervenaufreibend. Sie konnte entspannt ihr eigenes Leben leben.

Diese Erkenntnis manifestierte sich langsam, während sie die nächsten Familien eincheckte und die nahegelegenen Sehenswürdigkeiten und Restaurants beschrieb.

Sie wollte ihn nicht zurück, obwohl der Gedanke, dass seine junge, schwangere Freundin – eigentlich Frau, sobald das arme Mädchen ihn geheiratet hätte – bei ihm einziehen würde, sie wie ein juckendes Etikett in einem neuen T-Shirt kratzte.

Ihr wurde klar, dass das hauptsächlich mit dem zu tun hatte, was die Leute denken würden. Sie würden denken, dass Melvin sie wegen eines jüngeren Modells verlassen hatte, was er im Grunde genommen, trotz seiner anfänglichen vagen Behauptungen, nicht mehr verheiratet sein zu wollen, ja auch getan hatte.

Ein Teil ihrer Bemühungen, ihn zurückzubekommen, hatte damit zu tun gehabt, dass sie ihr Gesicht wahren wollte. Sie hatte diejenige sein wollen, die ihn verließ, nicht umgekehrt.

Sie atmete langsam aus. Auch wenn sie das Ganze jetzt hinter sich gelassen hatte und so glücklich war wie schon lange nicht mehr, würde es nicht leicht sein, mit ihrem Ex-Mann im selben Motel zu leben. *Mit* seiner neuen Schickse.

Sie würde sich dieser Realität den ganzen Tag lang, jeden Tag, stellen müssen.

Als Erica und Trey vor dem schönsten Restaurant in ganz Pleasant Shores vorfuhren, atmete Erica tief durch.

Sie hatte ein richtiges Date mit Trey. Wow.

Sie hatte sich schick gemacht, trug ein geblümtes Sommerkleid mit einem ausladenden Rock, der ihre Knie umspielte, und Sandalen, deren Absatz so hoch war, dass sie Trey bis zum Kinn reichte.

Dann kannst du ihn besser küssen.

Nein. Bei diesem Date ging es nicht ums Küssen. Sie hatte sich dazu bereit erklärt, damit sie ihm die Wahrheit über sich selbst erzählen konnte. Es war höchste Zeit, denn Trey würde nicht mehr lange im Rahmen des Healing-Heroes-Programms mit ihr zusammenarbeiten. Sie musste es tun, musste sehen, wie er reagierte. Sie musste einen Versuch wagen, sich der Liebe zu öffnen.

Trey war in letzter Zeit so eine Hilfe gewesen. Als Amber krank geworden war, hatte er sich wie ein Freund verhalten, als sei es sein Job und seine Pflicht, ihr zu helfen, und er hatte abgewinkt, als sie ihm danken wollte. Auch mit den Kindern hatte er ihr sehr geholfen, besonders mit LJ. Der Junge wäre vielleicht weggelaufen, und es wäre ihm ohne Trey sicherlich schwerer gefallen, sich wieder in die Gruppe zu integrieren.

Als das Schuljahr am Montag zu Ende gegangen war, hatten sich alle Kinder mit anscheinend echtem Respekt von Trey verabschiedet. LJ war hinterher noch ein paar Minuten dageblieben und hätte fast seinen Bus verpasst.

Nun sprang Trey aus dem Auto, öffnete ihr die Tür und hielt sie ihr auf. An seinen dunklen Augen konnte sie ablesen, wie sehr sie ihm gefiel. »Habe ich dir schon gesagt, wie hübsch du aussiehst?«

»Ein paarmal.« Sie fühlte, wie sich ihre Lippen zu einem Lächeln kräuselten.

»Entschuldigung, aber ich muss es noch mal wiederholen. Du solltest öfter Kleider tragen.« Er schloss die Wagentür und reichte ihr seinen Arm, während sie Richtung Restaurant gingen. »Warst du schon mal hier?«

Sie schüttelte den Kopf. »Konnte ich mir nie leisten. Es fühlt sich komisch an, dass du mich hierhin ausführst. Wenn ich einen Teil der Rechnung übernehmen soll …«

Er drehte sich zu ihr um und legte ganz sanft einen Finger auf ihre Lippen. Es war eine federleichte Berührung, doch sie bewirkte, dass sie tief einatmete und stehen blieb.

Auch er blieb stehen und sah sie an. »Das geht auf mich«, sagte er und legte eine Hand auf ihre Schulter. Er zog sie ganz sanft zu sich heran. »Ich habe dich um ein Date gebeten. Ich zahle.«

»O-o-okay.« Sie konnte kaum atmen. Er würde sie küssen.

Und sie würde es zulassen.

Etwas traf ihren Hals. Ein dicker Regentropfen. Ein anderer landete auf ihrem Arm. Sie blickte nach oben.

Er zog sie näher an das Gebäude heran, unter eine kleine Markise, und schlang die Arme um sie.

Er wollte sie in den Armen halten. Pures Glück.

Sie kuschelte sich in seine Arme, die harten Muskeln seines Körpers raubten ihr den Atem. Sie sah zu ihm auf.

»Willst du mich küssen?«, fragte er mit einem schiefen Lächeln und hochgezogener Augenbraue. Er bat tatsächlich um Erlaubnis – wie viele Männer waren heutzutage Gentlemen genug, um das zu tun?

Als Antwort stellte sie sich auf die Zehenspitzen und drückte ihre Lippen auf seine. Vor lauter Nervosität wollte sie es eigentlich dabei bewenden lassen, doch er nahm ihr Kinn in die Hand und hielt sie mit dem anderen Arm noch fester. Er machte ein Geräusch, das fast wie ein Knurren klang, und intensivierte den Kuss.

Ihr Herz fühlte sich an, als würde es gleich explodieren, so schnell klopfte es. Seine Berührung war entschieden, sein Kuss vollkommen. Er wusste, was er tat. Sie wusste es nicht, umklammerte seinen muskulösen Rücken und vertraute darauf, dass er nichts mit ihr machen würde, wofür sie noch nicht bereit war.

Eine riesige Windböe erfasste das Parkschild neben ihnen, doch sie wollte nicht aufhören, ihn zu küssen.

Er ließ von ihr ab und sah ihr eine Sekunde lang in die Augen. »Wir sollten reingehen.«

»Sollten wir wohl.« Sie klang atemlos. Ein weiterer Windstoß warf einen Mülleimer neben ihnen um.

»Los, komm. Es wird gleich schütten!« Er nahm sie am Ellbogen, und sie kamen gerade noch rechtzeitig an der Tür des Restaurants an, als der Wolkenbruch begann.

»So viel zum Thema Frisur«, murmelte sie, während er ihr die Tür aufhielt.

Er nannte der Tischdame seinen Namen, drehte sich dann wieder zu ihr um und strich ihr eine nasse Haarsträhne hinters Ohr. »Du weißt, was ich sagen werde. Du siehst hübsch aus. Und deine Haare auch.«

»Danke.« Wieder fühlte sie sich atemlos.

»Hier entlang«, sagte die Tischdame, und Erica folgte ihr. Sie führte sie zu einem Tisch mit Blick auf die Bucht. Die Wolken waren dicht und das Wasser kabbelig, aber als sie sich dem Tisch näherten, durchbrach ein Lichtstrahl die Wolkendecke und erleuchtete kurz den Himmel, die Bucht und Treys Gesicht. Erica atmete tief ein. Kurz darauf trübte sich das goldene Licht wieder, und Trey rückte ihr den Stuhl zurecht.

Sie setzte sich und beugte sich vor. »Das wird sich jetzt wie ein seltsames Kompliment anhören, aber du hast wirklich gute Manieren. Wo hast du die her?«

»Nicht gerade das, was man von einem Typen mit meinem Hintergrund erwartet, was?«

»Nicht das, was ich von irgendeinem Mann in meinem Alter erwarten würde. Dieses Gentlemanzeug ist eine verlorene Kunst. Die meisten Männer haben nicht mal gelernt, dass man einer Frau die Tür aufhält, geschweige denn, dass man ihr den Stuhl zurechtrückt. Ich frage mich, wer dir das so gut beigebracht hat.«

Sein Gesicht entspannte sich, er lächelte. »Mein Vater. Er war nicht unbedingt gut darin, Verantwortung zu übernehmen und sich um ein Kind zu kümmern, aber er war ein großer Frauenheld. Hatte immer eine Freundin und brachte mir bei, dass gute Manieren viel ausmachen. Und dass man damit die Mädels rumkriegen kann.« Er warf ihr einen beinahe schüchternen Blick zu. »Und, funktioniert es bei dir schon?«

Sie nickte langsam. »Ja«, sagte sie. »Ja, es funktioniert.«

Und dann trafen sich ihre Augen, und sie grinsten einander leicht dümmlich an, bis der Kellner kam, um ihre Getränkebestellung entgegenzunehmen.

»Tut mir leid«, sagte Trey, »wir haben es noch gar nicht geschafft, einen Blick auf die Weinkarte zu werfen.« Er sah

Erica an. »Hast du einen Lieblingswein? Ich werde gleich eine ganze Flasche bestellen.«

»Nein, nein. Ich trinke höchstens ein Glas. Von Ihrem Hauswein«, fügte sie an den Kellner gewandt hinzu. Sie wollte auf keinen Fall, dass Trey so viel Geld ausgab.

Mehr noch, sie hatte kein Vertrauen in sich, dass sie ihren Plan durchziehen würde, ihm gegenüber die Karten auf den Tisch zu legen, wenn sie erst mal ein paar Gläser Wein intus hatte.

»Bist du sicher?«, fragte Trey, und als sie nickte, sah er zum Kellner hoch und grinste ihn an. »Ich bin eigentlich mehr ein Biertrinker. Was haben Sie vom Fass?« Der Kellner lächelte, zählte die Biere auf und nannte ihre Vorzüge. Während sie miteinander sprachen, schaute Erica aus dem Fenster, um ein wenig gedanklichen Abstand von Trey zu bekommen. Jaja, dieser Charme …

Blitze zuckten über den Himmel, und sie fuhr zusammen.

»Die behalten recht mit ihren Sturmwarnungen«, bemerkte der Kellner. »Ein großer Sturm, der die Küste raufzieht, aber bis hierher wird er nicht kommen. Er soll im Norden auf die Küste treffen. Das verstärkt nur die romantische Atmosphäre«, fügte er lächelnd hinzu. »Ich zünde mal Ihre Laterne an.« Er zog ein langes Feuerzeug heraus, und das kleine Sturmglas auf dem Tisch erwachte zum Leben.

Das schuf eine irgendwie intime Atmosphäre; beide beugten sich vor. Es saßen noch andere Paare im Restaurant und eine große Familie, aber die Gespräche waren gedämpft. Erica und Trey fühlten sich wie in ihrer eigenen kleinen Welt.

Und es war einfach zu romantisch. Erica suchte nach einem neutralen Gesprächsstoff; sie wollte nicht sofort das Thema, um das es ihr eigentlich ging, aufs Tapet bringen und den Abend dadurch möglicherweise ruinieren. »O'Neil ist jetzt noch entschlossener, unser Programm zu beenden«, sagte sie zu Trey.

»Wegen LJ?«

»Das ist sein neuester Vorwand.«

»Was hat es wirklich mit seiner Abneigung gegen die Kinder auf sich?«

»Hauptsächlich«, sagte sie, »will er mehr wohlhabende Schüler anwerben, die die volle Schulgebühr zahlen können. Dafür ist er eingestellt worden, als die Schule erweitert wurde.«

»Und steckt da noch mehr dahinter?«

Sie runzelte die Stirn. »Er hat gern die Kontrolle, und er steht gern gut da. Unser Programm bedroht beides. Weil er es nicht kontrollieren kann und weil er nichts über die Arbeit mit problematischen Teenagern weiß.«

»Warum hat er dem Ganzen dann überhaupt zugestimmt?«

»Hat er nicht«, erwiderte sie. »Das Programm gibt es schon seit Ewigkeiten, jedenfalls seit meiner Kindheit, als ich hier die Sommerferien verbracht hab. Bevor die ganzen Touristen kamen. Wir sind eine Privatschule, zu uns kamen Problemkinder aus sämtlichen Gemeinden in der Gegend.«

»Was ist passiert?«

Sie stützte das Kinn in die Hände. »Als die wohlhabenderen Bewohner begannen, hier zu bauen, gefiel es ihnen, dass sich die Schule direkt in der Stadt befand – na gut, am Rande der Stadt –, dass sie von ihren Häusern aus zu Fuß zu erreichen ist. Das Förderprogramm war in finanziellen Schwierigkeiten, also wurden wir in eine etablierte Privatschule integriert. Was in gewisser Weise gut ist, weil es den Kindern dabei hilft, sich in die Gemeinschaft zu integrieren, aber …« Sie zuckte die Achseln.

»Aber zu welchem Preis?« Er runzelte die Stirn.

»Genau. Wenn man sich mehr und mehr nur auf die regulären Schüler konzentriert, dann leidet unser Programm darunter. Es geht also auf Kosten der Kinder«, sagte sie und fügte dann hinzu: »Und meines Jobs.«

Er streckte die Hand aus und legte sie auf ihre, als wüsste er, was das für sie bedeutete. »Wie geht es Amber?«

Sie senkte den Blick, ihre Schultern fielen ein wenig herab. »Man versucht immer noch, die Ursache ihrer Unterleibsschmerzen herauszufinden«, sagte sie. »Sie nimmt im Moment starke Schmerzmittel.« Bei den letzten Worten versagte ihr die Stimme, sie presste die Lippen zusammen. Seitdem sie die Mittel nahm, erkannte sie ihre Schwester – die witzige, geistreiche Schwester, die sie über alles liebte – nicht wieder.

Er drückte ihre Hand. »Das muss hart sein.«

Sie nickte nur, traute ihrer eigenen Stimme nicht.

Eine Gruppe kam aus einem Separee im hinteren Teil des Restaurants heraus, und Erica winkte, als sie Mary sah. Dann bemerkte sie, dass Kirk ebenfalls unter ihnen war, genauso wie ein paar ihrer Lehrerkollegen und Direktor O'Neil … Oh. Es war der ganze Schulvorstand.

Und sie diskutierten heftig, während sie hinausgingen.

»Was ist denn los?«, fragte Trey.

»Na ja … Also erstens hat uns der Vorstand gerade bei einem Date gesehen. Nicht dass wir damit irgendwelche Regeln brechen würden, jetzt ja nicht mehr, aber … Wow. Ich frage mich, ob sie sich getroffen haben, um über die Zukunft unseres Programms zu sprechen.« Sie biss sich auf die Lippe und sah der Gruppe hinterher, wie sie das Restaurant verließ. »Könnte das die letzte Sitzung vor der Abstimmung gewesen sein? Oder haben sie vielleicht jetzt gerade abgestimmt?«

»He«, sagte Trey. »Mach dir keine Sorgen über Dinge, die du sowieso nicht kontrollieren kannst. Du hast tolle Sachen erreicht mit dem Programm. Gönn dir heute Abend mal eine Pause.«

Sie atmete ein und langsam wieder aus und lächelte ihn an. »Ein guter Rat«, sagte sie.

Dann kamen ihre Getränke, und sie bestellten das Essen. Trey drängte Erica, statt der Pasta, die sie eigentlich nehmen wollte, ein teures Gericht mit Meeresfrüchten zu bestellen. Und er hatte recht; sie hatte die Pasta nur deswegen nehmen wollen, weil sie das billigste Gericht auf der Speisekarte war. Außerdem hatte sie wirklich Lust, eine der Meeresfrüchtespezialitäten zu probieren, also gab sie schließlich nach.

Er kümmerte sich um sie; es war schon so lange her, dass jemand das getan hatte. Irgendwann bevor ihre Mutter krank geworden war und sie zuerst ihre Mutter, dann Amber gepflegt hatte. Sogar als sie selbst operiert worden war, war sie mit einem Minimum an Hilfe von Hannah ausgekommen und hatte sie dann weggeschickt. Sie war selbst in ihrer Wohnung herumgehumpelt, hatte nur, wenn es unbedingt sein musste, Essen gekocht und Geschirr gespült.

Es war nicht nur eine große Erleichterung, jemanden zu haben, der sich um ihre Bedürfnisse kümmerte, der versuchte, ihr zu helfen, anstatt sie um Hilfe zu bitten – es war berauschend. Wenn sie nur offener dafür hätte sein können, darin schwelgen, es hätte genießen können.

Aber der Preis dafür war die Nähe zu Trey, und das würde nicht funktionieren. Nicht lange.

Oder doch?

Trey schien zu spüren, dass sich ihre Stimmung wieder verdüsterte, und begann leichtere Themen anzuschneiden, indem er sie nach ihrer Kindheit fragte, die sie hier an der Küste verbracht hatte, nach ihrer Mutter, darüber, wie sie zum Unterrichten gekommen war. Dann sprachen sie über seinen Vater, dass Trey ihn nicht mehr oft sah, da er gerne reiste, irgendwelche Jobs annahm, die er gerade finden konnte, und insgesamt ein unbeschwertes und ziemlich wildes Leben führte. Ab und zu besuchte er Trey. Sein letzter Besuch, als er zu ihm in die Schule gekommen war, war ein guter Besuch gewesen.

An seinem Gesicht konnte Erica ablesen, dass er über die Versäumnisse seines Vaters nicht verbittert zu sein schien, sondern ihn so akzeptierte, wie er war. Das beeindruckte sie.

Im Restaurant war es jetzt ruhiger, und der Sturm draußen ließ ihren kleinen Lichtkreis wärmer und geschützter erscheinen.

Ihr Essen kam, und Erica schwelgte in der buttrigen Geschmacksexplosion, die der Maryland-Blaumaulfisch und das köstliche Krebsfleisch in ihrem Mund auslösten. Sie genossen ihr Essen in einvernehmlicher Stille und sahen zu, wie sich draußen die Wolken noch weiter verdichteten und der Regen stärker wurde.

Als Trey darauf bestand, dass sie sich ein Schokoladendessert teilten, protestierte Erica nicht einmal. Sie genoss nur die samtige Sinnlichkeit des dekadenten Schokoladenkuchens, der auf der Zunge zerging, und lächelte ihn an, als er sich mit der Gabel mit ihr um den letzten Bissen duellierte.

Er lächelte zurück und sah dabei so gut aus, dass ihr Mund ganz trocken wurde.

Nachdem sie fertig waren, schob Trey den Teller weg und griff über den Tisch, um ihre Hände in seine zu nehmen. »Ich hab ein paar Zukunftsträume«, sagte er. »Hast du was dagegen, wenn ich sie mit dir teile?«

Er sah sie eigenartig an. Ericas Herz begann stetig und dumpf zu pochen. »Was für Träume?«, schaffte sie es zu fragen.

»Ich möchte wirklich gern heiraten und eine Familie gründen«, sagte er. »Mindestens zwei Kinder oder so.«

Was wollte er damit sagen? Fragte er sie tatsächlich, ob …? Und dann wurde Erica die Bedeutung seiner Worte schlagartig klar. Kinder waren das Einzige, was sie ihm nicht geben konnte.

»Ich weiß«, sagte er mit einem Lächeln und drückte Ericas Hand, die er immer noch in der seinen hielt. »Du denkst jetzt wahrscheinlich, dass ich das schon einmal versucht habe, und das stimmt. Ich habe geheiratet und wollte eine Familie gründen, aber ich hatte nicht richtig über die Sache nachgedacht. Ich wusste nicht genau, was ich wollte. Wusste nicht, wie ich mich entscheiden sollte. In den letzten anderthalb Jahren, seit Michelle und ich uns getrennt haben, habe ich viel gelernt.«

Ihr Mund war staubtrocken. Selbst wenn ihr jemand eine Pistole an den Kopf gehalten hätte, hätte sie kein Wort herausgebracht.

»Erica«, sagte Trey, »was würdest du davon halten, wenn wir die Sache mit uns vertieften?« Er hielt eine Hand hoch. »Ich meine nicht körperlich. Ich meine, darüber nachzudenken, ob wir das zusammen hinbekommen könnten …«

Sie biss sich auf die Lippe. Ihre Augen füllten sich mit Tränen. Ging da gerade ein Traum für sie in Erfüllung? Dass ein so wunderbarer Mann wie Trey sie haben wollte, dass er sagte, er habe sich für sie entschieden … Sie konnte nicht sprechen, konnte die Illusion nicht zerstören, dass das alles real und für sie bestimmt war.

»Ich weiß, es ist zu früh, um das zu fragen«, sagte er. »Aber ich möchte mit dir noch einen Schritt weitergehen. Mit dir die Möglichkeiten ausloten.«

Ja! Ja, das will ich auch.

Aber sie würde es nicht können. Nicht jetzt und auch in Zukunft nicht.

Ein neues Gefühl des Verlustes überkam sie. Nicht nur wegen ihrer Unfähigkeit, Kinder zu bekommen; das war schrecklich genug, aber sie hatte sich damit auseinandergesetzt und es mit ihrer Therapeutin aufgearbeitet. Durch das Unterrichten hatte sie einen Weg gefunden, sich mit jungen Menschen zu umgeben; zwar hatte das nichts mit Muttersein zu tun, spendete aber trotzdem Trost und half das Loch in ihrem Herzen zu stopfen.

Doch das hier, die Tatsache, dass sie einen guten Mann verlieren würde, weil er Vater sein wollte – und was für ein großartiger Wunsch das war! –, einen Mann, der eine Familie mit ihr haben wollte … Das war ein neuer, heftiger Schmerz.

In seinem Blick lag unheimlich viel Zärtlichkeit, und sie musste sich dagegen wappnen. Schließlich würde das mit ihnen ohnehin nicht klappen, da sie seine Kinder nicht austragen konnte. Und es war schön und gut, über eine Adoption nachzudenken, doch es blieb die Tatsache, dass sie wenig Chancen hatte, als Adoptivmutter in Betracht gezogen zu werden.

»Ich kann nicht«, brachte sie heraus.

»Nein.« Er beugte sich näher zu ihr und studierte ihr Gesicht. »Du hast schon mal einen Rückzieher gemacht. Warum? Was ist los? Hat es etwas mit mir zu tun?«

Sie sah in seine blauen Augen und wusste, dass er sie nicht mehr lange mit dieser Fürsorge im Blick ansehen würde. Weil Trey hinter seiner Machofassade sensibel war. Das war ihr klar geworden.

Vielleicht konnte sie es so formulieren, dass es ihn nicht verletzte.

Sie räusperte sich. »Es liegt an mir, Trey. Ich kann nicht die Frau sein, die du brauchst.«

Er wich ein wenig zurück, sein Blick kühlte ab, und obwohl sie es erwartet hatte, tat dieser Umschwung weh. »Es liegt nicht an dir, sondern an mir?«, fragte er. »Das ist ein ziemlich alter Spruch.«

Vielleicht würde er es also nicht gut aufnehmen. Am besten legte sie jetzt alle Karten auf den Tisch. »Und … ich werde nie Kinder bekommen.«

»Keine Kinder«, sagte er mit seltsam flacher Stimme. Er sah aus dem Fenster; die Bucht war durch den Regenschauer hindurch kaum zu sehen. Dann sah er sie noch einmal an, studierte einen Moment lang ihr Gesicht und sagte dann das Vernichtendste, das er hätte sagen können: »Das ist für mich ein No-Go.«

Ihr Magen verkrampfte sich, und ihr schossen Tränen in die Augen. Ihr wurde klar, wie sehr sie gehofft hatte, dass er sie verstehen würde. »Es tut mir leid«, sagte sie und biss sich auf die Lippe, um nicht zu weinen. Als sie wieder sprechen konnte, ohne dass ihre Stimme zitterte, fügte sie hinzu: »Es ist kompliziert, der Grund dafür, meine ich.«

»Sicher ist er das. Das ist er immer.« Er sah sich um und gestikulierte in Richtung Kellner. Offensichtlich wollte er gehen.

Er verstand sie also nicht. Aber spielte das eine Rolle? Ihre Enthüllung hatte offensichtlich eine Mauer zwischen ihnen errichtet.

Das Restaurantpersonal stand in einem Grüppchen zusammen und diskutierte. Der Kellner und ein anderer Mann kamen zu ihrem Tisch rüber. »Es tut mir leid, aber wir schließen jetzt«, sagte er und gab Trey die Rechnung. »Orkanböen sind im Anmarsch. Also trifft uns dieser Tropensturm doch noch, zumindest die Ausläufer davon. Er hat gedreht.«

»Hier nach Pleasant Shores? Er kommt hierher?«

»Ich fürchte, ja. Wir vernageln die Fenster und gehen nach Hause.« Und tatsächlich schlossen, während er redete, ein Koch und ein Hilfskellner die Hurrikanfensterläden vor den großen Glasscheiben.

Trey zählte Scheine von einem großen Bündel. Erica stand auf und griff nach ihrer Handtasche. »Ich muss zu Amber und Hannah«, sagte sie. »Sie werden nicht wissen, was sie tun sollen, und Amber kann nicht …« Der Gedanke daran, wie ihre unter starken Medikamenten stehende Schwester versuchte, mit dem Sturm klarzukommen, bereitete ihr Magenschmerzen. »Beeil dich, Trey.«

»Hier«, sagte er und drückte dem Kellner das Geld in die Hände. »Behalten Sie den Rest. Komm«, fügte er an Erica gewandt hinzu, trat aus dem Lokal und ging Richtung Wagen.

Allein die Tür des Restaurants aufzubekommen erwies sich als Kraftakt, und draußen tobte der Wind. In Panik schnappte sie nach Luft, während sie versuchte, Gesicht und Kopf vor herumfliegenden Gegenständen abzuschirmen.

»Vorsichtig«, sagte er, legte einen Arm um sie und lotste sie über den Parkplatz. »Wir werden es schaffen.«

Es war verrückt, dass sie trotz der Geschehnisse zwischen ihnen, trotz des Sturms, seine Berührung immer noch als angenehm empfand. Was es noch schwieriger machte, das Richtige zu tun und ihn wegzustoßen.

16. Kapitel

Trey fuhr durch den Sturm. Egal wie wild und rau es draußen war, es war nichts gegen den Sturm in seinem Herzen.

Was stimmte mit ihm nicht?

Er war überrascht, und das hätte er nicht sein sollen. Seinen Impulsen nachzugeben hatte noch nie etwas Gutes bewirkt. Warum hatte er erwartet, dass Erica ihm in die Arme fallen würde, nur weil er darum gebeten hatte?

Vielleicht wegen der Art, wie sie ihn ansah? Wegen ihrer Reaktion auf seine Berührungen, ihrer warmen Art, der Freude, die sie anscheinend empfand, wenn sie mit ihm zusammen war? Die romantische Umgebung hatte ihr Übriges getan und ihn dazu gebracht, die Sache früher zur Sprache zu bringen, als er geplant hatte.

Aber es war besser, wenn er jetzt gleich erfuhr, dass sie ihn nicht wollte, nicht wirklich, nicht als langfristigen Partner, und dass sie nicht dieselbe Art von Leben wollte wie er. Er war überrascht, aber andererseits war er auch von seiner Frau überrascht gewesen.

Er konnte die Frauen einfach schlecht einschätzen, das war alles.

»Pass auf!«, schrie Erica, und er riss das Lenkrad herum, um einem großen Ast auf der Straße auszuweichen. Es lagen elektrische Drähte daneben, aus denen ein paar Funken sprühten. Er sah, wie eine Gruppe tropfnasser Kinder gefährlich nah bei einem solchen Draht stand, und trat auf die Bremse, aber eine Frau in einer Regenjacke kam zu ihnen rüber, bevor er aussteigen konnte, und lotste sie weg.

Erica drückte auf ihrem Handy herum. Aus ihrem frustrierten Seufzer schloss er, dass niemand abhob. »Vielleicht gibt es eine Netzstörung«, sagte er, damit sie sich in Gedanken nichts Schlimmeres ausmalte, etwa dass Amber und Hannah verletzt worden waren.

Aber warum kümmerte er sich überhaupt um sie, wo sie ihn doch so entschieden zurückgewiesen hatte?

Natürlich war sie ihm weiterhin nicht egal. Er blickte zu ihr hinüber und sah die Falten auf ihrer Stirn, ihre zitternden Hände. »Amber ist vernünftig«, sagte er. »Sie wird bei diesem Sturm nicht rausgehen.«

»Normalerweise schon, aber sie nimmt diese ganzen Schmerzmittel«, sagte Erica. »Komm schon, Hannah. Warum hebst du nicht ab?«

»Versuch es mal bei Julie«, schlug er vor.

Sie tippte auf ihrem Handy herum. »Eine SMS ist durchgegangen«, rief sie. Sie wartete, doch dann wurde ihr klar, dass sie keine Antwort bekommen würde. Zweifellos waren sie mit den Hotelgästen beschäftigt, die beruhigt werden mussten. Bis jetzt sah es nicht so aus, als wären irgendwelche Gebäude zerstört, doch es lagen jede Menge Äste und Schindeln auf der Straße.

»Ich mach mir solche Sorgen.« Erica lehnte sich nach vorne, die Hände auf den Knien, und blickte durch die regengepeitschte Windschutzscheibe. »Kannst du noch schneller fahren?«

»Nicht, ohne uns in Gefahr zu bringen«, sagte er kurz angebunden, während der Pick-up durch einen Fluss in der Mitte der Straße pflügte, der acht oder zehn Zentimeter tief war. Wenn er ehrlich war, war ihm diese Möglichkeit, seine Aufmerksamkeit komplett auf etwas anderes zu richten, Menschen zu helfen, ganz willkommen. Das war es, was er am besten konnte, und es würde vielleicht den Schmerz aus seinem Herzen vertreiben. Er würde Erica zu Hause absetzen und dann schauen, wo er sonst noch helfen konnte. Polizei und Feuerwehr mussten vollkommen überfordert sein.

Als sie sich jedoch den Cottages näherten, änderte er seinen Plan: Die Straße stand vollständig unter Wasser, und am Boden lagen stromführende Kabel. Der Wind heulte, und er musste schreien, um ihn zu übertönen. »Weiter können wir nicht fahren!«, rief er Erica zu. »Bleib sitzen! Ich komm zu dir rüber!«

Sie hörte natürlich nicht auf ihn. Als er um den Pick-up herum auf ihre Seite gekommen war, hatte sie bereits die Tür geöffnet und klammerte sich mit beiden Händen an den Türrahmen, das Gesicht ganz feucht, die Haare ganz durchnässt.

War es krank von ihm, dass er sie küssen wollte?

Ja, ganz sicher. Er war ein kranker Typ.

»Halt dich an meinem Arm fest«, befahl er, »und halte den Kopf gesenkt.« Zusammen kämpften sie sich durch Wind und Regen. Einmal rollte ihnen ein Kinderwagen in den Weg, und er konnte Erica gerade noch rechtzeitig aus dem Weg ziehen.

Wenn das kein Hurrikan war, dann wusste er auch nicht. Er hatte noch nie etwas Schlimmeres erlebt.

Als sie vor Ericas Cottage ankamen, konnte er nebenan King heulen hören. Wahrscheinlich nicht weil er Angst hatte, sondern weil er draußen sein wollte, bei Trey, um zu arbeiten und zu helfen. »Gleich hol ich dich, Kumpel«, murmelte er, während sie die Stufen zu Ericas Haustür hinaufstiegen.

Komisch, er hörte gar nichts von Ziggy. Wenn er von irgendeinem Hund erwartet hätte, dass er wegen des Sturms ausflippte, wäre es der große, trottelige Goldendoodle gewesen. Die Markise vor dem Eingang hing bedenklich schief und schwang im Wind hin und her. Trey hielt sie fest, während Erica die Tür aufschloss.

»Hannah?«, ertönte von drinnen eine kratzige Stimme. Amber.

»Ich bin's, Schatz. Alles okay?« Erica rannte ihrer Schwester entgegen.

Amber lehnte an der Wand, sie trug Flanellhosen und ein T-Shirt. Unter ihren Augen befanden sich große dunkle Ringe. »Mir geht's gut. Ich warte auf Hannah.«

Treys Herz flatterte. »Wo ist sie hin?«

Amber schüttelte den Kopf, schnelle kleine Bewegungen, als wollte sie Spinnweben abschütteln. »Ich glaube, sie ist raus, um nach Ziggy zu suchen. Sie sollte bald wieder da sein.«

»Sie hat dich einfach hier alleine gelassen?«, fragte Erica.

Amber winkte ab. »Mir geht's gut. Ziggy allerdings …« Sie lehnte sich an die Wand und rutschte hinunter auf den Boden, Knie an die Brust gezogen. »Ziggy ist durchgedreht. Hannah hat die Tür geöffnet, um zu sehen, was da draußen los ist, und da ist er rausgerannt. Ich hab zu ihr gesagt, dass sie ihm hinterherlaufen soll, dass sie mich ruhig allein lassen kann.« Sie runzelte die Stirn. »Aber sie ist schon so lange weg. Ich hab keine Ahnung, wo sie ist.«

Trey dachte an den Kinderwagen, der ihnen in den Weg gerollt war, die wehende Markise, die Wasserlachen. Sein Magen krampfte sich zusammen. »Wir werden sie finden«, versprach er Amber.

»Ich komm auch mit.« Sie versuchte auf die Beine zu kommen und taumelte dann wieder zu Boden, wobei sie sich gerade noch mit einer Hand abstützen konnte. »Verdammte Schmerztabletten.«

Erica eilte ihr zu Hilfe und half ihr auf einen Stuhl. Ambers Frustration war offensichtlich, und Trey kniete sich vor sie hin.

»Hast du irgendetwas, das Hannah vor Kurzem angehabt hat? Wir könnten mal versuchen, King daran schnuppern zu lassen.« King hatte nicht viel Erfahrung mit Such- und Rettungsaktionen, aber er hatte eine gute Nase und war klug.

»Bring ihn einfach mal nach oben in ihr Zimmer.« Amber lachte nervös. »Ich bin sicher, dass auf dem ganzen Boden Kleidung rumliegt.«

Also rannte Trey schnell nach nebenan, um King zu holen.

»Oberes Stockwerk, erste Tür links«, wies Erica ihm den Weg, und er und King trabten nach oben.

»Hol mir was von Ziggy, damit er daran auch schnüffeln kann«, rief Trey ihr über die Schulter zu.

Als er wieder runterkam, hielt Erica ein flaches Kissen in der Hand. »Darauf schläft Ziggy nachts immer«, sagte sie.

Trey nahm es und hielt es unter Kings Schnauze. Der Hund schnüffelte ein paar Minuten lang daran und sah dann fragend zu Trey auf.

»Okay«, sagte er zu Erica. »Du bleibst hier bei deiner Schwester. King und ich werden Hannah und Ziggy finden. Ich verspreche es dir.«

Er drehte sich um und blieb dann im Türrahmen stehen. »Such, King!«, befahl er und wagte sich wieder in den Sturm hinaus, in der Hoffnung, dass er mit Kings Hilfe sein Versprechen halten konnte.

»Geh einfach rein, Mom!«

Julie stand mitten auf dem Motelparkplatz und hörte Ria hinter sich rufen. Sie drehte sich um, wobei Regen und Wind ihr ins Gesicht peitschten. »Ich sehe mal nach den Gästen drüben«, rief sie und deutete auf den hinteren Flügel des Motels.

Ria lief auf sie zu, ihre Füße platschten durch Pfützen. »Es ist zu riskant! Geh rein!«

Wieso sahen erwachsene Kinder eigentlich nie ein, dass ihre Eltern noch komplett zurechnungsfähige Menschen waren? »Nun mach schon weiter mit dem, was du zu tun hast. Ich verspreche, es wird alles gut gehen.«

Ria warf die Hände in die Luft. Aus der Richtung ihres Büros kam ein Schrei, und sie eilte schnell dorthin zurück.

Julie ging zum hinteren Flügel und realisierte erst spät, dass Melvin und Ashley ja dort wohnten. Oh nein.

Trotz des Melvin-Faktors ging es in ihrem Leben aufwärts. Es war alles ganz okay. Erst in der vergangenen Woche war ihr klar geworden, wie weit sie ihre Postscheidungsdepression schon hinter sich gelassen hatte. Das Cottage aufzugeben und zu sehen, wie es für eine gute Sache genutzt wurde, hatte ihr ebenso geholfen wie der Umzug in Rias Motel.

So nervig ihre Enkelinnen manchmal auch sein mochten, Julie liebte sie heiß und innig. Was Ria betraf, so war sie eine wunderbare Tochter, ihr Ein und Alles, und es war gut, in ihrer Nähe zu sein.

Sie umrundete die Ecke des Gebäudes. Alle Türen waren geschlossen bis auf eine. Sie blinzelte, um zu erkennen, wer da in dem Sturm draußen stand.

Es war ein Kind, etwa acht Jahre alt, das in der Tür stand und weinte. Hinter ihm standen zwei weitere Kinder und weinten ebenfalls.

»Was ist denn los?«, fragte Julie und eilte zu ihnen. »Geht wieder rein. Ihr werdet ja ganz nass.«

»Mama!« Der kleine Junge zeigte auf etwas hinter ihr.

Julie blinzelte durch den strömenden Regen. Es war, als wäre die Nacht früh hereingebrochen, alles war so dunkel, doch sie erkannte auf der anderen Seite des umzäunten Pools eine schemenhafte Gestalt. »Ist das deine Mutter?«, fragte sie.

»Ja. Sie wollte nach unserem Auto sehen, und jetzt kann sie nicht zurück.«

Tatsächlich war an der Stelle des Parkplatzes, der sich zwischen hier und dem Pool befand, auf einmal ein Fluss. Die

Frau auf der anderen Seite gestikulierte und weinte. »Meine Kinder!«

»Geht wieder rein und bleibt drinnen«, sagte Julie zu den Kindern. Sie nahm ihren Mut zusammen und ging auf die Frau zu, hob unterwegs einen Ast auf, um sich darauf zu stützen.

»Oma!« Das war Kaitlyn, die nach ihr rief, und als Julie sich umdrehte, erkannte sie, dass Sophia neben ihr stand. »Mama hat gesagt, dass wir dich holen sollen«, rief sie.

Julie stützte sich auf ihren Stock. »Geht und helft den Kindern«, befahl sie und zeigte auf die offene Hotelzimmertür.

»Wie sollen wir ihnen denn helfen?«, rief Sophia.

Gütiger Himmel, hatten die denn von nichts eine Ahnung? »Sorgt dafür, dass sie drinbleiben, und wärmt sie. Sagt ihnen, dass ihre Mama bald wieder da sein wird.«

Die Mädchen drehten sich zu den Kindern um, und Julie ging weiter auf ihre Mutter zu, aber nun wurde der Sturm noch schlimmer. Der Wind drosch auf sie ein, während sie so nah wie möglich an die Frau herankam.

Die Frau zeigte auf den rauschenden Fluss zwischen ihnen. »Es ist tief! Versuchen Sie nicht, da durchzuwaten!«

Der Wind wurde stärker. Die Frau drehte sich um, und plötzlich fiel sie in den tiefen, reißenden Fluss zwischen ihnen.

Julie streckte ihren Ast aus und nahm alle Kraft zusammen. »Halten Sie sich fest!«

Die Frau griff nach dem Ast, griff aber daneben und fiel rückwärts wieder ins Wasser, wobei sie kurz untertauchte.

Als sie keuchend wieder auftauchte, schrie Julie: »Halten Sie sich ganz fest. Ich bringe Sie zu Ihren Kindern!«

»Ja, ja!« Die Frau griff nach dem Ast und hielt ihn diesmal mit beiden Händen fest umklammert. Mit aller Kraft zog Julie sie aus dem Fluss, auf den überfluteten Parkplatz. Eine gewaltige Windböe blies ein paar Äste in ihre Richtung, doch Julie half der jungen Mutter auf die Beine und zog sie in einen geschützten Bereich neben einem Lagerschuppen.

»Sie sind ja eiskalt«, sagte sie. Sie zog ihre eigene warme Regenjacke aus und legte sie um die zitternde Frau.

»Meine Kinder, meine Kinder«, jammerte die Frau. Trotz Julies Versicherung, dass Sophia und Kaitlyn bei den Kindern waren, konnte sie sich nicht beruhigen, konnte nicht einmal vernünftig durchatmen. Sie war vollkommen in Panik.

Julie war Mutter; sie verstand die Frau. Als die Windböen kurz nachließen, legte sie einen Arm um die Frau und sagte: »Kommen Sie. Bringen wir Sie zu Ihren Kindern zurück.«

Sie kämpften sich gemeinsam über den Parkplatz, wateten durch knöcheltiefes Wasser und versuchten durch den strömenden Regen hindurch etwas zu sehen. Als sie das Gebäude erreichten, trat Melvin zwei Türen weiter aus seiner Wohnung heraus. »Julie!« Er klang schockiert und starrte sie an. »Zieh dir doch was an!«

Sie sah an sich runter und realisierte, dass sie im Moment wahrscheinlich gute Chancen hätte, einen Wet-T-Shirt-Wettbewerb zu gewinnen, wenn es einen für ältere, kurvenreiche Damen gäbe.

Wenn sie davon geträumt hatte, für Melvin gut auszusehen, so war dieser Traum soeben vom strömenden Regen weggespült worden.

Und es kümmerte sie nicht im Geringsten. Sie ignorierte Melvin und klopfte an die Tür des Zimmers, in dem die Frau wohnte. Kaitlyn öffnete. »Oma!«

»Mami!«, schrie der ältere Junge und warf sich seiner Mutter in die Arme.

Julie stützte sie, und dann umarmten sie alle Kinder gleichzeitig.

»Das T-Shirt steht dir wirklich gut, Oma, aber es ist weder die richtige Zeit noch der richtige Ort dafür.« Kaitlyn lächelte tatsächlich.

»Es ist keine Absicht, glaub mir.« Sie zeigte auf die Jacke, die die junge Mutter trug.

Kaitlyn schlüpfte aus ihrem Kapuzenpulli und half Julie dabei, ihn anzuziehen.

»Komm«, sagte Sophia. »Lasst uns gehen, sonst bringt Mom uns noch um. Wir sollten eigentlich auf dich aufpassen.«

»Wisst ihr was«, sagte Julie. »Mir geht es eigentlich ganz gut. Ihr Mädchen könnt zurück zu eurer Mutter gehen und mich verpetzen, oder ihr könnt mir helfen, nach den Leuten zu sehen. Eure Entscheidung.«

Das älteste der drei Kinder der Frau schlang seine Arme um Julie. »Danke, dass Sie unsere Mama gerettet haben.«

»Die waren nicht so nett«, sagte der mittelgroße Junge und zeigte auf Kaitlyn und Sophia. »Die haben uns nicht erlaubt, rauszugehen.«

»Das haben sie richtig so gemacht. Sie haben dafür gesorgt, dass ihr sicher seid«, sagte die Mutter.

Sie umarmte Kaitlyn und Sophia rasch. »Vielen, vielen Dank, dass ihr meinen Kindern geholfen habt.«

»Kommt«, sagte Julie zu ihnen. »Lasst uns gehen.« Während sie ihre Enkelinnen durch den Sturm lotste und unterwegs Türen und Fenster kontrollierte, fühlte sie, wie sich ihre Schultern und ihre Wirbelsäule aufrichteten.

Sie hatte heute etwas Gutes getan, und sie würde jetzt sehen, wie sie sonst noch helfen konnte. Denn es spielte keine Rolle, dass sie kein junges Küken mehr war, und es spielte keine Rolle, wie sie vor Melvin, ihren Enkelinnen oder sonst jemandem dastand.

Es kam nur darauf an, was sie tun, wie sie helfen konnte. Es war für sie eine Rolle in dieser Welt vorgesehen, und sie würde sie spielen – nicht vom Rand, sondern von der Mitte der Bühne aus.

17. Kapitel

Wenige Augenblicke nachdem Erica sich in den Sturm hinausgewagt hatte, war sie trotz ihrer Stiefel und Regenbekleidung vollkommen durchnässt. Sie senkte den Kopf und kämpfte sich durch die Wassermassen, die die Straße überschwemmten, wobei der Wind an ihr zerrte und dafür sorgte, dass sie nur langsam vorankam.

Sie spannte die Muskeln an und blickte zurück zum Cottage. Durch den dichten Regen sah sie Amber hinter dem hell erleuchteten Vorderfenster stehen. Erica hatte sie in eine Decke gewickelt und mit schwarzem Kaffee versorgt. Sie hatte es nur ungern getan, aber als Trey nicht zurückgekommen war, hatte Amber sie angefleht, zu gehen und Hannah zu suchen.

Sie watete durch Pfützen und blinzelte durch die Regentropfen, die ihr Gesicht und ihre Augen wie feine Nadeln trafen. Hannah musste irgendwo hier draußen sein. Wahrscheinlich in Gefahr und verängstigt.

Und Ziggy. Ziggy würde dieses Wetter ganz durcheinanderbringen. Er musste schreckliche Angst haben, und der Gedanke, dass er ganz verzweifelt und wild bellend im Sturm umherrannte und nach seinen Menschen suchte, brach ihr das Herz.

Trey war gegangen, um sie zu suchen. Aber wo war *er*?

Trey konnte auf sich selbst aufpassen, und sie war sich sicher, dass er keine Angst hatte.

Aber sie war auch sicher, dass er sich in Gefahr begeben würde, um Hannah oder sogar Ziggy zu retten. Ganz bestimmt. Er würde sich sofort opfern, und was, wenn er das bereits getan hatte?

Was wäre eine Welt ohne ihn für sie?

Schon bei dem Gedanken daran schmerzte ihr das Herz. Sie blieb wie erstarrt stehen, während das Wasser ihre Knöchel umspülte und Regen ihr die Haare auf den Kopf klebte.

Sie liebte ihn.

Sie hatte sich in ihn verliebt, und es verblüffte sie. Oh, sie hatte gewusst, dass sie etwas für ihn empfand, dass sie sich zu ihm hingezogen fühlte, dass die Tatsache, dass sie wegen ihrer Unfruchtbarkeit nicht mit ihm zusammen sein konnte, für sie nicht nur traurig, sondern geradezu erdrückend war.

Aber dass sie ihn liebte?

Sie hatte sich nie viel mit Männern getroffen, geschweige denn sich verliebt; dieses Gefühl hatte sich plötzlich irgendwie in ihr Herz geschlichen, und sie hatte keinen Bezugsrahmen, um es richtig einzuordnen.

Sie wollte seine Arme um sich spüren. Wollte seine Berührung, seine Küsse. Wollte mit ihm reden, ihm genauer erklären, warum sie nicht mit ihm zusammen sein konnte, ihm versichern, dass es keinesfalls an ihm lag.

Vielleicht würde sie sogar versuchen, einen Weg zu finden, wie es trotz aller Hindernisse funktionieren konnte zwischen ihnen.

Doch zuerst einmal wollte sie ihn nur finden und dafür sorgen, dass er in Sicherheit war. So wie Trey nun einmal war, war sie ziemlich sicher, dass sie, wenn sie ihn fände, auch Hannah und Ziggy finden würde.

Sie ging am Motel vorbei und sah Julie unter einer Markise stehen, den Arm um eine ältere Frau gelegt und auf den Parkplatz deutend, wo die Autos bis zu den Achsen im Wasser standen. Sie lief auf sie zu.

»Habt ihr Hannah gesehen? Oder Trey? Oder Ziggy?«

»Hier waren sie nicht«, sagte Julie. »Oh, Schatz, sind sie verschwunden? Wie kann ich helfen? Ich kann nicht vom Motel weg, ich werde hier gebraucht, aber ich kann rumfragen.«

»Frag, ob jemand einen großen weißen Hund gesehen hat«, sagte sie. »Er fällt den Leuten sicher am ehesten auf. Hannah ist los, um ihn zu suchen. Und Trey sucht jetzt beide.«

»Ich hab einen großen weißen Hund herumlaufen sehen«, sagte die ältere Frau unerwartet. »Er hat ausgesehen wie eine riesige ertrunkene Ratte.«

»In welche Richtung ist er gelaufen?«

Sie machte eine vage Geste Richtung Ufer. »In diese Richtung, aber es ist schon eine Weile her.«

Natürlich würde Ziggy Richtung Küste laufen. Genau dorthin, wo man bei einem schweren Sturm nicht hinlaufen sollte. Eine kalte Hand schien ihren Magen zusammenzudrücken. »Danke. Ich werde ihn und die anderen suchen gehen.«

Sie rannte nun, anstatt zu gehen, in Richtung Strand. Wasser spritzte auf, als sie durch die Pfützen stapfte und schlitterte, und Regen prasselte ihr ins Gesicht. Als sie sich dem

Strand näherte, ließ der aufkommende Wind die Straßenschilder wackeln. Es fiel ihr schwer, bei dem Geräusch vernünftig zu denken. Sie zitterte in ihrer durchnässten Kleidung.

Neben der Straße schwankte ein Baum hin und her und wurde plötzlich entwurzelt. Sie wich keuchend zurück, und der Baum stürzte direkt vor ihr auf den Weg.

Ihr Herz schlug fast doppelt so schnell. Sie hätte sterben können! Aber sie hatte keine Zeit für Vielleichts oder gar Dankgebete; sie musste weiter.

Der Gedanke an Ziggy und Hannah, wie sie sich durch den Sturm kämpften, ließ ihr Herz stocken.

Am Strand war der Wellengang so hoch, dass das Wasser bis auf den Pier hinaufspritzte. Jemand hatte den Zugang zum Strand mit Klebeband abgesperrt, aber das Band war teilweise auf den Boden gefallen und flatterte dort wild umher.

Als sie bei den Häusern in der Sunset Lane anlangte, an denen sie gearbeitet hatten, spürte sie eine Welle der Erleichterung, dass die Fensterläden geschlossen waren und die Dächer und Bretter dem Wind standgehalten zu haben schienen.

Der Streit zwischen dem älteren und dem jüngeren James kam ihr ins Gedächtnis.

»Es ist noch zu früh in der Saison«, hatte Kirk gesagt, »und Hurrikans erreichen hier eigentlich nie das Festland.«

Der alte Mr. James hatte recht, sagte sie zu sich.

»Ich hatte recht!«

Sie wandte sich zum Haus der James' um. Hatte sie inmitten dieses ganzen Unwetters wirklich gerade eine Stimme gehört?

In Primrose Millers Haus kniete Trey neben Ziggy, der aufgestanden war und unruhig auf und ab lief. »He, Kumpel, alles ist gut.«

Ziggy leckte ihm beiläufig übers Gesicht, spazierte dann zum Fenster und legte seine großen Pfoten an die Scheibe. Er stand wie ein Mensch davor, sehr zur Freude von Venus, die anfing, mit ihrem Handy Fotos zu machen.

Trey war stolz auf die kleine Gruppe von Teenagern aus der Gegend, hauptsächlich Kids aus dem Verhaltensunterstützungsprogramm, doch ein paar reguläre Schüler waren auch dabei.

Sie hatten ihm versichert, dass ihre Eltern wüssten, wo sie waren, und ihnen die Erlaubnis gegeben hatten, in die Sunset Lane zu kommen, als der Sturm heftiger geworden war. Er wusste nicht, wie sie es geschafft hatten, ihre Eltern davon zu überzeugen, sie bei einem derart gefährlichen Sturm aus dem Haus gehen zu lassen, aber anscheinend hatte einer der Väter die Schülerinnen und Schüler mit seinem Geländewagen abgeholt und hierher gebracht. Sie wollten sich vergewissern, dass es den älteren Leuten gut ging, und wollten helfen, das Sperrholz über die Fenster zu nageln. King hatte Trey in diese Richtung geführt; irgendwie hatte er es geschafft, trotz des Sturms Hannahs und Ziggys Spur zu verfolgen.

Trey hatte zuerst LJ gesehen und angehalten, um ihm einen Gruß zuzurufen; dann kam Hannah selbst aus Primroses Haus herausgelaufen. Ziggy war auf ihn und King zugerannt und konnte gerade noch von Hannah gestoppt werden, die die Fersen in den Boden stemmte und seine Leine festhielt.

Das Mobilfunknetz funktionierte nicht, sodass es keine Möglichkeit gab, Amber und Erica wissen zu lassen, dass Hannah in Sicherheit war. Trey überlegte, jemanden zum Haus zu schicken, sobald alle Bewohner der Sunset Lane in Sicherheit gebracht waren.

Primrose, die sich nach einer erst kurz zurückliegenden Operation im Rollstuhl durch ihr Haus bewegte, war besorgt, dass ihr Garten ruiniert werden würde. Ziggy hielt inne, um seinen großen Kopf unter Primroses Hand zu schieben.

»Du riechst wie ein nasser Hund«, sagte Primrose, doch ein schwaches Lächeln erschien auf ihrem Gesicht.

Ziggy schmiegte sich an ihr Bein und schaute mit einem Hundelächeln zu ihr auf. Dann stand er auf und trottete wieder zum Fenster.

Was beunruhigte ihn nur?

Vielleicht war es nur der Sturm, denn auch King lief unruhig auf und ab.

»Hier drüben, Mr. Harrison!«, rief LJ vom Haus der James' herüber, und nachdem Trey sich vergewissert hatte, dass zwei der Teenager in Primroses Haus bleiben und ein Auge auf Ziggy und Primrose haben würden, eilte er nach nebenan. Der Wind hatte ein wenig nachgelassen, und auch der Regen mochte wohl ein wenig schwächer geworden sein.

Ein Ast war auf eine Ecke des Hauses gekracht und hatte ein Fenster zerbrochen, durch das nun der Regen hereinkam. Schnell bastelten sie mit Klebeband und Müllsäcken eine provisorische Abdeckplane.

Als Nächstes sah Trey nach Mary, die sich in ihrem Haus verkrochen hatte, Baby, ihren Maltipoo, tröstete und gar keine Hilfe zu benötigen schien. Ein paar Augenblicke später kam Hannah herübergestürmt und hämmerte an Marys Tür. »Komm wieder rüber zu Primrose«, rief sie Trey zu.

»Mein Handy hatte drüben ein bisschen Empfang, und ich hab eine SMS an Mom schicken können. Erica ist nicht bei ihr. Mom meinte, dass sie rausgegangen ist, um nach uns zu suchen!«

Erica war bei diesem Sturm draußen? Angst ergriff ihn, während er Hannah zu Primroses Haus folgte und den Leuten im Haus der James' zurief, dass sie mitkommen sollten.

Gerade als sie durch die Vordertür traten, fing Ziggy an, wie wahnsinnig zu bellen, hochzuspringen und an der Hintertür zu kratzen. Langsam dämmerte Trey, was los war. Er eilte zur Hintertür und hoffte entgegen aller Vernunft …

Es war Erica. Sie stand da, bis auf die Haut durchnässt und schwer atmend, und starrte ihn an.

Bevor er irgendwie reagieren konnte, stürzten sich Ziggy und dann Hannah auf sie.

Unglaubliche Erleichterung und unbändige Freude machten sich in ihm breit. Er wollte die Arme um sie schlingen und sie nicht mehr loslassen. Er hielt sich an einem Küchenstuhl fest, damit er seinem Verlangen nicht nachgab.

Er konnte seinen Impulsen nicht folgen, weil sie sich nicht nur als falsch, sondern als geradezu destruktiv erwiesen hatten. Jetzt hatte der Sturm das Wesentliche zum Vorschein gebracht, und er wusste: Er konnte nicht überleben, wenn er zuließ, dass sie ihm immer wieder das Herz brach. »Bin froh, dass es dir gut geht«, sagte er und wandte sich ab.

Sie löste sich von Hannah und Ziggy, ging durch den Raum und griff nach seinem Arm. »Trey, ich … Können wir reden?«

Er wollte es. Oh, er wollte es so sehr.

Sich von ihr abzuwenden war das Schwerste, was er je getan hatte, aber er presste den Kiefer zusammen und tat es. »Warum tun wir uns das an? Wir wissen beide, dass es nicht funktionieren wird.«

Er drehte sich schnell von ihr weg, weil sie ein weiches Herz hatte und seine Worte, so wahr sie auch waren, sie vielleicht zum Weinen brachten. Und er hätte das nicht mit ansehen können, ohne dass er allen gesunden Menschenverstand über Bord geworfen und sie in die Arme genommen hätte.

18. Kapitel

Erica wollte sich zu einem Ball zusammenrollen und weinen. Sie schlich sich für eine halbe Stunde in Primroses Schlafzimmer und tat genau das. Doch schon bald hörte der Regen auf, und es gab Arbeit zu tun. Sie half ein paar Kindern, Mr. James' verbogene und zerbrochene Vorgartendeko einzusammeln und in den Schuppen hinter seinem Haus zu tragen, um sie später zu reparieren. Dann hoben sie eine heruntergefallene Markise hoch, schoben sie zur Seite und beschwerten sie mit Betonblöcken.

Die körperliche Arbeit verdrängte fast ihren Schmerz über Treys Ablehnung. Fast, aber nicht ganz. Sie hatte die verrückte Hoffnung gehabt, dass er nach allem, was sie zusammen durchgemacht hatten, bereit gewesen wäre, über das, was sie im Restaurant gesagt hatte, zu sprechen. Vielleicht hätten sie einen Weg finden können, wie es zwischen ihnen doch hätte funktionieren können.

Aber anscheinend war es zu spät dafür. Er hatte einen Schlussstrich gezogen, hatte gesagt, dass es nicht klappen würde, dass es nicht wert sei, es zu versuchen.

Ziggy und Primrose kamen aus dem Haus. Primrose fuhr vorsichtig die Rollstuhlrampe hinunter, und Ziggy spazierte langsam neben ihr her. Als sie unten ankamen, beugte sie sich vor und trocknete ihn mit einem Handtuch ab, das sie auf ihrem Schoß gehabt hatte, und er ließ es nicht nur zu, sondern leckte ihr auch noch kurz über die Wange.

»Ziggy hat sich so super benommen«, sagte Hannah. »Es ist, als wäre er ein anderer Hund. Ich schätze, das liegt an Treys Training oder daran, dass er weiß, dass die Leute durcheinander sind.«

Treys Training. Das würde wahrscheinlich nicht mehr weitergeführt werden, da das Schuljahr zu Ende war. Er hatte sicher vor, für immer wegzugehen.

Bei dem Gedanken, dass er weggehen würde, wollte sie sich vor Schmerz am liebsten zusammenkrümmen. Nur mit Mühe konnte sie sich zusammenreißen. Sie atmete tief ein und drückte ein Stück Haut auf ihrem Arm fest zwischen Daumen und Zeigefinger zusammen, um sich zu zwingen, nicht zu weinen. »Wieso seid du und Ziggy überhaupt rausgegangen?«, fragte sie Hannah.

»Es war meine Schuld, dass er entwischt ist«, sagte Hannah. »Es tut mir so leid. Ich hab die Tür geöffnet, um zu sehen, was da vor sich geht, wie schlimm der Sturm ist. Und du weißt ja, wie er ist – er hat sich einfach an mir vorbeigezwängt. Ich hab mich schrecklich gefühlt, weil er dann draußen im Regen war, ganz durcheinander, also hat Mom mir erlaubt rauszugehen, um nach ihm zu suchen.«

Mr. James schaltete sich ein. »Ich wusste nicht, was ich denken sollte, als dieser verrückte Hund mit dem Mädchen hinter sich her die Straße entlanggerannt kam. Ich war gerade draußen im Vorgarten und hab versucht, einige der Pflanzen und Gartenstühle in Sicherheit zu bringen.«

»Was du nicht hättest tun sollen«, sagte Kirk. »Das wollte ich erledigen, nachdem ich bei ein paar Leuten die Straße runter vorbeigeschaut hatte.«

»Frauen«, wisperte Primrose Erica mit einem wissenden Nicken zu. »Er musste nach seinen Freundinnen sehen.«

Der alte Mr. James ignorierte seinen Sohn und Primrose.

»Jedenfalls hab ich, als ich sie kommen sah, einfach unser Tor geöffnet und nach dem Hund gerufen. Da ist er reingerannt, ich hab das Tor geschlossen, und er war gefangen.« Mr. James sah aus, als wäre er sehr stolz auf sich. »Dann ist diese junge Dame reingekommen, hat sich bei mir bedankt und mir geholfen, meine Gartenstühle aufzuräumen und die Hurrikanläden zu schließen. Und bald darauf ist ein weiteres Kind aufgetaucht, und dann noch eins.«

»Ich hab aus dem Fenster geschaut, zuerst hab ich gedacht, sie kämen vielleicht, um uns auszurauben«, gab Primrose zu, »aber sie waren wirklich reizend.«

»Ich musste Mary mit ihrem Generator helfen, das hat etwas länger gedauert«, sagte Kirk. »Ich machte mir Sorgen um Dad, aber als ich nach ihm sah, sagte er, alles sei in Ordnung, die Kinder würden ihm helfen.« Er sah sie nacheinander an. »Ich hab euch falsch eingeschätzt. Ich bin euch wirklich dankbar für das, was ihr für Dad getan habt.«

Ein Teil von Erica war stolz auf die Kinder, derselbe Teil, der den Arm um Hannah legte und LJ auf den Rücken klopfte. Es fühlte sich an, als müsste sie erst eine Baumwollschicht durchdringen, um mit der Welt interagieren zu können.

Du hast die Kinder. Das muss reichen.

Aber es reichte ihr nicht.

Sie fühlte, wie Ziggy sich an ihr Bein schmiegte. Hannah hatte recht: Er war viel ruhiger, als sie erwartet hatte.

Der Sturm ließ jetzt nach, und Primrose lud sie alle ein, noch eine Weile zu bleiben. Sie holte ihre Vorräte hervor, stellte Kerzen und eine Lampe auf, und alle versammelten sich und aßen Kekse.

Sogar Trey blieb noch, auf Drängen der Kinder – und setzte sich so weit wie möglich von Erica entfernt auf den Boden.

Er sah ihr nicht in die Augen.

Sie unterhielten sich noch eine halbe Stunde lang, während der Regen an- und wieder abschwoll. Erica wollte nach Hause gehen, um in Ruhe ihre Wunden zu lecken, doch sie hatte einfach nicht die Kraft dazu.

Plötzlich hämmerte jemand an die Tür. »Polizei!«

Es war nicht Earl Greene, sondern ein weiblicher Officer. Während sie sich umsah und sich vergewisserte, dass niemand verletzt war, stürzte Direktor O'Neil in den Raum.

»Da seid ihr ja«, schimpfte er, als er ein paar der Kinder aus der regulären Schule sah. »Eure Eltern haben sich große Sorgen um euch gemacht, weil sie euch nicht auf euren Handys erreichen konnten. Sie haben mich auf meinem Festnetztelefon angerufen, weil sie wussten, dass die Schule im Zweifelsfall als Schutzraum genutzt wird. Und dann habe ich von anderen Eltern gehört, dass ihr hier seid.«

»Warum waren unsere Eltern denn besorgt?«, fragte ein Junge. »Ich hab eine Notiz hinterlassen, auf der stand, wo ich hingehe und dass ich in Sicherheit bin.« Er warf dem

Schulleiter einen skeptischen Blick zu, als glaubte er nicht, dass seine Eltern wirklich besorgt gewesen waren.

Erica traute O'Neil zu, dass er übertrieb, damit es dramatischer wirkte.

»Ich hab meinen Eltern eine SMS geschrieben«, sagte ein anderer, »wobei der Empfang nicht gut war.«

»Eine Notiz zu hinterlassen oder eine SMS zu schreiben ist nicht dasselbe wie eine Erlaubnis einzuholen.« Stirnrunzelnd sah er zuerst Erica und dann Trey an. »Es ist genau so, wie die Eltern im Vorstand gesagt haben – diese Problemkinder haben zu viel Einfluss auf den Rest der Schüler. Ich würde gerne mit Ihnen beiden sprechen.«

Das war das Einzige, was sie dazu zwingen konnte, einander bis auf Armeslänge nahe zu kommen. Wie betäubt und ohne Trey anzusehen, folgte Erica dem Direktor in Primroses Küche.

O'Neil drehte sich zu den beiden um. »Wir hatten heute Abend ein Vorstandstreffen, wie Sie beide bei Ihrer kleinen Verabredung sicher gesehen haben.«

Allein der Gedanke an diese Verabredung ließ Ericas Herz schmerzen.

»Die Eltern im Vorstand sind sehr besorgt, dass die Kinder aus dem Programm den Rest der Schüler zu schlechtem Benehmen anstiften könnten.«

Trey schaltete sich ein. »Älteren Menschen in Not zu helfen ist schlechtes Benehmen? Wie kommen Sie darauf?«

»Nachts bei einem Sturm ohne Erlaubnis rauszugehen – ja, das ist definitiv ein problematisches Verhalten, wobei ich nicht erwarte, dass Sie das begreifen.« Er runzelte streng die Stirn. »Ich habe darüber nachgedacht, welche Empfehlung ich bezüglich des Programms geben sollte, und das war jetzt der letzte Tropfen. Das Programm funktioniert einfach nicht. Ich werde die Empfehlung geben, dass man es einstellt.«

Es hätte nie funktioniert. Genauso wie die Sache mit ihr und Trey nicht funktioniert hätte.

Sie wusste, dass sie Einwände erheben sollte, aber sie hatte nicht die Kraft dazu. Sie konnte nichts dagegen tun, was mit den Kindern geschah, konnte das Programm nicht retten. Sie hatte ihr Bestes gegeben, und es war alles in einer einzigen Katastrophe geendet.

Der Verlust ihres Jobs bedeutete, dass sie nicht mehr mit Hannah und Amber an der Küste würde leben können.

»Also wird es nächstes Jahr kein Verhaltensunterstützungsprogramm mehr geben.« Trey sagte es mit einem gewissen Unterton in der Stimme, aber sie konnte sich nicht genug zusammennehmen, um ihn zu analysieren.

Dunkel bekam sie mit, dass Trey ein wenig mit O'Neil diskutierte und seine Entscheidung infrage stellte. Aber das würde natürlich nichts nützen. Das Programm würde beendet werden, und das war alles, was sie wissen musste.

Sie hatten versagt. Sie hatte versagt.

Tränen schossen ihr in die Augen. Sie konnte es nicht zulassen, dass sie vor ihrem Chef und Trey weinte. Sie räusperte sich. »Kannst du dich um die Kinder kümmern? Dann verschwinde ich mal.« Sie schnippte mit den Fingern, um Ziggys

Aufmerksamkeit zu bekommen, und hob die Leine auf, die er hinter sich herzog.

Die Teenager redeten alle energisch durcheinander, berauscht vom Adrenalin des Sturms. Sie wussten nicht, dass ihr Programm bald zu Ende sein würde. Sollte O'Neil es ihnen doch sagen. Oder Trey. Sie war nicht in der Stimmung dafür. Sie öffnete die Tür, schlüpfte leise hinaus und schlich nach Hause, um Amber zu sagen, dass Hannah in Sicherheit war.

Dann stieg sie die Treppe zu ihrem Schlafzimmer hinauf und weinte.

Am nächsten Tag, als Erica sich nach draußen schleppte – weil sie mit Ziggy Gassi gehen musste, egal wie sie sich fühlte –, hatte der Regen ganz aufgehört, die Luft war nur noch feucht, während die Sonne herunterbrannte. Äste säumten die Straße, Zäune und elektrische Leitungen lagen auf dem Boden. Die Menschen liefen in ihren Vorgärten herum, um die Schäden zu beurteilen, grüßten sich und verwickelten einander in Gespräche. Es war viel Arbeit, wenn sie die Stadt bis zum Beginn der Hochsaison in nur wenigen Wochen wiederherrichten wollten.

Die gute Nachricht war, dass es keine Todesopfer und keine ernsthaft Verletzten gegeben hatte und dass nur einige wenige Gebäude durch den Sturm schwer beschädigt worden waren.

Als Erica hinter Ziggy die Straße entlangtrottete, rief ihr jemand, der gerade Burger grillte, zu, dass sie gerne mitessen könne. Ziggy zog in Richtung des Duftes, aber Erica winkte nur, schüttelte den Kopf und zog den Hund wieder auf Kurs. Sie war nicht hungrig, und sie konnte jetzt niemandem ins Gesicht sehen.

Gestern Abend hatte sie in den Augen zweier Männer gesehen, dass ihre Entscheidungen endgültig waren.

O'Neil war fest entschlossen, das Programm zu beenden. Sicher, sie konnte Trey dafür kritisieren, dass er die Kinder während des Sturms alle in der Sunset Lane hatte arbeiten lassen, aber eigentlich war an dem, was er getan hatte, nichts falsch. Er hatte Hannah gefunden, und die anderen Kinder waren auch hergekommen, und sie alle hatten den älteren Bewohnern der Sunset Lane geholfen. Sie hatten das Richtige getan, und sie war stolz auf sie.

Stolz auf sie und voller Bewunderung für Trey.

Er war ein guter Mann. Er war mit einem schlimmen Rücken und ohne Job nach Pleasant Shores gekommen, und diese Dinge plagten ihn immer noch, aber er ließ sich nicht davon bestimmen, er hatte sich innerlich weiterentwickelt, um den Jugendlichen zu helfen. Seit seiner ersten zögerlichen Präsentation im Klassenzimmer hatte er sich so sehr verändert. Er hatte sich entwickelt oder vielleicht nur eine Seite von sich zum Vorschein kommen lassen, die anfangs nicht so offensichtlich gewesen war.

Er war ein guter Mensch, und gestern Abend – war es erst gestern Abend gewesen? – hatte er gesagt, dass er eine Beziehung mit ihr wagen wolle.

Sie hatte ihm einen Korb geben müssen, und das hatte sie fast zerstört. Wenn sie all das in Betracht zog, was Amber durchgemacht hatte, durfte sie vielleicht nicht sagen, dass das Leben unfair zu ihr sei – trotzdem wünschte sie sich, dass irgendetwas auch mal leicht sein würde.

Oder vielleicht nicht einmal leicht, das war ihr egal. Was sie sich wünschte, war Trey.

Stattdessen hatte sie ihn verloren, und sie hatte den Job verloren, der für sie und Amber und Hannah der Dreh- und Angelpunkt ihres Aufenthalts hier war. Sie hatte völlig versagt.

Ziggy schaute zu ihr auf und winselte. Sie streichelte über seinen großen Kopf, während sie am Motel vorbeitrotteten und sich auf den Weg zurück nach Hause machten. Beziehungsweise dorthin zurück, wo sie für den Moment noch zu Hause waren. Sie würden nicht mehr lange hier sein, denn sie würden es sich nicht mehr leisten können, hier zu wohnen, sobald Ericas Gehaltsschecks ausblieben.

Sie musste es Amber sagen, aber sie brachte es noch nicht über sich. Was bedeutete, dass sie noch nicht nach Hause gehen konnte – ihre Schwester kannte sie zu gut, als dass sie nicht fragen würde, was los war … Und was würde sie dann sagen?

Ein Stück eines Schildes war in die Einfahrt vor der Kirche geweht, es sah scharfkantig und gefährlich aus. Sie ging hinüber, um es aus der Einfahrt zu ziehen, aber es war schwerer, als sie erwartet hatte. Sie zog und zerrte, und dann war es plötzlich einfacher, und sie merkte, dass jemand ihr half. Sie drehte den Kopf: Es war Julie.

»Ich wollte das gerade machen, aber du bist mir zuvorgekommen«, sagte Julie. »Ist alles in Ordnung bei euch zu Hause? Braucht ihr irgendetwas?«

Wir brauchen alles. Aber nichts, was Julie ihnen geben konnte. »Danke, aber jetzt ist alles wieder gut. Wir haben Hannah und Ziggy drüben in der Sunset Lane gefunden.«

Julie neigte den Kopf. »Wie kamen die denn dahin?«

»Mr. James hat Ziggy eingefangen, und Hannah hat ihm mit den Sturmschäden geholfen, und dann sind einige unserer Kinder aus dem Programm vorbeigekommen, um mitzuhelfen. Wir hatten den Leuten dort schon mal im Rahmen eines Hilfsprojektes geholfen«, erklärte sie angesichts von Julies verwirrtem Gesichtsausdruck, »und die Kinder haben sich Sorgen gemacht, wie die Älteren mit dem Sturm zurechtkommen.« Sie fühlte eine Art traurigen Stolz in sich aufsteigen. Diese Teenager hatten der Welt so viel zu geben.

»Beeindruckend«, sagte Julie, nickte und zog die Augenbrauen hoch. »Ihr habt viel mit diesen Kindern erreicht.«

»Ja. Sie sind toll.« Sie würgte die Worte heraus, und dann konnte sie ein paar Tränen nicht zurückhalten. »Tut mir leid.«

Julie legte einen Arm um Erica. »Du hast ein paar harte Tage hinter dir. Du hast das Recht, zusammenzubrechen.« Sie tätschelte Ericas Rücken.

Das war genau das, was auch Ericas Mutter immer gesagt hatte, und das brachte das Fass zum Überlaufen. Jetzt brach sie wirklich zusammen, und Julie zog sie in eine feste Umarmung. »Ist schon gut, wein nur«, sagte sie.

»Sie werden mein Programm streichen.« Erica legte den Kopf an Julies Schulter und weinte.

Julie erstarrte, zog sich dann aus der Umarmung und hielt Erica an den Schultern, um ihr ins Gesicht zu sehen. »Wer streicht das Programm?«

»Direktor O'Neil«, sagte sie und wischte sich die Nase am Ärmel ab. »Er hatte es schon immer auf uns abgesehen, und es ist noch schlimmer geworden, seit Trey da ist. Jetzt plant er, dem Vorstand die Empfehlung auszusprechen, dass das Programm beendet werden soll.« Sie konnte nicht mehr sprechen.

»Okay. Okay. Vielleicht kann man etwas dagegen unternehmen, aber nicht heute.« Julie legte einen Arm um sie und ging mit ihr Richtung Straße. »Heute musst du nach Hause gehen, ein schönes warmes Bad nehmen und dich entspannen.«

»Danke«, sagte Erica und meinte es auch so. Julies mütterliche, fürsorgliche Art war Balsam für ihre Seele. »Es geht gleich wieder.«

Jemand rief von der anderen Seite des Zauns, der sich zwischen Hotel und Kirche befand, nach Julie. »Oma! Wir brauchen dich!«

Erica löste sich aus Julies Umarmung und gab ihr einen kleinen Schubs. »Geh schon.«

Julie sah sie zweifelnd an und öffnete den Mund, um etwas zu sagen.

»Es geht mir gut, wirklich.« Erica zwang sich zu lächeln, um ihren Worten Glaubwürdigkeit zu verleihen. »Geh und hilf deinen Enkelinnen. Ich bin nur einen Katzensprung von zu Hause entfernt.«

Aber sobald Julie außer Sichtweite war, wandte sich Erica von der Straße weg und ging zurück Richtung Kirche. So konnte sie Amber nicht gegenübertreten. Ihre Schwester hatte schon genug Sorgen.

Es gab dort einen kleinen Innenhof, den die Kirche während des Sommers für Gottesdienste nutzte. Sie ging um das Gebäude herum, Ziggy an ihrer Seite. Das Gras war mit Stöcken und ein paar Schindeln übersät, aber der Steinaltar war intakt.

Sie räumte den Innenhof auf und ließ Ziggy frei herumlaufen. Sie sorgte sich nun zu Recht nicht mehr, dass er weglaufen könnte. Nachdem sie die Trümmer zu einem ordentlichen Haufen neben der Mülltonne aufgestapelt hatte, ging sie langsam in die Kirche, mit der vagen Vorstellung, dort Trost zu finden. Ziggy sah fragend zu ihr auf.

»Komm. Ist schon in Ordnung«, sagte sie und legte die Hand auf seinen Kopf. Normalerweise hätte sie ihren Hund natürlich nicht mit in die Kirche genommen, aber es schien niemand hier zu sein, und er benahm sich so gut.

Er schnüffelte an ihrer Hand und trottete dann neben ihr her den Gang entlang.

Wenn sie geglaubt hatte, dass die Stille in der Kirche die Angst, die sie empfand, vertreiben würde, hatte sie sich geirrt. Die Gedanken kreisten weiter in ihrem Kopf.

Die Situation, in der sie sich befand, dass sie die Sonderklasse für die Problemkinder und damit ihren Job verlor, konnte weder gelöst noch irgendwie verbessert werden. Sie wusste das, weil sie mehrere Monate lang ihr Bestes getan hatte, um Direktor O'Neil davon zu überzeugen, das Programm weiter zu unterstützen – und sie hatte versagt.

Sie hatte versucht, Trey die Wahrheit zu sagen, aber der harte Blick in seinen Augen, als er sie abgewiesen hatte, verstärkt durch seine Wut nach dem Sturm, hatte ihr deutlich gemacht, dass auch ihre Beziehung nicht zu reparieren war.

Mit Gott sind alle Dinge möglich. Das hatte ihre Mutter immer gesagt, wenn Erica als Kind den Mut verloren hatte. Ihre Mutter war sehr gläubig gewesen; je kränker sie geworden war, desto stärker war ihr Glauben geworden.

Aber sie hatte unrecht damit gehabt, dass mit Gott alles möglich sei. Sie war nicht wieder gesund geworden, obwohl so viele Menschen für sie gebetet hatten.

Mama hatte behauptet, dass es einen Grund dafür gab, dass sie so jung von ihnen gehen musste. Vielleicht würde dadurch die Bindung zwischen Amber und Erica stärker werden. Auf jeden Fall hatte ihr Tod die Schwestern dazu veranlasst, sich genetischen und anderen Tests zu unterziehen, was dazu geführt hatte, dass Ambers Krebs früh erkannt worden war. Nicht früh genug, aber früh.

Das war ein Silberstreif am Horizont, sicher, aber er machte den Verlust ihrer Mutter nicht annähernd wett. Nichts konnte ihn wiedergutmachen. Und jetzt, da Ericas Leben und ihre Träume in Scherben lagen, vermisste sie ihre Mutter so sehr, dass ihre ganze Brust schmerzte.

Sie stolperte ein wenig und blickte unter Tränen auf, nur

um zu erkennen, dass sie sich an dem in ihrer Stimmung denkbar ungünstigsten Ort befand: der Kinderkrippe der Kirche. Vielleicht wollte sie sich nur selbst bestrafen, aber sie konnte nicht widerstehen und stieß die Tür auf.

Die drei Kinderbetten an der Wand, der süßsäuerliche Geruch nach Babys, die bunten Spielsachen, die in einem Kasten aufgestapelt waren – all das traf Erica härter als der Sturm, so hart, dass sie sich umdrehte, in einen Schaukelstuhl sank und ihr Gesicht auf die Knie sinken ließ.

Sie würde nie die erschöpfte Mutter sein, die ihr Baby hierherbrachte, nie die glückliche, erholte Mutter, die die Betreuerinnen nach der Kirche begrüßte, nie die launische Mutter, die sich über das Stillen und volle Windeln und Schlafmangel beklagte. Sie würde nie eine Mutter sein, nie zu den Müttern gehören.

Sie hatte gedacht, mit dem Weinen sei es vorbei, aber jetzt kamen die Tränen wieder, stärker als je zuvor. Ziggy schmiegte sich an ihr Bein und beobachtete sie mit scheinbar sorgenvollem Gesicht.

Ihre eigene Mutter hatte immer so viel über die Freude, Kinder zu gebären, die Niedlichkeit von Babys und die Herausforderungen der Kindererziehung, die einen geistig wachsen ließen, gesprochen. »Das werde ich nie haben«, flüsterte sie, vielleicht zu sich selbst, vielleicht zum Geist ihrer Mutter, vielleicht zu Gott. »Niemals.«

Trey hatte sie deswegen abgewiesen. Vielleicht hätte ihre Mutter das auch getan.

Nein.

Sie atmete tief ein und langsam wieder aus. Eine tiefe Gewissheit überkam sie, noch während sie sich die Tränen abwischte.

Niemand, der sie liebte, würde ihr die Schuld für ihre gesundheitliche Situation geben. Ihre Mutter hätte es nicht getan. Und Amber, Hannah und ihre Freunde taten es ganz offensichtlich auch nicht.

Sie würde ihren Freunden ja auch nicht die Schuld geben, wenn ihnen etwas Ähnliches passierte.

Sie atmete weiter tief durch; ihre Tränen flossen nun langsamer und versiegten dann ganz. Sie hob einen kleinen Stoffbären auf, der neben ihrem Schaukelstuhl lag, und betrachtete ihn. Dann stand sie auf, nahm sich eine Handvoll Taschentücher und wischte sich die Augen trocken.

Es war traurig, dass sie keine Kinder bekommen konnte. So, so traurig.

Aber im Leben eines jeden Menschen gab es Schmerz und Enttäuschungen.

Dass sie unfruchtbar war, bedeutete nicht, dass etwas mit ihr nicht stimmte. Es bedeutete nicht, dass sie keine richtige Frau war.

Sie strich mit der Hand über das Gitter eines leeren Kinderbettes, dann beugte sie sich darüber und schaute hinein. Noch ein paar Tränen fielen hinunter.

Aber ihre Traurigkeit fühlte sich jetzt ein wenig klarer an, einfacher. Es war einfach nur Traurigkeit. Sie würde diese Phase durchstehen, genauso wie sie den Verlust ihrer Mutter durchgestanden hatte.

Die Sonne lugte hinter einer Wolke hervor und sandte goldenes Licht durch die Sonnenfänger im Fenster der Kinderkrippe. Sie und Amber hatten schon immer die Sonnenfänger geliebt, die ihre Mutter in jedem Haus, in das sie eingezogen waren, als Erstes aufgehängt hatte.

Und sie erinnerte sich daran, was ihre Mutter in diesen dunklen letzten Tagen zu ihr und Amber gesagt hatte. *Denkt immer daran, dass ihr einander habt. Stützt euch gegenseitig.*

Sie musste nach Hause gehen und mit ihrer großen Schwester sprechen. Sie musste ausnahmsweise einmal loslassen, musste aufhören, die Starke zu sein, und zulassen, dass Ambers Liebe und Weisheit ihr die Kraft gaben, weiterzumachen.

Als sie aufstand, merkte sie, dass ihr von all dem Herumlaufen und der Arbeit, die sie gestern getan hatte, jeder Muskel schmerzte. An einem Schienbein hatte sie eine Schnittwunde, am anderen einen Bluterguss.

Aber sie hatten den Sturm überstanden. Und als sie darüber nachdachte, was die Kinder getan, wie sie den Älteren geholfen hatten, stieg grimmiger Stolz in ihr auf.

Ja, sie hatten dafür Ärger bekommen und dem Förderprogramm geschadet. Aber das Programm wäre ohnehin eingestellt worden. Das Verhalten der Teenager während des Sturms war nur eine weitere Ausrede für O'Neil gewesen, um das Programm zu beenden.

Es bedeutete nicht, dass sie nicht stolz darauf sein konnte, was die Kids getan hatten. Sie hatte geholfen, und Trey hatte geholfen, und die Kinder hatten gezeigt, dass sie aus gutem Holz geschnitzt waren.

Erica hatte weder am Programm noch an ihnen etwas auszusetzen. Sie richtete sich auf, schnalzte mit der Zunge nach Ziggy, verließ die Kirche und ging nach Hause zu ihrer Schwester.

19. Kapitel

Trey arbeitete den ganzen Morgen mit den Aufräummannschaften zusammen und kümmerte sich um heruntergefallene Äste und Stromleitungen. Es war seltsam, die Sonne scheinen zu sehen, nach den dichten Wolken und dem starken Wind gestern.

Denny war auch gekommen, um mitzuhelfen, und gemeinsam zersägten sie einen Baum, der auf die Straße gefallen war, und schaufelten Schlamm aus einem Keller. Der Geruch feuchter Erde stieg auf, aber da es nicht zu heiß war und sich das Hochwasser schnell wieder verzogen hatte, war es erträglich.

Was für Trey hingegen nicht erträglich war, war der Gedanke an Erica, besonders daran, wie bestürzt sie nach dem Besuch von Direktor O'Neil ausgesehen hatte. Er hätte den Mann am liebsten geschlagen, denn dessen Klage über das Verhalten der Kinder während des Hurrikans war natürlich nur ein Vorwand gewesen. Tatsächlich hatte O'Neil wahrscheinlich bereits am frühen Abend, als der Vorstand getagt hatte, empfohlen, das Förderprogramm zu beenden.

Wann immer er auch seine endgültige Entscheidung getroffen haben mochte – O'Neil hatte offenbar die Macht, das Programm abzuschaffen, und das tat er auch.

Während Trey und Denny eine Aufgabe nach der anderen erledigten, unterhielten sie sich. Denny war ganz berauscht von der baldigen Geburt seines zweiten Kindes, fragte sich, wie sie wohl verlaufen würde, und sorgte sich, ob das Geld für die Bedürfnisse eines weiteren Babys reichen würde. Trey hörte zu und machte ein paar Vorschläge – sehr wenige, denn was wusste er schon über Vaterschaft? – und versicherte Denny, dass alles gut gehen würde, wie beim ersten Mal ja auch, und dass es die beste Erfahrung seines Lebens werden würde.

King trottete neben ihnen her. Trey erzählte Denny davon, wie King geholfen hatte, Hannah und Ziggy zu finden.

»Hast du mal überlegt, ihn unentgeltlich für Such- und Rettungseinsätze zur Verfügung zu stellen?«, fragte Denny. »Er würde das sicher super machen.«

Trey blickte nachdenklich auf King hinunter. Einem Hund war es egal, ob seine Arbeit ehrenamtlich oder bezahlt war. Er wollte einfach nur etwas zu tun haben.

Die Menschen riefen Trey zu und begrüßten ihn, dankten ihm für seine Hilfe heute und auch während des Sturms.

»Hast hier einen anderen Ruf als in den Heights«, sagte Denny. »Obwohl du ja auch damals schon immer allen geholfen hast.«

Trey dachte darüber nach, während sie weitere heruntergefallene Äste zum Bordstein schleiften. Ihm gefiel der Gedanke, dass er sich in Pleasant Shores verändert haben könnte, aber vielleicht war die Hilfsbereitschaft doch schon immer ein zentraler Teil seiner Persönlichkeit gewesen. Vielleicht hatte er schon immer etwas zu bieten gehabt, auch wenn er sich dessen selbst kaum bewusst gewesen war.

Sein Vater dachte das anscheinend.

Etwas später vibrierte Treys Telefon, und sein Herz überschlug sich, als er es hervorzog. Er hoffte wirklich, wider besseren Wissens, dass es Erica war.

Aber es war nicht Erica. Es war der Chief. »Gute Arbeit mit dem Förderprogramm«, sagte er. »Du hast es wirklich umgekrempelt. Hast hervorragende Publicity dafür gemacht, und der Name unserer Abteilung steht überall dabei.«

»Wie bitte?« Trey kniete sich hin, um ein Stück Außenverkleidung zu inspizieren, das sich von Mr. James' Haus gelöst hatte. »Was meinst du mit Publicity?«

»Schau im Internet nach. Es gibt einen Leitartikel darüber, wie eure Teenager den Senioren geholfen haben. Er verbreitet sich wie ein Lauffeuer. Man fühlt sich richtig wohl, nachdem man ihn gelesen hat.« Er machte eine Pause. »Endlich sehe ich die Ergebnisse, die ich mir von deiner Teilnahme an Healing Heroes erhofft hatte. Es sieht so aus, als hättest du dich doch wieder gefangen.«

»Ich schätze, das habe ich«, sagte Trey und war überrascht, als er feststellte, dass es tatsächlich so war.

Es sah so aus, als ob Healing Heroes nicht nur eine Arbeit war, die man schnell mal erledigte, während man auf seine Invalidenrente wartete. Wenn der Chief recht hatte, hatte dieser Job Trey tatsächlich zu einem besseren Menschen gemacht.

»Wenn mit deiner Physiotherapie alles weiterhin gut läuft,

bist du vielleicht bald wieder bereit, zu unserer Truppe zurückzukommen.«

Die Worte des Chiefs trafen Trey wie eine Hurrikanwindböe. »Kein Schreibtischjob?«, schaffte er es zu fragen.

»Nein. Ich möchte dich draußen einsetzen.«

Trey sagte während der verbleibenden Minuten, die sie noch miteinander telefonierten, kaum ein Wort. Als er auflegte, schauten sowohl Denny als auch Mr. James ihn mit unverhohlener Neugierde an.

»Ich bekomme meinen alten Job zurück, wenn ich ihn wiederhaben will«, sagte er langsam. »In Philadelphia.«

»Alter, das ist ja super!« Denny klopfte ihm auf den Rücken, worauf Trey zusammenzuckte.

»Nicht so fest, Mann. Mein Rücken ist noch nicht ausgeheilt.«

»Ich hab gesehen, wie du die Äste geschleppt hast. Du kannst diese Ausrede nicht mehr lange vorschieben.« Denny machte eine Pause. »Aber im Ernst, Mann, ich freu mich für dich. Ich weiß, wie sehr du dir das gewünscht hast.«

Er wollte es unbedingt … oder nicht? Warum fühlte er nicht den Freudenrausch, den er erwartet hatte? »Es hat dem Chief sehr gefallen, wie die Kinder und ich den Leuten während des Sturms geholfen haben. Ich frage mich, wie er davon Wind bekommen hat.«

Mr. James lächelte, sodass sein Gesicht sich in Millionen Falten legte. »Einige von uns haben ein paar Anrufe getätigt«, sagte er, »und Kirk hat den Veteranenvereinen, mit denen er in Verbindung steht, erzählt, wie die Kinder einen Veteranen aus dem Zweiten Weltkrieg gerettet haben. Und die Kinder haben es in diesen Sozialen Medien geteilt. Wir hätten nicht gedacht, dass es in der Presse landen würde, aber durch das Internet hat es sich plötzlich wie ein Lauffeuer verbreitet.«

Denny scrollte durch sein Handy. »Schau mal, hier«, sagte er und klickte auf ein Video.

Es war kurz, doch es zeigte Trey und einige der Kinder, wie sie durch Flutwasser wateten und Gartendeko und Äste trugen, während King neben ihnen herlief. Sowohl das Programm als auch Treys Abteilung wurden erwähnt. Er wusste nicht, wer es aufgenommen hatte, aber er erinnerte sich vage daran, dass einige der Kinder während der Hilfsaktion ab und zu ihre Handys hochgehalten hatten, um an verschiedenen Stellen Dinge zu fotografieren.

»Wenn Sie dadurch Ihren Job zurückbekommen haben und es das ist, was Sie wollten, freue ich mich für Sie«, sagte Mr. James. »Aber wir werden Sie hier auf jeden Fall vermissen.«

Das ließ Trey aufhorchen. Er konnte nicht wirklich behaupten, dass die Leute in Philadelphia ihn vermissten. Na ja, vielleicht Denny und ein paar von den Einsatzkoordinatoren. Aber sie vermissten ihn nicht sehr. Er war irgendein Großstadtpolizist, jederzeit austauschbar.

Hier kannte man ihn. Nicht nur die Kinder, sondern die ganze Gemeinde kannte ihn. Julie und Mary in der Buchhandlung, in die er ging, um seine Thriller und Bücher über Militärgeschichte zu kaufen. Earl Greene, dem er dabei half, einige Formulare zu digitalisieren und einen Zuschuss für

Programmierkurse für Jugendliche zu beantragen. Die Leute in der Sunset Lane.

Und, natürlich: Erica.

Aber er würde nicht hierbleiben. Er würde zurück in die Stadt gehen, zurück zu einem Job, den er liebte. Na ja, zumindest mochte.

King konnte in Philadelphia an Such- und Rettungsaktionen teilnehmen. Vielleicht.

Trey war von Erica abserviert worden, ja, und das tat immer noch weh. Aber er hatte sie dann ebenfalls abserviert, sie weggestoßen. Er hätte sich deswegen eigentlich besser fühlen sollen.

Mr. James ging rein, und Trey und Denny legten eine Pause ein und gingen mit King zum Hafenviertel runter. Sie setzten sich auf eine lange Steinbank und blickten aufs Wasser hinaus.

»Kaum zu glauben, dass hier gestern so ein Riesensturm gewütet hat«, sagte Denny.

»Bis man das hier sieht.« Trey wies mit dem Arm auf einen Haufen verbogener Metallteile und Äste, die neben der Straße für die Müllabfuhr aufgestapelt waren.

»Stimmt.« Denny griff sich eine Handvoll Sand und ließ ihn zwischen den Fingern hindurchrieseln. »Du freust dich also nicht darüber, dass du deinen Job wiederkriegst?«

»Doch, schon«, sagte Trey mechanisch.

»Wirklich?«

Trey schaute aufs Wasser hinaus und beobachtete, wie die Schaumkronen auf den Wellen tanzten. »Mir gefällt es hier besser, als ich erwartet hatte.«

»Es ist ganz nett«, sagte Denny zögerlich. »Irgendwie gemütlich.«

»Ich mag das«, sagte Trey.

»Und was magst du noch?« Denny warf ihm einen Seitenblick zu. »Oder besser gesagt, wen?«

Trey stieß einen Seufzer aus. Er und Denny hatten eine Menge zusammen durchgemacht, und Menschen zu lesen war eine Schlüsselkompetenz von Polizisten. Es hatte keinen Sinn, es zu leugnen. »Es gibt da diese Frau.«

»Diese Lehrerin, mit der du zusammenarbeitest«, sagte Denny. »Das dachte ich mir schon. Nachdem meine Frau mich darauf gebracht hat. Frauen wissen in solchen Dingen immer, was los ist.«

»Aber es wird nicht funktionieren«, sagte Trey. Und dann dachte er darüber nach, wie es wäre, ohne Erica hier zu leben.

Sie hatte gesagt, dass sie wahrscheinlich umziehen musste, wenn das Programm gestrichen würde.

Und Pleasant Shores ohne Erica würde sich … leer anfühlen. Bedeutungslos.

Die Gruppe der Kids würde sich auflösen; Erica, Amber und Hannah wären weg – was gäbe es dann noch hier für ihn?

Wenn er es sich recht überlegte, würde es ihm ohne Erica *nirgendwo* richtig gefallen.

Er schüttelte diesen düsteren und selbstmitleidigen Gedanken ab und stand auf, um den Rücken durchzustrecken. Da hörte er ein vertrautes Bellen. King begann zu winseln.

Ein riesiges weißes, durchnässtes Wesen galoppierte auf sie zu, im Maul hatte es einen Fisch. King bellte aufgeregt.

Hoffnung und Freude keimten in Trey auf. Er sah sich nach Erica um.

Doch sie war nicht da. Hannah kam auf sie zugerannt, die Leine flatterte neben ihr her. »Ziggy! Lass den Fisch fallen! Nicht springen!«

Trey rief automatisch ein scharfes Kommando, worauf der nasse Hund stehen blieb und sich hinsetzte. Auf ein weiteres Kommando hin legte er den stinkenden toten Fisch auf den Boden. Denny schnappte ihn sich und warf ihn in einen nahe gelegenen Mülleimer.

»Ich helfe Erica dabei, Ziggy zu erziehen«, sagte Hannah. »Sie packt gerade alle Sachen, die sie im Klassenzimmer hat, weil das Schuljahr vorbei ist und das Programm auch. Und sie hat eine Menge Bewerbungsgespräche.« Sie unterhielt sich noch ein paar Minuten mit ihnen und joggte dann mit Ziggy weiter.

Und Trey merkte, dass ohne Erica nichts einen Sinn hatte. Er wollte die Neuigkeit mit ihr teilen, dass sich das Video über ihre Hilfsaktion wie ein Lauffeuer verbreitete. Sie sollte wenigstens wissen, dass das Programm etwas bewirkt hatte. Er wollte mit ihr darüber sprechen, was der Chief gesagt hatte, um ihre Meinung darüber zu hören, ob er die Stelle annehmen sollte.

Aber wenn sie dann sagte, dass er sie annehmen solle – was dann?

»Wirst du wegen Erica irgendwas unternehmen, Mann?«, fragte Denny.

»Was denn?«

Er zuckte die Achseln. »Mit ihr reden? Dich entschuldigen?«

Es gab nichts, was er lieber getan hätte, doch er hatte sie ziemlich heftig abgewiesen. Er war sich nicht sicher, ob sie überhaupt bereit war, mit ihm zu reden.

Und was sollte er schon sagen? Sie hatte ihm klargemacht, dass sie keine Kinder wollte, dass sie *ihn* nicht wollte. Dieser traurige Ausdruck auf ihrem Gesicht, als sie weggegangen war, hatte vielleicht wenig oder gar nichts mit ihm zu tun gehabt. Wahrscheinlich war das Förderprogramm der Grund gewesen.

»Was auch immer du tust«, sagte Denny, »gib nicht auf. Eine gute Frau …« Er zuckte die Achseln und wurde rot. »Sie ist die Arbeit wert, Mann. Glaub mir.«

Das sagten Trey auch seine Instinkte.

Aber die hatten ihn schon öfter in Schwierigkeiten gebracht. Sie hatten ihn dazu gebracht, sich in eine unglückliche Ehe zu stürzen, und ihn dazu veranlasst, ohne Verstärkung ein Meth-Labor zu stürmen.

Doch vielleicht war er jetzt reifer geworden. Hatte sich verändert. Zumindest der Chief schien das zu glauben.

Vielleicht waren seine Instinkte doch nicht so falsch.

Oder vielleicht war seine Liebe zu Erica viel mehr als nur ein Instinkt. Und vielleicht konnten sie über das Thema Kinder sprechen, herausfinden, warum sie sich dagegen wehrte, überlegen, ob sie zu einem Kompromiss kommen konnten.

Sie war ihm wichtig. Sie war ihm so wichtig, dass er es versuchen musste.

Denny hatte recht – eine gute Frau war auch die größte Anstrengung wert. Er musste sich entschuldigen, und er musste beharrlich sein, aber ein einfaches kleines »Es tut mir leid« würde nicht ausreichen. Und Erica war nicht der Typ, der sich von Diamanten und Rosen überzeugen ließ.

Er musste etwas Bedeutungsvolles tun. Etwas Großes.

20. Kapitel

»Vielleicht war das doch keine so gute Idee.«

Während sie in einem riesigen Topf Chili rührte, das mit Hotdogs serviert werden sollte, hörte Julie hinter sich die Stimme ihrer Tochter und musste ein wenig lachen. Ria machte sich viel zu oft Sorgen. »Was ist keine gute Idee, Liebes?«

»So kurz nach dem Sturm ein Picknick zu machen. Wir sind doch immer noch mit Aufräumen beschäftigt.«

»Sei nicht so negativ, Mom«, sagte Sophia zu Julies Überraschung. »Alle haben sich total gefreut, als sie zum Motelpicknick eingeladen wurden. Das wird bestimmt ein Spaß. Obwohl …«, fügte sie mit einem Blick auf den Chilitopf hinzu, »… das da echt ekelhaft aussieht.«

»Das stimmt nicht«, sagte Kaitlyn hinter einem riesigen Berg Servietten und Kunststoffbesteck, das sie darin einrollte. »Omas Chili ist wirklich lecker. Sie werden es alle lieben.« Sie streckte ihrer Schwester die Zunge heraus, worauf die es ihr gleichtat.

»Es wird schon gut gehen, du wirst sehen«, sagte Julie zu Ria und klopfte ihr auf die Schulter, während sie an ihr vorbeiging, um nach den Käsemakkaroni zu sehen. »Wir tragen unseren Teil dazu bei, dass die Leute zusammenkommen, und ganz nebenbei ist es gut fürs Geschäft.«

Die einzige dunkle Wolke am Picknickhorizont war, dass Melvin vielleicht mit seiner jungen Verlobten aufkreuzen würde. Durch den Adrenalinkick während des Sturms war es Julie egal gewesen, dass er sie wie eine getaufte Maus gesehen hatte. Doch als sie später darüber nachdachte, fand sie es richtig peinlich.

Die Kirche und das Motel teilten sich schon seit Jahren eine Wiese mit Grillplätzen und Picknicktischen. Da die Kirche außerdem mit einer großen Küche ausgestattet war, war es das Sinnvollste, direkt dort zu kochen. Genauso sinnvoll war das Timing: Sie würde das Essen direkt nach dem Gottesdienst am späten Vormittag servieren, wenn die Leute aus der Kirche kamen.

Der Hof war jetzt schon ziemlich gut aufgeräumt, und die Arbeiter waren bereits mit den angrenzenden Grundstücken beschäftigt. Die meisten Hotelgäste machten mit, genauso wie etliche Bewohner der Gemeinde. Der Schutt lag in unordentlichen Haufen entlang der Hauptstraße, von wo er abgeholt werden sollte, sobald die Räumkolonne bei diesem Punkt ihrer Prioritätenliste angelangt sein würde.

»Dafür, dass hier gerade erst so ein heftiger Sturm durchgezogen ist, sieht es schon ganz gut aus«, meinte Julie, während sie Ria die Tür aufhielt, die einen riesigen Korb voll mit Sandwiches hinaustrug. Der Himmel war blau und die Brise aus der Bucht kühl und angenehm und gerade stark genug, um den leicht modrigen Geruch fortzuwehen.

Ria nickte und biss sich dabei auf die Lippe.

»Was bedrückt dich denn, Liebes?«

»Ich hatte irgendwie so viel um die Ohren, dass ich nun das Gefühl habe, nicht genug bei den Partyvorbereitungen mitgeholfen zu haben. Und jetzt will ich einfach nur weiterarbeiten, um wieder Normalität einkehren zu lassen.«

»Hallo, Mama, du bekommst das Motelgelände gerade gratis gereinigt.« Sophia verpasste ihrer Mutter einen Stups. »Entspann dich doch einfach mal, geht das?«

»Entspannen war noch nie die Stärke deiner Mutter«, entgegnete Julie. Sie sah Ria an, und ihr war, als sähe sie vor ihrem inneren Auge einen Film ihrer eigenen Jugendjahre ablaufen: eine Fünfjährige, die sich beim Gedanken daran, in den Kindergarten zu müssen, auf die Lippen biss, eine frischgebackene Highschoolabsolventin, die sich fragte, ob sie wohl jemand zum Abschlussball bitten würde, eine Collegestudentin, die aus Angst, die Zwischenprüfung vergeigt zu haben, mitten in der Nacht zu Hause anrief.

Eine Braut, die sich fragte, ob sie die richtige Wahl getroffen hatte, und eine frisch geschiedene Singlemutter, die sich darüber ärgerte, dass dem nicht so gewesen war.

Meistens war Julie froh darüber, Ria ermutigt zu haben, Wagnisse einzugehen und sich keine Sorgen zu machen, weil es schon gut gehen würde. Nur was Rias Eheschließung und den Bammel, den sie davor gehabt hatte, anging, fühlte sie sich ein wenig schuldig. Sie hatte die Bedenken ihrer Tochter abgetan, aber sie war nun mal wirklich davon überzeugt gewesen, dass Ria und ihr Mann füreinander bestimmt waren. Das war sie ehrlich gesagt noch immer, doch irgendetwas war schiefgelaufen zwischen ihnen, was sie nicht wieder geradebiegen konnten.

Die Tatsache, dass Ria überhaupt kein Interesse an anderen Männern zeigte, die leicht wehmütige Art, wie sie über ihren Ex, Drew, sprach, wenn er die Mädchen übers Wochenende abholen kam … All das ließ Julie vermuten, dass Ria immer noch Gefühle für ihn hatte.

Doch als sie einmal darauf angespielt hatte, war Ria knallrot geworden, wütend und den Tränen nahe. »Auf gar keinen Fall. Die Sache ist ein für alle Mal gegessen.«

Nach und nach tröpfelten die Leute ein und fingen an umherzuwandern. Sophia machte ein Video davon und teilte es auf ihren Social-Media-Kanälen. »Das ist gute PR«, meinte sie. »So erfahren die Leute vom Motel.«

Was letztlich die Runde machte, war, dass es hier in der Chesapeake Motor Lodge gratis Essen gab. Nach nicht einmal einer Stunde waren bereits zwanzig Kinder von der Highschool aufgeschlagen.

Ria machten die zusätzlichen Gäste ein wenig Panik, und Sophia entschuldigte sich, doch Julie nahm die Sache locker. Jetzt profitierte sie von all den Jahren als Freiwillige in der Suppenküche und als Unterhalterin für Melvins Arbeitskollegen; überhaupt hatte sie ja ohnehin zu viel Essen besorgt. Die Luft war vom Duft nach Brathähnchen erfüllt. Mary brachte ein großes Tablett Krabbenfrikadellen herüber, und ein paar andere Leute hatten Desserts, Kekse und Brownies dabei. Die Familie, der sie während des Sturms geholfen hatte, brachte eine große Pfanne voll duftend süßer Maisbällchen.

»Es läuft alles gut«, sagte Mary, während sie die Abdeckung von ihren Krabbenfrikadellen entfernte. »Die Leute amüsieren sich.«

»Das stimmt.« Julie ließ den Blick umherschweifen und sah verschiedene Grüppchen, die beisammenstanden und sich unterhielten. Die Tische waren voll besetzt mit essenden Menschen, und der Klang fröhlicher Stimmen drang herüber. »Ich habe nie daran gezweifelt.« Das hatte sie wirklich nicht, das wurde ihr jetzt klar. Sie wusste, dass alles gut gehen würde, weil so was hier genau ihr Ding war.

»Oma kann so was einfach«, sagte Sophia. »Stimmt's, Kait?« Sie verpasste ihrer Schwester dabei einen Stups.

»Aber klar doch.« Kaitlyn sah nur flüchtig von ihrem Handy auf, doch irgendwie reichte das wohl, um die Brownies zu erspähen, von denen sie sich gleich ein paar schnappte.

Ein kleineres Grüppchen Teenager, ungefähr in Kaitlyns Alter, stand in der Nähe, sah zu Kaitlyn herüber und lachte.

Kaitlyn ignorierte sie, doch ihr stieg die Röte ins Gesicht.

»Was geht da vor sich?«, fragte Julie Sophia. Die mobbten doch nicht etwa Kaitlyn …

»Ach, das sind nur ein paar Kinder, die rumblödeln. Ich werd mit ihnen reden.« Sie ging hinüber, woraufhin sich die Gruppe schon bald auflöste.

Ria, die ein wenig entspannter aussah, kam herüber und schlang den Arm um sie. »Mom, du bist einfach die Beste, und ich bin so froh, dass du hier bei uns bist«, sagte sie. »Ich weiß nicht, was ich ohne dich gemacht hätte.«

Mary grinste Julie an und wandte sich ab, um zu einer Gruppe von Stammkunden aus dem Buchladen hinüberzugehen.

Erica kam an und unterhielt sich mit ein paar Schulkindern. Sie sah nicht besonders gut aus, und Julie nahm an, dass das mit dem gestrichenen Förderprogramm zu tun hatte. Wogegen sie gerne etwas getan hätte, wenn sie nur gewusst hätte, was.

Musik dröhnte aus den Kopfhörern eines der Kinder, mit ziemlich eindeutigen Zeilen im Refrain, die bewirkten, dass den älteren Gästen die Augenbrauen nach oben schossen. Erica erstarrte und schüttelte den Kopf, während sie den Finger auf den Übeltäter richtete, der daraufhin ganz schnell die Musik abstellte. Nicht jedoch bevor Trey aus der Menge hervorgetreten und auf sie zugegangen war. Als klar war, dass Erica die Situation im Griff hatte, verschwand er in eine andere Richtung.

»Hat es zwischen den beiden Krach gegeben?«, fragte sie Ria, die die Szene ebenfalls beobachtet hatte.

»Ich weiß nicht. Es gab das Gerücht, dass sie zusammen sind, aber danach sah das jetzt eher nicht aus.« Da erstarrte sie plötzlich. »Oh-oh.«

»Was ist los?« Ria wirkte extrem angespannt.

»Dad ist hier«, sagte sie. »Mit Ashley. Soll ich versuchen, ihn von hier zu verscheuchen?«

»Nein, das ist nicht nötig«, sagte Julie. »Das passt schon. Kein Thema.« Langsam wandte sie ihren Blick in die Richtung, in die Ria schaute. Da war Melvin, der gut aussehende

Melvin, *ihr* Melvin, den Arm um seine viel jüngere Verlobte gelegt. Er lächelte und war gerade im Begriff, dem Bürgermeister die Hand zu schütteln und ihm Ashley vorzustellen.

Julie erinnerte sich daran, wie es gewesen war, als sie seine Frau gewesen war und er sie stolz am Arm geführt hatte. Sie erinnerte sich daran, wie gerne er sich mit ihr präsentiert und gesagt hatte, sie sei ein Gewinn für sein Geschäft.

Gerade als Sehnsucht in ihr aufzusteigen drohte, kam Mary herüber und packte sie mit einem schraubstockartigen Griff am Arm. »Du wünschst dir doch jetzt nicht etwa die Vergangenheit zurück«, sagte sie. »Ich erinnere mich, wie sehr du es gehasst hast, Melvin auf Veranstaltungen zu begleiten. Er ist total plump und versucht ständig, sich bei den Reichen einzuschmeicheln.«

Julie sah ihre Freundin an, und in ihrem Kopf rückte sich die Vergangenheit wieder zurecht. Natürlich stimmte es, was Mary sagte. Realistisch betrachtet, wollte sie gar nicht an Melvins Seite sein.

Und in Wirklichkeit schien sich auch die neue Freundin nicht sonderlich wohlzufühlen. Sie war in der peinlichen Phase der Schwangerschaft, in der es irgendwie nicht ganz eindeutig war, ob man in anderen Umständen war oder nur ein paar Pfund zugelegt hatte. Ihr Gesicht war aufgedunsen, und während sie in ihrem lockeren Kleid dastand und das Gewicht von einem Fuß auf den anderen verlagerte, fielen Julie die geschwollenen Knöchel auf.

Sie fühlte einen nicht sonderlich netten Anflug von Genugtuung. Trotz des Alters seiner Verlobten sah Julie besser aus als sie. Das geschah Ashley recht dafür, dass sie eine Affäre mit einem verheirateten Mann eingegangen war.

»Du siehst viel besser aus als sie«, sagte Mary, die damit ihre Gedanken las.

Nachdem sie es aus Marys Mund gehört hatte, schämte sich Julie im Stillen. Ashley war einfach nur eine junge Frau, die es nicht besser wusste, und jetzt saß sie mit Melvin hier fest.

Dann fiel ihr wieder ein, wie wenig präsent Melvin als Vater gewesen war. Wie schwierig es gewesen war, ihre Tochter mehr oder weniger als Singlemutter großzuziehen, ohne wirklich Teil des Singlemütternetzwerks gewesen zu sein, da sie ja, formell gesehen, verheiratet gewesen war.

Sie erinnerte sich auch daran, wie fett und hässlich sie sich während der Schwangerschaft gefühlt hatte.

Ja, so schön das Muttersein auch sein mochte, sie war froh, diesen Teil davon hinter sich zu haben. Eine erwachsene Tochter und Enkel im Teenageralter zu haben war etwas ganz Wundervolles.

Earl Greene unterhielt sich gerade mit Melvin und Ashley, doch dieser Anblick ließ nicht so viel Ärger in Julie hochkochen, wie sie erwartet hätte. Earl hatte über Melvins Affäre Stillschweigen bewahrt, weil er es so für richtig gehalten hatte. Melvin dagegen nicht – er hatte ihr damit definitiv Unrecht getan –, aber plötzlich hatte sie gar keine große Lust mehr, ihn dafür zu verurteilen. Nicht nachdem die Dinge für sie eine so positive Wendung genommen hatten.

Ebenso wenig hatte sie Lust, rumzusitzen und darauf zu warten, dass Melvin sie hier entdecken würde. Sie wollte sich auch nicht die ganze Zeit fragen, ob er und Ashley wohl mit ihr reden würden. Deshalb ging sie einfach hinüber zu den dreien. »Hi, willkommen«, sagte sie fröhlich.

Alle drei sahen sie mit einer fast identischen Misstrauensmiene an.

»Kommt, esst was«, sagte sie. »Es gibt Brathähnchen und leckere Pasteten.«

Earls Augen leuchteten auf, genauso wie sie es erwartet hatte. Auch Melvins taten das für einen kurzen Moment, doch dann schüttelte er den Kopf. »Für mich besser nichts«, sagte er und tätschelte sich das bisschen Bauch, das er angesetzt hatte.

Er versuchte wohl gut auszusehen für seine junge Freundin, vermutete sie. Sie stand nahe genug an ihm dran, um zu erkennen, dass er sich die Haare in letzter Zeit nicht so sorgfältig gefärbt hatte. Es schimmerte ein wenig Grau hindurch.

Er tat ihr fast ein wenig leid.

Doch noch mehr leid tat ihr Ashley. Klar, sie hätte nichts mit einem verheirateten Mann anfangen sollen, doch jetzt bezahlte sie dafür, und das würde sie auch weiterhin tun. Julie ging ein altes Sprichwort durch den Kopf, das ihr fast ein Lächeln entlockte: »Der Mann, der seine Mätresse heiratet, schafft eine freie Stelle.« Doch das wünschte sie Ashley natürlich nicht.

»Möchtest du dich hinsetzen?«, fragte sie die jüngere Frau. »Beim Grillplatz drüben gibt es ganz bequeme Stühle. Du kannst deine Füße ein wenig hochlegen. Lass dir von Melvin einen Teller mit Essen bringen.«

Ashley sah sie an, als wollte sie herausfinden, ob das gemein oder sarkastisch gemeint war, doch das war es wirklich nicht. Sie wusste einfach, dass Melvin nicht der fürsorglichste Ehemann war. »Du musst den Männern nur sagen, was sie zu tun haben«, sagte sie. »Melvin, hol ihr einen schönen Teller voll Essen und leg ruhig ein wenig mehr auf. Sie isst schließlich für zwei.«

Ihre Blicke trafen sich, ein leises Lächeln spielte um seine Lippen. Vielleicht erinnerte er sich an dasselbe wie sie. Wie sie ihn, als sie mit Ria schwanger war, losgeschickt hatte, um ihr mitten in der Nacht alles mögliche ungesunde Essen zu holen. Damals hatte sie das zusammengeschweißt. Damals war er noch nicht so kritisch gewesen.

Vielleicht erinnerte er sich ein wenig daran und wollte es dieses Mal besser machen. »Mach schon. Hilf ihr einen Platz zu suchen, wo sie sich hinsetzen kann«, befahl sie.

»Okay«, sagte Melvin und nahm Ashley beim Arm, um sie zu den bequemen Stühlen zu führen.

»Du bist unglaublich«, hörte sie Earl sagen, und sie drehte sich zu ihm um, ganz erstaunt darüber, dass er noch hier war.

»Das bin ich nicht«, protestierte sie.

»Ich glaube, ich könnte das nicht, was du da eben getan hast.« Er hatte sich eine Handvoll Maisbällchen geschnappt und aß sie beim Reden. Dann musterte er sie ganz genau. »Du würdest niemals glühende Kohlen auf sein Haupt sammeln, stimmt's?«

Dieses Bibelzitat, in dem es darum ging, extra nett zu sein, um seine Feinde zu beschämen, ließ sie laut und lange lachen. »Ein bisschen vielleicht«, sagte sie.

»Meine Güte«, sagte er mit warmherzigem Blick. »Was für eine Frau du bist, Julie. Und Melvin ist so ein Idiot.«

Sie hörte die eindeutige Bewunderung in seiner Stimme und sah Earl aufmerksam an. Er war kein attraktiver Mann, aber ein guter Mensch. Wenn sie ihn ein wenig ermunterte, würde er sie vielleicht ausführen.

Aber das Leben war jetzt gut so, wie es war. Wollte sie da wirklich noch mal einen Mann ins Spiel bringen?

NICHT WEINEN.

Am Tag nach dem Picknick am Motel trug Erica einen Stapel leerer Kisten in die Schule, stellte sie im Klassenzimmer ab und betrachtete den Raum, der die letzten drei Monate so voll Liebe und Lernen gewesen war. Er war immer noch genauso klein, dunkel und roch nach schwitzenden Teenagern. Doch für sie und viele der Kinder war er zu einem sicheren Hafen geworden.

Sie hatte sich eigentlich schon letzte Woche daranmachen wollen, die Sachen aus dem Klassenzimmer in Kisten zu packen, aber irgendwie nicht die nötige Energie dazu aufbringen können und die Aufgabe schließlich vertagt. Jetzt aber hatte sie keine Wahl mehr.

Dann mal los, an die Arbeit. Sie zog sich einen der leeren Kartons zum Regal und begann die Bücher einzupacken. Sie wollte sie mitnehmen, weil sie alle ihr gehörten; die Schule hatte keine Gelder dafür gegeben, eine Klassenbibliothek aufzubauen, daher hatte sie in Onlineshops für gebrauchte Bücher welche besorgt, von denen sie glaubte, dass die Kinder sie mögen würden.

Das eselsohrige Exemplar von *Die Outsider* ließ sie innehalten, und sie drehte es in den Händen. Das war das Buch, das bei Shane den Spaß am Lesen geweckt hatte.

Wäre das in einem anderen Klassenzimmer jemals passiert? Würde das der nächsten Generation Kinder, die zusätzliche Hilfe durch ein Förderprogramm nötig hatten, jemals passieren?

Ihr Kummer darüber, die Klasse zu verlieren, ließ sie mit Bewunderung an die Kinder denken, die sich so großartig entwickelt hatten. Den Älteren helfen zu dürfen war genau das gewesen, was sie sich beim Antritt ihrer Stelle gewünscht hatte.

Sie musste akzeptieren, dass mit dem Programm wohl irgendwas nicht stimmte, wenn es wegen des aufopferungsvollen Verhaltens der Kids gestrichen wurde. Oder vielleicht war hier auch einfach nicht der richtige Ort dafür.

So oder so würde sie mit Amber und Hannah nun wohl weiterziehen müssen. Sie hatte bereits mit ihnen darüber gesprochen, dass sie sich eine Bleibe suchen mussten, wo die Lebenshaltungskosten niedriger waren und es mehr Jobmöglichkeiten für Erica gab. Sie waren beide traurig darüber. Hannah hatte sofort zu weinen angefangen, als Erica das Thema angeschnitten hatte, und Amber war den Tag darauf mit roten Augen die Treppe heruntergekommen.

Aber es war für beide okay. Sie hatten über alles geredet, sich umarmt und beteuert, dass es doch das Wichtigste sei, dass sie einander hatten. Wenn sie nicht an diesem wunderschönen Ort bleiben konnten, dann war das eben so. Es gab schließlich eine Menge Leute, die nicht bekamen, was sie wollten.

Erica hatte sogar schon zwei Bewerbungsgespräche in Aussicht.

Nachdem sie die Bücher in die Kartons gepackt hatte, stand sie im Raum und ließ den Blick umherschweifen. Dabei fiel ihr auf, dass sie noch alles von den Wänden abnehmen musste. Sie griff nach dem gerahmten Foto über dem Bücherregal, ohne es richtig anzusehen. Aber dann tat sie es doch, und heiße Tränen stiegen ihr in die Augen.

Das Foto war ein Schnappschuss von Trey und den Kindern auf der Polizeiwache, als sie sich rings um King hingekniet hatten. Sie erinnerte sich noch gut an diesen Tag. Trey hatte sich unwohl und im Zwiespalt gefühlt, doch dann hatte er es durchgezogen, und für die Kinder war es eine schöne Erfahrung gewesen. Damals hatte sie das erste Mal das Gefühl gehabt, zwischen ihnen könnte eine tiefere Verbindung entstehen. Und das war wirklich geschehen.

Sie musterte Trey auf dem Bild; sein stoppelbärtiges Gesicht, das sich durch ein schwaches Lächeln in Falten legte, und seine Locken, die ihm bis knapp zum Hemdkragen reichten. Er sah so unglaublich gut aus, dass ihr die Luft wegblieb.

Vielleicht hätte sie eine Chance bei ihm gehabt.

Wenn das Leben anders gelaufen wäre, wenn sie nicht diese erbärmlich schlechten Gene geerbt hätte oder er offener gegenüber einer Adoption oder einem Pflegekind gewesen wäre. Vielleicht hätte es dann mit ihnen klappen können. Wenn er nicht so empfindlich gewesen wäre. Wenn ihre Kommunikation besser geklappt hätte.

Alles, was sie verloren hatte, schien sich jetzt auf einmal in ihrer Magengrube zusammenzuballen. Sie schlang die Arme um ihren Bauch, um sich selbst zu halten und den Schmerz zu unterdrücken.

»Hallo?« Die Stimme eines Mannes drang durch die Tür. »Sind wir hier richtig?«

»Der Direktor meinte, sie müsste in Zimmer sechzehn sein«, sagte eine Frau.

Erica wischte sich die Tränen aus den Augenwinkeln, drehte sich um und sah eine bekannte Reporterin der Lokalnachrichten in einem farbenfrohen Anzug zur Tür hereinkommen, gefolgt von einem Kameramann.

Was zum Geier? Erica holte Luft und ging auf sie zu, um sie zu begrüßen. »Hi, kann ich Ihnen helfen?«

»Sind Sie Erica Rowe?«

»Ja, das bin ich.« Mit einer kleinen Verzögerung streckte sie die Hand aus, um sie der Dame zu reichen, danach schüttelte sie auch dem Kameramann die Hand. »Was kann ich für Sie tun?«

»Wir würden gerne mehr über dieses wundervolle Programm erfahren«, sprudelte es aus der Reporterin heraus. »Verhaltensauffällige Kinder arbeiten mit Kindern aus normalen Verhältnissen zusammen, um älteren Menschen dabei zu helfen, den Sturm zu überstehen – hier in unserer Gemeinde. Das ist wirklich die ergreifendste Geschichte, die wir im Zusammenhang mit dem Sturm gehört haben.«

»Wirklich?« Erica drehte den Kopf zur Seite. »Das Programm zur Verhaltensunterstützung hat eine lange Tradition, und die Kinder haben während des Sturms und bei den Aufräumarbeiten danach einen guten Job gemacht. Ist es das, worüber Sie sprechen wollen?«

»Darüber und über Ihre Rolle, und wir würden das Ganze natürlich gerne filmen, wenn das okay für Sie ist.« Die Dame setzte ihre Tasche ab und wühlte darin herum. »Hier ist eine Einverständniserklärung, die Sie unterschreiben müssten.«

»Aber …« Erica zögerte. Wollte sie wirklich verraten, dass das Programm beendet wurde? Im Fernsehen? Andererseits, warum eigentlich nicht? Vielleicht würde sich ja auf diesem Weg eine neue Schule dafür finden.

»Hallo, hallo«, sagte jemand mit falsch klingender Herzlichkeit.

Na toll. Es war Direktor O'Neil.

»Es freut mich, dass Sie hier sind, um über dieses großartige Programm zu berichten«, sagte er mit heiterer Stimme zu den Fernsehleuten.

Erica zog die Augenbrauen fast bis zum Haaransatz hoch. Seit wann hielt er das Programm für großartig?

»Oh, hallo. Sie sind der Zuständige aus der Verwaltung, der für das Programm verantwortlich ist?« Die Frau lächelte ihn an. »Mit Ihnen würden wir auch gerne ein Interview führen.«

»Wieso führen Sie nicht einfach zuerst mit ihm das Interview, dann kann ich mich in der Zwischenzeit etwas zurechtmachen«, sagte Erica. Es wäre interessant zu hören, was

O'Neil sagen würde, wo er doch gerade erst für die Streichung des Programms gesorgt hatte.

Kurz darauf lief die Kamera, und Direktor O'Neil erzählte, wie wichtig das Programm für die Schule sei und wie wundervoll Erica doch wäre.

Erica rutschte ein »Häh?« heraus.

»Was?« Der Kameramann machte ein neugieriges Gesicht.

»Fragen Sie ihn, wie lange das Programm noch laufen wird«, schlug sie vor, und er gab die Frage an die Reporterin weiter.

»Wir hoffen, dass das Programm unbefristet weiterläuft«, antwortete O'Neil.

Glücksgefühle durchströmten Erica, auch wenn sie die Augen dabei rollte. Das konnte doch nicht wahr sein? Konnte sie mit Amber und Hannah am Ende doch hier am Strand bleiben, wo sie so glücklich waren?

Doch nachdem O'Neil das vor laufender Kamera gesagt hatte, musste er sein Wort wohl halten. Und er schien es auch tatsächlich zu wollen, offensichtlich, um gut dazustehen.

»Das Programm hatte von Anfang an meine vollste Unterstützung«, sagte er.

Erica blinzelte. Das Programm lief schon seit sehr vielen Jahren. O'Neil musste noch ein kleines Kind gewesen sein, als es aufgenommen worden war.

»Es ist hervorragend für diese aus so unterschiedlichen Verhältnissen stammenden Kinder, dass sie zusammenarbeiten können«, sagte er. »Die Gemeinde unterstützt uns, wo sie nur kann. Und die Schule gewinnt dadurch an Ansehen.«

Jetzt wandte sich die Reporterin an Erica und begann ihr Fragen zum Programm zu stellen und darüber, wie die Kinder während des Sturms geholfen hatten. Sie erzählte ein wenig davon, obwohl sie sich gehemmt dadurch fühlte, im Fernsehen zu sein, vor allem wegen der Arbeitskleidung, die sie zum Aufräumen des Klassenzimmers trug.

Doch nachdem sie nun schon einmal dabei war, konnte sie auch gleich richtig dick auftragen. »Was wir auf jeden Fall bräuchten, wäre ein neuer Raum für die Kinder«, sagte sie. »Wie man sieht, sind die Möglichkeiten hier sehr beschränkt.«

»Sieht so aus, als wären Sie am Packen«, bemerkte die Reporterin, während der Kameramann durch das armselige Zimmer schwenkte. »Ziehen Sie in ein anderes Klassenzimmer um?«

»Das hoffe ich natürlich«, entgegnete Erica mit einem Blick zu O'Neil. Er rieb sich mit der Hand den Nacken, sein Gesicht war mit Schweiß bedeckt.

Sie entschied sich, Gnade walten zu lassen. »Wenn die Leute gerne helfen würden«, sagte sie, »dann können sie die Spendenaktion unterstützen, die wir ins Leben rufen wollen, für einen neuen Gebäudeflügel für das Programm. Es ist für eine wirklich gute Sache, und wir hoffen, dass die Leute großzügig sein werden.«

»Das werden sie bestimmt«, antwortete die Reporterin abschließend.

Während sie ihr Zeug zusammenpackten, war ein Räuspern aus dem Flur zu hören.

Trey.

Was machte er denn hier?

21. Kapitel

Sogar in völlig zerlumpten Jeans und einem alten T-Shirt sah Erica umwerfend aus. Und fassungslos.

Es war zwar nicht ganz offensichtlich, aber er nahm an, dass sie geweint hatte.

Er trat in das Klassenzimmer und stand still da, während die Reporterin und der Kameramann hinausgingen, O'Neil auf den Fersen. Dann wandte er sich an Erica. »Geht's dir gut?«

»Ich … glaube schon. Aber ich bin nicht so sicher, was gerade eben passiert ist.«

»Etwas Gutes?« Gegen alle Hoffnung hoffte er, dass alles gut gelaufen war, gut für das Programm, gut für Erica.

»Ich *glaube*, wir haben unser Programm zurückbekommen«, sagte sie und drehte das Gesicht mit einem halben Lächeln zur Seite. »Und ich glaube, wir starten eine Spendenaktion, um an der Schule einen neuen Flügel anzubauen.«

Erleichterung machte sich in ihm breit. »Das ist ja großartig!«

Er überlegte, ob er seine Beteiligung am Geschehenen preisgeben sollte: seine Telefonkampagne, die Strippen, die er gezogen hatte, um das Interesse des Nachrichtenteams zu wecken und sie hierher zur Schule zu lotsen, den Anruf bei

O'Neil. Er hatte gehofft, durch diesen bewundernswerten und grandiosen Plan doch noch bei ihr landen zu können.

Doch jetzt erschien es ihm auf einmal nicht mehr richtig. Er musste herausfinden, was sie für ihn empfand. Für ihn, wie er war, nicht für das, was er getan hatte.

»Können wir reden?«

Sie sah ihn von unten an. »Ich dachte, es hätte keinen Sinn mehr«, sagte sie, wiederholte damit seine Worte, was er definitiv verdient hatte.

»Es tut mir leid, dass ich das gesagt habe«, antwortete er. »Und vor allem tut es mir leid, dass ich das Programm anfangs in Gefahr gebracht habe. Und die Einstellung, die ich dazu hatte. Das war wirklich daneben.«

Sie betrachtete sein Gesicht von Nahem und nickte dann zweimal schnell hintereinander. »Klar, das verzeihe ich dir.« Sie machte eine Pause und fügte hinzu: »Ich habe gehört, du kehrst wieder in deinen alten Job zurück.«

»Echt?« Das war witzig, weil das nun wirklich so gar nicht seine Absicht war.

Sie nickte. »Hier kommt jedem alles zu Ohren«, sagte sie. »So ist das in Kleinstädten nun mal.«

»In Wahrheit habe ich etwas anderes vor.« Er zog sein Handy hervor und rief den Chat mit Earl Greene auf. Wortlos zeigte er ihn ihr.

Sie las ihn. »Er bietet dir einen Teilzeitjob bei der Polizei an?«

Er nickte. »Und ein weiteres Engagement in Teilzeit als Verbindungsperson für das Unterstützungsprogramm in der Schule, sollte es nun tatsächlich weitergehen. Zusammen komme ich also auf eine Vollzeitstelle hier in der Stadt.«

»Und ist es das, was du willst?«

»Ich denke schon.« Er musterte ihr Gesicht, ihre Stirn war in Falten gelegt. »Was ist?«

»Ehrlich gesagt wird es, glaube ich, schwer, zusammenzuarbeiten, ohne dass wir – na ja – zusammen sind.« Sie zögerte, fügte dann aber hinzu: »Und vielleicht hörte sich das Jobangebot ja auch besser für dich an, als du noch nicht wusstest, dass ich auch hierbleiben werde.«

»Eigentlich habe ich gehofft … Hör mal. Ich möchte dich was fragen.«

Sie blickte völlig verwirrt drein. »Was denn?«

Sein Magen zog sich zusammen, und es schnürte ihm die Kehle zu. Er war so ein Feigling. Er griff in die Tasche, zog daraus eine kleine Schatulle hervor und holte tief Luft. »Erica, ich weiß, dass du vielleicht noch etwas Zeit brauchst, aber ich für meinen Teil bin mir sicher, dass ich dich liebe. Du bist die Frau, mit der ich den Rest meines Lebens verbringen möchte.« Kaum waren diese Worte ausgesprochen, fühlte er, wie er sich entspannte und ihm warm ums Herz wurde. Endlich hatte er es ihr gesagt. »Ich weiß, dass du Kinder liebst, und was auch immer der Grund dafür sein mag, warum du keine eigenen bekommen möchtest … Zusammen, glaube ich, können wir das lösen.«

In ihren Augen funkelten Tränen. »Oh, Trey.« Sie zögerte, bevor sie ein »Danke« hinzufügte.

»Danke? Ist das ein Ja?«

»Ich kann das noch nicht«, sagte sie.

Natürlich konnte sie nicht, hörte er die alte Stimme in seinem Kopf predigen. Keine gute Frau würde ihn jemals wollen.

Aber jetzt war da auch eine neue Stimme, nämlich die der Kinder, von Earl, von seinem Vater, von der Gemeinde. Eine Stimme, die ihm sagte, dass er sich nicht zurückziehen, sondern Fragen stellen, nicht aufgeben sollte.

»*Wieso* kannst du nicht?«, fragte er.

Sie holte Luft und sah ihn mit immer noch glänzenden Augen an. »Als ich dir erzählte, dass ich keine Kinder bekommen werde, meinte ich damit … Ich *kann* keine Kinder bekommen.«

Ganz erstaunt über ihre Offenbarung und die Traurigkeit in ihren Augen, griff er nach ihrer Hand. Sie liebte Kinder über alles und konnte so gut mit ihnen umgehen. »Das tut mir leid«, sagte er. »Hat das mit der Krebserkrankung deiner Mutter und Schwester zu tun?«

»Mhm. Und ich weiß ja, wie sehr du dir Kinder wünschst.«

Er nickte langsam. »Das stimmt.«

»Deshalb würde es nicht funktionieren.« Sie zeigte auf ihn und dann auf sich. »Mit uns beiden, meine ich.«

Eine Seemöwe kommentierte das von draußen mit einem Krächzen. Durch das einzige kleine Fenster des Raums war ein Boot in der Bucht zu sehen.

»Ich will dich mehr, als ich Kinder will«, sagte er, legte den Ring nieder und griff nach ihrer anderen Hand. »Dich liebe ich mehr.«

Während sie ihn immer noch ansah, stiegen ihr Tränen in die Augen. »Du liebst mich«, sagte sie und schluckte schwer. »Oh, Trey, du weißt gar nicht, wie schön diese Worte für mich klingen.«

Mit seinen Daumen wischte er ihr die Tränen aus den Augenwinkeln, dann nahm er wieder ihre Hände. »Es ist die Wahrheit.«

Sie schüttelte den Kopf. »Das ist wundervoll, aber … Nicht einmal die Liebe kann es wettmachen, wenn du nicht das Leben führen kannst, das du willst.«

»Das Leben, das ich will, ist mit dir«, sagte er mit Nachdruck, um sie zu überzeugen. »Wenn wir uns ein gemeinsames Leben aufbauen, können wir einen Weg finden, um Kindern zu helfen. Durch das Programm. Als Pflegeeltern oder durch eine Adoption.«

»Aber du willst doch kein Pflege- oder Adoptivkind. Das hast du gesagt.«

»So war das auch«, sagte er. »Aber ich habe festgestellt, dass das Vergangenheit für mich ist.« Das war die Wahrheit, und er fühlte sich, als wäre eine schwere Last von ihm gefallen. Seit er in Pleasant Shores lebte und arbeitete, war diese Last immer leichter geworden. Nach dem Besuch seines Vaters hatte sie sich dann ganz in Luft aufgelöst. Wieso hatte er sie nur so lange tragen müssen? »Außerdem«, sagte er, »bist du jedes Opfer wert. Du bist kämpferisch und liebenswürdig und großzügig, und ich bin verrückt nach dir. Ich kann mir ein Leben ohne dich nicht vorstellen, aber … Das gilt natürlich nur, wenn du für mich das Gleiche empfindest.« Das wollte er nämlich sicher nicht mehr durchmachen, eine Frau zu lieben, die ihn gar nicht wirklich wollte. Ihm war klar geworden, dass er mehr verdient hatte.

»Das muss ich jetzt erst einmal alles verarbeiten.« Erica blinzelte. »Ist das da …?« Sie wies mit einem Kopfnicken nach unten auf die kleine Schatulle auf dem Schreibtisch neben ihnen. »Ist das da tatsächlich ein Ring?«

»Ja doch«, sagte er mit einem halben Lachen, aber mit feuchten Augen und einem Frosch im Hals. Er holte Luft und atmete langsam aus, um sein inneres Gleichgewicht wiederherzustellen. »Ich weiß, dass man so eigentlich keinen Antrag macht«, sagte er, in Gedanken den ganzen Social-Media-Schnickschnack vor Augen, den er hin und wieder miterlebt hatte. »Bitte … Bitte sag einfach, dass du es dir wenigstens überlegen wirst. Selbst das würde mich schon richtig, richtig glücklich machen. Einen ausgefallenen, großen Antrag kann ich ja später noch machen.«

»Ich kann gar nicht glauben, dass ich all das haben könnte«, sagte sie, während ihr Blick durch das Klassenzimmer schweifte, dann zu dem Ring und schließlich zu ihm.

»Was?«

»Dich. Eine Familie vielleicht. Eine Arbeit, die ich liebe …«, sie drückte seine Hand, schluckte schwer und sah ihn mit glitzernden Tränen in den Augen an. »… mit dem Mann, den ich liebe.«

Ihm stockte der Atem, er starrte sie an, und ihm wurde ganz warm ums Herz. »Du liebst mich?«

»Ich liebe dich. So, so sehr.«

Er schloss sie in seine Arme und wirbelte sie herum. »Das genügt mir fürs Erste«, sagte er ganz erleichtert.

»Und du brauchst mir überhaupt keinen ausgefallenen Antrag zu machen. Ich mag so etwas gar nicht.«

»Dann …«

»Ich werde dich heiraten.«

Sein Herz überschlug sich, und tiefe Freude machte sich in ihm breit. Er drückte sie fest an sich, musterte das Gesicht, das er so sehr liebte, beugte sich vor und drückte seine Lippen auf ihre.

Einen langen Augenblick später war ein Klopfen an der Klassenzimmertür zu hören. Trey und Erica hatten gerade einmal genug Zeit, um ein wenig auf Abstand zu gehen, bevor die Tür aufflog.

Es waren Venus und Shane. »Wir haben gerade ein Video gesehen, das der TV-Sender gepostet hat«, sagte Venus. »Ist das wahr? Haben wir das Programm zurückbekommen?«

»Wegen dem, was wir getan haben?«, fügte Shane hinzu.

»Wegen dem, was *er* getan hat, du Dummkopf«, sagte Venus und zeigte auf Trey.

Erica sah ihn an. »Was hast du denn getan?«

Die Kinder überschlugen sich förmlich vor Begeisterung, während sie erzählten, wie Trey zu ihnen gekommen war, wie sie gemeinsam überlegt hatten, wie sie die Nachricht unters Volk bekommen könnten, wie sie ihre Social-Media-Kontakte dazu gebracht hatten, die Nachricht zu verbreiten, während er mit Direktor O'Neil sprach.

»Das hast du getan?« Sie drückte ihn fest, umarmte dann die beiden Kinder und danach wieder ihn. »Ihr seid einfach so wunderbare Menschen«, sagte sie, dann sah sie mit liebevollem Blick zu Trey auf. »Ganz besonders du.«

Epilog

Zehn Wochen später

Ihr Hochzeitstag begann mit einem kleinen Regenschauer, doch schon bald blitzte die goldene Sonne durch blaugraue Wolken. Möwen krächzten, ihre Stimmen verflogen in der Augusthitze. Eine Brise wehte vom Wasser her, ließ die Blätter rascheln und kühlte den Picknickplatz zwischen der Kirche und dem Motel. Sie würden das Zelt, das sie für ihre Gäste aufgestellt hatten, also vermutlich nicht brauchen.

Ein perfekter Tag, doch für Erica wäre jeder Tag perfekt gewesen. Schließlich heiratete sie die Liebe ihres Lebens.

Amber und Hannah machten sich an Ericas hauchdünnem Kleid und ihrer Blumenkrone zu schaffen, während auf der anderen Seite des Zeltes Denny und Trey standen und sich leise unterhielten. Denny lachte ein wenig und brachte auch Trey zum Lachen. Beide trugen leichte Leinenanzüge, und Trey hatte noch nie so gut ausgesehen. Dennys Frau saß neben ihnen, die Hände über ihrem kugelrunden Bauch gefaltet, sah abwechselnd Trey und Erica an und lächelte. In den Monaten, in denen Erica und Trey zusammen gewesen waren, waren Denny und Laura ihre guten Freunde geworden.

Erica fühlte sich unglaublich gesegnet. Ihre Spendensammlung war nicht einfach ein Erfolg – sie war ein Riesenerfolg. Gerade hatten sie erfahren, dass das Geld für den neuen Anbau der Schule reichte. Er würde in diesem Schuljahr noch nicht fertig werden, sodass sie sich noch ein weiteres Jahr mit dem kleinen Klassenzimmer begnügen mussten, aber das bedeutete auch, dass sie die Kinder in die Planung mit einbeziehen konnten. Erica war überrascht und froh, dass sich im Laufe des Sommers die meisten Kinder bei ihr gemeldet und – in den meisten Fällen glaubwürdig – behauptet hatten, dass sie es nicht erwarten konnten, ein weiteres Jahr in dem Programm zu verbringen. Die meisten von ihnen waren zur Hochzeit eingeladen worden.

Natürlich würden im neuen Schuljahr auch einige neue Kinder dabei sein, jedes mit seinen eigenen Problemen, aber Erica fühlte sich bereit dafür, gestärkt und motiviert, sich der Sache anzunehmen.

Noch wichtiger war, dass Amber und Hannah an der Küste wohnen bleiben konnten, sodass Amber weiterhin ihren Traum leben und Hannah in der Schule bleiben konnte, in der sie so viele Freunde gefunden hatte. Die beiden würden neben Erica und Trey wohnen, die in das Haus daneben zogen, sodass das Cottage der Healing Heroes nach der Hochsaison einen neuen erholungsbedürftigen Polizeibeamten aufnehmen konnte.

Ein mit Fallen beladenes Krabbenboot fuhr vorbei und erinnerte Erica daran, dass an einem Samstag nicht alle freihatten. Das Boot tutete; Erica kniff die Augen zusammen, sah den alten Henry Higbottom und seinen Enkel in die Bucht hinausfahren und winkte ihnen zu.

Die elegante Mary kam lächelnd auf sie zu; Baby, ihr Maltipoo, watschelte an der Leine neben ihr her. »Ich bin froh, dass du dich entschieden hast, die Hochzeit hundefreundlich zu gestalten«, sagte sie und umarmte Erica kurz.

»Ist doch selbstverständlich!« Erica zeigte auf Ziggy und King, die bei ein paar Teenagern standen, die sich bereit erklärt hatten, während der Dauer der Hochzeit auf sie aufzupassen. »Ziggy wird immer besser, bald kann ich ihn vielleicht als Therapiehund einsetzen. Und King macht sich großartig bei seinem Such- und Rettungstraining.«

»Vielleicht wird er sich nach all der Polizeiarbeit mal ein bisschen entspannen und für eine Weile einfach nur Hund sein können«, sagte Mary und trat dann einen Schritt zurück, um Erica von Kopf bis Fuß zu betrachten. »Du siehst wunderschön aus, Liebes.«

»Das tut sie«, stimmte Julie zu, als sie hinter Mary auftauchte und Erica ebenfalls umarmte. Sie war sowohl für Erica als auch für Amber mehr und mehr zu einer Mutter geworden, und obwohl sie niemals den Platz der Mutter einnehmen würde, die sie verloren hatten, hatte sie doch ihr Leben bereichert und war eine Stütze für die beiden.

»Ihr Damen solltet besser aufpassen.« Amber näherte sich, ein wenig auf Hannah gestützt. Sie war immer noch schwach wegen einer kürzlich erfolgten Behandlung, und Ericas Herz flatterte. Ambers Zukunft war alles andere als sicher. Man hatte zwar herausgefunden, dass ihre Schmerzen nicht von einem Rezidiv verursacht waren, doch sie musste sich noch vielen Tests und Scans unterziehen, bevor halbwegs sicher war, dass sie als geheilt gelten konnte.

»Warum sollen wir aufpassen …? Ooooh.« Julie und Mary blickten zum Eingang des Zeltes, von wo aus Kirk in einem prächtigen Sommeranzug und mit einem entschlossenen Funkeln in den Augen auf sie zukam.

»Ich denke, wir sehen besser mal nach den Blumen«, sagte Julie, und die beiden eilten Arm in Arm davon.

Erica, Amber und Hannah sahen kichernd zu, wie Kirk die Richtung änderte und seine Schritte beschleunigte.

»Alte Menschen unterscheiden sich gar nicht so sehr von Highschoolkids«, sagte Hannah und schüttelte den Kopf. »Ich dachte, dass Julie Officer Greene gut findet, aber jetzt sieht es so aus, als wäre Kirk auch hinter ihr her. Aber Kirk war doch eigentlich an Mary interessiert.«

»Drama ist Drama, egal wie alt man ist.« Amber wandte sich an Erica. »Süße, ich hab was für dich«, sagte sie und holte eine Schachtel hervor, in der ein herzförmiges Silbermedaillon mit Saphiren lag.

»Mamas Medaillon!« Erica sah Amber an, und ihre Augen füllten sich mit Tränen.

Amber nickte. »Sie hat es mir mal gegeben und gesagt, es sei für meine Hochzeit. Es ist etwas Altes, etwas Blaues und jetzt auch etwas Geliehenes. Von mir.«

Erica umarmte Amber vorsichtig, und dann legte Hannah ihr die Halskette um. Dann umarmten sie sich alle, und sowohl Erica als auch Amber vergossen ein paar Tränen.

»Sie schaut vom Himmel aus auf uns herunter«, sagte Amber mit heiserer Stimme.

»Ich weiß.« Und Erica wusste es tatsächlich.

Ein Mann auf einem Fahrrad näherte sich der Kirche. Er lehnte es an einen Baum, zog seinen Pferdeschwanz zurecht und nahm dann ein in Geschenkpapier gewickeltes Paket hinten vom Gepäckträger. Er sah sich in der Menge um.

Erica holte scharf Luft und begegnete Treys Blick. Sie wies mit dem Kopf zur Seite und zeigte auf den Mann.

Treys Augen weiteten sich, er sagte etwas zu Denny und spazierte dann übers Gras. Er zog seinen Vater in eine Bärenumarmung, lotste ihn danach zu den Stühlen und stellte ihn ein paar Gästen vor.

»Es ist fast so weit«, sagte Hannah und fummelte ein wenig an den Kleidern der beiden Schwestern herum.

Erica beobachtete Trey, wie er zu der Versammlung zurückging, die Leute begrüßte und sich dann neben Denny stellte. Ihr Herz weitete sich vor Liebe. Trey sah so unglaublich gut aus, dass es sie fast ein wenig verunsicherte.

Sie hatte wahnsinnig viel daraus gelernt, dass sie sich Trey geöffnet hatte, und ihre wundervolle Liebe war das Ergebnis davon. Und eine Familie. Sie hatten nämlich beschlossen, dass LJ als Pflegekind bei ihnen leben sollte, wenn sie aus den Flitterwochen zurückkamen.

Trey bemerkte, wie sie ihn ansah, und lächelte, breit und herzlich. Auch seine Träume waren in Erfüllung gegangen. Er machte ernst mit seinem Plan, nebenher als Sozialberater zu arbeiten. Er wollte die Fehler, die er in seiner ersten Ehe gemacht hatte, vermeiden und der bestmögliche Ehemann sein – das war seine Idee, nicht die von Erica, denn sie hielt ihn bereits für ziemlich perfekt. Dennoch hatte er ihr von einigen seiner Kindheitswunden erzählt, und sie hatte ihre Zukunftsängste mit ihm geteilt; allein die Möglichkeit, darüber zu sprechen, hatte es besser gemacht. Wie Erica hatte er sich komplett in Pleasant Shores eingelebt.

Die Hochzeit war wunderschön. Die Teenager waren ruhig und respektvoll, jubelten und applaudierten aber an den richtigen Stellen. Amber führte Erica zum Altar, und Hannah fungierte als ihre Trauzeugin; Denny war natürlich Treys Trauzeuge. Julie und Mary sangen mit vollen Stimmen ein Duett über die Liebe.

Trey und Erica hatten soeben ihr Gelübde beendet, als ein scharfes Bellen ertönte. Ziggy machte sich plötzlich von Shane los, der beauftragt worden war, ihn unter Kontrolle zu halten. Der große Goldendoodle jagte hinter einer Möwe her, und King jagte hinter Ziggy her.

»King!«, rief Trey.

»Ziggy!« Erica stellte sich auf Zehenspitzen, um den Hund über die Köpfe der Menge hinweg sehen zu können. »Halt! Sitz!«

Ziggy blieb stehen und blickte von Erica zur Möwe, als würde er über seine Entscheidung nachdenken. King drehte sich um und trottete zu Trey zurück. Ziggy folgte ihm zögerlich und blickte zu der Möwe zurück, die ein krächzendes Lachen von sich gab.

Anstatt zu den Teenagern zurückzukehren, die sie an der

Leine gehalten hatten, kam King zu ihnen und setzte sich an Treys Seite. Ziggy trottete zu Erica und setzte sich neben sie.

»So niedlich«, sagte einer der Gäste, und fast alle hoben ihre Kameras.

»Sieht aus, als hätten die Hunde Ihnen die Show gestohlen«, sagte der Pastor mit einem breiten Grinsen im Gesicht. »Trey, Sie sollten sich besser beeilen und die Braut küssen.«

Trey zog sie in seine Arme, und Erica spürte in seiner Berührung die ganze Aufregung, die Vorfreude auf ihre Hochzeitsnacht und die Flitterwochen.

Doch zuerst würden sie den Abend mit ihren Freunden, ihrer Familie und den liebenswerten Hunden in Pleasant Shores verbringen, dieser wundervollen Gemeinschaft, die ihr Zuhause geworden war.

* * * * *

Danksagung

Viele Menschen haben dazu beigetragen, die Off-Season-Reihe auf den Weg zu bringen. Mein Dank geht an meine Agentin, Karen Solem, die ein wahrer Brunnen an guten Ideen ist, meine Lektorin, Shana Asaro, die mich immer dazu drängt, meine Geschichten so gut wie möglich zu machen, und an die Cheflektorin von HQN, Susan Swinwood, die sich während der RWA-Konferenz in New York Zeit für ein Treffen mit mir genommen und mich dazu gebracht hat, darüber nachzudenken, den Schauplatz dieses Buches von der Küste Jerseys zur Chesapeake Bay zu verlegen. Die Kunst- und Marketingabteilungen des HQN waren geduldig und engagiert, und ich bin ihnen für ihre harte Arbeit dankbar.

Meine Schriftstellerfreunde geben mir so viel Unterstützung – ich habe wirklich Glück, dass ich sie habe. Kathy Ayres hat den Plotentwurf gelesen und mir wertvolles Feedback gegeben, und meine Autorengruppe am Mittwochmorgen hat mir nützliche Kritik zu mehreren Abschnitten geliefert. Sandra Belle Calhoune, Dana R. Lynn und Rachel Dylan sind beständige Quellen der Ermutigung und der Sympathie für mich. Die unglaubliche Susan Mallery hat ihr Wissen über die Verlagswelt äußerst großzügig mit mir geteilt, und ich bin ihr mehr als dankbar für ihre wohlmeinenden Worte zu dieser Reihe.

Was meine persönlichen Kontakte angeht, so gebührt der Dank Bill, meinem Begleiter, der immer sofort bereit ist, alles stehen und liegen zu lassen und eine Recherchereise mit mir zu unternehmen, die sich dann als der größte Spaß aller Zeiten erweist. Meine wunderschöne und unverwüstliche Tochter Grace erträgt geduldig meine unterdurchschnittlichen Gerichte und meine dürftige Haushaltsführung, hält mich jung und bringt mich zum Lachen. Der trottelige junge Goldendoodle, der durch *Das Cottage in den Dünen* tollt, ist meinem Nash nachempfunden, dessen Mätzchen mich auf Trab halten.

Das Cottage in den Dünen befasst sich mit den schwierigen Themen Eierstockkrebs, Chemotherapie und genetische Mutationen, die in Familien vorkommen und bestimmte Mitglieder einem erhöhten Risiko aussetzen, daran zu erkranken. Meine Mutter, Janet L. Tobin, überlebte Hautkrebs und Eierstockkrebs, bevor sie schließlich dem Bauchspeicheldrüsenkrebs erlag. Ein Großteil meines Wissens über die emotionalen Auswirkungen, die diese schreckliche Krankheit auf eine Familie haben kann, stammt aus meinen Erinnerungen an den schweren Kampf meiner Mutter. Erst im vergangenen Jahr erfuhr ich durch Gentests, dass ich eine Mutation geerbt habe, die die Wahrscheinlichkeit von Brustkrebs und gynäkologischen Krebsarten erhöht. Dadurch kam ich mit vielen jüngeren Frauen in Kontakt, die mit den gleichen schrecklichen Risiken, Schwierigkeiten und Entscheidungen konfrontiert sind wie Amber und Erica. Dieses Buch ist daher meiner Mutter und den vielen jungen Frauen gewidmet, die ihrer genetischen Veranlagung zum Krebs mit Mut und Würde begegnen.